SCARLETT & BROWNE

LIVRE 1

RÉCITS DE LEURS INCROYABLES EXPLOITS ET CRIMES

JONATHAN STROUD

SCARLETT & BROWNE

LIVRE 1

RÉCITS DE LEURS INCROYABLES EXPLOITS ET CRIMES

Traduit de l'anglais
par Laetitia Devaux

GALLIMARD JEUNESSE

Titre original : *The Outlaws Scarlett & Browne – Being an Account of their Daring Exploits and Audacious Crimes*

Édition originale publiée en Grande-Bretagne par Walker Books Ltd 87 Vauxhall Walk, London SE11 5HJ, 2021

Pour Kelsey, Naomi et Alex, avec tout mon amour.

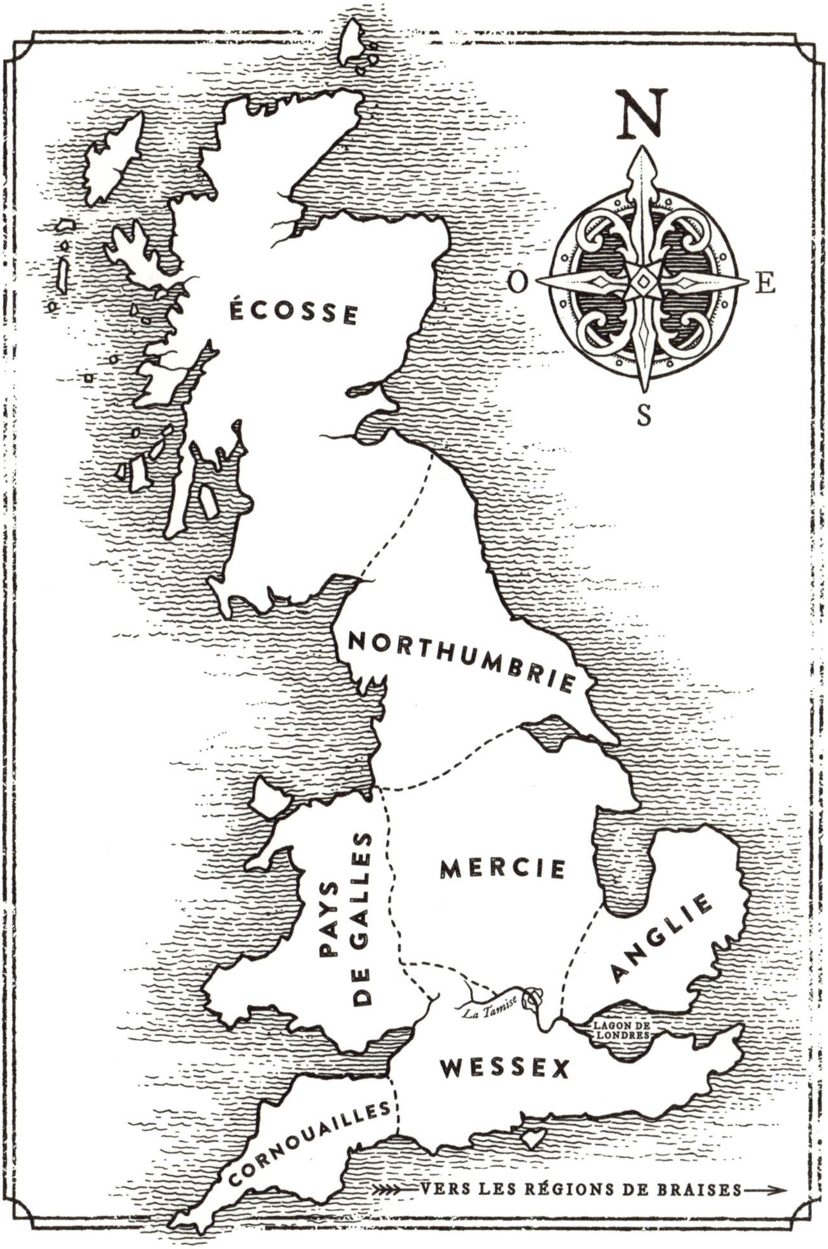

LES SEPT ROYAUMES

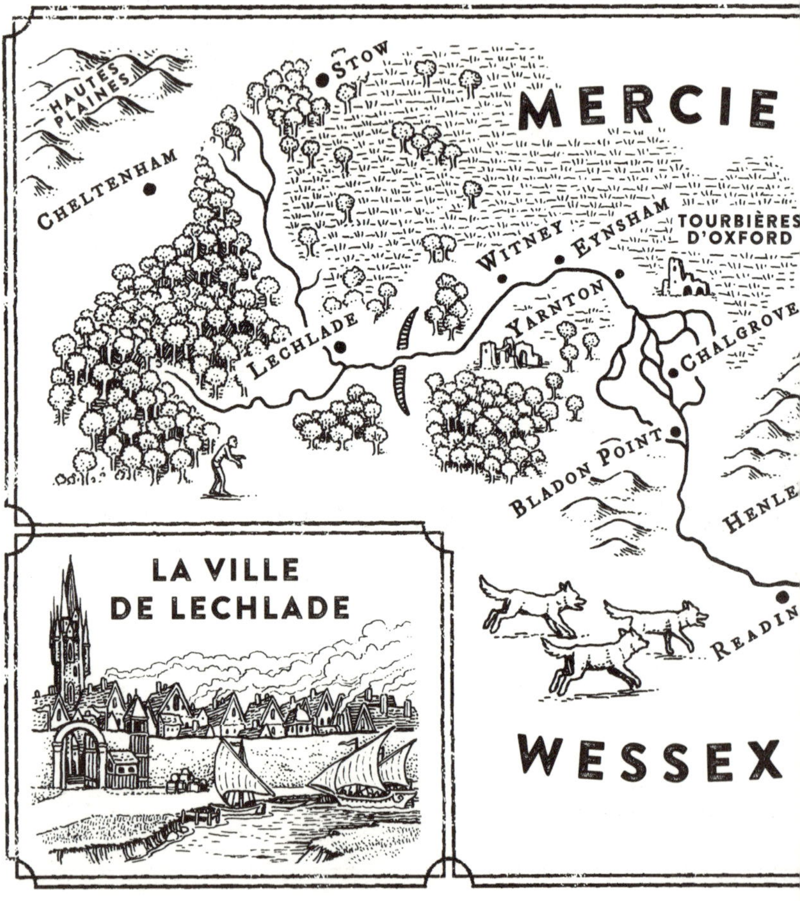
HAUTES PLAINES
CHELTENHAM
STOW
MERCIE
TOURBIÈRES D'OXFORD
WITNEY
EYNSHAM
YARNTON
LECHLADE
CHALGROVE
BLADON POINT
HENLE
READIN
LA VILLE DE LECHLADE
WESSEX

LE COURS D

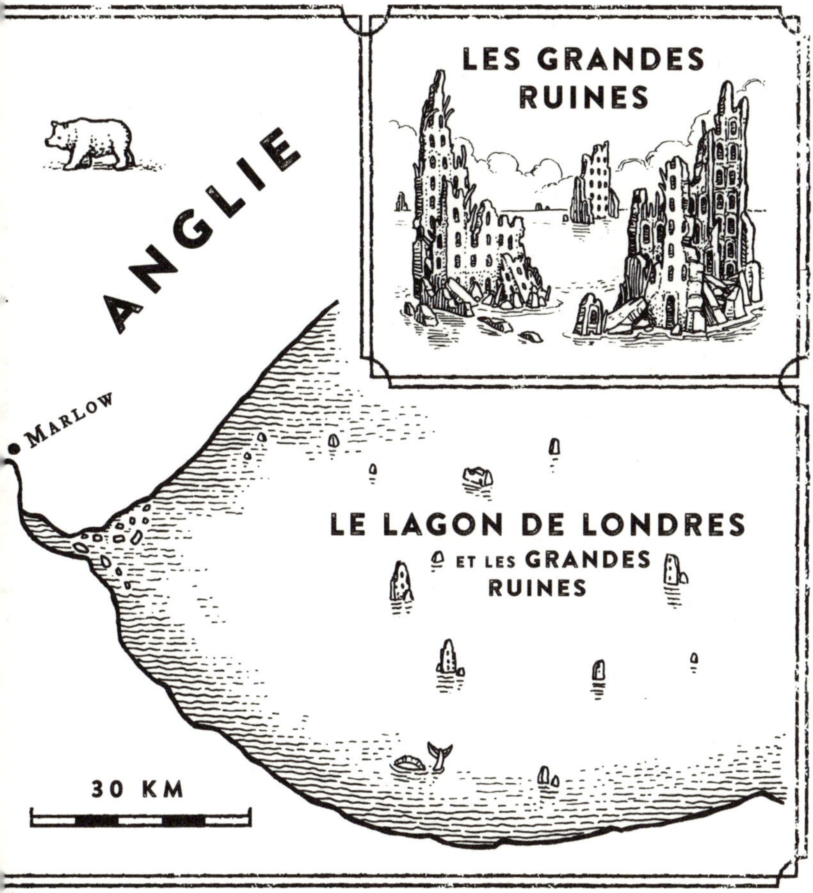
LES GRANDES RUINES
ANGLIE
MARLOW
LE LAGON DE LONDRES
ET LES GRANDES RUINES
30 KM

LA TAMISE

I
LES TERRES SAUVAGES

1

Ce matin-là, tandis que l'aube humide et blanchâtre s'étendait sur les marais, Scarlett McCain se réveilla auprès de quatre morts. Quatre ! Elle n'avait pas conscience d'avoir tué autant d'hommes. Pas étonnant qu'elle ait des courbatures.

Elle sortit son tapis de prière de son étui et le déroula par terre. Une fois assise en tailleur, elle essaya de se détendre. Mais avec quatre cadavres aux yeux grands ouverts et une blessure au couteau sur le bras, elle en fut incapable. Impossible de se laisser aller dans ces conditions. Ce dont elle avait besoin, c'était de manger un morceau et de boire un café.

Elle se leva et se dirigea vers le cadavre le plus proche. C'était un homme trapu des Hautes Plaines avec une barbe noire, un jean et une chemise en jean elle aussi. Assez vieux pour être son père. Peut-être qu'il l'était. Même la tête à moitié enfouie dans la boue et les cailloux, il avait l'air contrarié.

– On a tous nos petits problèmes, lui déclara Scarlett. T'as voulu me dépouiller, voilà ce que tu récoltes.

Elle enjamba le type pour aller jeter un coup d'œil à ses pièges au bord du lac. La situation n'était pas brillante non plus. Ils étaient endommagés, leurs nœuds coulants rongés. Une tête de lapin gisait dans l'herbe humide au bout d'une traînée de sang, ses longues oreilles au poil brun-roux comme deux doigts tendus. À croire que les ragondins l'avaient laissée comme ça exprès.

Scarlett McCain poussa un juron en direction de la forêt, puis elle sortit une pièce de sa poche, qu'elle glissa dans la bourse en cuir accrochée à son cou. Quasiment pleine alors qu'elle n'avait même pas encore pris son petit déjeuner !

De retour au camp, elle se prépara du café sur les braises du feu de la veille. Elle le but debout en filtrant le marc avec ses dents avant de le cracher dans le ruisseau. La journée serait belle. Il faisait encore un peu froid, mais il ne pleuvrait pas. Le sommet des Hautes Plaines était baigné d'une lumière dorée, les flancs, vers l'ouest, encore bleu sombre. Bien plus loin, au-delà des marécages, Scarlett apercevait les rues éclairées de Cheltenham derrière ses fortifications. À cet instant, le générateur de la ville s'éteignit, et les lumières disparurent. D'ici une demi-heure, les portes de la ville s'ouvriraient, et Scarlett pourrait y faire son entrée.

Elle roula sa couverture et rangea son tapis de prière dans son étui, puis partit à la recherche de ses bâtons de soufre. Deux avaient été piétinés dans la bagarre, mais elle put en récupérer trois. L'odeur qu'ils dégageaient lui avait permis de tenir les ragondins à distance pendant la nuit. Scarlett secoua la tête. Ces derniers pullulaient à tel point qu'on ne pouvait plus jamais vraiment piquer un somme tranquille de peur que l'une de ces saloperies à poils durs jaillisse d'un buisson pour vous bouffer le nez. Les plus gros en étaient capables. C'était déjà arrivé à des gens de sa connaissance.

Elle revint à son sac à dos, en détacha ses deux gourdes et alla s'accroupir près du ruisseau. L'une de ses victimes gisait à moitié dans l'eau, la figure tournée vers le ciel. Ses cheveux blonds s'agitaient comme les algues, une main blanche flottait au-dessus des petits cailloux telle une étoile de mer dont les branches fripées ondulent dans le courant. Scarlett se déplaça un peu en amont. Inutile d'attraper une maladie.

Son manteau en cuir frotta contre les roseaux quand elle s'avança pour remplir les gourdes. Ses bottes étaient à moitié enfoncées dans la boue. Elle jeta un coup d'œil à son visage clair et rond déformé par le courant. Elle fronça les sourcils, et le reflet fit de même. Ses longs cheveux roux étaient encore plus emmêlés que les algues du ruisseau. Elle devait arranger ça pour entrer en ville.

Elle était en train de refermer les gourdes quand elle sentit un picotement sur sa nuque. Elle se retourna brusquement, tout à coup sur la défensive, chaque sens en alerte.

Le soleil se levait sur les Terres sauvages du Wessex, projetant sur le paysage une lumière orangée férocement optimiste. Il n'y avait presque pas de vent. À la surface du lac, l'eau autour des roseaux était lisse et transparente comme du verre.

Une gourde dans chaque main, Scarlett se tint parfaitement immobile et chercha à faire le vide en elle pour percevoir chaque sensation. Puis elle balaya lentement les environs du regard.

Pas de danger visible, mais elle ne s'arrêta pas à ça. Quelque chose avait surgi de la forêt, sans doute attiré par l'odeur du sang versé.

Mais où était cette chose ?

Pas très loin de la rive, à mi-chemin entre le lac et les arbres, les ruines d'anciens bâtiments se dressaient sur un talus herbu. Les murs écroulés, plus durs que du roc, formaient d'étranges silhouettes tassées et noires. Des oiseaux s'enroulèrent à la manière d'un serpentin dans le ciel avant de disparaître au-dessus des arbres. Scarlett ne voyait rien, et il n'y avait plus aucun bruit.

Elle se rapprocha de son sac à dos, y attacha les gourdes et l'étui de son tapis, chargea le tout sur ses épaules. Avec son pied, elle projeta un peu de terre sur le feu pour l'étouffer et tourna lentement sur elle-même de façon à inspecter le paysage dans toutes les directions. Si elle en avait eu le temps, elle aurait fouillé ses assaillants pour récupérer quelques petits objets, mais là, elle devait partir au plus vite. Pour le principe, elle fit les poches du barbu ; encore un fermier sans terres qui s'imaginait qu'avec un couteau, un gros bide et un sale regard, il pouvait attaquer une fille qui campait seule la nuit. Son couteau n'était pas aussi affûté que celui que Scarlett gardait à la ceinture. En revanche, le type avait des sandwichs enveloppés de papier dans la poche de sa veste. Scarlett venait de régler la question de son prochain repas.

Elle quitta l'endroit où elle avait passé la nuit et s'élança à travers les hautes herbes. Vers l'ouest, les nuages étaient massés jusqu'à une hauteur incroyable dans le ciel au-dessus des montagnes rose et blanc qui marquaient la frontière avec le pays de Galles. Scarlett s'éloigna du lac et se dirigea vers les ruines. Autant affronter la créature tout de suite avec le soleil dans le dos plutôt que se faire poursuivre dans les marais. Elle détestait jouer à cache-cache.

À une cinquantaine de mètres des vieux bâtiments, elle s'arrêta et attendit. Peu de temps après, une forme sombre et basse s'en détacha pour bondir dans la lumière. C'était un loup adulte gris foncé deux fois plus long que Scarlett n'était grande. Il avait la tête baissée, mais ses épaules, qu'il roulait avec calme, arrivaient presque à hauteur du torse de la jeune fille. Ses deux yeux ambrés braqués sur elle, il avançait du pas confiant d'un marchand sur le point de conclure une vente. Sans agitation, sans émotion. Lui aussi, il avait envie d'en finir au plus vite.

Le seul geste de Scarlett fut d'abaisser lentement sa main vers sa ceinture. Après tout, elle n'était qu'une fille maigre vêtue d'un vieux manteau en cuir marron et chargée d'un sac à dos avec un étui cylindrique, de gourdes et de tout le matériel nécessaire à quelqu'un qui parcourt les Terres sauvages à pied.

Le loup ralentit, puis s'arrêta à six pas. Il leva la tête à hauteur de celle de Scarlett. Ils se jaugèrent. Elle eut le temps de remarquer ses crocs humides, ses babines noires, l'intelligence brûlante de son regard. Peut-être que le loup vit à son tour quelque chose chez Scarlett, car il détourna la tête et, l'instant d'après, s'éloigna au petit trot. Sa puissante odeur animale flotta un instant dans l'air et, le suivant, il avait disparu.

La fille et la bête poursuivirent chacun leur route. Le loup allait sans doute vers le ruisseau et les cadavres. Scarlett sortit un peigne et tenta de démêler les nœuds les plus visibles dans ses cheveux. Puis elle dénicha un chewing-gum, resserra les bretelles de son sac à dos, ajusta la ceinture qui tenait son arme et prit la direction de la ville.

Assez lambiné comme ça. Il était temps de se mettre au boulot et de montrer à ces gens comment on faisait un braquage en bonne et due forme.

2

Comme chaque jour, Mr. H. J. Appleby, directeur de la banque coopérative de Cheltenham, savourait sa tasse de thé après le déjeuner. Il avait terminé ses sandwichs et s'apprêtait à mordre dans les excellents biscuits croustillants aux flocons d'avoine et au gingembre de la boulangerie Simpson. Cette perspective lui procura un agréable sentiment de bien-être.

Dans un coin de la pièce, la pendule – dans sa famille depuis quatre générations et connue sous le nom de la Vieille Gloire – effectuait son lent et rassurant décompte des secondes. Au rez-de-chaussée, la banque était fermée, les employés sortis profiter du soleil de cette fin de printemps pendant leur pause. S'il avait fait pivoter son fauteuil, Mr. Appleby aurait pu les apercevoir par sa fenêtre, de même que les bonnes gens de Cheltenham dans la grand-rue : les commerçants qui échangeaient des ragots, les factrices qui terminaient leur tournée, les employés de bureau qui faisaient la queue chez Simpson... Le soleil se reflétait sur l'asphalte et le chrome des guidons de vélo. Tout était propre, ordonné, calme, parfait. Exactement comme les choses devaient être selon Mr. Appleby.

Il jeta un coup d'œil indifférent aux piles de papiers sur son bureau, soigneusement classés par Miss Petersen. Grâce à la charte bien définie des couleurs, il sut tout de suite qu'il avait à examiner plusieurs documents pour la maison de foi, à autoriser des paiements et à signer quelques courriers. Rien de très pénible, et surtout, rien de plus important que ses biscuits. Il gloussa en tendant une main vers l'assiette…

… et interrompit son geste. Il n'y avait pas de bruit, pourtant quelque chose avait changé dans la pièce.

Il releva la tête d'un coup.

Une fille se tenait dans l'embrasure de la porte.

Il retira sa main de l'assiette.

– C'est l'heure du déjeuner, annonça Mr. Appleby. La banque est fermée.

– Je sais, répondit la fille. C'est pour ça que je suis là.

Un coin de sa bouche se retroussa en un demi-sourire qui n'atteignit pas ses yeux. Au grand dam de Mr. Appleby, elle entra dans son bureau.

Elle avait de longs cheveux roux attachés avec une pince noire en os, ce qui dégageait un visage à la peau claire couverte de taches de rousseur. Elle portait un jean, des bottes et un vieux pull blanc cassé. Et elle avait les mains enfoncées dans les poches de son long manteau en cuir marron. La fille de Mr. Appleby était une adolescente, et s'il ne s'intéressait guère à ses vêtements, il savait que l'accoutrement de cette inconnue n'était pas à la mode à Cheltenham.

– Comment êtes-vous entrée ? demanda-t-il.

La fille ne répondit pas. Elle l'observait de ses grands yeux d'un curieux vert sombre comme si elle était son égale, ce qui n'était pas très respectueux, remarqua Mr. Appleby. Pas du tout, même.

Elle avait quelque chose dans la bouche, aussi. Un chewing-gum, sans doute, car ses mâchoires effectuaient des mouvements réguliers. Sa fille faisait ça, elle aussi. Or il détestait cette manie.

– Je vous serais très reconnaissant de me répondre, dit-il.

La fille fit quelques pas vers lui en passant devant la pendule et la collection de photographies sur le papier peint à rayures. Elle jeta un coup d'œil indifférent à son épouse le jour de la fête du club de cricket, où elle portait sa robe à fleurs et un grand chapeau de paille.

– Bordel, vous êtes tous des géants dans le coin ! s'exclama-t-elle. On voit qu'il n'y a pas de restrictions de nourriture par chez vous.

Le directeur de la banque pinça les lèvres. Et se leva à moitié.

– Jeune dame, je vous demande de sortir.

En un instant, la fille fut plus près, cette fois au niveau du fauteuil en cuir face à son bureau. Comme la plupart du mobilier, il appartenait au père de Mr. Appleby à l'époque où celui-ci était directeur de la banque, et à son propre père avant ça. Scarlett le fit pivoter et s'y assit sans sortir les mains de ses poches.

– Ouah, il s'incline. La classe ! s'écria-t-elle.

Mr. Appleby se laissa lentement aller dans son propre fauteuil. Après tout, peut-être valait-il mieux ne pas faire de scandale. Il passa ses doigts sombres dans ses cheveux crépus.

– Que puis-je pour vous ?

– Je veux juste votre argent, répondit la fille.

Elle effectua deux nouveaux mouvements de mâchoire. Et, avec un petit sourire, elle annonça :

– Ceci est un hold-up.

Mr. Appleby sentit un son jaillir du fond de sa gorge. Cette fille serait-elle folle ? Comment était-il possible que malgré tous les contrôles dans l'enfance, le suivi, l'écrémage, des éléments déviants parviennent à passer au travers des mailles du filet ? Rien que les cheveux roux et la peau claire auraient dû alerter. Ou alors, ces yeux étranges.

– Ah bon ? dit-il. Vraiment, Miss… pardonnez-moi, je n'ai pas retenu votre nom.

– C'est parce que je te l'ai pas donné. Écoute, il y a un coffre dans le mur derrière toi. T'as soixante secondes pour l'ouvrir, Mr… (elle jeta un coup d'œil au triangle en métal sur le bureau) Horace Appleby. Tu vois, moi, je connais ton nom. C'est cool de savoir lire, non ? Horace, à partir de maintenant, tu as soixante secondes.

– Nous pourrions peut-être en discuter ? Je vous sers une tasse de thé ?

– Je bois pas de cette saloperie.

La fille croisa les jambes et regarda sa montre.

– Cinq secondes de passées, il t'en reste cinquante-cinq. Tu vois, je sais compter, aussi.

Elle lui fit un clin d'œil.

– Un biscuit, peut-être ? proposa-t-il.

Il fit glisser l'assiette vers elle. Et, de l'autre main, appuya sur un bouton placé sous son bureau. Eric allait s'occuper de cette fille. Il était calme, grand, et pas très gentil. Mais très obéissant. Il la conduirait dans la petite cour à l'arrière, histoire de ne pas effrayer les chevaux. Juste quelques claques et des coups aux endroits sensibles, puis il la renverrait sans qu'elle demande son reste. Mr. Appleby sourit, et son regard se déplaça vers la porte. Mais Eric n'apparut pas.

– Cinquante secondes, dit la fille. Si t'attends le grand type qui montait la garde dans le hall, je crains qu'il ne vienne pas. Il est un peu… pris pour l'instant.

Mr. Appleby cligna des yeux. La surprise fut la plus forte.

– Vous l'avez fait prisonnier ?

Cette fois, la fille fit un vrai sourire, à tel point que son visage se plissa comme celui d'un gobelin.

– Bien sûr que non ! Quelle idée ! Je l'ai juste mis KO. Et si t'ouvres pas le coffre, je ferai pareil avec toi.

Là, le sourire de la fille s'effaça.

Mr. Appleby avait du mal à le croire, pour Eric, mais elle était là, et pas lui. Il se pencha en avant, joignit les doigts, posa les coudes sur le bureau. Il y avait une arme dans son tiroir, un revolver fabriqué à Cheltenham et acheté dans l'armurerie voisine. Mais il devrait s'en emparer rapidement, or son tiroir était difficile à ouvrir.

– Si vous me mettez KO, je ne pourrai pas ouvrir le coffre. Logique, n'est-ce pas ? fit-il remarquer en tentant de garder un ton léger.

– En effet, dit la fille. Si je le fais dans cet ordre. Quarante secondes.

Maintenant qu'il y regardait de plus près, il voyait la boue sur son jean et ses bottes, les éraflures et les rapiéçages de son manteau. Cette fille vivait dehors. Il y avait aussi une bourse accrochée à son cou au bout d'une vieille ficelle. Apparemment, une boîte de pénitence. Cette fille était vraiment folle. Une cinglée. Cinglée et mauvaise. Il s'était laissé induire en erreur par son jeune âge, alors qu'elle n'était que l'une de ces brigands qui hantaient les Terres sauvages du Wessex.

Mais il pouvait encore s'en sortir en récupérant son arme. Autrefois, il allait souvent tirer dans les marais avec des rabatteurs et leurs cornes. Il réussissait à tuer les oiseaux presque avant qu'ils prennent leur envol. Il avait vieilli, certes, mais ça pouvait aller. Il était encore capable. La question, c'était dans quel laps de temps. Il se rendit compte que ses mains tremblaient.

Peut-être valait-il mieux continuer à la faire parler.

– Vous êtes de toute évidence une personne un peu perdue, ma chère, déclara-t-il. Vous avez besoin d'aide. Si vous le souhaitez, je peux vous accompagner à la maison de foi pour qu'un mentor vous y reçoive sans attendre.

– Non, ça ira, répondit la fille. Trente-cinq secondes.

Mr. Appleby jeta un coup d'œil à la Vieille Gloire. Son cadran blanc mais assombri par les années indiquait midi vingt-sept. Miss Petersen ne s'absentait jamais aussi longtemps. Le personnel de la banque allait bientôt revenir, découvrir Eric et comprendre qu'il y avait un problème...

– Je vois que vous n'êtes pas d'ici, insista-t-il. Peut-être n'avez-vous pas vu les cages dans le jardin public ? En face du salon de thé ?

– Il te reste trente secondes, dit la fille. Si, je les ai vues.

– À Cheltenham, nous destinons ces cages aux criminels, expliqua Mr. Appleby. Si vous arrêtez vos bêtises sur-le-champ, vous vous en sortirez avec un jour ou deux en cage. Rien de très pénible. Quelques insultes, peut-être aussi quelques coups de bâton de justice. Puis vous pourrez quitter la ville. Mais dans le cas contraire... (Il tenta de prendre un ton plus menaçant en appuyant sur chaque mot.) Dans le cas contraire, il y a aussi les pieux en métal au bout des champs. On vous y attache, puis on vous laisse à la merci des bêtes sauvages. Ou alors, qui sait, peut-être des Infâmes qui sortiront des bois pour vous dévorer vivante. Avez-vous vraiment envie de ça, très chère ? Je suis un Appleby, descendant de l'une des familles qui gouvernent cette ville. Je peux régler l'affaire en un clin d'œil. Les voleurs, les déviants, les braqueurs de banque, tel est le sort qu'on leur réserve.

– Ah bon ?

Les yeux verts de la fille ne cillaient pas. C'était comme s'ils avaient pu dire : « Tu te prends pour un dur. Mais, moi aussi, je suis capable de faire des trucs. Demande au gars en bas. Demande aux quatre morts des marais. »

Elle souffla une petite bulle de chewing-gum rose puis la fit exploser dans sa bouche, et se remit à mâcher.

– À ta place, dit-elle, j'éviterais de gâcher du temps alors que ma vie est en jeu. Ton petit discours t'a pris quatorze secondes. Je viens d'en utiliser six. Il t'en reste dix pour te souvenir du code secret et tourner le cadran de ce coffre. Avec tes mains tremblantes et tout ça.

Mr. Appleby déglutit.

– Je n'ouvrirai pas le coffre, déclara-t-il.

– Huit secondes.

Un petit geste, c'était la seule chose dont il avait besoin. La distraire le temps d'ouvrir le tiroir, sortir son arme…

– Je pense vraiment… que nous devrions… discuter, bredouilla-t-il.

Voilà qu'il bafouillait maintenant. « Calme-toi. Elle ne te fera rien. »

– Six.

Il jeta un coup d'œil par la fenêtre.

– Cinq, dit la fille. Quatre.

– C'est trop tard, dit Mr. Appleby en désignant la rue. La milice est là.

La fille leva les yeux au ciel mais tourna un instant la tête. Mr. Appleby en profita pour se jeter sur son tiroir. Oui, il coinçait un peu, malgré tout il l'avait ouvert ! Mais pourquoi son arme était-elle enveloppée dans un mouchoir ? Pourquoi avoir fait ça ? Qu'est-ce qui lui était passé par la tête ? Qui donc enveloppe son revolver comme un cadeau d'anniversaire ? Il secoua le bout de tissu, et c'était bon. Il leva le bras, retira la sécurité…

Et découvrit que la fille pointait déjà son propre revolver sur son cœur. Elle avait l'air à la fois blasée et insolente. Elle fit lentement une bulle de chewing-gum. Puis repoussa une mèche de cheveux de son visage.

Bang ! La bulle explosa. Avec un gémissement de peur, Mr. Appleby sursauta et lâcha son arme, qui fit un bruit sourd en heurtant le bureau.

– Trois, deux, un, conclut la fille. Le temps est écoulé, Horace. Maintenant, ouvre ce putain de coffre.

– D'accord !

Il se leva. Avec des gestes désordonnés, il fit tourner le cadran, composa le code choisi par son grand-père et ouvrit la porte. Il en sortit une boîte en métal, qu'il posa entre son revolver et l'assiette de biscuits.

– Eh bah voilà. C'était pas si compliqué. Maintenant, ouvre la boîte, dit-elle en la désignant avec son arme.

Il s'exécuta. Dedans, comptée avec amour par Mr. Appleby en personne, se trouvait la réserve de la banque sous forme de liasses de cinquante bien alignées. Des billets du Wessex tout neufs qui, tout à coup, paraissaient si vulnérables. Mr. Appleby était malade de les voir exposés comme ça. Il les regarda d'un air peiné.

La fille sortit un filet à provisions, qu'elle secoua.

– S'il te plaît, mets l'argent là-dedans.

Elle jeta un coup d'œil en direction de la porte.

La haine envahit Mr. Appleby à mesure qu'il s'exécutait. Une haine pour le chaos qui régnait au-delà des fortifications des villes de survivants, dans les marécages et les forêts à perte de vue. Pour ce chaos qui avait eu l'impudence de débarquer dans son bureau avec des bottes sales et un vieux manteau en cuir.

– Je vous ferai exécuter, menaça-t-il. Où allez-vous vous enfuir ? En Mercie ? Dans les Terres sauvages ? Nous avons des pisteurs.

– Ouais. Mais ils sont nuls.

Elle était en train de fermer le sac. Elle jeta un coup d'œil à sa montre.

– J'ai des amis dans toutes les villes, tonna-t-il.

– Des amis ? Toi ? Ça m'étonnerait.

– Vous êtes en train de dérober l'argent d'une maison de foi. Qui a des agents, vous le savez, n'est-ce pas ? Ils vous pourchasseront.

La fille soupesa le sac entre ses mains.

– Ah ouais ? Dis-moi, Appleby, t'as déjà entendu parler de Jane Oakley ?

– Non.

– De Jenny Blackwood ?

Il fit signe que non.

Le sourire de la fille se transforma en regard noir.

– Tu lis jamais les journaux ou quoi ?

– J'imagine qu'il s'agit de femmes de mauvaise vie. De brigandes qui traînent autour des villes.

Il se pencha par-dessus son bureau en tremblant de toute la fureur légitime de l'homme riche et respectable qu'il était pour ajouter :

– J'imagine que ce sont vos associées ?

– Nan.

La fille s'approcha. Elle dégageait une odeur de bois et d'eau, ainsi que celle d'un pull pas trop sale.

– C'est pas mes associées, Appleby. C'est moi.

Il y eut un petit cri en provenance de la porte. Mr. Appleby et la fille se redressèrent d'un coup. Miss Petersen était là, bouche bée, et avec elle – Shiva merci ! – un milicien au chapeau melon vert bouteille.

Un instant, personne ne bougea.

À sa propre surprise, ce fut Mr. Appleby qui réagit en premier. Il se jeta sur le filet à provisions et le tira à lui. La fille résista. Il frappa comme un fou dans sa direction, mais elle plongea puis lui balança un coup de poing dans le ventre. La douleur explosa tout près de son thé et des sandwichs. Il lâcha le sac et s'écroula dans son fauteuil en gémissant. Alors qu'il agitait les bras en pleurant, il voyait toujours le milicien. Mais où était la fille ? Eh bien, au-dessus de lui, debout sur le bureau ! Elle avait sauté si vite qu'il ne l'avait pas vue faire. Elle lui sourit, rattrapa le sac rempli de billets puis bondit par-dessus Mr. Appleby en direction de la baie vitrée, qu'elle fit exploser au passage, ce qui envoya des éclats de verre un peu partout.

Plus personne.

Ciel. Soleil. Silence.

Tout à coup, un cri.

Pas de doute, elle allait succomber à sa chute ! Mr. Appleby se releva en se tenant le ventre et fit un pas vers la fenêtre pour découvrir le trottoir couvert de verre brisé et des piétons qui couraient dans tous les sens.

Mais où était le corps ? Il se frotta les yeux.

Non loin, une sonnette joyeuse retentit.

Un vélo ! La fille pédalait comme un démon, le sac à provisions sur son épaule. En se retournant, elle lui adressa un geste choquant. Puis elle évita de peu un petit enfant, chassa une vieille dame dans le caniveau et fila.

Mr. Appleby entendait Miss Petersen croasser comme un corbeau derrière lui. Il entendit aussi le milicien siffler en filant au rez-de-chaussée. Il n'y prêta aucune attention, se contentant de passer la tête par la fenêtre brisée pour voir son argent s'éloigner dans la rue. Il ne vit bientôt plus le filet à provisions, uniquement une chevelure rousse qui semblait lui faire des saluts amicaux en dépassant la poste, l'étang aux canards et l'arrêt de bus. Puis la fille franchit les portes de Cheltenham en direction des Terres sauvages.

3

Le secret d'un hors-la-loi, c'est sa rapidité. Voyager léger, n'avoir ni attache ni allégeance. Il pille une ville, passe à la suivante. Entre deux, il disparaît dans les terres inhabitées. Sans regrets. C'est ce qui le différencie de ces crétins qui tremblent derrière les murs de leur petite maison. La forêt est trop dangereuse pour qu'ils s'y aventurent à votre recherche.

Pourtant, la traque par les agents de Cheltenham se révéla plus ardue que ne l'aurait cru Scarlett McCain.

Bien à l'abri des arbres, elle fit halte à l'orée des bois pour observer aux jumelles l'activité sur la route des marais. Des équipes de recherche se déversaient d'un camion garé sous les digues. Des pisteurs armés de fusils; des miliciens reconnaissables à leurs chapeaux melon verts; des types avec de gros chiens noirs qui couraient partout. Comment ces animaux parvenaient-ils à suivre la trace d'une bicyclette, Scarlett l'ignorait, mais ils avaient l'air plutôt doués. Ces gens étaient alertes, efficaces, sombres et décidés. La coopérative de Cheltenham était leur banque, c'était donc *leur* argent que Scarlett avait dans son filet à provisions. Ils allaient tenter de la suivre dans la forêt avant d'être surpris par la nuit.

Elle fronça le nez. C'était ça, l'inconvénient de faire ses coups l'heure du déjeuner. La traque durait plus longtemps qu'en temps normal.

Elle n'était pas inquiète pour autant. Le vélo était déjà noyé dans un fossé, l'argent à l'abri dans son sac à dos, et son sac à nouveau sur son dos. Elle avait tout le nécessaire, et rien pour la ralentir. Elle rangea ses jumelles puis, courbée en deux, traversa les fougères qui tapissaient les bois.

Au début, la forêt était clairsemée et bien entretenue. Scarlett aperçut plusieurs camps de bûcherons et quelques pâturages, des vergers à la terre meuble, des alignements de ruches. Des gardes armés surveillaient les cochons dans les vergers tandis que des bergers se tenaient près de leur troupeau sans jamais cesser de guetter les fourrés. Scarlett se glissa près d'eux sans être vue pour finalement atteindre une clairière ensoleillée où les pieux de châtiment de la ville se dressaient sur une vieille dalle en béton. Il y avait bien des chaînes métalliques, mais aucun prisonnier. La lumière du soleil filtrait à travers les nuages. Tout autour, les arbres resplendissaient dans la lumière de la mi-journée. L'endroit dégageait une atmosphère de sombre mélancolie. Scarlett ressentit un pincement au cœur, une douleur profonde et diffuse à laquelle elle refusa d'accorder la moindre attention. Les aboiements des chiens retentissaient au loin. Elle s'enfonça dans les Terres sauvages, là où il n'y aurait plus le moindre signe de présence humaine.

Elle progressait d'un bon pas. Le sable mêlé à la terre griffait ses bottes ; elle enjambait des souches et des branches à terre sans prendre la peine de masquer ses traces. De temps en temps, elle vérifiait la boussole accrochée à sa ceinture pour ne pas dévier du nord-est, la direction de Stow, une ville à la frontière de la Mercie. Même en évitant les routes, elle l'atteindrait au début de l'après-midi du lendemain. Ça signifiait passer une nuit dans la forêt, ce qui ne lui posait pas de problème. Elle l'avait fait bien des fois, et elle était encore vivante.

Au bout d'une heure de marche, elle atteignit un coin sinistre où la noirceur s'élevait à mi-hauteur des arbres et où une odeur de cendres persistait dans l'air. Scarlett aperçut des symboles grossiers dessinés sur les rochers, des crânes d'animaux dans des crevasses et des entailles sombres sur les branches. Ces marques avaient l'air anciennes, mais il fallait se montrer prudent. Elle tendit l'oreille vers les sous-bois et les oiseaux qui piaillaient dans les arbres. Et se sentit plus confiante. Si la vie sauvage se poursuivait, ça signifiait que les Infâmes ne se trouvaient pas dans les parages.

Au bout d'une heure encore, une fois les arbres redevenus verts et l'atmosphère plus saine, elle ralentit le rythme et se mit à penser aux attraits de Stow : ses pubs, ses tables de jeu et ses plats chauds. À son arrivée, elle commencerait par régler sa dette envers les Frères de la Main et pourrait enfin prendre un peu de bon temps. Pour l'instant, elle était seule dans un endroit sauvage, ce qu'elle appréciait tout particulièrement. Elle n'entendait plus les aboiements des chiens. Pas de doute, elle avait semé les équipes de recherche. Si elle parvenait à échapper aux loups et autres dangers, tout irait bien.

C'est là qu'elle aperçut le car.

En surgissant d'une ravine envahie par les fougères, elle découvrit d'abord un trou dans la glissière de sécurité d'une route traversant la forêt. Sans doute celle qui reliait Cheltenham à Evesham, plus au nord. Scarlett observa la pente presque à pic où tout en bas, un autocar accidenté était couché sur le flanc.

Elle voyait le virage où il avait quitté la route en percutant la glissière avant de faire un tonneau et de glisser dans la pente. Il avait laissé une large traînée noire et fini par heurter de gros rochers, ce qui l'avait mis sur le flanc, pour finalement s'immobiliser en travers d'un ruisseau. De là, il présentait de façon presque indécente son châssis noir et luisant. Ses roues avaient cessé de tourner. Le silence régnait dans la petite vallée boisée. De l'huile coulait de la carosserie dans le ruisseau, où elle miroitait sous les rayons du soleil. Des mouches bourdonnaient autour de la carcasse métallique tels des rideaux en dentelle noire soulevés par la brise. Mais il n'y avait pas de vent et, à part les mouches, aucun signe de vie. Pourtant, sans quitter l'ombre des fougères, Scarlett McCain continua à observer les vagues que formaient les mouches dans le ciel.

Une créature bleu vif jaillit au-dessus de l'eau. Un martin-pêcheur décrivit des boucles sur le ruisseau puis disparut entre les arbres. Scarlett sortit de sa cachette pour s'approcher du car qui gisait là comme une bête abattue, à la fois stupide et imposant dans son malheur.

Il y avait un large trou dans son flanc tourné vers le ciel. Le métal tout autour semblait avoir été pelé et rabattu comme des pétales.

Une odeur d'essence et de sang flottait dans l'air.

Scarlett fit halte au bord du ruisseau emportant l'huile pour tendre à nouveau l'oreille, mais elle ne perçut que le bourdonnement des insectes et le clapotis. Des lambeaux de vêtements ensanglantés s'étalaient sur les rochers des deux berges, où on distinguait des traces de pattes géantes dans le sol meuble. Scarlett apercevait à la fois les empreintes dans la boue et les traînées de sang luisantes sous un tapis de mouches. Les traces quittaient ensuite la rive pour s'enfoncer dans la forêt.

Le car était un Lièvre du Wessex, la compagnie qui reliait les villes fortifiées entre elles. Le sang par terre n'était pas très frais. L'accident datait au moins de la veille. Peut-être que des rescapés avaient pu fuir avant que les bêtes sortent des bois, mais certains y avaient visiblement laissé leur peau.

En tout cas, à cette heure, ils devaient être loin, et ils avaient abandonné là toutes leurs possessions.

Scarlett passa une main sous sa chevelure pour se gratter la nuque et observa la position du soleil dans le ciel. Il y avait peu de risques que les créatures qui avaient attaqué le car accidenté reviennent avant la tombée de la nuit. Ce n'était encore que le milieu de l'après-midi.

Elle s'aventura vers le flanc exposé du véhicule et se hissa jusqu'au grand trou dans le métal. Par les vitres sous ses pieds, elle voyait des sièges brisés, des valises, des vêtements éparpillés, des débris ensanglantés. Certains avaient été dévorés à l'intérieur même du car, sans doute par des ours ou des loups affamés. Les bêtes sauvages n'avaient dû tirer les corps dehors qu'une fois rassasiées.

Scarlett s'arrêta un instant au bord du trou en réfléchissant à la raison de cette issue de secours improvisée, à la façon dont l'ouverture avait été ménagée de l'intérieur… mais rien ne bougeait dans le car, alors elle se pencha avec précaution, se balança un instant au-dessus du vide comme un pendule et sauta.

Elle atterrit genoux pliés, son manteau en corolle autour d'elle. À l'intérieur flottait une lumière jaunâtre chargée de poussière et de mort. L'habitacle formait un angle de quatre-vingt-dix degrés par rapport à la normale. La double rangée de sièges lui faisait face comme les alvéoles d'une immense ruche. L'une était au sol, l'autre pendait au-dessus de sa tête. Gisaient là des chaussures, des vêtements et des bagages qui avaient valsé dans l'accident, puis été lacérés par des griffes.

D'abord, Scarlett ne vit pas grand-chose d'intéressant mais, au bout de quelques minutes, elle avait récupéré quelques objets utiles : trois boîtes de viande en conserve et une de pudding au chocolat; une torche avec une batterie à plat, deux vieux livres rafistolés. Scarlett savait lire et connaissait la valeur des livres. Ils se revendraient à bon prix dans une foire de Mercie.

Il y avait aussi une petite valise en métal fermée par un cadenas que Scarlett ne parvint pas à briser. Elle ne prit pas la peine de chercher la clef, qui se trouvait très certainement dans une poche, donc à présent dans l'estomac d'un loup. Pourtant, la valise avait l'air assez lourde pour être intéressante, alors elle s'en empara.

Elle regagna l'issue de secours improvisée et glissa son butin dans son sac à dos en accrochant la petite valise près de l'étui de son tapis. Elle était en train d'observer le ciel et les nuages pour se préparer à la remontée quand elle entendit un bruit.

Ne pas bouger, c'était facile; le plus dur, c'était de remonter le temps pour comprendre quelle était la nature de ce bruit. Il n'y avait pas eu un seul son, mais plusieurs : un bruit, un grattement et des murmures. Elle se retourna et, pour la première fois, remarqua la grosse boîte comme accrochée au plafond. Un équipement commun à tous les autocars : des toilettes. Dont la porte était fermée.

Le silence revint. Scarlett regarda les nuages passer par le trou dans la carcasse, cette liberté que procurait le ciel. Elle leva les mains, les muscles des bras tendus, prête à se hisser dehors...

Et soupira. Puis s'approcha des toilettes à pas de loup.

Sur la porte, qui était presque à l'horizontale, elle découvrit un trait rouge sous la poignée en métal. Avec cette indication :

OCCUPÉ

Il y avait aussi de profondes traces de griffes dans le bois vernis, faites par une créature qui avait cherché à briser la paroi.

Scarlett tendit l'oreille. Plus aucun bruit en provenance de la cabine.

Elle se mit sur la pointe des pieds. La porte n'était plus qu'à quelques centimètres au-dessus de sa tête. Vu la position des gonds, elle s'ouvrirait vers le bas.

Elle eut l'étrange désir de frapper poliment, mais résista à cette idée absurde. Elle se racla la gorge, elle n'avait pas parlé depuis son départ de la banque trois heures plus tôt.

– Il y a quelqu'un ?

Elle attendit. Pas un mouvement, pas un bruit.

Elle s'adossa au toit du car, se gratta le nez, gonfla ses joues. Cette fois, elle tendit le bras et frappa doucement sur la paroi de la cabine.

– Il est presque quatre heures, annonça-t-elle. Le soleil ne va pas tarder à plonger derrière les arbres et, ensuite, la nuit tombera. Les créatures vont revenir. Elles sentiront votre présence et s'attaqueront à la porte. Elles finiront bien par en avoir raison. Je suis une voyageuse, une pénitente, une fille de Dieu. Je suis encore là un instant, mais je vais partir. Personne d'autre ne viendra à votre secours. Si vous êtes blessé, j'ai des remèdes. Je peux vous aider à regagner la route. Mais pour ça, il va falloir sortir. Vous avez vingt secondes. Telle est ma proposition. Sinon, je m'en vais.

Ses oreilles perçurent comme des murmures. L'endroit n'était pourtant pas assez grand pour contenir deux personnes. Elle imagina la chaleur et l'obscurité là-dedans. Elle se vit dans ce machin tandis que le car dévalait la pente. Elle se représenta les bêtes qui dévoraient les autres passagers ; les loups qui hurlaient à la mort, qui bavaient et griffaient le contreplaqué. Scarlett McCain avait beaucoup d'imagination. Trop, d'ailleurs ; c'était quelque chose qu'elle ne pouvait ni manger ni combattre ni vendre, elle n'en avait donc que faire.

– Dix secondes, annonça-t-elle.

Dans la cabine, une voix se fit entendre. Presque au même instant, quelque chose bougea près de la tête de Scarlett. Elle s'écarta, mais pas assez vite. En s'ouvrant, la porte lui heurta le crâne. Alors qu'elle titubait, étourdie par le choc, la cabine cracha son occupant. Il chuta à ses pieds et roula dans une mêlée de bras et de jambes.

Scarlett McCain se tenait au siège le plus proche. Ses mâchoires résonnaient encore du claquement de ses dents.

Muette de stupéfaction, elle découvrit qu'il n'y avait là qu'une personne.

Une jeune personne à la peau claire et aux traits anguleux avec des yeux immenses qui la regardaient fixement, ainsi qu'une crinière de cheveux noirs telle une fontaine figée par la glace. Une unique mèche retombait sur son visage comme si on l'avait poussée dans le dos. Elle leva une main délicate pour chasser les cheveux de ses yeux, puis ne bougea plus.

Un garçon.

– Putain, lâcha Scarlett.

De ses doigts nerveux, elle sortit une pièce de sa poche et la glissa dans sa bourse.

4

Au cours de ses nombreux voyages dans les terres détruites de Grande-Bretagne, Scarlett s'était rarement sentie à ce point désarçonnée. Avec les bandits barbus, elle savait y faire, avec les bêtes sauvages et les directeurs de banque aussi. Elle pouvait manœuvrer, fuir ou, en dernier ressort, tuer. Elle avait pour elle sa rapidité, son endurance et tout un éventail de qualités asociales.

En revanche, elle n'avait aucune expérience avec un jeune garçon à l'air perdu.

Qui la regardait depuis le sol avec des yeux de chiot. Scarlett McCain l'observa.

– Qui es-tu ? demanda-t-elle.

Elle était incapable de lui donner un âge. Ses cheveux étaient coupés de façon grossière, peut-être au couteau, ce qui accentuait les traits marqués de son visage. Ses yeux brillaient de façon peu naturelle. Le garçon était sans doute un peu plus jeune qu'elle. Une quinzaine d'années ? Il était mal nourri, aussi, ce qui pouvait signifier plein de choses. Il portait un T-shirt blanc et un pull vert très sale grossièrement tricoté, ainsi qu'un pantalon large en flanelle. Une énorme paire de baskets tout éraflées habillait ses pieds.

– Qui es-tu ? répéta Scarlett. Allez, parle.

Le garçon changea de position et murmura quelque chose que Scarlett ne comprit pas.

Elle fronça les sourcils.

– Hein ?

Cette fois, la voix du garçon fut étonnamment forte.

– J'ai dit, est-ce que tu es une Infâme ?

Scarlett répondit en grognant :

– Si c'était le cas, tu serais déjà mort.

Elle jeta un coup d'œil aux rayons de soleil qui pénétraient par les fenêtres brisées du car. Pas une minute à perdre. Même en un laps de temps si court, l'angle de la lumière avait changé. D'un doigt, elle donna un petit coup à la porte des toilettes.

– T'étais tout seul là-dedans ?

Le garçon releva la tête. Des gouttes d'eau tombaient de la cabine. Une légère odeur de désinfectant se mêlait à d'autres.

– Oui, répondit-il lentement. Tout seul.

– J'ai pourtant cru t'entendre parler à quelqu'un.

– Non.

– Je suis sûre de t'avoir entendu parler.

Il réfléchit en inclinant la tête sur le côté.

– J'ai peut-être parlé tout seul.

Scarlett se gratta le menton.

– Bon, c'est un peu flippant, mais ça ira pour cette fois. Ça fait longtemps que t'étais là-dedans ? Des heures ? Des jours ?

– J'en sais rien, répondit le garçon. Depuis l'accident. Avant les cris et les créatures.

Son regard changea et, un instant, ses yeux se ternirent. Puis il se remit à sourire aux anges en attrapant ses genoux noueux avec ses mains.

Il avait vraiment les yeux très brillants. Il devait être malade, ou un truc comme ça. Scarlett savait qu'elle aurait dû le laisser là. Cette tête, le fait qu'il parle tout seul… S'il avait de la fièvre ou s'il était cinglé, ça n'allait pas lui porter chance.

Elle serra les dents et contempla les rayons de soleil en rêvant de quitter cet endroit au plus vite.

– Le soir tombe, annonça-t-elle. Il faut que tu partes maintenant.

Le garçon haussa les épaules.

– Sans doute. Tu viens de Stonemoor ?

– Je sais pas ce que c'est. Tu peux marcher ?

– Je crois que je suis un peu ankylosé. C'était étroit dans ces toilettes. J'étais coincé contre la cuvette, je ne pouvais pas m'asseoir à cause de la pente, toute l'eau et le reste me sont tombés dessus quand le car a dévalé la colline, ce qui n'a vraiment pas été agréable. Je ne voulais pas toucher la porte de peur de l'ouvrir, ou que les créatures m'entendent. Bien sûr, quand les cris se sont tus, elles m'ont entendu. Ou plutôt, elles m'ont senti. Là, ça a été compliqué. Elles se sont attaquées au battant, elles grattaient, elles hurlaient, ça a duré longtemps…

Son regard dériva vers quelque chose que Scarlett ne voyait pas. Puis il cligna des paupières.

– Désolé, c'était quoi, ta question, déjà ? dit-il.

Scarlett le fusilla du regard.

– J'ai oublié, tellement ça fait longtemps que je te l'ai posée. Je te demandais si tu pouvais marcher, je crois. Au moins, on sait que tes mâchoires fonctionnent. Allez, debout.

Le garçon s'exécuta avec maladresse et, de toute évidence, non sans douleur. Il se tint au toit. Il était plus grand que Scarlett ne l'aurait cru, il faisait presque sa taille, mais il était tout en os et en nerfs, sans le moindre muscle, et il tremblait comme une feuille. Il irradiait la faiblesse. Elle sentit l'agacement la gagner.

– Je suis engourdi à des endroits étranges, dit-il.

Scarlett avait déjà fait demi-tour en direction du trou dans le flanc du car. Quand elle fut juste dessous, elle se retourna, énervée de voir que le garçon ne la suivait pas. Il était toujours adossé au toit, l'air épuisé.

– Dépêche-toi ! lui lança-t-elle. Tu peux sortir par là.

Il ne réagit pas tout de suite. Puis il demanda :

– Il y a quelqu'un dehors ?

– Non, ils sont tous morts.

– Même pas un homme qui boite ? Une femme aux yeux noirs ?

– Ni l'un ni l'autre. Comme j'ai dit, ils sont tous morts.

– Je ne veux pas croiser cette femme.

Scarlett l'observa.

– D'accord. Mais ça sera pas le cas. En revanche, ce que tu vas bientôt croiser si tu restes planté là comme un crétin, c'est un loup, un ours ou un renard géant, parce qu'il y a toutes les chances qu'ils reviennent à la tombée de la nuit. Ou alors des Infâmes, ce qui est encore pire. À part moi, il n'y a pas d'humain normal à dix kilomètres à la ronde, et je me casse. Je peux t'aider à sortir, ou alors je peux te laisser te faire bouffer. Mais tu dois choisir, mon pote. Pour moi, ça change rien.

Elle leva un bras vers le trou en clignant des yeux sous le soleil. Une flexion, un saut, et elle aurait disparu. Elle en rêvait déjà. Peut-être que c'était ce qu'il voulait. Peut-être qu'il voulait qu'elle parte. Ô dieux du ciel, faites qu'il en soit ainsi. Il lui suffisait de le dire.

– Ne pars pas, dit le garçon d'une petite voix. Attends-moi. J'arrive…

Il s'avança d'un pas traînant.

Scarlett poussa un long soupir. Très bien. Elle pouvait l'aider à rejoindre la route et le laisser là. Quelqu'un finirait bien par passer. Un camion ou un autre car. Elle observa le bleu de plus en plus profond du ciel. Il y avait peu de chances qu'un véhicule vienne ce soir... Mais ça n'était pas son problème.

Elle jeta un nouveau coup d'œil au garçon qui progressait à son rythme.

– Tu peux pas te dépêcher un peu ? demanda-t-elle. Même un cadavre irait plus vite.

Le garçon prit un air peiné.

– J'essaie. Mais j'ai les fesses engourdies.

– Et alors ?

– Ça m'empêche de bouger les jambes. Là, à l'arrière des cuisses, j'ai les fesses en béton. Tu pourrais me les toucher, je sentirais rien.

– Eh bien ça, on le saura jamais.

Scarlett l'attendait en pianotant sur le toit du bout des ongles. Le garçon la rejoignit enfin. Elle désigna le trou.

– Bon, la sortie, c'est par là.

Il repoussa sa chevelure noire de son visage et examina le trou. Il y avait sur ses traits lisses une expression de contemplation intense. Il ne paraissait pas intéressé par les vêtements ensanglantés sur lesquels il marchait, pas plus qu'il ne semblait avoir une véritable compréhension du danger. C'était presque comme s'il était ailleurs.

– Alors ? lança Scarlett. Tu peux escalader ?

– Non.

Elle grogna.

– Je m'en doutais. Bon, viens ici. Je vais te faire la courte échelle.

Elle le soutint pendant qu'il grimpait. Il avait de grosses baskets, il faisait des mouvements maladroits, mais il ne pesait presque rien. Scarlett eut brièvement envie de le propulser d'une seule flexion des bras jusqu'à la cime des arbres pour qu'il y disparaisse à jamais. Mais elle résista à cette pulsion. Tant bien que mal, soufflant et peinant, il parvint à franchir le bord du trou et à s'agripper au flanc du car. D'un seul mouvement, elle se hissa près de lui.

Ils restèrent tous deux accroupis sur le métal chaud du car couché en travers du cours d'eau. L'air frais était le bienvenu après le confinement et le sang à l'intérieur, mais le garçon plissa les yeux à cause de la lumière du soleil et les protégea d'un bras. Sans y prêter plus d'attention, Scarlett sauta au sec près du ruisseau. Partout autour d'elle se dressaient des ormes et des bouleaux blancs. Elle écouta les mouches bourdonner autour du sang séché, ainsi que le silence de la forêt plus loin. Un silence profond.

Peut-être trop profond. Elle n'entendait plus le chant des oiseaux.

Elle se retourna lentement, ses mains s'approchant sans qu'elle en ait conscience du couteau à sa ceinture.

Peu probable que ce soient les Infâmes. Ils vivaient surtout de l'autre côté de la frontière.

Ni les équipes de recherche de Cheltenham. Qui devaient avoir renoncé des heures auparavant.

Quoi d'autre, alors ?

Rien ne bougeait dans les fourrés. Une brume de chaleur flottait au-dessus de la route à l'endroit où le car l'avait quittée.

Peut-être une fausse alerte... Scarlett relâcha sa main mais resta sur ses gardes. Pour le moment, il valait mieux se montrer calme et discret.

– MERCI !

Le cri provenait du flanc du car, où le garçon s'était mis debout. Il se tenait tout au bord en souriant. Il avait ouvert les bras, et les manches de son immense pull flottèrent quand il les bougea. On aurait dit un grand oisillon vert sur le point de s'envoler pour la toute première fois.

– Merci ! cria-t-il de nouveau. C'est si bon d'être sorti de là !

Il voulut descendre, perdit l'équilibre et retomba sur la carosserie avec un bruit sourd et sonore. Il resta un instant immobile, pieds et jambes dans le vide, puis se jeta en avant et s'effondra au sol comme un sac de pommes de terre.

Scarlett leva les yeux au ciel, attrapa une gourde et prit une gorgée d'eau. D'après sa montre, il était quatre heures passées depuis un bon moment. Il ferait nuit dans quelques heures, et d'ici là, elle devrait avoir trouvé un abri. Elle fit tomber son sac à dos d'un coup d'épaule, resserra la corde autour de l'étui ainsi que de la petite valise en métal. Elle la ferait ouvrir une fois arrivée à Stow. Elle contenait certainement quelque chose de valeur. De l'argent ? Des armes ? Allez savoir.

Le garçon s'était relevé. L'écho de sa chute continuait à résonner entre les parois du car et les arbres.

– Tu aurais intérêt à te montrer plus discret, lui fit remarquer Scarlett. C'est pas une bonne idée de faire du bruit par ici.

– Désolé, dit-il. C'est que je suis tellement…

– Si tu parles encore de tes fesses endolories, je te frappe.

Il se tut.

– C'était juste un petit conseil en passant, dit Scarlett.

Il cligna des yeux. Le soleil éclairait ses cheveux de telle manière qu'on aurait dit une flamme noire. Pour la première fois, elle remarqua un bleu sur son front et une fine zébrure rouge en travers de son cou. Il tremblait. Il observa les arbres et le cours d'eau.

Scarlett lui adressa un signe de tête.

– Si tu veux, dit-elle, je te ramène à la route, où tu pourras attendre les secours. Et là, moi, je me tire.

Elle commença à traverser le ruisseau en sautant d'une pierre sur l'autre. Et se retourna au milieu. Le garçon était toujours au même endroit.

– C'est tellement beau par ici, dit-il.

– À part les mouches et le sang, tu veux dire ? Allez, viens.

– Tu as sans doute raison. Mais je ne me suis jamais trouvé dans un endroit comme ça.

Il se mit en route d'un pas hésitant et trébucha.

– Merci de m'aider. Tu es gentille.

Scarlett ne répondit pas à ce commentaire absurde.

– Tu te rends compte que tu n'avais pas besoin de moi ? Tu pouvais sortir de cette cabine quand tu voulais, dit-elle.

– J'avais trop peur. Et j'étais trop faible. Tu n'as pas quelque chose à manger ?

– Non.

– Ça fait si longtemps que je n'ai pas mangé.

Au bout de deux pas, elle s'arrêta.

– J'ai de l'eau. Prends une de mes gourdes. Ou alors, bois au ruisseau.

– Non, j'avais de l'eau grâce au robinet des toilettes.

– Donc tout va bien.

Elle trépignait. Elle partit à l'assaut de la colline.

– J'avais rien d'autre à faire que boire, expliqua le garçon d'une petite voix. Sinon, j'écoutais les bruits…

Il parlait des bêtes qui dévoraient les passagers, bien sûr. Ce qui n'intéressait pas Scarlett. Ça appartenait au passé et c'était arrivé à quelqu'un d'autre, donc sans intérêt. Son seul souci, c'était ce qui l'attendait dans la forêt avant de pouvoir atteindre Stow. Pourtant, la présence du garçon l'intriguait, et le sort de ce car était étrange. Elle aurait pu lui poser des questions, il aurait peut-être répondu. Mais elle était pressée, alors elle refusait de perdre ne serait-ce que trente secondes.

Le soleil descendait lentement mais sûrement en direction de la colline tout en projetant des ombres comme les barreaux d'une cage sur la pente raide, ses hautes herbes parsemées de mottes de terre noire et la glissière de sécurité éventrée. Gravir cette pente n'était pas simple, même pour Scarlett. Elle entendait le garçon peiner derrière elle. Son but : atteindre le sommet, se débarrasser de lui et poursuivre sa route. En se retournant, elle le vit dans la lumière ambrée tel un épouvantail vêtu d'un grand pull vert, soufflant mais souriant, les yeux braqués sur elle avec un air idiot de gratitude. Et là, elle découvrit à côté du car, invisible jusque-là, une masse de fourrure marron de la taille d'un menhir, un monolithe qui se dressa sur ses deux membres arrière avant de retomber à quatre pattes pour se mettre à courir vers eux.

Scarlett sut tout de suite qu'elle n'aurait pas le temps. L'ours allait trop vite, le garçon était trop proche, trop étourdi, trop vulnérable. Toujours en train de la remercier, totalement aveugle à la course de l'ours et à cette mort imminente qui faisait pourtant trembler le sol derrière lui. Scarlett n'aurait pas le temps. Elle le savait quand elle fit trois grandes enjambées vers lui. Puis elle sauta, percuta le garçon, le repoussa d'un bras, l'autre plongeant vers sa ceinture pour sortir son couteau. Et là, ce fut elle que l'ours percuta, elle qui encaissa l'impact et la douleur de ses crocs, de ses griffes et cette haleine chaude et fétide qui ne fit que lui confirmer qu'elle avait eu raison.

5

Le garçon avait chuté dans la pente. Il finit par maîtriser sa glissade, releva la tête et découvrit l'ours à quelques mètres de lui. Quels cris horribles il poussait ! Il émit de redoutables grognements et s'agita en tous sens jusqu'à ce que, d'un coup, il soit parcouru par un unique frisson. Ses flancs velus s'apaisèrent, ses gémissements se turent. L'ours était affalé par terre, immobile dans la lumière du soleil.

Le garçon cligna des yeux, mais il avait du mal à voir car ses cheveux lui masquaient la vue. Il souffla dessus pour les écarter et se releva prudemment, aussi tremblant qu'une plume dans le vent, pour observer l'immense masse qui formait comme un monticule de terre brune. Des pattes noires avec de terribles griffes translucides partaient dans quatre directions à la manière des pieds sculptés du bureau de la doctoresse Calloway à Stonemoor. Le garçon se revit sur le tapis en demi-lune placé devant ce bureau, inquiet des souffrances qui allaient inévitablement lui être infligées. Un instant, ce fut comme s'il n'était plus dans la forêt. Puis il se reprit et se souvint de l'existence de la fille.

Il regarda tout autour de lui en silence.

Elle avait disparu.

Elle n'était nulle part. Elle avait sans doute été dévorée ou écrasée par l'ours. Une forme de regret envahit le garçon, et il ressentit une émotion qu'il eut envie d'exprimer à voix haute :

– Fille ou femme, qui que tu aies été, prononça-t-il, je te remercie pour ta compagnie, aussi brève fut-elle, et je te souhaite le meilleur dans l'au-delà où tu vas désormais te reposer. Je ne t'oublierai jamais, ni ta chevelure, ni ton mauvais caractère, ni la façon dont tu levais tes yeux vert sombre au ciel. Je suis désolé de ne même pas avoir connu ton nom.

Une voix s'éleva en provenance de l'ours, un grondement sourd qui semblait surgir d'un trou dans la terre.

– Tu arrêtes tes conneries et tu me files un coup de main, oui ? dit la voix. Je suis en vie !

Sous le choc, le garçon recula. Il regardait la forme velue d'un air troublé.

– Seigneur ours, il me semble bien que vous vouliez ma peau. Et vous avez de toute évidence tué la seule personne qui m'a jamais témoigné de la gentillesse, alors nous sommes quittes. Je ne vous souhaite aucun mal, mais je crains que vous deviez vous débrouiller seul.

Un flot d'insultes jaillit de l'ours :

– Tu te fous de moi ? rugissait la voix. Je suis dessous ! Sors-moi de là !

Le garçon se pencha et, non sans peine, déplaça l'une des grosses pattes, révélant une partie du visage de la fille comprimé sous la fourrure grise de l'aisselle de l'ours. Elle lui tendit une main et fit quelques gestes vigoureux, certains à visée pratique, d'autres pour exprimer sa colère. Suivirent quelques instructions verbales. Le garçon comprit enfin ce qu'on attendait de lui. Il alla chercher un long bâton sous les arbres pour s'en servir comme levier. Il parvint à soulever l'ours, ce qui permit à la fille de recouvrer tant bien que mal la liberté.

Elle était défaite, en sueur, les cheveux aplatis, le regard furieux. À la grande horreur du garçon, elle avait aussi le torse en sang. Elle dégoulinait même de sang.

– Il y a du sang partout, murmura-t-il.

– C'est parce que j'ai tué l'ours, dit la fille en brandissant un couteau. Pendant qu'il essayait de me bouffer. En échange, il a failli m'écrabouiller. N'importe quel idiot aurait compris la situation. Même un bébé aurait vu ça. Sauf toi. Je suis restée bloquée sous le cul d'un ours mort pendant que tu faisais ton petit discours funèbre.

Elle était encore furieuse. Ça paraissait être son humeur habituelle. Il fut troublé par le bourdonnement de ses pensées. Mais ce garçon, à qui des gens qui ne se mettaient jamais en colère avaient pourtant fait subir des choses terribles, ne fut nullement découragé. Et même, ça le rassura. Il fit un immense sourire.

– Pendant un petit moment, j'ai cru que c'était l'ours qui parlait. Tu dois admettre que les apparences étaient trompeuses. Mais je suis ravi d'avoir eu tort, et que ça ait été toi ! Tu viens de me sauver la vie pour la deuxième fois ! Comment tu te sens ? Tu as vu, tu es blessée.

Elle inspecta le tissu de son vêtement en lambeaux sur son épaule. Dessous, la chair était écorchée et gonflée.

– Ouais, j'ai quelques égratignures. Et j'ai dû perdre un peu de poids au passage, dit-elle d'un air de reproche.

– En effet, dit le garçon en hochant sombrement la tête. Du coup, la gravité de mes fesses endolories paraît toute relative. C'est promis, je ne t'en parlerai plus. Mais maintenant, nous devons faire quelque chose de très important. Je l'ai compris pendant que je te croyais morte. Tu te rends compte, on ne connaît même pas nos noms. On ne s'est pas présentés, et je veux remédier à ça sans attendre.

Il attendit, tout sourire

La fille s'était accroupie pour essuyer la lame de son couteau sur une touffe d'herbe. Elle leva les yeux vers lui, une main en visière.

– Qu'est-ce que ça peut bien faire ?

– Si, c'est important. Et puisque c'est moi qui te suis redevable, je commence. Je m'appelle Albert Browne.

Elle grogna :

– Scarlett McCain, pour ce que ça peut te faire. On est quittes. Et maintenant, on doit se dire adieu.

Le garçon sursauta, puis son visage se relâcha d'un coup, comme si elle venait de lui planter un couteau dans le cœur.

– Adieu ? Mais pourquoi ?

– Parce que tu vas bientôt regagner la route, où tu pourras attendre un autre car. Et moi, après m'être un peu débarbouillée, je vais disparaître dans la forêt.

Elle retira son sac à dos de ses épaules et l'examina d'un air revêche pour voir à quel point il avait souffert. Elle s'intéressait tout particulièrement à un long étui, remarqua Albert. Elle vérifia qu'il était bien fermé et essuya dessus un peu du sang de l'ours. Elle sortit une paire de jumelles, découvrit qu'elles étaient cassées et s'en débarrassa en pestant. Sans un regard à Albert.

– Je peux pas venir avec toi ?

– Nan.

– Je dois attendre ici ?

– C'est ça.

– Il y a peut-être d'autres ours dans le coin.

Elle haussa les épaules sans répondre.

– Et les bêtes qui ont dévoré les gens dans le car, ajouta-t-il. C'est sûr, elles vont revenir. Tu l'as dit toi-même.

Elle resserra une lanière de son sac.

– Quelqu'un passera par là avant. C'est une route fréquentée.

– Quand ça ? Avant la nuit ?

– Ouais, avant la nuit.

Elle avait un peu hésité avant de répondre, ce qui n'échappa pas à Albert. C'était presque comme s'il lisait dans ses pensées.

– Et si ce n'est pas le cas ? Je vais me faire dévorer ?

– Mais non, ça va aller, dit-elle en se redressant et en soupesant son sac. De toute façon, tu peux pas m'accompagner.

– Et pourquoi ? Je ne t'embêterai pas.

– C'est comme ça, c'est tout.

– Mais les bêtes vont me déchiqueter. M'arracher les jambes. Tu entendras mes cris.

– Non, répondit la fille, je serai déjà loin. De toute façon, je suis sûre que tu ne vas pas te faire dévorer. C'est très peu probable. Les autres bêtes vont d'abord manger l'ours, et ça fait beaucoup de viande. Ça les occupera une bonne partie de la nuit.

Albert avait l'air désespéré.

– C'est ce qui va se passer le reste de la nuit qui m'inquiète. Tu sais déjà que tu vas les entendre m'arracher les bras. Il y aura ce petit bruit au loin. *Tchac, tchac, tchac,* et puis le silence. Il ne restera plus rien de moi.

– Mais non, t'as pas trois bras. J'ai autant de risques de me faire bouffer que toi. Je vais m'enfoncer dans la forêt. Là-bas, c'est encore pire. Je vais là où vivent les Infâmes.

– C'est dommage, on serait plus forts tous les deux que seuls, dit-il avec un sourire éclatant. Je pourrais veiller sur toi.

Albert comprit que cette phrase était une erreur quand une main ensanglantée lui enserra la gorge puis le traîna sur quelques mètres, ses baskets raclant le sol, son visage près du rideau de cheveux roux emmêlés. La fille avait les lèvres pincées, ses yeux verts plongés dans les siens.

– Désolée, tu disais quoi, déjà ? demanda-t-elle.

Sa colère avait changé de nature. Sa voix était plus calme, plus menaçante. Albert Browne, qui savait deux ou trois petites choses sur les explosions de violence, répondit très vite :

– Je suis désolé d'avoir dit quelque chose qui t'a vexée, Scarlett. Scarlett, c'est bien ça ? Je suis faible, je n'ai rien mangé depuis deux jours. J'ai parlé sans réfléchir. Je ne prétendais pas veiller sur toi, c'était stupide. Peut-être juste t'aider un peu. Monter la garde. Me rendre utile…

Albert se tut. Il sentit ses mots retomber sans obtenir de réaction. La fille se contentait de le regarder.

– Je ne t'ai pas libérée de cet ours, peut-être ? demanda-t-il.

Elle lâcha un juron.

– Ouais. Mais uniquement parce que je l'avais empêché de te bouffer tout cru ! Sans toi, je ne me serais jamais retrouvée dans cette situation !

Albert contourna cet écueil.

– Mais tu as pu repérer l'ours parce que je te parlais. Sans moi, il aurait rampé jusqu'à nous et il nous aurait tués tous les deux. Voilà un bel exemple de travail d'équipe ! On s'est secourus l'un l'autre !

La fille passa une main dans ses cheveux en bataille et l'observa.

– Au nom des dieux, lâcha-t-elle.

Puis elle agita la tête d'un air dégoûté sans qu'il sache si c'était envers elle ou lui, fouilla dans les poches de son manteau, en sortit une pièce et la glissa dans la vieille bourse en cuir avec une fente qu'elle portait au cou. Après réflexion, elle en ajouta plusieurs.

– Je n'aurai bientôt plus de place là-dedans, se plaignit-elle. À cause de toi, je passe mon temps à blasphémer…

Elle croisa les bras, laissa son regard dériver au loin, puis le fixa de nouveau sur lui.

– Je vais te dire trois choses, annonça-t-elle. Un. Je ne ralentirai pas le rythme. Si tu te laisses distancer, si tu es coincé dans des ronces, eh bien, tant pis pour toi. Je t'abandonnerai sur place sans même un regard. Deux. Tu fais ce que je te demande, sans discuter, sans argumenter. Trois. On va traverser les Terres sauvages, rejoindre une ville, et là, *finito*, nos chemins se séparent. C'est le deal. OK?

– Eh bien…

– Ni discussion ni argumentation, j'ai dit! C'est la règle à partir de maintenant!

Elle cala son sac à dos au creux de ses reins et désigna le sommet de la colline d'un pouce serein.

– Si ça te va pas, aucun problème. La route est là-haut.

Sur ce, elle tourna les talons et repartit vers le ruisseau.

Albert Browne ne la suivit pas immédiatement. Il avait compris qu'il fallait laisser un peu d'espace à sa nouvelle compagne. Mais il n'hésita pas longtemps. Il était faible, il avait faim et, s'il voulait atteindre son objectif, il avait besoin de toute l'aide qu'il pourrait obtenir. Pour l'instant, ça impliquait de rester avec Scarlett McCain. Mais ça lui allait. Tout allait bien. Le soleil brillait, les arbres étaient verts, il était libre. Il glissa ses mains dans les poches de son pantalon de prisonnier, se mit à siffloter un air grave entre ses dents, et emboîta le pas à la fille.

Ils laissèrent la vieille route nationale dans leur dos et se dirigèrent d'un bon pas vers le nord-est. Ils entendaient parfois de l'eau couler en contrebas, mais les ronces et le houx étaient trop denses pour la voir. Il n'y avait même pas de chemin à proprement parler. En tout cas, pas un chemin fait par des pieds humains. C'était plutôt un sentier tracé entre les arbres et les ruines par les bêtes qui peuplaient les bois du Wessex pour suivre les contours de vallées cachées. Sa terre meuble était ponctuée de traces de griffes.

Ils étaient en train de franchir une saillie des Hautes Plaines où de petites collines surgissaient comme la tête de nageurs chauves qui viennent respirer à la surface. Autrefois, cet endroit était densément peuplé. Les tabliers de ponts se dressaient encore au milieu des arbres. Au fil des siècles, les rivières avaient modifié leur cours et le sol s'était élevé, engloutissant les ponts, les villes, les routes qui les desservaient autrefois. On apercevait encore des parties de toits, leurs tuiles comme des pièces de puzzle éparpillées sur un tapis de fleurs jaunes.

Le soir approchait. Ce n'était pas une bonne idée, Scarlett le savait, de se trouver dans la forêt après le crépuscule. Ils devaient trouver un endroit où ils pourraient se défendre. Une grotte, une ruine, un grand arbre. Elle cherchait tout en marchant et en s'efforçant d'ignorer le gamin qui trottinait derrière elle sur des jambes toutes maigres avec des baskets de plus en plus abîmées par la terre et les racines.

Elle refusait de se demander pourquoi elle avait accepté qu'il la suive. Certainement pas parce qu'elle souhaitait de la compagnie ! Peut-être que c'était en lien avec le tapis de prière dans son étui et la culpabilité qu'elle aurait pu éprouver à le laisser à une mort certaine sur la route. Mais ce genre d'introspection l'agaçait. Pire, ça la ralentissait. Elle était avant tout soucieuse d'atteindre Stow pour régler sa dette envers les Frères et s'installer ensuite à une table du Bull avec ce qui resterait. Peut-être que la fête foraine serait ouverte et qu'elle pourrait profiter de ses animations : la grande roue, les stands de tir, les diseuses de bonne aventure et les échoppes de friandises, ainsi que les marchés où des jeunes en bonne santé se négociaient âprement. Ce dernier détail lui trottait dans la tête. Sans rien dire, elle examina le garçon qui ne la quittait pas d'une semelle.

Le sentier montait depuis un bon moment. Ils finirent par surgir des arbres au sommet d'une grande colline crayeuse. Des forêts striées de cours d'eau s'étendaient vers l'horizon bleuté. Au loin, de petites lumières électriques indiquaient l'emplacement d'une colonie où les générateurs avaient été allumés en prévision de la nuit. Tout le reste était désert et calme. Scarlett ressentit une grande solitude émaner de ce paysage qui partait à l'assaut de la colline d'où elle était en train de l'admirer. Ça lui faisait toujours ça dans les endroits où elle pouvait mesurer à quel point l'Angleterre était sauvage.

Près d'elle, le garçon tremblait déjà de froid alors que les herbes étiraient encore leurs longues ombres sous les derniers rayons du soleil.

– C'est quoi, ces formes sombres ? demanda-t-il.

Il parlait des tours et des clochers qui brisaient parfois la crête au-dessus des arbres.

Elle lui lança un sale regard.

– Des villages abandonnés. Des villes, peut-être. Comme partout.

– J'ai lu des choses là-dessus.

C'était un commentaire étrange, et Scarlett se rendit compte qu'elle n'avait posé aucune question à ce garçon… La belle affaire. Ce n'était vraiment pas le moment.

Ses cheveux noirs brillaient sous le soleil couchant. S'il avait été correctement nourri, se dit Scarlett, il n'aurait pas eu ces yeux si grands et cet air niais, et elle aurait pu en tirer un bon prix. C'était plus visible à découvert que dans la pénombre des arbres. Il était maladroit, maigre, il ressemblait à un squelette effrayé avec sa grande bouche, mais ça aurait pu être pire. Il avait tous ses membres et pas de difformité qui saute aux yeux. Une peau saine, ce qui était un plus. Les marchands d'esclaves de Stow y seraient sensibles. Elle devrait insister là-dessus.

– La vue est très jolie d'ici…, dit-il.

Scarlett le dévisagea. Elle n'avait jamais songé aux Terres sauvages sous l'angle de la beauté, ni entendu personne l'évoquer. C'était surtout un endroit désert et dangereux où on se perdait facilement. Elle avait déjà vu des ossements.

– Pas vraiment. T'es myope ou quoi ? Tu aimais aussi le ruisseau où le car s'est renversé malgré les bouts de viscères suspendus aux arbres.

– Sans doute. Dans lequel des royaumes est-on ?

– Le Wessex. Comment tu peux ne pas savoir ça ? On approche de la frontière avec la Mercie. Par là, c'est la vallée d'Oxford. Il y avait une belle ville là-bas il y a longtemps, mais d'ici, on ne voit même pas ses ruines. C'est à quatre jours de marche, presque toute la plaine est inondée.

Il hocha lentement la tête en disant :

– J'aimerais visiter ces ruines.

– Je crois pas, non. Elles sont entourées de marécages noirs où rien ne pousse et où les émanations rendent malade. Et puis, près de la frontière, il y a les Infâmes qui t'écorcheraient et te boufferaient pendant que tu admires le paysage. La ville de Stow, notre destination, est un bien meilleur choix.

– Ça a l'air plus sûr, en effet.

– Ça l'est.

– Tu comptes me vendre là-bas ?

Elle fronça les sourcils. Mais elle eut également l'air ennuyé.

– Bien sûr que non. Pourquoi tu dis ça ? Je vais te laisser à Stow comme convenu. Si on croise pas d'autres ours, on y sera demain après-midi.

Le garçon parut abattu.

– C'est encore aussi loin ? On va devoir passer une nuit dehors ?

Scarlett haussa les épaules.

– On n'a même pas encore traversé la moitié de la forêt. Retourne-toi. On voit encore là d'où on vient.

Elle désigna l'ouest en plein dans le soleil couchant.

– Tu vois la colline nue au bord de la vallée ? Je t'ai trouvé juste à son pied. On y était encore il y a une heure…

Elle se tut, voulut attraper ses jumelles, et se rappela qu'elle ne les avait plus. Alors, elle mit une main en visière. Avec le soleil, c'était difficile de bien voir, mais… Elle regarda le gamin. Comment il s'appelait, déjà ? Ah oui, Albert…

– Albert, dit-elle. Tu vois l'endroit dont je parle ? Là où il y a moins d'arbres ?

– Bien sûr, Scarlett.

– Alors dis-moi : est-ce que, toi aussi, tu vois des silhouettes humaines ?

Il observa. Et répondit sans émotion :

– Oui.

On aurait dit des fourmis noires qui avançaient en file indienne. Il y en avait au moins six qui progressaient d'un pas régulier. Accompagnées de chiens. Elles s'arrêtèrent. L'une d'elles se pencha vers le sol, puis elles reprirent leur route. Même de si loin, Scarlett sentait leur détermination. L'instant d'après, les chiens et les silhouettes avaient disparu sous les arbres.

Le garçon la regardait.

– Pourquoi tu as peur de ces gens ? demanda-t-il.

– Je n'ai pas peur.

– Peut-être que ce sont simplement des chasseurs, ou des fermiers.

– Ni l'un ni l'autre. On se tire. Maintenant.

Elle avançait déjà d'un pas décidé sur la crête. Mais ça ne suffirait pas. L'angoisse s'empara d'elle. Au bout de quelques secondes, elle se mit à trottiner, puis à courir.

6

Peu après, la nuit commença à tomber. Ils avaient plongé dans la forêt envahie par les ombres. Ils foulaient un sol inégal où les trous alternaient avec des tas de briques. Il y avait un jour eu des habitations à cet endroit. Des restes de murs en forme d'ailerons de requin noircis par le feu se dressaient dans la pénombre. Tout était recouvert de renouée géante aussi touffue que les poils sur le torse d'un ogre.

Scarlett avançait en surveillant sans cesse la colline d'où ils venaient. Quand elle aperçut du mouvement à son sommet, son cœur se serra, mais ce n'était qu'un oiseau qui se laissait porter par le vent. Ils entendirent ensuite ses faibles cris dans l'air.

La découverte du car lui avait fait oublier le braquage de la banque de Cheltenham. Pendant un temps, elle avait presque mis de côté la traque des miliciens. Elle n'aurait jamais cru qu'ils la poursuivraient aussi loin dans la forêt. Et pourtant. Tout à coup, avec une désagréable lucidité, elle se rappela les menaces du directeur de la banque, les pieux de châtiment et leurs chaînes métalliques luisant au soleil au bout des champs. Tout en avançant aussi vite que possible à travers la renouée, elle sentait un poids de plus en plus pesant au creux de son estomac.

Ses poursuivants étaient proches. Peut-être à moins d'une heure.

Son seul espoir, c'était la nuit.

Au centre du village en ruine, ils découvrirent une ferme grise écroulée et envahie par les ronces. La renouée y poussait librement depuis des années et atteignait à certains endroits l'épaisseur de la taille d'un enfant. Elle pénétrait par les anciennes fenêtres et portes, s'enroulant autour de leur squelette en brique rouge, repoussant les battants en direction du ciel, où ils paraissaient en suspens. Des oiseaux voletaient au milieu des fleurs laiteuses, et il y avait du pollen dans l'air. Albert Browne se mit à éternuer, et même Scarlett sentit sa peau la démanger.

Elle prit une décision.

– On s'arrête ici.

– On va passer la nuit dans cet endroit ?

Il observa la pénombre entre les plantes sauvages.

– C'est un endroit facile à défendre. D'où on pourra tenir les animaux à distance.

– Et les hommes qui nous poursuivent ?

Le garçon n'en avait pas reparlé depuis la crête, il ne lui avait pas demandé pourquoi ces hommes la traquaient. Mais il n'avait pas cessé de l'observer non plus.

– Ils vont s'arrêter sur la colline. Le soleil est en train de se coucher. Personne ne s'aventure dans la forêt en pleine nuit.

Elle parlait avec une confiance et une désinvolture qu'elle n'éprouvait pas. Car d'habitude, personne ne traquait un brigand aussi loin dans les Terres sauvages.

Elle n'avait pas d'autre choix que de faire halte. Il faisait trop sombre, le garçon était gris de fatigue, et même elle avait besoin de repos.

Ils explorèrent les ruines jusqu'à trouver un endroit où la charpente tenait encore et où les dalles du sol étaient couvertes de mousse sèche et de feuilles. Un endroit correct pour dormir, où seuls de petits animaux passaient. Ils avaient creusé des tunnels dans les feuilles mortes et fabriqué pour l'hiver des cocons avec des enveloppes de graines. Dans les ruines voisines, Scarlett découvrit une poule faisane dodue qui couvait des œufs bleus. La bestiole claqua du bec à son intention, mais elle ne connaissait pas les humains, et n'eut pas assez peur. Scarlett lui tordit le cou, récupéra ses œufs puis alla chercher du petit bois.

En revenant, elle découvrit Albert Browne assis en tailleur dans la lumière mourante. Il observait des graines rouges et des feuilles jaunes, l'air médusé.

Scarlett lança :

– Ne dis rien. Tu trouves ça magnifique.

Il lui fit un sourire béat.

– Tu n'es pas d'accord ? Elles sont si délicates, si fines…

Scarlett lâcha le bois par terre dans un bruit sourd.

– Je vais faire un feu pour cuire cette bestiole. Et aussi installer des défenses pour la nuit. Je ne devrais pas en avoir pour plus d'une heure. Si je te dérange, tu le dis.

– D'accord.

Il reprit son étude des graines. Scarlett regarda sans un mot son cou incliné. Elle avait une grosse bûche à la main. Elle fut rapide. D'un seul coup, le garçon fut projeté en avant et se retrouva, son pull sur la tête, le cul en l'air.

Il se redressa d'un air indigné.

– Mais pourquoi tu m'as frappé ?

– Pour ton culot et ta fainéantise ! Parce que tu me laisses tout faire !

– Mais Scarlett, tu m'as dit de t'obéir ! Sans protester ! Sans discuter ! C'étaient tes mots ! Là, tu me demandes de te laisser tranquille pendant que tu fais tout ça. Je ne comprends pas en quoi je t'ai blessée.

Il se frottait la nuque d'un air triste. Elle lança :

– Par ton évidente ignorance de l'ironie.

Scarlett jeta la bûche sur la pile de bois.

– Laisse-moi être plus claire. Je fais le feu, tu prépares la poule faisane. Puis tu la fais rôtir pendant que je dispose les bâtons de soufre. Compris ?

– Bien sûr. Mais tu aurais dû le dire comme ça dès le départ.

Il attrapa la poule faisane.

– Oh, regarde ces jolies plumes mouchetées... D'accord, d'accord, pas la peine de me frapper.

Ils effectuèrent le reste des préparatifs en silence.

Les flammes prirent la couleur des briques. Le volatile rôtissait sur la broche. Scarlett avait installé le feu dans un coin pour qu'il se voie le moins possible de loin. C'était un risque, mais inévitable ; il fallait bien qu'ils mangent. Pendant que le garçon s'occupait du feu, elle sortit ses bâtons de soufre et les disposa près de la porte et des fenêtres pour éloigner les ragondins et autres prédateurs. Puis elle se rendit dans la cour de la ferme. Envahie par la végétation, celle-ci n'était plus que fourrés et ronces. Le soleil n'était plus qu'un petit globe rouge à l'ouest au-dessus des collines.

Un animal hurlait dans les bois. Il se tut, et le silence devint assourdissant. Scarlett avait tous ses sens en alerte...

Rien. Évidemment, c'était la nuit. Elle tourna les talons et rentra.

Le garçon continuait à surveiller la cuisson d'un air serein. Sa peau luisait à la lueur du feu. Il bougeait si peu qu'il aurait pu être en bois ou en pierre. Il n'avait rien d'agaçant, à part les graines et feuilles mortes disposées par tailles près de lui. Pourtant, rien qu'à cette vue, rien qu'à cause de sa présence, Scarlett se sentit furieuse.

Elle prit une grande bouffée d'air. Dans les vingt-quatre heures qui venaient de s'écouler, elle avait tué quatre hommes, braqué une banque, parcouru des kilomètres en terrain difficile, failli mourir écrasée par un ours, et elle avait récupéré malgré elle la compagnie d'un crétin. Pour n'importe qui, la journée aurait été chargée. Mais surtout, elle n'avait pas pu méditer. Elle savait que sa colère et son agitation provenaient de cette omission. Elle avait besoin de relâcher la pression, et vite. Après le repas, ça serait parfait. Elle s'approcha de son sac et détacha le tube en plastique. Puis elle sortit son tapis et l'étala avec soin à bonne distance du feu en aplatissant les bosses dessous.

Le garçon la regardait.

– Pourquoi tu fais ça ? C'est quoi ?

– J'installe mon tapis de prière. Parce que j'ai envie de méditer.

Il acquiesça.

– Méditer ? J'en ai déjà entendu parler. Tu fais ça sur ce vieux machin ?

Scarlett marqua un temps d'arrêt.

– Oui, sur ce tissu fragile et sacré. D'ailleurs, à partir du moment où je suis dessus, il y a des règles. Tu ne m'embêtes pas, tu ne me touches pas, tu ne me parles pas, tu ne me fais pas de chiquenaude. Tu me laisses tranquille tout le temps que ça dure.

Albert Browne réfléchit.

– En somme, c'est comme aux toilettes ? À Stonemoor, le vieux Michael disait toujours ça.

Scarlett attrapa sa bourse dans un geste préventif puis prit une nouvelle respiration.

– Je ne vais pas te frapper… De toute évidence, tu es un simple d'esprit à la tête pleine de glaise. Non, Albert, ce n'est pas comme aux toilettes. C'est plutôt l'inverse ! Ce tapis est un lieu sacré.

– Et pourtant, tu poses tes fesses dessus, fit-il remarquer. C'est un manque de respect.

Scarlett fit un petit sourire désabusé.

– Ça n'a rien d'étrange. Quand je m'assieds dessus, je suis en état de grâce.

– Et si je m'y asseyais, moi aussi je serais en état de grâce ?

– Non, tu serais dans un état d'extrême inconfort parce que je te frapperais à coups de bâton. Écoute-moi bien. Si je te surprends à poser tes doigts sales, pire encore, ton cul pointu dessus, je te fais la misère. C'est mon tapis à moi, et rien qu'à moi. Compris ?

– Oui, Scarlett.

Le garçon hocha vigoureusement la tête en se balançant d'avant en arrière, ses bras maigres noués autour de ses jambes osseuses, mais Scarlett McCain remarqua qu'il ne parvenait pas à détacher son regard du tapis – que celui-ci continuait à exercer une puissante fascination sur lui. Même la cuisse de poule faisane rôtie ne le ramena pas à la réalité, et ses yeux brillaient encore plus à la lumière du feu quand, après le dîner, elle s'assit finalement en tailleur pour commencer sa méditation.

Le tapis était grossièrement tissé de fils jaunes et rouges. En tant qu'objet, il ne valait pas grand-chose. Taché et malodorant, sa valeur marchande était nulle. Mais pour Scarlett, il incarnait une retraite quotidienne du monde et, surtout, d'elle-même. Il symbolisait sa capacité à s'évader. Assise bien droite, les mains jointes, elle ferma à demi les yeux et laissa les flammes danser derrière ses cils alors que son esprit se déliait en effectuant une série de sauts périlleux.

Elle songea aux quatre bandits du matin même. Elle n'avait rien pu faire pour éviter leur mort. C'étaient eux qui l'avaient attaquée, elle n'avait fait que se défendre. Ils auraient dû deviner quel genre de personne elle était et la laisser tranquille. À qui manqueraient-ils ? Même pas à leurs mères. C'étaient des êtres inutiles et minables, alors Scarlett avait rendu service au monde en les éliminant. Elle pouvait sereinement les chasser de son esprit.

Puis elle songea à l'attaque de la banque de Cheltenham. Menée de façon efficace, sans souffrances inutiles. À part pour le gardien, mais elle avait fait en sorte de lui laisser la vie sauve. Ce butin suffirait à régler sa dette envers les Frères de la Main et lui permettrait de vivre comme une reine pendant un ou deux mois. Non seulement ça, mais c'était aussi un coup porté aux maisons de foi et aux villes de survivants, ce dont toute personne digne de ce nom s'honorerait. En somme, un acte dont elle pouvait être fière. Pas de culpabilité à avoir à ce sujet non plus.

Scarlett commença à éprouver une douce satisfaction. Certes, les miliciens la traquaient avec acharnement, mais elle leur échapperait le lendemain. Elle savait qu'il y avait de nombreux cours d'eau un peu plus loin, là où ce qu'on appelait autrefois la Tamise prenait sa source. Il lui suffirait de nager un petit moment et les chiens perdraient sa trace. Une bonne nuit de sommeil, une mise en route matinale et, bientôt, les hommes de Cheltenham seraient loin. Alors, pourquoi s'inquiéter ? La situation était sous contrôle !

Scarlett mit fin à sa méditation comme toujours, en songeant aux Sept Royaumes. Elle s'imagina observer de très haut les Terres sauvages, leurs forêts, leurs montagnes, leurs petites villes et leurs villages. Ça lui faisait toujours du bien de se rappeler à quel point ses mauvaises actions étaient insignifiantes en comparaison des catastrophes du passé, des égarements de l'humanité, de la vacuité du paysage et de l'indifférence des cieux.

Scarlett regagna le présent. Elle se sentait calme et en confiance. Le tapis avait rempli son office. Elle s'était débarrassée d'un grand poids et se relevait lavée et ressourcée.

Elle ouvrit un œil. Le feu brûlait au coin de la pièce. Le garçon était debout à la fenêtre, il scrutait les ténèbres.

– Qu'est-ce que tu fais ? demanda-t-elle. Qu'est-ce qui se passe ?

– J'ai l'impression d'avoir entendu quelque chose.

– Quel genre de quelque chose ?

– Un sifflement grave et long.

Scarlett était déjà en train de rouler son tapis de méditation. Elle avait perdu tout son calme, mais elle restait froide et décidée.

– Le genre de sifflement qu'on utilise pour rappeler un chien de chasse ?

– Peut-être.

– À quelle distance ?

– C'est dur à dire. Je croyais que c'était juste à côté, mais ça s'est produit il y a cinq minutes et, depuis, plus rien.

Scarlett grinça des dents.

– Il y a cinq minutes ? Et tu ne m'as pas alertée ?

– Tu étais en état de grâce. Tu m'avais dit de ne te déranger sous aucun prétexte.

– Au nom des dieux. Où est mon étui ? Où est mon sac ?

– Là, près de la fenêtre. J'ai déjà tout rangé. Je me suis dit qu'on pourrait changer de pièce.

– On va devoir faire plus que ça.

Scarlett était en train de ranger son tapis dans son étui tout en surveillant la nuit noire par la fenêtre. Elle ne voyait rien, mais elle entendait des murmures et des feuilles craquer sous des pas légers. Ils étaient peut-être déjà encerclés.

Ses poursuivants ne s'étaient pas arrêtés à la tombée de la nuit. Scarlett se mordit la lèvre. Quelque chose clochait. Ce n'était pas dans les habitudes des miliciens.

– On peut pas rester ici, dit-elle. On doit partir. On passe la porte et on file vers les herbes sur la gauche. Là, ils vont tirer. On esquive. Il y a neuf chances sur dix qu'ils ne nous abattent pas tous les deux. Si par malchance on a foncé droit sur eux, on devra se battre à mains nues puis gagner la forêt. D'accord ? Rien de très compliqué.

Elle l'observa. Rien de très compliqué pour elle. Mais pas de doute, lui, il allait y passer.

Albert Browne acquiesça en lâchant :

– Mouais. Ou alors, on pourrait se glisser par là.

Il désigna le mur. Dans la lueur mouvante des flammes, Scarlett se rendit compte qu'il y avait un trou dans les briques juste sous le toit, qui permettait de passer dans la pièce voisine.

– Si on part par là, ils ne nous verront pas, dit-il.

Il y eut du bruit dans la végétation, un cri bas et rauque qui aurait pu être celui d'un oiseau, sauf qu'il provenait d'un humain. Scarlett s'écarta de la fenêtre.

– C'est sans doute la première chose sensée que tu dis de toute ta vie, Albert. Allez, viens.

Le garçon tenta maladroitement d'escalader le mur. Scarlett dut le hisser et le rattraper à deux reprises quand il glissa. Mais il atteignit le trou, s'y faufila tant bien que mal, et disparut. Scarlett retira son sac à dos, le lança par le trou et l'imita.

Là où ils se trouvaient, il n'y avait plus de toit, et on apercevait les étoiles entre les poutres. Sur le sol poussaient des fougères ainsi que des fleurs phosphorescentes d'où émanait un halo inquiétant dans la nuit. Grâce à leur lueur, Scarlett vit le garçon progresser sur le sol irrégulier en produisant de petits bruits. Elle gémit en silence. Il était désespérant. Un unijambiste s'en serait mieux sorti.

Elle se laissa retomber sans un bruit, le rejoignit en un instant et l'attrapa sans ménagement par l'oreille.

– Arrête de faire tout ce boucan, souffla-t-elle. Ils vont t'entendre.

Le garçon secoua la tête en tendant le doigt.

– Mais non, ils croient qu'on est toujours près du feu.

Le mur extérieur était presque effondré. Par là, ils voyaient la cour envahie par les herbes. Le feu brillait dans la pièce qu'ils venaient de quitter.

Dehors, des ombres se déplaçaient dans l'obscurité qui formait comme un linceul : des silhouettes portant chapeau melon convergeaient vers la cour.

Les miliciens n'étaient pas bêtes. Les hommes de Cheltenham connaissaient Scarlett. Ils n'allaient pas la défier un à un mais plutôt lui tomber dessus à cinq ou six.

Scarlett se pencha vers le garçon.

– C'est peut-être notre chance, murmura-t-elle. Ils vont tous se précipiter sur la pièce où il y a le feu. À ce moment, on passe par-dessus le mur et on fonce vers la forêt.

– Tous en même temps, tu crois ? Tu es sérieuse ?

– Ouais, j'en suis sûre, même.

Une lueur rouge surgit dans l'obscurité : une flamme. Une silhouette s'avança sur la pointe des pieds, jeta un cylindre par la porte de la maison et partit en courant.

La pièce voisine explosa. Des flammes blanches et jaunes jaillirent entre les poutres de la charpente. Le bois craqua, des briques s'effondrèrent. Scarlett et Browne furent soufflés contre un mur par la puissance de l'explosion.

L'écho de la déflagration se répercuta sur les collines des Terres sauvages. Une poutre grinça et s'abattit sur les fougères.

Scarlett reprit son souffle et dégagea ses cheveux de son visage.

– Évidemment, je peux aussi me tromper, dit-elle.

7

Elle était blessée à la tempe, là où une pierre l'avait heurtée. À part ça, elle était en un seul morceau. Elle avait toujours son sac avec le tapis de méditation et l'argent. C'était l'essentiel. Scarlett rampa dans les fougères et les ruines en direction d'une silhouette qui gémissait tout bas.

– Tais-toi, dit-elle. Même si tu es en train de mourir, fais-le en silence. Bon, comment tu te sens ?

Albert Browne se redressa. Ses cheveux étaient couverts de poussière de brique.

– Je ne suis plus qu'une immense plaie. Et je crois avoir atterri sur un chardon, aussi.

– En clair, tout va bien. Alors, arrête de te plaindre et viens. Je veux comprendre ce qu'ils trafiquent.

Avec précaution, ils reprirent leur point d'observation sur la cour. Le mur était intact, mais la pièce voisine, là où ils avaient allumé un feu, n'était plus qu'un tas de pierres. De petites flammes léchaient les débris, et un nuage de fumée s'élevait en direction des étoiles. Ils distinguèrent six silhouettes aux abords de la ferme. Toutes portaient une veste en tweed et un chapeau melon. L'une d'elles tenait deux chiens au bout de chaînes, les autres étaient armés. La tension était palpable. Les hommes regardaient la fumée sans un mot, mais sans s'approcher non plus.

Scarlett plongea derrière le mur en grognant. Visiblement, ils la croyaient morte, mais ils attendaient de pouvoir s'en assurer. Elle ne s'expliquait pas pourquoi ils avaient peur à ce point. Pour ce qu'ils en savaient, elle était écrasée sous un tas de gravats fumants. Quelque chose clochait.

Le garçon la tira par le bras. Il lui dit tout près de l'oreille :

– Scarlett, l'explosion, elle a été provoquée par quoi ?

– De la dynamite, répondit-elle en secouant la tête d'un air surpris. C'est dingue. Pourquoi prendre le risque de faire flamber les billets ?

– Les billets ?

Malgré leurs murmures, elle sentit de l'intérêt dans sa voix.

– T'occupe.

Elle n'avait jamais été poursuivie avec un tel acharnement, ni après l'attaque de Norwich, quand des hommes armés de harpons avaient traqué en bateau à moteur sa petite embarcation à travers les marais d'Anglie, ni même après le braquage de Frome, où ses poursuivants l'avaient coincée au bord d'une carrière engloutie. Ils étaient cinq, tous armés de couteaux et de haches, qui rêvaient de jeter son cadavre dans l'eau sombre. Se faire coincer, ça, Scarlett savait gérer. Mais cette fois c'était différent. La course-poursuite à travers les Terres sauvages, la dynamite. Ce n'étaient pas des procédés habituels.

Elle n'avait pas le temps d'y réfléchir maintenant. L'important, c'était de fuir.

Elle fit signe au garçon de ne pas bouger et jeta de nouveau un coup d'œil par-dessus le mur. Ses poursuivants semblaient avoir gagné en confiance et approchaient de la pile de gravats fumants. Les chiens reniflaient un peu partout. Un type éclata de rire. Un autre lança un ordre sec. Un troisième se mit à sonder les briques avec un bâton.

Ils cherchaient soit son corps, soit l'argent. En tout cas, c'était le moment de partir. Scarlett se retira sans bruit dans les ruines, Albert sur ses talons. En quelques instants, ils avaient franchi un mur effondré, traversé une clairière et disparu dans l'obscurité de la forêt.

Ils progressèrent péniblement dans la nuit noire à travers la végétation. Au bout d'un moment, Albert fut à bout de forces. Scarlett l'entendit se laisser tomber. Elle s'accroupit à côté de lui pour prendre le temps de réfléchir. Ils avaient réussi à s'éloigner de la maison. Même si la milice continuait à les poursuivre, Scarlett ne pourrait pas faire grand-chose. Albert était incapable d'aller plus loin, et elle avait les jambes dures comme du bois. La terre lui tendait les bras comme un lit douillet...

– D'accord, on reste ici, dit-elle, mais on repart dès le lever du jour.

Elle attendit une réponse d'Albert. En vain. Au bout de quelques instants, alors qu'elle sentait sa conscience dériver, elle se rendit compte qu'il dormait déjà.

Ils se réveillèrent dans l'aube grise. Le brouillard semblait solide à travers les arches que formait la renouée. La forêt était plongée dans le silence.

– J'ai atrocement faim ce matin, déclara le garçon. J'ai l'estomac aussi rétréci qu'une noix. Tu crois qu'on pourrait trouver quelque chose à manger ? Peut-être de vraies noix. Ou des champignons. Ça pousse bien dans les forêts, non ? Je n'ai jamais vu de champignons. J'aimerais bien tenter l'expérience. En fait, j'ai surtout très, très faim.

Il se frotta le ventre.

Scarlett faisait de son mieux pour ne pas l'écouter. Elle avait sorti sa boussole et scrutait les ruines et la végétation en essayant de se remémorer la géographie des Hautes Plaines de l'Est. Pour ce qu'elle en savait, elles étaient surtout composées de forêts et de rivières. La seule chose à faire, c'était de tracer vers le nord-nord-est en direction de Stow. Mais dans la précipitation de la veille, elle avait perdu tous ses repères, et la milice n'était pas loin. Elle se gratta la nuque. Pas facile de se concentrer avec le garçon qui continuait à commenter l'état de son ventre. Scarlett avait oublié qu'il existait tant de mots dans la langue anglaise. Pour le faire taire, elle fouilla dans son sac à dos et en sortit les sandwichs emballés trouvés sur le bandit le matin précédent.

– Scarlett, des sandwichs ! Tu es si généreuse ! Il y a quoi dedans ?

– Fromage et cornichons. T'arrête pas aux taches rouges sur l'emballage.

– C'est merveilleux. Tu es sûre que tu n'en veux pas un bout ? Non ? Alors j'attaque.

Scarlett n'avait jamais vu une aussi grande bouche. On aurait dit l'une de ces grenouilles géantes mangeuses d'hommes d'Anglie, celles qui surgissaient sous votre bateau. Elles auraient été heureuses d'avoir des lèvres de cette taille. Sans attendre qu'il ait fini, elle remit son sac sur ses épaules et partit d'un pas vif vers le nord. Il était grand temps de se mettre en route.

Ils zigzaguèrent au milieu de la renouée et l'étrange lueur projetée par la brume pour descendre peu à peu la colline. Le temps était impossible à mesurer. Ils contournèrent des murs en pierre recouverts de mousse. Tous les bruits étaient assourdis. Leurs pas, le frottement de leurs vêtements contre les feuilles, jusqu'à leur respiration.

– Pourquoi il y a toutes ces ruines par ici ? demanda le garçon. Tout ça a l'air si vieux et si triste.

Scarlett poussa un grognement.

– Pas de doute, elles sont très vieilles. Ça date sans doute du Grand Massacre. Ou alors des guerres des Frontières, va savoir.

– Mais moi, je ne sais rien, dit Albert. Je ne sais rien de tout ça.

Il semblait n'avoir aucune idée de rien. Scarlett l'observa. Il titubait, il avait des cernes noirs sous les yeux.

– J'imagine que tu regrettes de ne pas être resté près du car. Tu aurais sans doute été pris en stop à l'heure qu'il est.

Il lui adressa un sourire étincelant.

– Oh non, Scarlett, je préfère être ici avec toi. J'avais envie de te poser la question hier, mais je ne te connaissais pas assez. Maintenant qu'on a vécu davantage de choses ensemble, j'ai l'impression qu'on est sur le chemin de relations plus solides. Alors, tu peux me dire quelle est ta profession ? Et pourquoi tu voyages seule dans cet endroit sauvage ?

Scarlett haussa les épaules d'un air vague.

– Je suis une voyageuse, une pénitente. Je vais là où mes prières me mènent.

Le garçon la dévisageait de ses grands yeux sombres.

– Et c'est où ? De quoi tu vis ?

– Je vends des reliques sacrées dans les villes de survivants du Wessex, répondit-elle. Je trimballe un certain nombre d'objets dans ce sac. Je fais de bonnes actions, la charité… ce genre de choses. Ça m'occupe. Par exemple, ton car. Quand je l'ai vu, je me suis glissée dedans dans l'espoir d'apporter mon aide.

Le sol s'inclina d'un coup. La renouée se fit moins dense, laissant apparaître de la roche et des aiguilles de pin au sol. Ils respirèrent de l'air frais. Scarlett consulta à nouveau sa boussole.

– Le car, répéta Albert. Où tu as eu la gentillesse de venir à ma rescousse.

– Oui…

– Mais où tu as pris des choses aussi. Si je ne me trompe pas, la valise attachée à ton sac appartenait à l'un des passagers.

Scarlett avait oublié la petite valise en métal toujours accrochée à son sac. Elle poussa un grognement.

– Je ne l'ai pas volée. Je l'ai récupérée. Je compte bien la rendre aux descendants de la victime.

– Oui, bien sûr. Tu es une sainte.

Un pin bougea. En relevant la tête, Scarlett vit un homme en veste de tweed et chapeau melon gris surgir de derrière le tronc. Il pointait une arme sur eux. Elle plongea la main dans son manteau, en sortit son revolver et tira. L'homme tituba et tomba à la renverse sans un bruit.

– Non, pas vraiment une sainte. Je n'irais pas jusque-là. Allez, viens, on se casse, et vite.

Elle se mit à dévaler la pente, et le garçon la suivit. À la périphérie de son champ de vision, elle apercevait d'autres silhouettes. Il y avait aussi des chiens qui aboyaient. Des coups de feu retentirent puis résonnèrent comme dans une pièce fermée.

La pente était très raide. Les branches basses des pins, nues et grises, s'étendaient au-dessus d'un tapis d'épines qui formait comme des vagues figées par des années et des années de végétation tombée au sol. Les bottes de Scarlett glissaient et y creusaient un V à chaque pas. Derrière elle, Albert Browne descendait à un rythme irrégulier et d'un pas incertain, qui suggéraient qu'il allait chuter d'un instant à l'autre. Comme le savait déjà Scarlett, il n'avait ni muscles ni force dans les jambes pour encaisser le choc. Seule, elle serait allée deux fois plus vite, mais déjà à cette allure il peinait.

Des aiguilles glissèrent jusqu'à ses chevilles. En se retournant, elle vit plusieurs hommes dévaler la pente derrière eux. Une balle siffla entre le garçon et elle. Les pins se faisaient moins denses et ils commencèrent à distinguer le soleil et poursuivirent leur descente moitié courant, moitié glissant vers une ligne bleu-vert.

Une rivière.

Scarlett jura. Elle aurait pu courir plus vite, sauter dans l'eau et s'échapper. Mais si elle faisait ça, le garçon prendrait une balle. Elle s'arrêta.

– Albert.

– Oui, Scarlett ?

Il arriva à sa hauteur. Les manches de son pull pendaient sur ses bras maigres. Il mugissait plus qu'il ne respirait, malgré tout, il avait l'air calme.

– Tu passes en premier, dit-elle. Tu continues dans la pente jusqu'à la rivière. Et là, tu sautes pour te laisser porter par le courant, d'accord ? Tu sais nager ?

– Non.

– Mais pourquoi j'ai posé la question ? J'en étais sûre. Eh bien, tu te trouves une branche ou une bûche, quelque chose qui flotte. Et tu t'y accroches.

Elle le dévisagea, puis reprit :

– Même se noyer, c'est sans doute mieux que se faire attraper par ces types. Alors tu n'hésites pas, tu sautes.

Il cligna des paupières.

– Et toi ?

– Je te rejoins. Mais avant ça, je vais les retarder un peu.

Un sourire se forma sur les lèvres d'Albert.

– Merci, Scarlett.

– De quoi ? J'ai besoin de me débarrasser de toi. Le point de vue est trop beau, ici, c'est tout.

– Merci d'être une personne noble et soucieuse des autres.

Elle le foudroya du regard.

– Allez, vas-y. Fonce ! Tout de suite, ça serait bien.

Des silhouettes apparaissaient entre les pins. Malgré tout, Albert Browne fut tenté de poursuivre la conversation comme un citadin en pleine rue. D'ici quelques secondes, ils seraient à portée de balle. Scarlett tira un coup vers eux pour les faire plonger à couvert. Cet acte sembla déclencher quelque chose chez le garçon. Il fila dans la pente en glissant.

Tout près, il y avait un vieux pin avec un gros tronc ombragé. Scarlett y trouva refuge. Elle ouvrit le barillet de son revolver, vérifia les chambres, le referma. Il lui restait quatre balles. Ça devrait suffire.

Le tronc sentait la sève et la poussière, il y avait des toiles d'araignée dans les trous de son écorce. Elle avança la tête et regarda en direction de la colline. Les coups de feu fusèrent aussitôt. De petits geysers d'aiguilles jaillirent à ses pieds. Elle se retira à l'abri du tronc avec la position des trois hommes gravée dans sa tête. Il y en avait deux bien cachés, l'un derrière une souche, l'autre derrière un mur en ruine; le troisième n'était que dans l'ombre d'un vieil abreuvoir recouvert de mousse.

Elle se frotta le visage, prépara son arme, fit une feinte avec un bras.

Nouvelle salve. Les aiguilles dansèrent tout autour d'elle. Un bout du tronc explosa, ce qui envoya des morceaux d'écorce odorants près de son nez. Elle attendit qu'ils cessent de tirer, puis quitta la protection de l'arbre, leva son arme et abattit le type près de l'abreuvoir. Avant même qu'il commence à s'effondrer sur le flanc, avant même qu'il se rende compte qu'il était mort, elle était revenue à l'abri.

La nouvelle salve fut moins fournie et plus dispersée, ce qui était logique avec deux tireurs au lieu de trois. Elle attendit en regardant le garçon dévaler la pente. Elle le vit un instant dans le soleil, puis il disparut. Il devait être dans l'eau, maintenant. Elle avait fait ce qu'elle pouvait pour lui; ce n'était plus nécessaire de différer son départ, d'autant que des renforts de miliciens risquaient d'arriver.

Elle quitta l'abri du tronc en visant le type caché derrière le mur en ruine. Soit il s'était déplacé, soit sa mémoire lui jouait des tours ; son premier coup passa à un centimètre à droite du chapeau melon. Scarlett ajusta son arme, recommença et eut la satisfaction de voir le chapeau basculer, même si elle ignorait si elle avait touché son propriétaire. Pas le temps de vérifier. Elle dévalait déjà la colline, faisant d'immenses enjambées tout en se laissant glisser sur les aiguilles de pin. Des balles sifflèrent à ses oreilles, elle sentit que l'une touchait son sac à dos, mais elle zigzaguait, plongeait sous les branches, tout en filant toujours plus bas… Puis il y eut le silence dans son dos, et un soleil de plus en plus vif face à elle.

Elle sauta par-dessus un talus, projetant des aiguilles de pin, et atterrit au milieu de grandes herbes. La soudaine luminosité lui faisait mal aux yeux. Plus bas, la pente s'arrêtait brutalement. La rivière était en partie scintillante, en partie plongée dans une ombre bleutée. Elle avait creusé une gorge à la limite des Hautes Plaines et disparaissait dans les replis des collines en amont et en aval. Scarlett évalua la situation sans cesser de courir.

Mais surtout, ce qu'elle remarqua, ce fut le garçon.

Il était encore là. Au bord du précipice. C'était comme si les qualificatifs « mou » et « impuissant » avaient pris forme humaine. Il était courbé, ses cheveux noirs et son gros pull flottaient dans la brise qui s'élevait de la rivière.

Scarlett poussa un soupir furieux en le rejoignant à toute vitesse.

– Espèce de crétin ! Je t'avais dit de sauter !

– Mais je croyais que ça serait une rive toute douce avec des roseaux, des galets et tout ça ! Tu ne m'avais pas parlé d'une falaise !

– Quelle falaise ? Ça fait à peine trois mètres. Bon, d'accord, peut-être cinq.

– C'est trop haut. Je vais me briser la nuque dans la chute.

– Peu probable. En tout cas, le pourcentage de risques est très faible.

Elle se retourna vers la forêt de pins. Laquelle s'agitait déjà. Un homme arrivait. Non, deux. Ils allaient se poster à couvert pour tirer. Scarlett et Albert constituaient une cible facile.

– Albert, saute.

– Je ne peux pas. J'ai peur.

– Tu as plus peur d'une mort certaine que d'une mort possible ? Franchement, qu'est-ce qui vaut mieux ?

– Aucune des deux.

– Eh bien, t'as intérêt à choisir, et vite. Je te laisse cinq secondes, ensuite je saute toute seule.

Elle leva son arme pour tirer sur une silhouette qui progressait entre les arbres. L'homme fut violemment projeté sur les aiguilles de pin en gémissant. Il glissa lentement sur quelques centimètres et s'arrêta à la lisière des arbres, un bras dans la lumière du soleil.

C'était la dernière balle de Scarlett. Comme s'il l'avait senti, un autre type surgit. Il était barbu, portait une veste à carreaux marron, un pantalon rouge et un chapeau melon gris. Il brandissait un couteau long et fin à la main.

Scarlett rangea son revolver à sa ceinture et sortit son couteau de chasse. Elle jeta un coup d'œil au garçon, puis à l'eau qui bouillonnait en contrebas. C'était jouable. Il n'y avait pas trop de rochers, juste quelques grosses branches qui partaient du flanc de la falaise qu'il fallait éviter. Mais ça restait possible. En tout cas, pour elle…

– Albert.

– Quoi ?

– Tu vas sauter ?

– Non.

– Tu es un minable.

Elle regarda l'homme approcher. Tout à coup, il était face à elle, il lui souriait. Elle découvrit ses dents blanches brillantes au milieu de sa barbe. Plus jeune qu'elle ne l'aurait cru, il se déplaçait avec la fluidité d'un danseur. Il paraissait rapide et bien entraîné, bien plus qu'un milicien normal. Le soleil se reflétait sur la lame de son couteau.

– J'ai plus de balles, annonça le type. Mais le couteau, ça fera l'affaire.

– Ouais, dit Scarlett. Je me suis dit exactement la même chose.

Elle repoussa une mèche de cheveux de son visage et pointa son arme. Elle savait qu'elle devait se méfier. Il allait sans doute tenter de la distraire avec quelques mots ou de petits gestes de la main. De fait, il agita sa main libre comme un oiseau qui volette. Elle attendit qu'il se stabilise sur le sol puis elle roula sur le flanc et, avec l'agilité d'un serpent, se redressa en frappant avec son couteau. Mais elle n'avait pas bien visé, et le type eut le temps d'esquiver, si bien que l'arme de Scarlett ne fit qu'entailler sa veste. Elle frappa de nouveau. Cette fois, il para avec son couteau, si bien qu'elle faillit lâcher le sien. Ce n'était vraiment pas un milicien normal. Elle s'écarta de lui en grognant.

Ils se déplacèrent lentement l'un face à l'autre.

– T'es douée, ma chérie, dit le jeune gars avec un sourire. Mais je ne suis pas tout seul. Les autres arrivent, et eux, ils ont des armes à feu.

Scarlett jeta un coup d'œil à Albert Browne, toujours debout au bord de la falaise. Pour découvrir, incrédule, qu'il scrutait paisiblement la rivière, les mains dans le dos. On aurait dit un instituteur bigleux qui cherche des scarabées et non un garçon qui doit échapper à un homme armé d'un couteau.

Scarlett tourna de nouveau la tête vers le barbu.

– Tu sais qu'il n'a rien à voir avec tout ça ? déclara-t-elle. C'est juste un crétin que je me traîne. Ça se voit, non ? Quoi qu'il arrive, laisse-le partir.

Des ombres s'agitaient dans les arbres, ce qui attira l'attention de Scarlett. Quand elle regarda de nouveau le milicien, il avait l'air à la fois amusé et stupéfait. Ses dents blanches apparurent :

il rit. C'était le rire qu'elle avait entendu à la ferme la veille au soir.

Scarlett lui lança un regard noir.

– Qu'est-ce qui t'amuse?

Il éclata à nouveau de rire.

– T'es vraiment drôle, dit le type. Qu'est-ce qui te fait croire que c'est à toi qu'on en veut?

Elle mit un instant à enregistrer ces mots, à comprendre leur implication.

Et là, tout changea.

Le braquage de la banque de Cheltenham passa à l'arrière-plan, remplacé par le car au pied de la colline avec un trou dans le flanc. Elle se remémora ce trou, le métal replié comme des pétales et repoussé avec force depuis l'intérieur. Elle vit Albert Browne comme elle l'avait découvert, l'unique survivant presque indemne, alors que tous les autres passagers s'étaient volatilisés ou étaient morts…

Et là, elle comprit quelque chose.

« Qu'est-ce qui te fait croire que c'est à toi qu'on en veut? »

Le type barbu profita de son trouble pour attaquer. Il était rapide. Scarlett ne put ni empêcher ni parer le coup. Elle leva le bras gauche pour protéger son cœur et la lame de son adversaire lui traversa la main pour en ressortir de dix centimètres. La douleur explosa. Scarlett frappa le type au bras si fort qu'il lâcha son arme. Puis elle abandonna la sienne pour saisir son poignet en jurant.

Le barbu recula sans cesser de sourire. Il fit un signe en direction de la forêt derrière lui. Un coup partit.

Scarlett montra les dents. Avec sa main intacte, elle arracha le couteau planté dans son autre main. Et tenta de plier les doigts.

Albert Browne poussa un petit cri.

– Scarlett, tu saignes!

– Tu as remarqué ? Mais t'en fais pas, je suis encore capable de faire ça.

Et là, elle le poussa dans l'eau. Il disparut avec un cri.

Les types tiraient maintenant à feu nourri depuis le couvert des pins. Scarlett décida de ne pas traîner. Elle leur fit un petit signe pour qu'ils ne l'oublient pas et recula dans le vide.

II
LA VILLE

– Bonjour, Albert, dit la doctoresse Calloway.

Albert l'imagina de l'autre côté du paravent, entièrement vêtue de noir, ses cheveux blonds maintenus par un bandeau en velours, un trait de rouge à lèvres sur son visage clair, le stylo prêt, les doigts sur le cadran. Il la visualisait toujours très bien. Le problème, c'est qu'il ne pouvait rien faire de cette image à cause du paravent métallique.

– Tu m'entends? demanda la doctoresse Calloway.

– Oui, je vous entends.

– Bien. Tu peux bouger les mains ou les pieds?

Il connaissait les questions avant qu'elle les lui pose, tant leur ordre que leur formulation exacte. Il aurait pu répondre en rafale pour en arriver plus vite au test, mais elle voulait qu'il fasse comme si c'était la première fois sans couper les virages ni prendre de raccourcis. La punition devait être réduite au strict nécessaire. C'était ça, la méthode scientifique.

Albert remua dans les liens qui enserraient ses poignets et ses chevilles.

– Non, je ne peux pas.

– Tu as ton masque?

– Oui.

Elle le lui avait placé elle-même sur le visage. Ajuster son masque, c'était toujours la dernière chose qu'elle faisait, une fois qu'Albert était attaché à la chaise, les fils métalliques fixés à ses cuisses et à son front. Il y avait encore l'odeur de son parfum sur le tissu.

– Peux-tu voir quelque chose?

– Je ne vois rien.

Uniquement l'obscurité plaquée sur ses yeux et son nez.

– Tu te souviens de la table devant toi ?

– Oui, doctoresse Calloway.

– Qu'est-ce qui était posé dessus ?

– Une bouteille verte avec un bouchon. Une fleur dans un vase rempli d'eau. Deux bougies, une seule allumée. Une assiette de riz. Des pierres dans un pot. Un oiseau marron dans une cage.

– Bien.

C'était la seule partie des préliminaires où sa réponse variait et, même dans ce cas, les options étaient limitées. Parfois, il y avait une souris dans la cage, voire un rat. La fleur, ce n'était pas habituel. Albert ne l'avait eue qu'une vingtaine ou une trentaine de fois. Le plus souvent, le vase était simplement rempli à ras bord. En revanche, il y avait toujours deux bougies, et en tout sept objets sur la table. Ça, ça ne changeait jamais. Ce qui pouvait aussi être différent, c'était la distance entre la table et sa chaise. Parfois, elle touchait presque ses genoux. Parfois, elle était à l'autre bout de la pièce au sol carrelé. Ce jour-là, elle était à mi-distance, ce qui signifiait que ce n'était pas la portée qu'ils testaient, mais le degré de stimulation. Albert sentait le contact léger des fils sur ses tempes. De la sueur se forma sous ses bras. La séance allait être dure.

– Es-tu en forme aujourd'hui, Albert ? demanda la doctoresse Calloway.

– Je suis en forme.

– Es-tu en colère, ou inquiet ?

– Non.

– As-tu quelque chose en tête ? À quoi es-tu en train de penser ?

– À vous.

C'était toujours sa réponse. Que la doctoresse ignorait chaque fois avec soin. Le ton de sa voix ne se modifiait jamais, il n'accélérait pas, il ne ralentissait pas, elle se contentait de passer au point suivant.

– Albert, je veux que tu fasses le vide dans ta tête. Fais le vide et concentre-toi sur les objets de cette table. Tu les visualises ?

– Oui.

– Choisis-en un. Celui qui te paraît le plus évident.

– D'accord.

Il choisit, au hasard, la fleur dans le vase. Pas parce que c'était un objet plus évident que les autres. Peut-être parce que c'était le plus difficile, en tout cas le plus inhabituel. En fait, ça lui était égal. Il ne prenait jamais l'animal en cage, rarement la bouteille. Pas de doute, ça disait quelque chose de lui, ça affinait son portrait psychologique. Il se demanda si, depuis toutes ces années, ils avaient seulement découvert quelque chose d'intéressant.

– As-tu fait ton choix ?

– Oui.

Il y eut le même petit bruit que d'habitude. Albert s'était longtemps interrogé là-dessus, il se demandait si c'était le circuit électrique qui se mettait en route ou une sécurité qu'on enlevait. Il avait récemment compris que ça avait à voir avec la lumière qui diminuait dans la pièce. Même si, après les tests, quand elle lui retirait son masque et le ranimait en lui jetant de l'eau à la figure, la pièce était toujours comme avant.

– Très bien, Albert. J'aimerais que tu te concentres sur cet objet, maintenant.

Ça commençait toujours comme ça, sans préparation, sans indice sur le temps qu'il lui restait avant la douleur. C'était volontaire, bien sûr, destiné à ce qu'il surmonte l'incertitude et la peur. Il pouvait s'écouler trente secondes comme cinq minutes avant que les impulsions électriques surviennent. Parfois, Albert pouvait faire quelque chose dans l'intervalle, parfois non. La seule certitude, c'était que la doctoresse tournerait le cadran.

Il ferma les yeux sous son masque et projeta toute sa volonté vers l'image de la fleur blanche qui lui apparaissait comme un fantôme dans la pénombre. Il visualisait assez bien sa tige inclinée, ses cinq pétales bien dessinés, le vase rempli. Ce qui était difficile, c'était de rassembler l'énergie nécessaire pour en faire quelque chose. Ce jour-là, il était fatigué et las de cette routine. Ce qu'il voulait, c'était retourner dans la cour pour à nouveau discuter avec le garçon à la banane.

La doctoresse Calloway ne parlait plus. Elle prononçait rarement le moindre mot jusqu'à la fin du test. Albert entendait un petit bruit dont il savait qu'il était causé par le bec de l'oiseau contre les barreaux de la cage. Un bruit agaçant, mais préférable aux cris presque humains du rat qui s'était un jour trouvé à cette place. Ce rat rose et sans poils qu'ils avaient trouvé dans les marais donnait vraiment l'impression de parler. Ce jour-là, à cause des cris affreux qu'il produisait, Albert n'était pas parvenu à se concentrer. Quel que soit le niveau de douleur, il n'avait rien pu faire.

Albert commença à ressentir le picotement dans ses tempes et sut qu'elle avait ses doigts blancs sur le bouton. Elle était déjà en train d'augmenter le courant. Non, c'était trop tôt. Elle ne lui laissait même pas le temps de se concentrer.

– S'il vous plaît. Je ne suis pas prêt, supplia-t-il.

Pour parvenir à quelque chose, il devait être concentré. Chasser la haine qui courait comme des araignées sur sa peau. Chasser l'image de l'oiseau, le parfum de cette femme, le contact des fils, la sueur qui dégoulinait sous son masque…

Chasser le gamin à la banane. Et ce qu'il lui avait confié.

Plus facile à dire qu'à faire.

Albert serra les dents et tenta de se contrôler, mais l'image de la fleur se dilua comme de l'encre dans l'eau. À sa place, il vit une île verte au loin. La panique l'envahit comme de la bile.

– Je suis désolé, dit-il. Je n'y arrive pas aujourd'hui. S'il vous plaît, est-ce qu'on peut essayer plus tard, quand…

Le choc pourtant familier fut plus violent que d'habitude. Elle devait déjà en être à la moitié du cadran. Si ça avait duré un instant de plus, Albert aurait sans doute brisé ses liens. Attaché à sa chaise, parcouru de tremblements, les larmes jaillissant de ses yeux, il entendait le petit bruit du stylo qui grattait calmement le papier.

– Pourquoi faites-vous cela ? souffla-t-il.

Elle ne répondit pas, ce qui n'était pas étonnant. Lui-même avait à peine entendu sa propre question. Il avait la bouche pleine de sang : il s'était mordu la langue.

– S'il te plaît, Albert, concentre-toi, dit calmement la voix. Nous avons beaucoup de travail ce matin.

« Beaucoup de travail. »

Il rouvrit les yeux. Sous son masque, son visage était couvert de sueur.

– D'accord, dit-il. Je suis désolé. Je vais faire de mon mieux, doctoresse Calloway. Je vais faire de mon mieux pour vous.

8

Après les Hautes Plaines, le paysage s'aplatissait et la forêt disparaissait. La rivière s'écoulait en direction du sud à travers une région de marais marron et de buissons verts qui s'étirait jusqu'à l'horizon. Des milliers d'étangs envahis de roseaux scintillaient sous les rayons du soleil. Des saules s'inclinaient vers l'eau comme des femmes en train de laver leurs cheveux emmêlés.

Un tronc d'arbre surgit sur la rivière – petit trait au milieu du néant. Deux silhouettes inertes y étaient accrochées. Elles n'avaient pas bougé depuis un bon moment. Des charognards dessinaient des cercles patients entre les nuages au-dessus d'elles.

Scarlett n'aurait jamais imaginé s'endormir. Mais entre la chaleur du soleil, le silence et le bercement du cours d'eau, elle avait fini par sombrer dans un sommeil sans rêves. Elle se réveilla dans la lumière et la douleur, avec la sensation que quelque chose lui marchait sur le dos.

Entrouvrant un œil, elle découvrit un corbeau noir perché sur son épaule qui scrutait l'eau d'un air pensif tel un capitaine de bateau grognon guettant les embuscades. Quand il s'aperçut qu'elle était réveillée, il battit des ailes et lui donna un coup de bec à l'oreille. Scarlett eut un brusque mouvement de recul et hurla. Le corbeau s'envola, mais le tronc tangua dans le courant.

L'éclat du soleil était si vif qu'elle referma les yeux. Un instant, elle se revit tomber de la falaise, son manteau autour d'elle à la manière d'une grande aile…

Elle se souvenait vaguement de la suite. De ce bruit, comme une colonne vertébrale qui se rompt, quand elle avait heurté l'eau. Puis de s'être débattue dans l'obscurité et le froid au fond de la rivière et d'avoir agité ses pieds pour regagner la surface. Du sang. Le sien. Du sac trop lourd dans son dos. Et d'avoir replongé sous la surface…

Là, une main l'avait attrapée. Celle du garçon. Accroché à un tronc qui flottait, il était parvenu à la hisser. Elle avait senti son sac à dos retenu par quelque chose. À force de lutter, le flanc du sac s'était déchiré. Puis, allez avoir comment, elle se trouvait maintenant sur le tronc, essoufflée, en sang.

Elle se souvenait aussi des cris, des coups de feu, de l'agitation au sommet de la falaise. En levant les yeux, elle avait aperçu des silhouettes. L'une d'elles était celle d'une femme. Puis Scarlett avait été éblouie, et ils s'étaient enfoncés dans le canyon. À partir de là, il n'y avait plus eu que des pins, des rochers et le courant salvateur de la rivière…

Scarlett retrouva enfin ses esprits. Elle rouvrit les yeux et inspecta son corps.

Il n'était pas en aussi bon état qu'elle l'aurait souhaité. Sa main gauche était aussi crochue et noire qu'une patte de poulet. Sa paume n'était que douleur. Scarlett avait un bras passé autour d'une saillie du tronc. Sans ça, elle aurait sans doute glissé dans l'eau. Elle y était d'ailleurs en partie et ne sentait plus sa jambe immergée. Qui était sans doute juste engourdie.

Scarlett avait mal partout. Elle devait bouger, mais le tronc risquait de chavirer au moindre mouvement. Le pire, c'était de voir Albert le bienheureux dormir comme un bébé bien au sec, les jambes repliées, les mains sous la tête, un petit sourire aux lèvres. Il respirait paisiblement tandis que la brise soulevait sa frange de cheveux noirs.

– Réveille-toi !

Mais Scarlett fut incapable d'exprimer sa fureur avec une bouche à la fois sèche et pleine de sang. Le bruit qu'elle émit ressemblait à peine à un raclement de gorge, et le garçon ne bougea pas. Une série de jurons murmurés ne produisirent pas plus d'effet. Enfin, en se déplaçant avec précaution, elle tendit sa main indemne jusqu'à la tête d'Albert et lui donna un coup.

– Désolé, doctoresse Calloway, désolé !

Il avait l'air affolé et les yeux écarquillés. Le tronc tangua et faillit faire plonger Scarlett dans l'eau.

Pendant quelques secondes, Albert resta le regard dans le vague. Il tremblait de tout son corps. Puis il se reprit.

– Bonjour, Scarlett, dit-il. Désolé, je ne savais plus… Un instant, j'ai cru… J'ai cru que j'avais de nouveau des ennuis. Mais tout va bien. On est sains et saufs.

Dans l'eau jusqu'à la taille, accrochée au tronc, sa main blessée, Scarlett l'observa.

– Hein ? coassa-t-elle. Qu'est-ce que tu dis ? Tout va bien ?

Il se passa une main dans les cheveux.

– Mais oui ! Nous voilà deux camarades libres en ce monde ! Cette rivière est belle et calme. Quel bonheur que d'entendre ses petits clapotis joyeux et de voir le soleil se refléter à sa surface comme si elle était en or liquide… C'est encore plus beau que la forêt, ici. Tu crois qu'on pourrait atteindre Londres, puis la mer, comme ça ?

Albert était hors de portée de Scarlett, qui ne pouvait donc plus le frapper. Elle se força à sourire.

– S'il te plaît, aide-moi à sortir de l'eau, demanda-t-elle gentiment. Aide-moi, et je te répondrai.

Il la regarda.

– Je ne suis pas sûr qu'il y ait de la place pour deux sur le tronc.

– Si. Et puis, il y a quelque chose qui est en train de me bouffer les pieds. Peut-être un brochet géant. Albert, aide-moi, je t'en prie.

– Le ton de ta voix est paisible, mais ton visage prometteur de violence. Ça ne me dit rien qui vaille.

– Mais non. C'est ton angle de vue qui te donne cette impression, c'est tout.

Elle tendit sa main valide en disant :

– Allez, mon ami, aide-moi.

Il continua à hésiter.

– Je ne suis pas sûr…

– Je ne te demande qu'un peu d'aide.

– Bon…

À regret, il lui tendit la main. Dès que Scarlett s'en empara, elle le tira dans l'eau. Ensuite, ce ne fut plus que cris et éclaboussures. Albert plongea sous la surface. Scarlett voulut péniblement se hisser sur le tronc avec une seule main, mais comme il n'était plus lesté par le poids d'Albert, il roula sur lui-même, et elle n'y parvint pas. La tête d'Albert surgit près d'elle. Il avait l'air paniqué. Il se raccrocha désespérément à elle de ses bras maigres. Elle le bourra de coups de pied. Pendant quelques secondes, ils n'échangèrent que coups et insultes. Puis ils se calmèrent, tous deux hors d'haleine et lamentablement accrochés au tronc.

Albert dit sur un ton de reproche :

– Ce n'était pas gentil. Tu es au courant que je ne sais pas nager.

– Je m'en fous. Tais-toi.

Il soupira.

– Maintenant, on va tous les deux se noyer. Moi qui rêvais de voir Londres…

Scarlett tenta en vain de repousser ses cheveux hors de sa figure en soufflant dessus.

– Londres n'existe plus. Tu t'y noierais comme ici. En revanche, ce n'est pas dur de rejoindre la rive. Au prochain tournant, sers-toi des quelques muscles de tes jambes pour battre des pieds de façon à rapprocher le tronc des roseaux. Pas tout de suite. Attends qu'on soit plus près. Je te dirai quand ce sera le bon moment.

Le silence revint. Il n'y avait rien d'autre que la lumière du soleil et le doux clapotis de l'eau. Scarlett ne voyait pas plus loin que le tronc. Elle tendit le cou sur le côté pour mesurer la distance qui les séparait de la rive. Les rayons du soleil jouaient à la surface de l'eau. Le temps parut ralentir. Elle songea aux énormes poissons qui peuplaient les grandes rivières. L'un d'eux pouvait arriver entre ses pieds et... Elle chassa cette idée de sa tête et repensa à la course-poursuite dans la colline, à ces derniers instants avant qu'elle saute de la falaise. Les coups de feu entre les arbres, le sol presque aussi glissant que ce tronc. Mais les images lui échappaient au fur et à mesure comme celles d'un rêve.

À part un détail.

« Qu'est-ce qui te fait croire que c'est à toi qu'on en veut ? »

Scarlett contracta les mâchoires. De ça, elle se souvenait très bien. Elle tourna la tête d'un air furieux. Près d'elle, Albert Browne chantonnait.

La rivière vira brusquement vers l'est. Plus bas, des roseaux se dressaient à la manière d'une palissade. Scarlett les observa. Elle n'avait aucune idée de la distance qu'ils avaient parcourue. Le soleil était presque au zénith, donc ils dérivaient depuis plusieurs heures, mais il n'y avait nulle part trace de Stow, où des hommes méchants et impatients attendaient qu'elle honore ses dettes.

Chaque chose en son temps. D'abord s'extraire de l'eau. Le tronc fit une embardée dans un coude de la rivière. Les roseaux étaient très proches.

– Maintenant ! cria-t-elle ! Bats des pieds !

Mais s'il les rapprochait de la rive, le courant continuait aussi à les entraîner alors même qu'ils se démenaient au point de transformer la surface en écume. La distance restante n'était pas facile à évaluer car Scarlett avait la tête au ras de l'eau. Et surtout l'impression de faire du sur-place. Albert s'épuisa vite. Il renonça alors que, mue par l'énergie du désespoir, Scarlett continuait à battre des pieds. Mais elle n'avait presque plus de souffle, et elle fut prise de vertiges. Tout à coup, elle aperçut les restes d'un pont au milieu des saules. Ses piliers en béton se dressaient encore, et des poutres en métal rouillé en jaillissaient comme les doigts d'une main géante.

Et là, presque à leur hauteur : la palissade de roseaux. Scarlett sentit quelque chose à la fois solide et doux sous ses pieds. La berge était proche. Elle donna un dernier coup de talon. Le tronc s'échoua dans la vase, où il s'immobilisa brutalement, si bien qu'ils en furent tous deux éjectés. Ils toussaient en cherchant à se relever, ce qui ne fut pas chose facile. À cet endroit, la rivière n'était pas profonde, mais la vase, si. Après bien des tentatives, ils atteignirent un endroit plus ferme et chancelèrent jusqu'à la berge.

Sitôt affalée, Scarlett se débarrassa de son sac d'un coup d'épaule et fit un rapide inventaire de son équipement. À son grand soulagement, quoique trempé, son revolver se trouvait encore dans son étui. Il faudrait juste qu'il sèche. Elle n'avait plus de munitions et elle avait perdu son couteau sur la falaise. L'une de ses gourdes avait été percée en deux endroits par une balle. L'étui de son tapis et la valise en métal étaient intacts. Au premier coup d'œil, le sac ne semblait pas avoir souffert, mais en y regardant de plus près, elle découvrit une grande déchirure sur le côté, là où il s'était accroché à une pierre ou une branche. Le sang de Scarlett ne fit qu'un tour. Elle inspecta la poche déchirée à toute vitesse et dut se résoudre à l'évidence : le filet à provisions contenant l'argent du braquage de Cheltenham n'était plus là.

Elle poussa un long et sourd gémissement. Elle aurait pu jurer, mais elle n'en n'avait pas la force. Elle était trempée, elle avait une main blessée. Elle tremblait de froid et elle avait la tête qui tournait. Elle sortit non sans mal sa trousse de secours protégée par un sac plastique. Qu'elle ouvrit avec ses dents. Elle attrapa un spray antiseptique et vaporisa sa main en serrant les dents de douleur.

Elle jeta sa gourde percée et se redressa. Du sang coulait le long de ses doigts.

Le soleil brillait à travers les roseaux et les saules. Au sommet des piliers du pont, des cigognes se lissaient les plumes et battaient des ailes comme des acrobates en costume noir et blanc. Les piliers couverts de déjections étaient couronnés de nids composés d'os et de branches. Scarlett détourna son attention des oiseaux. De son expérience, les cigognes n'attaquaient que les mourants.

À propos de quoi…

Albert Browne était étalé dans la vase comme une méduse, son pull maculé de boue, son pantalon chiffonné, bras et jambes flasques. Mais il regardait vers le ciel bleu d'un air satisfait. Peut-être qu'il contemplait les nuages ou qu'il suivait des yeux les cercles des oiseaux de proie comme si tout allait pour le mieux dans le meilleur des mondes. Comme si Scarlett n'avait pas perdu son argent. Comme si rien ne méritait d'explication, que rien n'avait besoin d'être urgemment discuté.

Elle s'approcha de lui et le poussa du bout de la botte.

– Debout.

– Déjà ? Mais Scarlett je viens à peine de m'étendre pour me remettre de l'immense effort qui nous a permis de rejoindre la rive.

– T'as fait que dalle. Le tronc a donné plus de coups de pied que toi. Debout. Je refuse de te parler tant que t'es couché.

Les sourcils froncés, elle le regarda se lever et essuyer la boue sur une jambe de pantalon, puis sur l'autre. Il était enfin face à elle. Mais avant qu'elle puisse parler, il se pencha à nouveau pour retirer une algue prise dans l'un de ses lacets.

Elle le foudroya du regard.

– C'est fini ?

– Non, attends, il y a un autre bout d'algue ici.

– Oublie les algues et réponds-moi. Qui étaient ces types ?

– Quels types ?

Scarlett siffla et l'attrapa par le col.

– Tu sais très bien de qui je parle ! Les types qui voulaient notre peau ! Ceux à qui on a dû échapper en sautant d'une falaise ! Ceux qui m'ont blessée à la main !

Albert cligna des paupières d'un air innocent.

– C'est vrai, ça, ta pauvre main ! Comment ça va ?

Scarlett lui montra ses griffes noires. Une croûte comme du caramel brûlé formait une fleur au centre de sa paume, et du sang frais coulait le long de son poignet.

– D'après toi, Albert ?

Il jeta un coup d'œil.

– Oh ! Et ça fait mal ?

– D'après toi ? Merde, on voit au travers ! Évidemment que ça fait mal ! Et c'est ta faute ! Alors réponds-moi, espèce de ragondin, ou je te casse la gueule !

Le garçon observa avec prudence :

– Tu ne devrais pas me frapper avec ta main blessée.

Elle leva le poing.

– T'inquiète, je suis ambidextre. Je me servirai de l'autre. T'as deux secondes pour répondre.

– Mais je ne sais pas qui c'était ! Je ne les avais jamais vus ! Aïe !

– Ça, c'était juste une petite claque. Il y a plus fort à venir.

– Je te le jure, je n'ai jamais…

– Je te demande pas leur petit nom ni leur date de naissance !

Je veux savoir pourquoi ils te courent après ! Et ça, mon ami, tu le sais ! Alors, réponds !

Albert Browne parut tout à coup sur la défensive. En voulant faire un pas en arrière, il glissa dans la boue sombre.

– Je ne sais pas ! Peut-être… Peut-être qu'ils viennent de Stonemoor.

– Ça veut rien dire pour moi. C'est quoi, Stonemoor ?

– Une grande maison grise… Là où je vivais…

Le regard d'Albert voleta un instant vers elle, puis se détourna.

– Scarlett, ne me renvoie pas là-bas. Si tu essaies, je plongerai dans la rivière pour me noyer. Ne me renvoie pas là-bas.

– Par le fantôme de Shiva, je vais pas te renvoyer là-bas, je sais même pas où c'est. À Gloucester ? À Cheltenham ? Dans une ville de survivants ?

Il la regarda d'un air ahuri. De toute évidence, ces noms ne lui disaient rien. Scarlett se frotta la tempe de colère.

– C'était dans une ville, au moins ?

– Je ne crois pas.

– Tu sais ce que c'est qu'une ville, au moins ?

Il fit un grand sourire.

– Tu parles d'un endroit avec des bâtiments, des magasins, un mur d'enceinte, des tours et une grande porte pour se protéger des Infâmes et des bêtes. Où des gens habitent.

– Oui, une ville. Dieux du ciel. Alors, Stonemoor ?

Albert hocha la tête.

– Je ne sais pas si c'était dans un endroit comme ça. On ne sortait jamais. Il y avait un parc autour de la maison, et au-delà du parc, un grand mur. Même par les fenêtres de l'étage, on ne voyait rien à part des arbres au loin.

Peut-être qu'il ne mentait pas, pourtant, il ne disait pas toute la vérité. La preuve, il s'était enfui en car de cet endroit. Scarlett grogna en fermant les yeux. Sa méconnaissance du monde n'était pas feinte, de ça, elle était sûre. La naïveté s'échappait de lui comme la fumée d'une cheminée. Mais Albert n'était pas que ça. Il était recherché par des gens dangereux.

– Parle-moi de cette maison, dit-elle. Qui habitait là ?

– Le vieux Michael, la doctoresse Calloway... et moi.

– Trois personnes, c'est tout ?

– Et aussi d'autres hôtes, les serviteurs, le personnel médical et technique, les gardiens des portes, ainsi que ceux qui arpentaient le parc pour tuer les oiseaux qui s'approchaient trop, des hommes à tout faire, le garçon à la banane, qui est mort, ainsi que d'autres que j'ai oubliés. Je n'avais pas le droit de leur parler, sauf pour répondre à certaines questions bien précises. Si je désobéissais, la doctoresse Calloway me faisait fouetter. Mais maintenant, tout ça, c'est du passé, le vieux Michael est mort, et je ne crois pas que ça m'aide d'y repenser.

Il poussa un soupir de soulagement et lui sourit comme si le sujet était clos.

– Scarlett, ça va ? s'enquit-il.

Elle était tout à coup prise de nausée, le ciel lui paraissait avoir la couleur du plomb. Elle avait si mal à la main que c'était dur pour elle de se concentrer.

– Tu étais donc prisonnier dans cette maison ?

– Oui.

– Pourquoi ?

Le sourire sur son visage s'effaça. Il ne la regardait pas.

– Je n'ai jamais su.

– Albert, il devait bien y avoir une raison, et je pense que tu la connais. Tu t'es échappé, n'est-ce pas ?

– J'ai trouvé une porte ouverte et je suis sorti. Je voulais découvrir le monde.

– Je vois. Aussi simple que ça. Et qu'est-ce qui s'est passé dans le car ?

– Dans le car ?

– Pourquoi il y a eu cet accident, Albert ?

– Scarlett, tu es affreusement pâle, tu sais. Tu es sûre que tu ne veux pas t'asseoir ?

– Non ! Ce que je veux, c'est une réponse à ma question !

– Le chauffeur a perdu le contrôle. Ensuite, tout s'est passé très vite. Je n'ai plus vraiment de souvenirs.

Scarlett prit une longue inspiration en se demandant si elle devait le gifler. Mais ses vêtements froids et humides lui collaient à la peau, et elle avait mal derrière les yeux. Ce n'était pas le bon moment.

– Dommage, dit-elle en reculant. Nous deux, faire équipe, tout ça. C'est vraiment dommage que tu ne sois pas honnête avec moi.

– Cette insinuation est pénible à entendre, déclara le garçon. Je t'ai dit plein de choses vraies. Et à propos d'honnêteté, je dois dire que pour une « fille de Dieu », tu es très forte pour tuer des gens.

Scarlett haussa les épaules.

– J'ai des personnalités multiples. Très bien, ne dis rien de plus. Mais si jamais je croise ta doctoresse Calloway, je chercherai à obtenir de vraies réponses de sa part.

Elle se tourna vers son sac, mais avant qu'elle s'en rende compte, Albert l'avait rejointe. Il ne s'était jamais déplacé aussi vite. Il la suppliait du regard.

– Scarlett, je t'en prie, ne parle pas comme ça de cette femme ! Elle est dangereuse. Je l'ai vue faire des choses atroces !

Scarlett resta un instant abasourdie.

– Ah bon ? Moi aussi, je suis capable de faire des choses atroces, tu sais.

Il murmura :

– Si jamais tu la croises, tu devras partir en courant et courir longtemps. Ne cherche pas de refuge, elle le trouverait. Ne cherche pas à discuter, elle te découperait en morceaux. Ne cherche pas à te battre, elle rirait en te voyant te tordre de douleur. Cette femme ne fait que semer la mort autour d'elle. La mort!

Après un dernier frisson, il reprit son calme et déclara :

– Mais je dois dire qu'elle quitte rarement Stonemoor, alors je pense qu'une telle situation ne se produira pas. Maintenant, Scarlett, réjouissons-nous du présent. Qu'est-ce qu'on fait?

Scarlett songeait à la silhouette sombre au sommet de la falaise tandis que la rivière les emportait. À cette femme qui les regardait disparaître.

– On doit trouver une ville. Il faut que je fasse soigner ma main. Ce qui implique une longue marche.

Le garçon lui lança un regard étonné.

– Encore marcher? Mais Scarlett, je suis tellement fatigué…

– Moi aussi, mais si on reste ici, les cigognes viendront bientôt picorer nos os. On est au milieu de nulle part. On va devoir franchir des marécages, éviter les serpents d'eau, marcher jusqu'à avoir les pieds en sang pour trouver une ville. Sinon, on est morts. Tu comprends, Albert? On n'a pas le choix.

– C'est vrai. Sauf si on prend ce bateau.

Scarlett cligna des yeux et tourna lentement la tête. Comme dans un rêve, elle découvrit, dans la direction qu'il lui indiquait, cachée dans les roseaux après le pont, une vieille barque attachée à un piquet.

– Et si toi, tu marchais, et que moi, je prenais le bateau? proposa-t-il. C'est aussi une option.

Mais Scarlett s'était déjà engagée dans les roseaux. Elle chancela dans la boue et ignora les cris des cigognes quand elle dépassa le pont. Un bateau! Quelle chance! Elle n'en revenait pas. Ils allaient pouvoir se laisser porter par le courant jusqu'à une ville fluviale où elle trouverait un médecin…

– Regarde, dit Albert, son propriétaire est là.

Non loin du pont, les roseaux avaient été coupés. À l'ombre des saules, une hutte tenait debout tant bien que mal. Des bâtons de soufre noirs et cireux étaient suspendus tout autour, et des poules maigres picoraient ci et là. Près de la berge, affalé sur une vieille chaise, agitant sa canne à pêche avec des gestes désordonnés, il y avait un très gros homme. Il portait un chapeau de paille effiloché, un jean délavé et une chemise à carreaux bleue par-dessus un débardeur blanc sale. Il était pieds nus. Il avait des cheveux grisonnants et une grosse barbe. Sous son front plus proéminent que son nez violacé, on distinguait dans ses orbites noires trop rapprochées deux petits yeux méchants. Scarlett reconnut aussitôt un homme des bois, une espèce fréquente dans les tourbières d'Oxford.

Il avait été averti de leur présence par la clameur des cigognes. Quand ils surgirent de l'ombre du pont, il poussa un grognement, lâcha sa canne à pêche, se leva et s'avança vers eux en donnant au passage un coup de pied à une poule.

À côté de Scarlett, Albert hésita.

– Finalement, on devrait peut-être marcher, dit-il.

Elle observa le type. Il n'était plus tout jeune, mais il la dépassait au moins d'une tête. Et il était plus large qu'eux deux réunis. Il avait aussi un grand couteau de chasse passé dans la corde sale qui lui tenait lieu de ceinture. Après avoir évalué Albert, il examina Scarlett avec un intérêt qui touchait à la voracité d'un loup.

– Il va vouloir de l'argent en échange de sa barque, murmura Albert. Tu en as, Scarlett, n'est-ce pas ? Je t'en supplie, dis-moi que tu as de l'argent. Sinon, qu'est-ce que tu peux lui offrir en échange ?

Scarlett fit la moue. Elle avait bien moins d'argent qu'elle ne l'aurait aimé.

– T'en fais pas, répondit-elle. J'ai autre chose à lui offrir.

L'homme ouvrit la bouche. Scarlett se jeta sur lui et lui donna un coup de poing en pleine figure avec toute la force de sa main indemne, si bien que la tête du type partit en arrière et qu'il s'écroula comme un arbre qu'on abat. Il resta immobile à terre, les quatre membres écartés, sa bouche édentée entrouverte, les yeux fermés, ses doigts s'agitant encore comme par réflexe, sa barbe hirsute tournée vers le ciel.

Albert Browne s'écria :

– Le pauvre !

Scarlett l'observa.

– T'es bête ou quoi ? C'était un sale vicieux. Et puis, on a besoin de sa barque. Il nous aurait jamais laissés la prendre.

– Mais tu lui as même pas demandé !

– Ça servait à rien. Arrête de glapir. Et dépêche-toi de monter dedans.

Incrédule, Albert secouait la tête.

– Je suis choqué par ton comportement. Et ensuite ? Tu vas le bourrer de coups de pied pendant qu'il est à terre ? Et le piller, tant que tu y es ?

Il y eut un silence.

– Tu sais quoi ? fit lentement Scarlett. Ta dernière proposition est une excellente idée.

9

Albert et Scarlett ne parlèrent pas beaucoup pendant le trajet en bateau. Déjà, parce qu'ils passèrent un bon moment à dévorer les provisions trouvées dans la hutte de l'homme des bois. Il y avait du poisson fumé et du pain de seigle, des pommes, des oignons et des noisettes, ainsi que des bouteilles en plastique qui contenaient une bière légère qu'ils burent dans des tasses en métal. Le pain était rassis, mais le poisson et la bière excellents. Assis face à face dans la petite embarcation avec leurs genoux qui se touchaient presque, ils engloutirent tout ce qu'ils purent, la tête résolument tournée dans des directions opposées.

Albert était toujours un peu choqué par le larcin qu'ils avaient commis, mais pas assez pour bouder la nourriture. C'était le meilleur repas de sa vie. Quand son ventre fut plein à exploser, il s'essuya la bouche sur la manche de son pull et lâcha un rot satisfait. Puis il entreprit de sonder l'esprit de Scarlett tout en admirant le paysage.

Qui avait beaucoup changé. Les roseaux et les marais avaient été remplacés par des champs. Ils approchaient d'un endroit civilisé, même s'ils venaient à peine de sortir des Terres sauvages. Dans un coude, une loutre de la taille d'un homme se faisait dorer le ventre au soleil, la queue immergée. Elle suivit la progression de la barque de ses petits yeux. Des bestioles de cette taille auraient facilement pu attraper un enfant, l'entraîner dans les profondeurs vertes et froides de la rivière et coincer son corps entre des racines pour le manger plus tard. Mais aux yeux d'Albert Browne, le soleil chassait l'horreur. Il s'émerveilla de la lumière qui dansait sur sa fourrure lisse tandis que la barque s'éloignait tranquillement.

Cela faisait longtemps qu'il rêvait de découvrir ce genre d'endroit. Couché dans sa cellule alors que le chariot des médicaments tintait dans le couloir, il imaginait des animaux, des forêts, des villes et, au loin, les Îles Libres. Et maintenant, il était en train de vivre son rêve. Certes, ses ennemis continueraient à le poursuivre, certes, il ne serait jamais tranquille. En attendant, le ciel était bleu, la journée avait plutôt bien commencé, et il n'était pas envahi par la Peur. Mieux, il avait Scarlett à ses côtés.

Scarlett ! Il lui devait tant ! Pour l'instant, elle boudait, mais elle lui avait déjà sauvé la vie à plusieurs reprises, alors peu importait le nombre de ses claques et de ses soupirs d'exaspération. Il l'observait dès qu'elle avait la tête tournée. Il remarquait comment, malgré ses vêtements usés et sa main blessée, elle se tenait droite, bien en équilibre sur ses deux pieds, l'air décidé, et comment elle regardait droit devant elle. Des mèches de longs cheveux auburn balayaient son visage clair et osseux, qui affichait la même détermination et les mêmes taches de rousseur qu'à l'instant où il l'avait découverte en tombant de la cabine des toilettes à ses pieds. Rien dans les couloirs insonorisés de Stonemoor ne l'avait préparé à l'existence d'une Scarlett McCain, et Albert n'en revenait pas d'avoir fait une telle rencontre. Dire qu'il aurait pu passer à côté ! S'il était sorti plus tôt du car, si elle avait pris un autre chemin dans la forêt... Cette idée ne méritait pas qu'on s'y attarde.

Non qu'elle soit d'une compagnie facile. Elle ne lui avait pas adressé la parole depuis qu'ils étaient montés dans la barque. Pour des raisons évidentes. Il n'avait pas besoin de lire dans son esprit pour connaître la raison de ce silence. Pourtant, vu leur proximité physique et les pensées indignées de Scarlett qui l'assaillaient sous forme de nuages brûlants, ses soupçons, l'intensité de sa douleur, c'était impossible de faire autrement.

Sa blessure à la main la faisait souffrir, et elle en attribuait la responsabilité à Albert. C'était de loin l'émotion la plus forte chez elle. Pourtant, il y avait aussi cette image de billets de banque. Quand elle s'y arrêtait, son agacement envers Albert croissait, sans qu'il sache pourquoi. Et, par-dessus tout, elle avait une curiosité grandissante à son sujet et celui de son passé. Allez savoir pourquoi, ça aussi, ça la mettait en colère. Mais elle était également furieuse contre elle-même, justement à cause de cette curiosité. Albert trouvait l'ensemble un peu confus, mais c'était souvent comme ça dans la tête des gens. Elle finirait bien par se calmer.

Il sursauta quand il l'entendit dire :

– Albert, sors de ta rêverie ! On approche.

Il se retourna. La rivière longeait un patchwork de champs verts. Le soleil orange plongeait vers l'ouest. Fasciné, il suivit des yeux un vieux tracteur qui remontait un chemin plein d'ornières. De la fumée bleue s'échappait au loin d'une cheminée sur un ciel coquille d'œuf.

Il ressentit un frisson d'impatience et de peur.

– Oh, Scarlett. J'ai envie de te serrer la main de toutes mes forces. Pas ta main blessée, bien sûr. Mais découvrir une vraie ville, c'est… depuis longtemps mon désir le plus cher. Dis, il y aura des auberges et des pâtisseries ?

Elle l'observa.

– Oui, mais avant tout, ce qu'il y aura, c'est un médecin. J'imagine que tu n'as pas d'argent ?

– Nan, répondit-il tristement.

Il aurait tellement voulu lui faire plaisir. Il désigna le sac à dos de la tête.

– Et je suis désolé que tu aies perdu le tien.

Allez savoir pourquoi, ces paroles furent une erreur. Une bulle de colère enveloppa tout à coup Scarlett – un halo de lumière enragée. Elle jura très méchamment tout bas. Puis, l'air mécontent, elle dénicha une pièce de monnaie dans sa poche, qu'elle transféra dans la bourse en cuir à son cou.

– Tu as raison. Pourtant, comment tu sais ça? demanda-t-elle. J'ai encore quelques billets, mais les soins vont me coûter tout ce que je possède... Et pourquoi tu me dévisages comme ça?

Elle fronça encore plus les sourcils. Albert fit un sourire poli.

– J'ai remarqué que tu mettais une pièce dans cette bourse chaque fois que tu prononçais un gros mot. Je me demandais pourquoi, c'est tout.

La bulle de colère éclata. Scarlett poussa un soupir.

– Nous vivons dans un monde imparfait. Moi-même, je suis imparfaite. Cette bourse est là pour me le rappeler. Quand je faute, j'y glisse une pièce. Ce poids à mon cou me rappelle que je dois améliorer mon comportement.

Albert acquiesça.

– Je vois. Tu tues, tu mens, tu voles, tu frappes un type pour lui piquer sa barque. Je ne peux que remercier le ciel que ta limite, ça soit les jurons, sinon, je n'ose même pas imaginer. Et qu'est-ce que tu fais de l'argent, ensuite?

– C'est pas tes affaires. Regarde, on voit la ville.

La rivière filait entre les champs en direction du sud. Au loin se dressait une grande muraille en terre surmontée de drapeaux colorés. Des toits apparaissaient derrière, ainsi qu'un clocher, des tours en briques et en béton, plusieurs cheminées fumantes. Albert aperçut une grande porte dans le mur. Chargés des outils indispensables au travail des champs, des gens arpentaient des sentiers empierrés au sommet des berges. Des embarcations à voile voguaient sur la rivière, formant de petites taches blanches sous le soleil.

La scène atteignait des dimensions qu'Albert n'avait jamais imaginées.

– C'est tellement grand… Et tellement beau… Dis-moi, c'est quoi ce clocher ?

Elle grogna :

– La maison de foi, j'imagine.

– Et ce toit décoré sur la gauche ?

– Un pavillon de cricket.

– Incroyable… Et combien de gens vivent là ?

Scarlett haussa les épaules.

– Plusieurs milliers. Ce n'est que l'une des villes de survivants du Wessex. Lechlade, apparemment. Je suis venue ici il y a des années.

Elle renifla d'un air méprisant.

– Albert, une petite précision avant que tu t'excites trop. Ne te laisse pas berner par les drapeaux et autres ornements. Les villes ne sont pas plus civilisées que les Terres sauvages. D'une certaine manière, elles sont même pires. Tu aperçois les trucs noirs sur les remparts ? Ce sont les canons qu'ils utilisent pour tirer sur les étrangers comme toi ou moi. Ils s'en serviront contre nous si on a la peste, si on est difformes, si on vient les voler ou s'ils nous considèrent à la solde des Gallois. Quand bien même ils nous laissent entrer en ville, ces règles restent valables. Ils font en sorte que rien ne change jamais. Le Haut Conseil des maisons de foi empêche toute forme de déviance physique ou morale, et s'il en décèle une en nous, il nous tue sans procès. Avec l'aide de la population. C'est comme ça depuis au moins un siècle, et ils ne modifieront pas leurs habitudes pour des minables comme nous. Surtout si les minables en question cachent de petits secrets, conclut-elle en plissant les yeux.

Albert s'était calmé. Il déglutit.

– Ça a l'air dur, tout ça.

– En effet. Et il y a quelque chose qui le prouve.

Non loin, un monticule herbu se dressait, surplombant la berge. Au sommet, une structure en bois ressemblait à un cadre géant. Y était tendu un étrange tissu de forme irrégulière de la couleur d'une crêpe avec des trous, des déchirures, des coutures, des marques bleu clair. Il battait au vent et son ombre s'étirait le long de la rivière.

– C'est une construction étrange, dit Albert. Ce tissu, avec ces marques. On dirait presque...

– De la peau humaine, compléta Scarlett. Parce que c'en est. En fait, ça n'est pas vraiment un humain. C'est plusieurs peaux d'Infâmes cousues ensemble. Les familles dirigeantes les ont fait écorcher, puis suspendre, pour effrayer et décourager ceux de leur espèce. Celle-là a l'air assez vieille. Même ses tatouages sont presque effacés. Mais ça fait son office.

Albert était bouche bée. Un instant, il ne put parler tant il était horrifié.

– C'est un acte barbare. Même les Infâmes méritent-ils un tel traitement ?

– Si tu les avais vus, tu ne poserais pas la question.

– Tu en as déjà vu, toi ?

Il sentit une porte se refermer dans l'esprit de Scarlett. Elle s'était retirée loin en elle.

– Si tu veux savoir, dit-elle, tuer des Infâmes est la seule bonne action de ces villes. Mais comme on n'a pas envie qu'ils nous fassent subir le même sort, on a intérêt à se pomponner pour que les gardes nous laissent entrer.

Elle sortit un peigne d'allez savoir où et entreprit de dompter sa chevelure. Le vent se leva. Au sommet du monticule, la peau craqua et se gonfla comme pour se libérer de son cadre.

Le port de la ville comportait une succession de pontons et de jetées, des échelles et des rampes, le tout au pied des murailles. L'endroit très fréquenté regorgeait de drapeaux et de bites d'amarrage. On y trouvait des embarcations de toutes sortes, des boutres aux voiles pointues, des bateaux à moteur, des barques de pêche, des péniches aux couleurs ternes, et même un radeau. Des hommes transportaient des sacs et des paniers remplis de poisson, de tissu et autres marchandises vers les portes de la ville. Des gardes armés de fusils surveillaient cette effervescence depuis les tourelles. Une cloche retentit, à la fois belle et triste.

Ils amarrèrent leur barque et s'avancèrent sur la jetée en direction des portes de la ville. Cédant devant l'insistance de Scarlett, Albert s'était coiffé et un peu nettoyé. Elle avait sorti un gant de son sac à dos et, en serrant les dents, l'avait enfilé sur sa main blessée. La douleur ne faisait que croître. Elle était blême, elle avait des cernes noirs autour des yeux. Elle ne prêtait aucune attention à l'activité autour d'eux alors qu'Albert était fasciné par les filets, les mâts, les aussières, cette scène haute en couleur. En même temps, il observait la foule avec une certaine nervosité. C'était la première fois qu'il y était confronté depuis le car. Et la fois précédente, ça ne s'était pas bien fini.

Ils prirent place au bout d'une file sur un chemin en pierre qui menait à la porte de la ville où se dressait une petite guérite blanche. Certains arrivants étaient interpellés et interrogés tandis que d'autres passaient sans qu'on leur pose de questions. Comme Albert le craignait, il se rendit compte que tout ce tohu-bohu retentissait dans son esprit et qu'il était traversé d'images non désirées en provenance de cette foule. Comme dans le car, ce tumulte était dérangeant, mais au moins ici Albert n'était pas le centre de l'attention. Il chercha à se distraire en tapant du pied, en chantonnant et en sifflotant.

– Mais qu'est-ce qui te prend ? souffla Scarlett.

Elle lui attrapa le bras.

– T'as l'air d'un dingue ! Tu sais ce qu'ils font aux fous ? Ils les enchaînent dans les bois pour que les bêtes les bouffent. Arrête d'attirer l'attention ! Fais comme moi.

Ils avaient presque atteint la guérite. Les deux portes en métal des hautes murailles de terre donnaient sur une rue ensoleillée. La file avançait assez vite, car elle était surtout composée de pêcheurs chargés de filets, d'un homme qui poussait une brouette, d'un vieillard qui portait une enfant…

Scarlett s'avança comme si elle était la propriétaire des lieux. En un instant, elle était passée devant la guérite. Albert se sentit gagné par la confiance. Il lui emboîta le pas…

– Hé, toi !

À l'intérieur, un jeune homme à la peau sombre agitait la main dans sa direction. Le cœur d'Albert se mit à battre douloureusement dans sa poitrine. Il s'arrêta.

– Toi, le garçon aux cheveux en bataille. Approche.

C'était comme s'il était de nouveau à Stonemoor et qu'on le sortait des rangs pour l'envoyer à la salle de punition sous les regards des gardiens hilares… Albert s'approcha lentement du guichet. Le garde avait un regard scrutateur et glacial. Il portait une chemise blanche ainsi qu'une cravate à rayures rouges et jaunes sur un torse et des bras musclés. Il y avait une tasse de café posée près de son coude ainsi que quelques papiers. Le canon d'un fusil dépassait du comptoir.

Le jeune type le dévisagea.

– Ton nom ? Qu'est-ce que tu viens faire à Lechlade ?

Ce n'était pas une question difficile, malgré tout, Albert resta sans voix. Une image lui vint. Celle que le gardien se faisait de lui. Qui n'était pas très exacte : Albert avait en réalité la peau plus claire que ça, des traits moins irréguliers et moins grossiers. Cette image avait aussi un côté sournois et dépravé qui ne lui correspondait pas. Ce n'était pas très agréable de voir ce que ce jeune homme pensait de lui. Albert sursauta comme s'il venait de recevoir un coup.

« Ils les enchaînent dans les bois pour que les bêtes les bouffent. »

Le gardien plissa les yeux.

– J'ai demandé ton nom !

En un instant, Scarlett était à ses côtés.

– Il s'appelle Billy Johnson. C'est mon assistant. Il est un peu timide, comme vous pouvez le voir, mais pas méchant. Nous venons de passer quelques jours dans les Terres sauvages, alors il n'en revient pas de se trouver ici. Billy et moi remercions Dieu, Allah et ce cher Brahma, parmi d'autres, d'avoir atteint Lechlade sains et saufs. N'est-ce pas, Billy ?

Elle donna un coup de coude à Albert.

– Oui, répondit-il.

Le gardien tapota ses dents du bout de son stylo tout en observant Scarlett. L'image d'Albert se modifia dans son esprit. Sa version déformée s'effaça, remplacée par la perception que le gardien avait de Scarlett. Assez juste, mais avec certains aspects un peu exagérés. En tout cas, moins hostile.

– Il a des déficiences physiques ? demanda-t-il.

– Non, répondit-elle, ni mentales, malgré les apparences.

Elle lui fit un clin d'œil.

– Et toi, comment tu t'appelles, Miss… ?

– Alice Cardew.

Le gardien décapuchonna son stylo pour noter quelque chose sur un formulaire.

– C'est un nom du Wessex, ça ?

– Oui, monsieur. Née et élevée dans le Wessex, sur le chemin de Malmesbury. La famille de mon très cher père y habite depuis on ne sait même plus quand.

Elle souriait aux anges. Albert fut frappé de voir que, tout à coup, elle ne paraissait plus ni fatiguée ni blessée. Ses yeux verts pétillaient. Elle respirait la confiance et la bonne santé.

– Et quel est ton métier ?

Scarlett s'approcha comme pour lui faire une confidence.

– Je suis tellement contente que vous me posiez la question. Je vends des reliques anciennes.

Le type se redressa un peu.

– Des reliques saintes ?

– Oui.

Scarlett sortit un sac de sous son manteau et exhiba plusieurs boîtes en plastique qui contenaient des objets nichés dans du coton.

– Je vends des reliques récupérées au péril de ma vie dans les sites sacrés des Sept Royaumes. Vous voyez ce petit rubis ? Il provient des ruines envahies par les loutres de la cathédrale d'Ely dans les marais d'Anglie. Et ces petits carrés bleus ? C'est de la faïence prélevée à dix mètres de profondeur à l'intérieur de la mosquée de Bristol noyée sous les eaux. Mais je vois que vous vous intéressez à ces petits os. Vous avez l'œil. Ce n'est rien de moins que le gros orteil droit de saint Silas, l'ermite du Kent, l'orteil avec lequel il a guéri le prêteur sur gages.

Scarlett déplaça les boîtes de façon que leur contenu brille au soleil.

– Bien sûr, ces reliques font des miracles. Pourtant, elles sont à vendre ou, pour une somme moindre, à toucher ou à baiser.

Le jeune homme fit malgré lui un geste en direction des boîtes. Il se ressaisit et fronça les sourcils.

– C'est facile de parler de miracles, mais tu as des preuves ?

Scarlett fit un grand sourire.

– La preuve est là, devant vous ! Ne vient-on pas de traverser sans ennuis les Terres sauvages en barque ? Pour vous remercier de votre accueil, je vous laisse l'orteil du saint en guise de gratitude.

Tout à coup, le type ne songea plus à Scarlett ni à Albert. Au lieu de ça, il se vautrait dans la fange de l'avarice et de la joie mystique. Son expression ne changea pas, mais à la subtile détente de sa posture, Albert sut que Scarlett avait gagné leur passage. Le gardien jeta un coup d'œil au registre.

– C'est bon, Miss. Juste quelques formalités. As-tu jamais été en contact avec les Infâmes ?

– Non.

– As-tu déjà fréquenté les Régions de Braise ?

– Non.

– Es-tu anarchiste, agitatrice, officier pour le pays de Galles, l'Anglie ou les Cornouailles ?

Le sourire de Scarlett était radieux.

– Non, monsieur, je ne suis rien de tout ça.

Le gardien fouilla dans un tiroir et mit sur le formulaire un grand coup de tampon puis empocha l'os d'orteil.

– Bienvenue à Lechlade, Miss Cardew. Bon séjour parmi nous.

Albert sentit Scarlett le tirer par le bras. Et, comme dans un rêve, ils franchirent les portes de la ville, deux gros battants en métal noir capable de résister aux coups de griffes, de dents et autres, puis passèrent sous une arche en pierre grise. Il entendait le murmure des voix humaines et les oiseaux qui chantaient.

Plus loin, il y avait une esplanade ensoleillée. Albert s'y avança. Et là, pour la toute première fois, malgré les efforts des gardes de Stonemoor qui avaient consacré leur vie à empêcher ce genre d'événement, Albert Browne pénétra dans une ville de survivants.

10

Lechlade était construite sur un site ovale et plat à la confluence de la Tamise et de la rivière Coln. Tout autour, des champs s'étiraient sur quarante kilomètres carrés de terre non contaminée. Une route en goudron noir partait des portes vers les forêts et les marais pour relier la ville aux autres communautés du Wessex, de la Mercie et au-delà. La contribution de Lechlade à ce réseau commercial était essentiellement la laine, la viande de mouton et le cuir. Son marché aux esclaves, quoique petit, était réputé pour ses enfants en bonne santé kidnappés au cours de raids aux frontières du pays de Galles. Sa maison de foi faisait régner la propreté et l'ordre. Grâce à un système de rotation, tout le monde, y compris les membres des familles dirigeantes, honorait son tour de garde pour s'assurer de maintenir à bonne distance les Infâmes, les bêtes sauvages, les Gallois, les brigands… Car allez savoir quel danger pouvait jaillir de ces terres pour semer le chaos en ville.

Quelques instants après son arrivée sur la grande rue, sans plus d'avertissement, Albert Browne se retrouva seul.

– Prends ce billet de banque, lui avait dit Scarlett. Si tu as faim, achète-toi à manger. Mais sinon, ne parle à personne. C'est la règle absolue. Chaque ville a ses lois, qui sont toutes un peu différentes. Ne pas marcher sur l'herbe, ne pas lever les yeux sur un membre d'une famille dirigeante... Et bien d'autres encore. À Swindon, si tu te cures le nez en public, on te met au trou. Observe les habitants et imite-les. Et pour l'amour du ciel, pas de conversation inutile. Tu n'es pas doué pour ça. Par exemple, va t'asseoir sur ce banc entre les cages de châtiment et le boucher. Je serai de retour à la tombée de la nuit, une fois ma main soignée. Et là, toi et moi, on aura une petite discussion.

Elle lui lança un regard noir. Albert ressentit comme un coup dans la poitrine.

– Je sais, nos chemins vont se séparer. C'était notre accord, une fois qu'on aurait atteint une ville.

– Ça l'est toujours. Mais avant ça, j'ai besoin de quelques réponses, mon pote.

Elle leva sa main gantée d'où dépassait un peu de sang séché.

– Je veux savoir pourquoi je me retrouve avec ça.

Sur ce, elle tourna les talons et disparut dans la foule.

Albert resta sur le trottoir, le billet froissé entre les doigts, sans savoir quoi faire. L'entretien avec le garde l'avait troublé, et les mises en garde de Scarlett le hantaient. Il pouvait espérer que les hommes de la doctoresse Calloway ne soient pas encore là, mais Lechlade n'était pas un endroit où Albert serait vraiment tranquille. En tout cas, pas tout seul. En compagnie de Scarlett, ça aurait été différent.

Tout à coup, il se rendit compte que son départ avait laissé un vide en lui.

Malgré tout, il était dans une ville, un endroit plein de merveilles. Albert observa un rond d'asphalte entouré de pelouses vertes où on transférait sur des charrettes et des camions les marchandises arrivées par la rivière. Devant lui s'incurvait une large rue bordée de petites maisons aux toits rouges pointus et aux façades ornées d'une grande fenêtre qui étincelait au soleil de l'après-midi. Dans une lumière dorée, Albert découvrit une boucherie, une épicerie, une boulangerie, un chapelier et bien d'autres boutiques. Il y avait aussi des réverbères décorés de paniers de fleurs roses prêts pour la soirée, qui se dressaient sur des trottoirs impeccablement lisses.

Près de la boucherie, il aperçut une boîte aux lettres rouge et une fontaine où un petit garçon vêtu de gris était en train de boire, son balai posé contre le banc. Plus troublant, il y avait là trois barres en métal auxquelles était suspendue une cage, à environ trois mètres du sol. Il était impossible de bien voir la silhouette maigre affalée dedans, mais personne ne faisait attention à la cage. Se souvenant du conseil de Scarlett, Albert détourna le regard à regret.

Sans idée précise en tête, il s'avança dans la rue en prenant garde à ne heurter personne. Il y avait là tellement de gens ! Des personnes habillées de vêtements colorés qui riaient, parlaient, entraient et sortaient par vagues des magasins. Des femmes en jean et chemisier bariolé, des messieurs en chapeau melon, des garçons et des filles resplendissants. Des gens sans difformité apparente. Si différents de ceux de Stonemoor qui, en général, se contentaient de grogner ou de pousser des cris aigus depuis l'aube jusqu'au couvre-feu. Les citoyens de Lechlade possédaient une vitalité qui émerveillait Albert, et qui en même temps le troublait. Il sentait leurs pensées se bousculer en lui, des images filer, entrer en collision, se déliter… Elles étaient impossibles à saisir : son esprit serait parti dans douze directions en même temps. Pour échapper à la tentation, il entra dans la boulangerie où, à son grand bonheur, il parvint à acheter un gâteau à la cerise recouvert de glaçage et un sachet de bonbons à la réglisse. Il n'y avait jamais de gâteaux à Stonemoor, et la douceur du sucre fut une révélation pour lui. Il les savoura à petites bouchées en poursuivant sa route.

Un peu plus loin, il atteignit un grand bâtiment avec des colonnes qui se révéla être la banque municipale de Lechlade. Un type moustachu à l'air alangui vêtu d'un uniforme, une arme à la ceinture, se tenait devant ses grandes portes vitrées pour contrôler les allées et venues des clients. Ses pensées semblaient surtout dirigées vers l'alcool. Celles des clients, comme si souvent dans le monde, tournaient autour de l'argent. Aucun de ces sujets n'intéressait Albert, qui commençait à se lasser d'être sur ses gardes. Cherchant à s'éloigner de la foule, il traversa la rue et entra dans un petit parc parcouru d'allées avec des pelouses et des arbres bien entretenus.

Assise sur un banc, une vieille dame lisait un journal dans la lumière de la fin d'après-midi. C'était une personne assez corpulente à la peau rose vêtue d'une veste bleu foncé et d'un chemisier gris. Elle observa Albert de ses petits yeux luisants comme il s'installait près d'elle.

Il lui tendit le sachet en papier en proposant :

– Vous voulez de la réglisse ?

– Non merci, ça me donne des gaz.

Albert ramena le sachet à lui et en sortit un bonbon qu'il se mit à sucer discrètement. Ils restèrent un moment sans rien dire. Les pensées de la dame, calmes et fluctuantes, se dissipaient dans l'air. Albert ne chercha pas à les explorer. Il était fatigué.

Au bout d'un moment, elle posa son journal.

– J'ai terminé mon petit plaisir de la journée. Vous avez lu les nouvelles ?

– Pas encore.

La dame acquiesça.

– Eh bien, vous ne ratez pas grand-chose. Des atrocités ont été commises à Cricklade, où une femme qui travaillait dans les champs a été enlevée par les Infâmes et traînée dans un fossé pour y être dévorée. Plusieurs orages électriques ont causé des dommages en Northumbrie. Une brigande inconnue, rousse et vulgaire, a attaqué la banque de Cheltenham. L'une des Grandes Ruines au centre du lagon de Londres s'est effondrée, ce qui a provoqué un tsunami et englouti un village côtier. Mais ça, c'était il y a un mois. Il a fallu tout ce temps pour que la nouvelle nous parvienne, donc je ne qualifierais pas l'information de « nouvelle ».

– C'est tout de même intéressant à savoir, dit doucement Albert.

Londres ! Il ressentait un frisson rien qu'à la mention de ce nom. Londres ! Les Îles libres ! C'était son rêve. Mais aussi tellement loin… Il observa d'un air rêveur le soleil qui filtrait à travers les feuilles des arbres.

– C'est joli ici, dit-il.

La femme répondit :

– Oui, c'est Primrose Park, au cœur de la ville. C'est là qu'a lieu le festival de bienvenue des enfants sains nés dans l'année. Et la fête de l'électricité en automne, quand on nettoie le générateur et qu'on le décore avec des guirlandes de fleurs.

Albert poussa un soupir. Quel bonheur que de vivre dans un si bel endroit !

– Depuis combien de temps êtes-vous à Lechlade ? demanda-t-il.

– Depuis toujours, à savoir soixante-six ans. Et vous ?

– Environ vingt minutes.

La dame fit claquer sa langue.

– C'était bien ce que je me disais. Mais ne vous inquiétez pas, je ne suis pas de ces gens qui détestent les étrangers, quels que soient leurs coutumes ou leur accent. J'éprouve même de la sympathie pour les Gallois. Ma famille habite ici depuis quinze générations, comme en attestent les archives de la maison de foi. Nous avons donc le droit d'arborer le ruban bleu de Lechlade sur notre chapeau les jours de fête. J'en connais un sacré bout sur cette ville. De ce banc, on aperçoit les dômes et les clochers de la maison de foi, où se pratique une dizaine de religions. Les mentors sont des gens particulièrement bienveillants. Vers quelle religion va votre foi personnelle ?

Se souvenant des mises en garde de Scarlett, Albert se retint de répondre franchement.

– Je ne sais pas trop.

– Eh bien, en tant que pluraliste, vous pouvez profiter de tous les rituels proposés. Moi-même, j'apprécie une bonne dose de bouddhisme saupoudrée d'un peu d'islam. En face, il y a la banque municipale de Lechlade, où sont gardées la plupart de nos richesses. J'y ai travaillé comme guichetière pendant de nombreuses années.

– J'ai une amie qui s'intéresse aux banques, dit Albert. Celle-ci a l'air belle et bien protégée. Gardée par un homme armé, ai-je remarqué.

La vieille dame gloussa.

– Hank, c'est surtout pour amuser la galerie. Nous avons d'autres protections bien plus efficaces.

Les yeux d'Albert se firent ronds comme deux lunes.

– Ah bon ? Et lesquelles ?

– Oh, mon Dieu, je n'ai pas le droit de le dire !

– Bien sûr, je comprends.

À partir de là, Albert se mit à prêter attention aux pensées de la dame qui, l'espace d'un instant, furent très claires.

Elle changea de sujet pour exposer les vertus de Lechlade et de sa communauté, tant et si bien que le cœur d'Albert se gonfla d'envie. Sur ce banc au soleil, il regretta la route solitaire qui devait être la sienne.

– Comme vous avez de la chance de vivre dans une ville paisible, dit-il.

– Elle est principalement paisible, reconnut la dame. Bien sûr, de temps à autre, des brigands ou des hors-la-loi viennent y commettre des délits. Mais ce n'est pas fréquent.

Elle désigna un endroit fleuri du parc.

– Quand on les attrape, c'est ici qu'ils finissent.

Albert regarda.

– Sur ce joli talus avec des fleurs ?

– Oui. C'est la colline d'exécution. C'est là qu'on les brûle.

– Oh, fit-il, effondré. Je croyais que c'était un kiosque à musique.

La dame pinça les lèvres.

– Ça fait longtemps que ça n'a pas eu lieu, mais c'est toujours un spectacle amusant. On met le coupable tout nu, on le fouette copieusement, puis on l'attache à une charrette métallique qu'on fait rouler au milieu des flammes. Plus palpitant qu'une partie de cricket, je peux vous le dire. Mais je ne me plains pas. Nos tours de garde sont hautes, nos sentinelles vigilantes, et la vie est calme à Lechlade. Où allez-vous dormir ?

– Je ne sais pas encore.

– Vous avez deux options : *Le Crapaud* ou *Le Cœur de l'Angleterre*. Au *Crapaud*, la bière est meilleure, mais c'est là où se retrouvent la plupart des marchands d'esclaves, toujours en quête de jeunes chétifs qui n'opposeront guère de résistance. Croyez-moi, vous vous endormirez dans un lit de plumes pour vous réveiller dans une cage sur Fetters Lane. *Le Cœur de l'Angleterre* est tenu par Dave Minting, gentil, bien de sa personne et qui fait de la bonne cuisine. Mais il emploie deux garnements pour se glisser dans les chambres la nuit et voler leurs objets de valeur aux clients. Pourtant, ses tarifs sont honnêtes, alors ça mérite qu'on fasse le détour.

Albert se frotta le menton.

– Aucun d'eux ne donne vraiment très envie.

– Dans tous les cas, ne cherchez pas à dormir dehors. La milice vous trouverait et vous mettrait en cage. N'essayez pas non plus de mendier. Ni de rôder. Ni de cracher par terre, à part dans les endroits réservés à cet effet.

– Il semble y avoir pas mal de raisons de mettre les gens en cage par ici.

– Il doit en être ainsi. Lechlade est un endroit où règne l'ordre et où il restera.

La dame se prépara à partir.

– J'ai été ravie de bavarder avec vous. Je vais rentrer, maintenant. Prenez soin de vous.

Sur ce, elle partit d'un pas traînant.

Elle avait beau être gentille, ses paroles sur les cages et les châtiments avaient assombri l'humeur d'Albert. Une panique sourde monta en lui, couplée à un sentiment d'emprisonnement. Cette ville n'avait rien d'un sanctuaire. Il lui semblait presque être de retour à Stonemoor. Pour la première fois depuis qu'il avait quitté le car, il sentit une agitation bien connue : les picotements de la Peur. Il passa un moment à regarder les ombres des arbres qui s'étiraient sur les pelouses du parc. La chaleur de la journée était en train de se dissiper. Le froid le gagna. Il devait partir. Quitter cette ville, quitter Scarlett McCain et tracer sa propre route. Fuir avant que ses ennemis le rattrapent. Peut-être qu'il pourrait trouver un autre car…

Il revint dans la grande rue et y erra, tête basse, les bras le long des flancs. La foule était plus dense qu'avant, et sa proximité commença à faire tomber ses défenses. Les pensées des gens étaient trop fortes et trop bruyantes pour lui. Il les sentait le frôler sur le trottoir, ce qui le faisait sursauter, comme s'il avait été touché physiquement. Il y avait en lui un vieux sentiment amer. Son cœur se mit à battre plus fort, ses paumes devinrent moites… Ça n'allait pas. Il tenta de se calmer. Il pensa à Scarlett.

Une ombre se dressa tout à coup devant lui, et une odeur d'après-rasage l'enveloppa comme un filet. Le souffle court, les yeux exorbités, Albert se plaqua contre une vitrine alors qu'un gros monsieur vêtu de tweed passait en se dandinant avec un petit chien de chasse blanc au bout d'une laisse.

Tout allait bien, tout allait bien. Il ne connaissait pas cet homme. Pourtant, c'était exactement la même silhouette que celle du vieux Michael, les mêmes épaules rondes, cette même odeur trop sucrée. Un instant, ce fut comme si son ancien geôlier se matérialisait pour venir le hanter tel un fantôme vengeur.

Albert devait quitter cette rue où il y avait trop de monde. Et vite. L'angoisse montait en lui. La Peur était en train de prendre le pas sur lui. S'il ne se méfiait pas, elle l'aurait bientôt envahi. Il baissa la tête en continuant à marcher. Il vit une petite rue et il s'y engouffra.

Le calme de la ruelle déserte fut un immense soulagement. Elle faisait cent mètres de long et débouchait sur une sorte de cour. Il ralentit pour laisser son cœur se calmer peu à peu…

Le tumulte s'effaça dans sa tête, la Peur reflua. Il était parvenu à la dompter. Pour l'instant. Mais c'était déjà bien.

Il se trouvait en un lieu gris terne constitué par l'arrière de plusieurs bâtiments sinistres, plongé dans l'ombre du début de soirée. Des herbes poussaient dans les fissures du béton. Il y avait au sol des flaques sombres qui ressemblaient aux taches brunes de la peau d'un vieillard. Albert n'avait vu nulle trace de pluie récente à Lechlade. Là, c'était comme si le sol venait d'être lavé. Il y flottait une odeur de tabac, de bière et d'eau. Plusieurs bancs étaient empilés contre un mur en brique. Il y avait aussi une cage sur une estrade. Longue et étroite, mais assez grande pour contenir un humain, et partiellement recouverte d'une bâche goudronnée.

Il n'y avait apparemment que la ruelle comme accès à cet endroit qui n'inspirait pas confiance à Albert. Il rebroussa chemin. Au passage, il remarqua une tente nichée contre le mur près de l'estrade. De couleur kaki, l'auvent ouvert. À sa grande surprise, il y avait aussi un tapis au sol, ce qui donnait l'impression d'une certaine permanence. Ainsi qu'un bureau, une lanterne, des chaises en bois, une caisse en métal, des étagères, et trois personnes.

Une femme maigre à la peau claire était assise au bureau. Elle portait un chapeau melon jaune, une chemise noire et une veste en tweed à carreaux. Elle examinait des papiers, le front plissé et les épaules rentrées comme un oiseau en train de picorer. Elle tira une bouffée du cigare posé sur un récipient en métal près d'elle.

Debout dans son dos, l'un en train de boire un café, l'autre de jouer avec des cordes et autres chaînes accrochées aux étagères, se tenaient deux hommes.

Le buveur de café fut le premier à voir Albert. Il donna un coup de coude à la femme, qui leva les yeux et fit un petit geste.

– Trop tard, mon chéri, on a fini les ventes hier. La suivante aura lieu la semaine prochaine.

Se souvenant de la mise en garde de Scarlett, Albert hésita avant d'ouvrir la bouche.

– Excusez-moi. Je cherchais juste l'arrêt de car.

– C'est pas par ici, mon chou, c'est sur Cheap Street, près des portes de la ville. Ici, c'est Fetters Lane.

– Merci bien. Au revoir.

Albert était en train de tourner les talons.

– Tu vas savoir trouver Cheap Street ? lui lança la femme, qui saisit cette occasion pour l'examiner de plus près. Si tu es nouveau en ville, on peut peut-être te donner des renseignements.

Albert n'avait pas envie de s'éterniser dans cet endroit, mais c'était une offre généreuse, et il aurait été impoli de ne pas accepter, alors il s'approcha de la tente. La lumière du jour était en train de diminuer et la lanterne posée sur le bureau ne brillait encore que faiblement. Ce fut seulement là qu'il se rendit compte à quel point les deux types derrière la femme étaient grands, musclés et costauds, et qu'ils avaient un anneau en or à l'oreille. L'un avait la peau claire, l'autre sombre. Ils portaient des manteaux en cuir vert sombre avec des boucles aux manches. Ils paraissaient sur leurs gardes, tout comme la femme. Albert saisit quelques-unes de leurs pensées qui se mélangeaient avec la fumée du cigare sous la tente.

– J'imagine que ça doit être au bout de la grande rue, dit-il en atteignant le bureau.

Il se tut. Les trois pensaient à l'argent, comme tant de gens. Mais ce qu'il y avait de curieux, c'est que plus ils l'observaient, plus ils y pensaient.

– Vous semblez occupés. Je ne veux pas vous déranger, insista-t-il.

La femme avait des cheveux gris mais un visage sans rides et sans âge. Elle dit :

– Ça nous fait du bien de parler d'autre chose. Je suis en train de faire les comptes d'hier, et je peux te le dire, ils ne sont pas fameux. On peut te guider, mon chéri, c'est pas compliqué. Comment tu t'appelles ?

Se souvenant trop tard que Scarlett avait donné un faux nom au garde, il répondit :

– Albert… Albert Johnson.

– Johnson ? (Elle eut l'air perplexe.) T'es pas de Lechlade, toi.

– Non.

– Pas de doute, on n'a pas de Johnson ici. Eh bien, ravie de faire ta connaissance. Moi, c'est Carrie.

– Bonjour, Carrie.

– Alors comme ça, d'où tu viens ?

– De l'ouest.

À travers la fumée de cigarette, à la limite de son champ de vision, il sentit les pensées de la femme se préciser. Il refusa de les intercepter. Il savait que par politesse, il fallait regarder quelqu'un plutôt que ses pensées. Mais elle continuait à le dévisager.

– Tu as de la famille ici ? Des amis ?

– Non.

Il regarda derrière lui la grande rue où le soleil brillait encore un peu, et où circulaient encore des gens.

– En fait si, je suis avec quelqu'un. On est de passage ici.

– Ah bon ? Et tu as quel âge ?

– Je ne sais pas trop.

La femme se laissa aller sur sa chaise, reprit le cigare dans l'assiette en métal où il était en train de se consumer et aspira une bouffée. Puis elle recracha la fumée, qui forma une bulle grisâtre entre ses lèvres, le tout sans quitter Albert des yeux.

– Dans ce cas, tu es un vagabond, mon chou. Si tu n'as pas de domicile.

Il haussa les épaules. Scarlett aurait été furieuse de voir ce qui se passait. Il n'avait pas eu l'intention de faire la conversation, mais les gens de cette ville posaient tout le temps des questions.

– Vous disiez pouvoir m'indiquer la direction de l'arrêt de car ? Je ferais bien de…

– Et où est donc ton ami ? demanda Carrie, comme si elle n'avait pas entendu sa dernière remarque. C'est un joli garçon comme toi ?

– Je vois personne d'autre, dit l'un des types.

– Je dois la retrouver plus tard.

Albert se servit de l'intervention de l'homme pour détourner son attention du visage de Carrie et s'intéresser aux images qu'il voyait dans la fumée. Les pensées des trois compères évoluaient un peu comme des poissons dans des eaux peu profondes quand une grande ombre surgit…

C'étaient d'horribles pensées. Albert y vit des enfants en pleurs, des dos dénudés, des fouets et des barres en métal. Des mots et des actes violents, des endroits obscurs…

Puis il sentit la présence d'autres images, très faibles, en provenance de la cage.

Albert regarda de nouveau Carrie.

– Je suis ravi d'avoir fait votre connaissance, marmonna-t-il, mais je dois partir.

Il recula d'un pas. Il avait les jambes en coton. Aussi figées que des idoles dans la forêt, les trois personnes sous la tente ne le quittaient pas des yeux. Seuls leurs regards le suivaient.

Albert traversa la cour. La grande rue semblait tout à coup bien plus lointaine qu'il ne l'aurait cru. Il y avait toujours des gens qui passaient, mais moins nombreux.

Derrière lui, il entendit un cliquetis de chaînes.

Il se mit à courir. Les manches de son pull s'agitèrent, ses baskets frappèrent le sol.

Quelque chose l'atteignit au-dessus des chevilles, s'y enroula, les lia. Il tomba lourdement et poussa un cri quand son épaule heurta le sol. Ainsi que sa tête. Il voyait des étoiles.

Les étoiles furent remplacées par la Peur qui avait envahi sa tête.

Il tenta de s'asseoir et de retirer la corde autour de ses jambes. Les deux types étaient en train de traverser la cour vers lui. Sans se presser. L'un d'eux avait même terminé de boire son café avant de se mettre en marche. Ils faisaient un bruit métallique en marchant, et Albert vit les bâtons luisants dans leurs mains ainsi qu'à leur ceinture des menottes et des chaînes.

Albert voulait les raisonner avant qu'il ne soit trop tard, mais la Peur fut la plus forte. C'était le coup à la tête qui l'avait déclenchée. Elle pulsait, elle enflait, elle gagnait en intensité tandis que les marchands d'esclaves s'approchaient et qu'Albert tentait en vain de retirer la corde autour de ses jambes. La pression grandit jusqu'à ce que tout son corps tremble et qu'il ne puisse plus rien faire avec ses doigts. L'un des types leva tranquillement sa matraque, et Albert vit dans ses pensées qu'il allait le frapper. Il ne pouvait plus contenir la pression dans sa tête. La Peur explosa, et ses espoirs de modération s'envolèrent d'un coup.

11

La première chose que fit Scarlett une fois sa main soignée, ce fut de se rendre à l'auberge du *Crapaud* sur Cheap Street, un bâtiment bas au toit en ardoise situé près des portes de la ville. La lumière dorée du soleil filtrait péniblement par les fenêtres sales pour former des taches au pied des vieilles tables noires. Le propriétaire était en train de laver des verres derrière le comptoir. Il dégageait quelque chose d'étrange. Son gilet mauve et ses grosses lunettes rondes pouvaient laisser croire à quelqu'un d'inoffensif, mais ses cheveux blancs en brosse, les cicatrices sur son menton et ses épaules musclées disaient tout le contraire. Scarlett ne perdit pas de temps en bavardages. De la poche de son manteau, elle sortit un jeton en métal carré où était gravée une main dont le petit doigt était coupé à la base.

Quand elle le posa sur le comptoir, la pièce cliqueta.

– Ça fait un moment que je suis pas venue dans le coin, dit-elle. À qui je dois m'adresser ?

L'homme examina quelques instants le jeton. Puis, sans un

mot, il prit une bouteille de bière, la décapsula, la posa devant Scarlett en désignant une table. Et il quitta la salle.

Scarlett s'assit dos au mur et arrangea son manteau de façon que son arme soit bien visible. Celle-ci n'était pas chargée, mais les Frères ne pouvaient pas le savoir. En revanche, ils connaissaient sa réputation.

Elle examina sa main bandée, maintenant bien protégée par plusieurs couches de gaze neigeuse. Sa paume lui faisait encore mal, mais c'était devenu une douleur saine, et Scarlett pouvait bouger ses doigts. Elle était arrivée chez le médecin juste à temps. Quand il avait commencé à s'occuper de sa blessure, sa main, devenue toute noire, avait atteint la taille d'une grenouille taureau. C'était un coup de chance qu'aucun tendon n'ait été sectionné. À un demi-centimètre près d'un côté ou de l'autre, elle aurait perdu l'usage de ses doigts, lui avait dit le docteur. Là, il avait suffi de nettoyer la blessure, de la recoudre, de lui prendre de l'argent et de la libérer.

Pendant qu'il la soignait, elle mâchait un chewing-gum en réfléchissant. Et commençait à y voir un peu plus clair. Elle avait deux problèmes à résoudre avant de quitter Lechlade.

Le premier, c'était l'argent. Le second, Albert Browne.

Albert… Jusque-là, il avait réussi à ne pas lui dire qui il était, ni ce qu'il était. Pourtant, pas de doute, il était quelque chose. Elle repensa à l'explosion dans la vieille ferme et à la façon dont leurs poursuivants s'étaient approchés avec précaution des décombres fumants. On ne faisait pas ça pour quelqu'un d'ordinaire, on ne le pourchassait pas aussi loin dans les Terres sauvages non plus. De toute évidence, Albert avait de l'importance pour quelqu'un, donc de la valeur. Cette piste méritait d'être explorée. Dans tous les cas, il lui devait pas mal de choses et, en premier lieu, la vérité. Elle allait tirer ça au clair, et vite.

Cependant, avant ça, il y avait le problème de l'argent. C'était pour cette raison qu'elle était au *Crapaud*. Elle jeta un coup d'œil au bar désert, prit une gorgée de bière et reposa sa bouteille.

Un homme apparut derrière un rideau au fond de la salle.

Pour Scarlett, peu importait l'apparence du représentant des Frères à Lechlade. En ce qui la concernait, ils pouvaient avoir toutes les formes et apparences possibles. Cette fois, c'était un jeune homme mince, avec des épaules étroites, de longs cheveux bruns rabattus sur sa nuque, et vêtu d'un costume bleu nuit à rayures. Son visage était si banal que ça en devenait troublant. Il se déplaçait sans un bruit. En approchant de la table, il fit un signe de la tête à Scarlett, prit une chaise et s'assit en ajustant les boutons de manchette de ses poignets. Il sentait la violette et la cannelle.

– On m'a dit que tu avais un jeton. Je peux le voir ? demanda-t-il.

Scarlett le lui montra en disant :

– J'imagine que, toi aussi, tu as une preuve de légitimité ?

Le type sourit.

– Bien sûr.

Il leva sa main gauche et révéla le petit doigt sectionné à la base.

– Je m'appelle Ives. Qu'est-ce que je peux faire pour toi ?

– J'ai besoin de contacter les Frères de Stow pour une affaire urgente. Aujourd'hui. T'as les moyens de faire ça ?

– Ça peut s'arranger, Miss Oakley. On a des pigeons voyageurs. Tu es bien miss Jane Oakley, n'est-ce pas ? Ai-je l'honneur et le privilège de m'adresser à cette personne ? Ou bien à Jenny Blackwood ?

Un petit sourire apparut sur ses lèvres. Il l'observa de ses yeux gris clair en ajoutant :

– Il y a plusieurs noms qui circulent à ton sujet.

– Peut-être, dit Scarlett d'un ton indifférent. Mais aujourd'hui, je suis Alice Cardew.

– On s'y perd, dis-moi. Tous ces noms, tous ces exploits. Des banques braquées, des chambres fortes éventrées, des coffres forcés… Tu es une célébrité parmi la bonne société de Lechlade, Miss Cardew. La jeune fille qui fait le même boulot que nous, mais plus vite, mieux, et avec plus de panache.

Ses yeux se plissèrent, son sourire disparut. Il reprit :

– Mais on dit aussi que récemment, tu t'es mal comportée. Que tu as poussé le bouchon trop loin. Que tu as tué des gens que tu n'aurais pas dû tuer. Alors tu as une dette de sang. C'est bien ça ?

Scarlett soutint son regard. Puis elle but une gorgée de bière.

– J'ai besoin d'un pigeon, dit-elle. C'est tout.

– Non, ce dont tu as besoin, la contredit-il d'un ton neutre, c'est de répondre à mes questions. En voici une autre : hier, tu as attaqué la banque de Cheltenham. La nouvelle est arrivée par pigeon voyageur. Fraîche du jour. Tu devais être cet après-midi à Stow pour rembourser nos amis communs. Ce n'était pourtant pas dur. Et te voilà à Lechlade. Pourquoi ?

– J'ai eu des problèmes. J'ai dû changer de route.

– Quel genre de problèmes ?

Elle montra sa main bandée.

– Des circonstances fâcheuses.

– Je vois. Mais bien sûr, tu as l'argent ?

– Non.

Le jeune homme se figea.

– Non ? C'est-à-dire ?

– C'est-à-dire que je l'ai pas. Je l'ai perdu en sautant dans une rivière.

Ives passa l'une de ses mains à la peau claire dans ses cheveux jusqu'à la base de son cou. Et siffla.

– Peu importe le pseudo que t'as pris aujourd'hui, ça sent pas bon, tout ça.

Scarlett était bien d'accord, mais elle refusait d'entendre ça de sa bouche. Elle haussa les épaules en gardant un air détaché.

– Je suis là, non ? Je suis venue proposer une solution. C'est pour ça que j'ai besoin d'envoyer un message. Je trouverai bien un moyen de récupérer de l'argent. C'est pas le plus dur.

Le silence d'Ives fut éloquent. Il l'observa un long moment puis annonça :

– Soames et Teach sont des hommes impatients… Ils ont des règles. Le dernier indépendant qui a rompu un accord, ils l'ont donné en pâture à leurs hiboux.

– C'est la raison pour laquelle je veux pas les énerver.

– Et celui d'avant, ils l'ont enterré vivant sous la croix du marché de Stow.

– Je sais. Donc…

– Et si j'ai bonne mémoire, celui d'avant a été retrouvé en morceaux à…

– Bon, t'as ce putain de pigeon voyageur ou pas ?

Malgré elle, Scarlett avait perdu son calme. En râlant, elle mit une pièce dans sa bourse, regarda Ives se lever et, avec un sourire figé, lui faire signe de le suivre. Ils traversèrent l'auberge pour ressortir dans une ruelle avec une douzaine de cages contre le mur. Des oiseaux s'agitaient dans l'ombre de leurs prisons avec un roucoulement continu. Une jeune servante en salopette grise était en train de nettoyer une cage vide. En voyant Ives, elle lâcha sa brosse et se mit presque au garde-à-vous.

– Cette dame veut envoyer un message, annonça-t-il. Tu peux t'en occuper ? Je te laisse ici, Miss Cardew. On se reverra quand la réponse arrivera. Mais à ta place, je chercherais des façons originales de remédier à la situation. D'ici-là, ne quitte pas la ville.

Le jeune homme partit laissant un sillage de violette et de cannelle.

Scarlett s'approcha d'un bureau placé à côté des cages, prit un stylo et une feuille de papier léger puis entreprit d'écrire un mot destiné à certaines personnes de Stow. Elle plia sa missive, la scella, puis la roula et la glissa dans un petit cylindre en plastique, où elle nota l'adresse avec soin. Entre-temps, la servante avait enfilé un gant en cuir pour attraper un gros pigeon dans sa cage. Un lutteur des Cornouailles au plumage blanc sale avec des yeux rouges et des piques fixées sur son bec jaune. Il portait un casque en métal et des jambières pour être protégé en vol. Il était relié au gant par une chaîne. Il siffla dans leur direction et tendit ses pattes armées. La fille lui donna des vermisseaux prélevés dans une boîte en plastique, et il se calma.

Scarlett lui tendit le cylindre, que la fille accrocha à une patte munie d'un crochet.

– C'est Raqi, dit-elle. Il est méchant, il a mauvais caractère, mais il a gagné une douzaine de combats aériens. Et il s'en sort toujours. Tu veux accrocher une amulette sacrée à sa patte pour un trajet encore plus sûr ?

– Non.

– Bénie par les mentors de la ville et immergée dans le puits de la maison de foi. Ce n'est qu'un tout petit peu plus cher.

– Non.

La fille hocha la tête.

– En général, les hommes acceptent. Mais ce sont des crétins. Comme si ça changeait quelque chose pour Raqi. Allez, mon chéri, va.

Elle leva sa main gantée, détacha la chaîne, et l'oiseau décolla dans un bruit d'ailes. Scarlett sentit sa puissance quand il passa juste au-dessus de sa tête. Il s'éleva rapidement entre les habitations, vira sur la gauche et disparut parmi les toits.

– Combien de temps de vol jusqu'à Stow ? demanda Scarlett.

– Une heure. Il y sera avant la nuit.

Scarlett acquiesça.

– Bien. Il y aura une réponse. Je viendrai la chercher demain.

Elle marqua un temps d'arrêt.

– Comment tu t'appelles ?

La fille eut l'air surprise qu'on lui pose la question.

– Greta.

– Ça, c'est pour toi, Greta.

Scarlett détacha la bourse de son cou, en sortit une poignée de pièces, et les tendit à la fille en disant :

– Merci pour ce que tu fais.

Puis, la laissant ahurie, elle remit son sac sur son dos et repartit dans les rues de Lechlade.

Il y avait foule dehors. Les gens arpentaient la grande rue pour leur promenade du soir, les hommes en costume et chapeau melon, les femmes en robe et chapeau à fleurs. Sur l'escalier en marbre de la maison de foi, des mentors tout sourire observaient les passants. Il y avait là des affiches de couples souriants avec des bébés parfaits : pas difformes, sans le moindre défaut. Ces affiches jouaient à la fois un rôle d'encouragement pour les futurs parents et un rappel des standards qu'il convenait de respecter. On ne montrait jamais le sort réservé aux enfants qui n'atteignaient pas cette perfection. C'était ce que Scarlett détestait le plus en ville. Elle s'avança, affichant un visage avenant, quoique le ventre noué autour d'une vieille douleur sourde.

Avant d'aller retrouver Albert, elle passa chez un armurier et, avec ses derniers billets, acheta une boîte de munitions pour son revolver. Dans une quincaillerie, elle choisit un nouveau couteau très pointu. Quelques mètres plus loin, elle découvrit la banque de Lechlade. C'était de toute évidence l'un des monuments de la ville, et Scarlett prit le temps de l'admirer à la manière d'une touriste. Ça avait l'air d'un bâtiment solide avec de grosses portes en acier, un gardien coriace en journée et des barreaux pour protéger les fenêtres du rez-de-chaussée la nuit. Elle s'engagea dans une petite rue adjacente pour examiner les fenêtres plus élevées et remarqua les saillies que constituaient les ornements. Puis elle regagna l'entrée principale et se glissa dans le hall pour lire quelques prospectus, comme si elle ne faisait qu'admirer l'édifice. Les caissiers travaillaient derrière d'épais panneaux de verre, et des portes solides barraient l'accès à l'intérieur de la banque. Tout au fond, les employés chargés de boîtes en métal montaient et descendaient un escalier, sans doute pour se rendre dans la chambre forte en sous-sol. Il y avait là un tout autre niveau de sécurité qu'à l'institution que dirigeait Mr. Appleby à Cheltenham. Un détail très agaçant. Scarlett rangea les prospectus sur leur présentoir, fit signe au moustachu qui montait la garde à l'entrée et reprit sa route, plongée dans ses pensées.

Quand elle atteignit le bout de la grande rue, il n'y avait plus de camions ni de chariots au rond-point, et la porte côté rivière était fermée. Le crépuscule tombait. La cage de châtiment se balançait silencieusement entre ses barres en métal, son unique occupant aussi peu actif que dans la journée. Encore un pauvre hère tombé sous le coup d'une loi cruelle et arbitraire énoncée par la maison de foi. Scarlett s'approcha du banc devant la boucherie.

Pour découvrir qu'il était vide. Pas d'Albert.

Comment avait-elle pu croire qu'il parviendrait à honorer un rendez-vous aussi simple ? Une telle stupidité la dégoûtait ! Soit il s'était perdu, soit il était tombé dans la rivière, soit il était resté en admiration devant une boutique avec de jolies lumières. Ou alors il était parti... Scarlett se demanda très vaguement ce que ça provoquait en elle. Pas de la déception, bien sûr, uniquement de l'exaspération.

Mais quelle importance ? Ça serait tellement plus simple s'il sortait comme ça de sa vie. Une chance, même. Ce que Scarlett avait de mieux à faire, c'était l'abandonner à son sort. C'était d'ailleurs ce qu'elle comptait faire. Elle allait prendre une chambre, un bain, un dîner et quelques heures de repos bien méritées. Pas question de l'attendre plus longtemps. Avant de partir, elle jeta un dernier coup d'œil sur le trottoir.

Et là, elle vit Albert Browne assis sur un banc plus loin dans la rue.

Il avait les mains fourrées dans les poches de son pantalon, ses cheveux noirs en bataille sur son front et les épaules voûtées. Avec le visage dans l'ombre, il paraissait plus émacié et dur que dans le souvenir de Scarlett. On aurait presque dit quelqu'un d'autre. Il redressa la tête, laquelle réapparut à la lumière, et il redevint lui-même.

– Scarlett ! Comment va ta main ?

– Toujours douloureuse, mais recousue. Pourquoi tu es assis sur ce banc ? On avait dit celui-là.

– Je sais. Mais je n'avais pas envie de rester devant la boucherie. Je n'aimais pas voir toute cette viande.

Il avait une voix lasse et des gestes lents.

– Tu en as mis du temps. Je m'inquiétais, dit-il.

– Je suis arrivée au crépuscule, comme promis. Qu'est-ce que tu as fait aujourd'hui ?

– Je me suis promené. Puis j'ai acheté un gâteau et des bonbons, et je me suis installé dans un joli parc.

Il tapa dans ses mains.

– Quel bonheur de te retrouver, Scarlett ! On devrait aller à l'auberge qui s'appelle *Le Cœur de l'Angleterre*. Il paraît que c'est la meilleure à Lechlade, même si on doit se méfier des garnements qui se glissent la nuit dans les chambres pour voler les hôtes.

Scarlett le dévisagea. Ce n'était pas la première fois avec Albert qu'elle avait l'impression que les choses échappaient à son contrôle.

– Attends. Qu'est-ce que tu es en train de raconter ? C'est des réponses que j'attends de toi, pas des conseils hôteliers.

– Je suis sûr que tu préférerais prendre d'abord un bon bain, dîner, dormir et pouvoir laver tes vêtements.

Il lui sourit en ajoutant :

– Et puis, où veux-tu qu'on parle ? Dans la rue ?

Scarlett se caressa la nuque d'un air hésitant. En effet, ça n'était pas une bonne idée de traîner dehors après la tombée de la nuit. Surtout qu'elle entendait du vacarme à l'autre bout de la ville. Des hurlements, des bruits de course, les sifflets stridents de la milice… Tout ça était synonyme d'ennuis. Scarlett n'avait pas envie d'être mêlée à ça. Elle hésita, consciente qu'Albert l'observait, comme si souvent. Il n'y connaissait rien, il était mou, mais toujours étrangement précis et intense. Elle poussa un gémissement silencieux. Albert avait raison sur un point. Ils allaient bien devoir dormir quelque part. Restait la question du paiement, mais Scarlett trouverait bien une solution.

– D'accord, dit-elle à regret. Et où se trouve *Le Cœur de l'Angleterre* ?

Albert était aux anges.

– Merci, Scarlett. J'étais sûr que tu allais dire ça.

Le Cœur de l'Angleterre était une grande bâtisse blanche au toit de chaume située dans une petite rue non loin du parc. Un endroit bien moins glauque que le *Crapaud*. Son jardin se composait d'une pelouse impeccable avec des pommiers et des parterres de géraniums. Alors que la nuit s'installait et que les générateurs se mettaient en route, une lumière électrique se mit à clignoter au-dessus de l'enseigne, qui représentait une carte à jouer avec un cœur rouge sang. Scarlett l'apercevait par la fenêtre de sa chambre.

Une chambre simple mais parfaite. Un lit, un placard, des murs en plâtre, des lambris au plafond et un papier peint vert sombre d'un autre âge. Il y avait aux murs des cadres dorés qui contenaient des gravures anciennes : *Les Sept Merveilles du Wessex*, *La Route du Squelette*, *La Cité enfouie*, ce genre de choses. Scarlett avait la clef de la salle de bains commune. Et si nécessaire, elle pouvait rapidement sauter sur le porche à l'aplomb de sa fenêtre. On ne savait jamais.

Le propriétaire avait accepté quelques arrhes pour les deux chambres sans exiger de preuve pour le paiement de la note finale. Tant mieux, car Scarlett n'avait plus du tout d'argent. Puis il les avait conduits au premier étage. Albert, épuisé, aussi faible que le jour où elle l'avait trouvé dans le car, réussissait à peine à gravir les marches. Il avait accepté de la rejoindre en bas deux heures plus tard et gagné sa chambre en titubant.

Elle se doucha, se changea, emporta ses vêtements à laver. Puis, ivre de fatigue, elle s'installa sur son tapis de prière et tenta de faire le point de la journée. Laquelle n'avait rien de glorieux. Plusieurs morts, un butin perdu, les Frères à convaincre de lui accorder plus de temps. Elle avait déjà fait mieux. Tout ça à cause d'Albert. Une fois encore, il venait troubler sa méditation. Mais dès qu'elle essayait de trouver des solutions, ça la ramenait aux dangers et aux mystères qui entouraient ce garçon. Et à son visage innocent et naïf.

Elle capitula en grognant. Elle entendait des rires à travers le plancher en provenance de la salle du rez-de-chaussée et sentait une odeur de tabac, de bière et de nourriture chaude. Ce qui la distrayait, surtout celle des cuisines. Scarlett renonça à sa méditation et se consacra à des choses plus pratiques. Elle vida son sac à dos sur son lit pour évaluer ses pertes et faire sécher les objets humides. Les conserves, la torche et les livres étaient dans un sac étanche, donc intacts. Elle irait les vendre le lendemain.

Mais il y avait aussi la petite valise à cadenas toujours accrochée à son sac à dos. Peut-être qu'elle contenait de l'argent ou quelque chose qu'elle pourrait vendre.

Elle sortit une pince et fit sauter la serrure. Elle s'attendait à trouver des papiers, des stylos, des contrats... C'était en effet une valise de travail. Elle s'assit sur le lit en observant avec surprise son contenu – des chaînes soigneusement enroulées, une paire de menottes, des câbles. Un flacon de somnifère. Deux boîtes de munitions. Et aussi un vieil exemplaire des horaires des cars Tompkins qui parcouraient le Wessex, la Mercie et l'Anglie. Mais le plus curieux, c'était un bandeau circulaire en métal avec des charnières et un fermoir comme pour enserrer une tête. Scarlett examina le tout avec ébahissement. Les chaînes et les menottes suggéraient la coercition, mais le bandeau était très fin et léger. Elle ne voyait vraiment pas à quoi il pouvait bien servir.

La dernière chose que contenait la valise, c'était une feuille de papier pliée, que Scarlett attrapa et ouvrit…

Là, elle se figea.

Une photo en noir et blanc y était imprimée.

Celle d'un garçon à la chevelure noire.

Une photo de face et de profil, comme celles des brigands dans les postes de la milice partout dans le Wessex et la Mercie. Mais cette fois, il ne s'agissait ni d'un homme des bois, ni d'un voleur de mouton au cou de poulet, ni d'un bandit de grand chemin au pantalon à l'entrejambe tombant. C'était un garçon. *Le* garçon. Avec les mêmes cheveux en bataille et la même tête à claques. Et ces grands yeux rêveurs qui regardaient au loin.

Sous la photo, un petit texte.

RECHERCHÉ
MORT OU VIF
ALBERT BROWNE

Sur ordre du Haut Conseil, en raison de divers crimes et autres incidents, une RÉCOMPENSE est offerte à tout officier de maison de foi pour la CAPTURE ou l'EXÉCUTION du fuyard dénommé ALBERT BROWNE.

Vivant : 20000 £ – Mort : 10000 £
PREUVE exigée

Scarlett s'assit sous l'unique ampoule en inclinant le papier et le relut avec attention. Elle contempla les pilules et le bandeau en métal. Elle songea à l'endroit où elle avait trouvé la valise – le car accidenté. Elle pencha le papier pour que la lumière se reflète à sa surface. Parfois, le visage était dans l'ombre, parfois pas. Dans tous les cas, il n'était pas différent de celui qu'elle côtoyait depuis deux jours. Sauf que, sur cette photo, Albert ne souriait pas. Les yeux noirs regardaient fixement l'appareil sans un sourire.

12

Le crépuscule s'épaissit et la nuit envahit Lechlade. Les cloches et les appels à la prière résonnèrent dans les campaniles et les minarets de la maison de foi. Des lumières chaleureuses brillaient aux fenêtres de l'auberge *Le Cœur de l'Angleterre*, où le bistrot était rempli de la clientèle du soir. Un minuscule serveur fendait la foule avec des plateaux couverts de verres de bière et d'olives. Une bonne odeur de friture s'échappait de la cuisine.

Scarlett entra peu avant huit heures et s'assit dans un coin. Albert n'était pas encore là.

De ses yeux expérimentés, elle scruta la salle en quête de miliciens ou autres menaces, mais tout semblait calme. Il n'y avait là que des marchands et des pêcheurs en provenance du port, debout au comptoir ou attablés en petits groupes. Deux jeunes femmes jouaient aux dominos, une troisième aux fléchettes. À une table voisine, un vieil homme et une enfant partageaient un repas. Ils formaient un couple curieux. L'homme avait la peau sombre et une grosse masse de cheveux gris. La petite fille avait la peau claire, un ventre rond et l'air renfrogné. Il n'y avait pas d'assiette devant elle. Après chaque bouchée, elle observait d'un air intense l'homme qui coupait son steak, les coudes écartés, l'air indifférent. Puis l'enfant ouvrait la bouche et la désignait du doigt. L'homme y lançait d'un coup de fourchette un bout de viande ou une frite, la fillette l'engloutissait en un clin d'œil, et ça recommençait. Fascinée, Scarlett regarda la scène jusqu'à ce qu'un mouvement attire son attention. Albert était là.

Il lui adressa un grand sourire en agitant la main dans un geste tellement exagéré qu'il manqua de renverser la bière d'un gros marchand. Puis en s'avançant, il faillit percuter le petit serveur, trébucha sur les pieds d'une fille qui jouait aux dominos et, à force de coups de coude, évitements et excuses, parvint à se frayer un chemin jusqu'à la table.

Il s'affala sur la chaise face à elle.

– Ce n'était pas rien ! Bonjour, Scarlett. Ton lit est confortable ? Moi, j'ai dormi comme une souche. Puis j'ai trouvé la douche, j'ai oublié de fermer à clef, une femme est entrée alors que je me penchais pour ramasser le savon, elle a été surprise, je l'ai suivie dans le couloir pour la rassurer, mais j'avais oublié de prendre une serviette, alors elle s'est mise à hurler comme un singe et s'est réfugiée dans sa chambre. Depuis je n'arrête pas d'aller frapper mais elle n'est toujours pas ressortie. Quelle soirée ! Cet endroit est vraiment agréable, dis-moi. Peut-être un peu bondé, mais quand je suis avec toi, la foule ne me dérange pas. Qu'est-ce qu'on mange ?

Il respira enfin. Scarlett le dévisagea. Sans un mot, elle sortit la feuille de papier de sa poche et la posa sur la table.

Albert cligna des yeux.

– Oh, mais c'est moi, déclara-t-il.

Scarlett ne dit rien.

– Ce n'est pas mon meilleur profil, fit-il remarquer. Où as-tu trouvé ça ?

– Dans la petite valise en métal que j'ai ramassée dans le car. Tu t'en souviens ? J'imagine que oui, puisque tu savais qu'elle appartenait à un autre voyageur. Ce que tu ne m'avais pas dit, c'est que ce passager t'accompagnait.

Elle vit le regard d'Albert aller d'un côté à l'autre alors qu'il cherchait une réponse.

– Il ne m'accompagnait pas vraiment, dit-il lentement. Deux hommes sont montés après moi dans le bus. Ils se sont assis à côté et ont commencé à me parler et à me poser plein de questions. Ça ne me plaisait pas trop. Mais maintenant, ça n'a plus d'importance, puisqu'ils sont morts.

– Il y a un texte sous ta photo, Albert. Tu peux le lire, ou tu veux que je le fasse ?

Il hésita.

– Je sais lire.

Albert se raidit comme s'il se servait pour la première fois de ses muscles.

– Ça alors, dit-il.

– Ça alors, en effet.

– J'avais bien compris que ces types m'étaient hostiles. Ils me regardaient bizarrement.

– Albert, ils voulaient te *tuer* ! Ou alors te capturer vivant pour te renvoyer à ce Stonemoor, ou va savoir d'où tu viens ! C'étaient des officiers de maison de foi ! Des durs à cuire ! Mais qu'est-ce que tu leur as fait, bon sang ?

– Je ne leur ai rien fait, dit-il en agitant la tête.

Scarlett l'observa puis plongea la main sous la table.

– Bon, on va essayer autre chose. Peut-être que tu peux m'expliquer à quoi ça sert, ça ?

Elle lui montra le bandeau en métal avec les charnières. Albert sursauta comme si on venait de le frapper et lâcha un petit sifflement.

– Ce n'est pas gentil, dit-il. Ce n'est pas gentil de me montrer ça. Ne me demande pas de le mettre, Scarlett. Ça fait mal. Ça ne me fait pas du bien du tout.

Elle se pencha vers lui et l'attrapa par le poignet.

– Je n'ai pas parlé de le mettre, si ? Bordel, dis-moi ce que c'est. C'est ça que je veux savoir. Pas de bêtises, pas de mensonge. Tu me réponds tout de suite, sinon, je m'en vais.

– C'est une entrave, répondit-il d'une toute petite voix près de l'oreille de Scarlett. Une entrave mentale.

– Continue. À quoi ça sert ?

– Bonjour !

Surgissant de nulle part, le petit serveur venait de se matérialiser devant leur table.

– Bienvenue au *Cœur de l'Angleterre* !

C'était un individu très petit à la silhouette toute fine et d'un âge indéfinissable.

– Puis-je proposer une bouteille de vin aux deux amoureux ? Si vous avez faim, nous avons des assiettes d'anguilles fraîches de la Tamise disposées en forme de cœur. Avec deux petites fourchettes pour que vous puissiez vous donner la becquée sans vous lâcher. C'est mignon. Très romantique. Alors, qu'est-ce que tu en dis, ma jolie ? Des anguilles et du vin pour vous deux ?

Il fit claquer deux fois ses doigts et fit un clin d'œil à Scarlett.

Un muscle tressauta dans la joue de Scarlett. Elle retira sa main du poignet d'Albert et la descendit vers sa ceinture. Albert ne quittait pas le garçon des yeux. Il dit d'un air songeur :

– Tu crois que c'est celui qui se faufile dans les chambres la nuit pour voler les clients ?

– J'espère bien que non, répondit Scarlett, parce que j'ai le sommeil léger et que, s'il est troublé, j'ai tendance à faire ça.

Elle tira son couteau de sa ceinture, le fit tournoyer dans les airs, le rattrapa au vol et le planta dans la table avec un bruit évocateur.

Le petit serveur regardait le manche qui tremblait encore avec des yeux exorbités.

– Je vous jure que c'est pas moi !

– Ravie de l'apprendre. Maintenant, écoute-moi bien. Pas de vin. Pas de putains d'anguilles. On veut ton meilleur café, tout de suite, et des *fish and chips*. Bien croustillants. Tu mettras la note sur nos chambres.

Le garçon disparut encore plus vite qu'il était apparu. Scarlett déplaça son regard noir sur Albert. Et tapota le couteau d'un air décidé.

– Bon, maintenant, tu me dis qui tu es et ce dont tu es capable. J'attends.

Un instant, elle crut qu'il allait encore éviter de répondre et continuer à la mener en bateau. Il tourna la tête et resta, comme elle un peu plus tôt, fasciné par le vieil homme et la petite fille qui continuaient à manger à leur manière si singulière.

– Je te l'ai déjà dit. J'ai été enfermé à Stonemoor avec d'autres comme moi depuis aussi longtemps que remontent mes souvenirs. Les entraves, c'était pour nous contrôler. Le soir, ils nous donnaient des somnifères aussi, mais je les cachais sous le plancher parce que je voulais rester éveillé. Une nuit, j'ai trouvé le moyen de m'enfuir. J'ai attendu qu'ils me croient endormi et je suis parti. J'ai marché deux jours à la recherche d'une ville, mais la seule chose que j'ai vue, c'étaient des bois et des collines. Je commençais à avoir très faim. J'avais volé un bout de pain dans la cuisine avant de partir, c'est tout. Puis je suis tombé sur une route et, par chance, un car est passé. Je l'ai hélé, j'ai acheté un ticket, mais…

– Attends, l'interrompit Scarlett. Avec quoi tu as payé ? Tu étais prisonnier, alors comment tu avais de l'argent ?

Il hésita un instant.

– J'avais récupéré quelques pièces à Stonemoor. Je ne sais plus trop où. Bref, je suis monté dans le car, je me sentais heureux de m'éloigner enfin de Stonemoor et de la doctoresse Calloway quand ces deux types ont surgi. Ils ont observé tous les passagers et, quand ils m'ont vu, ils se sont assis de l'autre côté de l'allée centrale. Ils m'ont demandé qui j'étais, si j'avais des papiers. Je dois dire que ça m'a mis très mal à l'aise.

Cette histoire contenait plus de trous que les chaussettes de Scarlett. Elle n'aurait pas su dire s'il y avait là une once de vérité. Elle posa sa main bandée sur la table.

– Et le car ? Pourquoi l'accident ? Ne me mens pas, je sais que tu le sais.

– Je n'ai pas cherché à provoquer l'accident, dit Albert Browne. Je voulais juste descendre, mais il y a eu un début de bagarre entre les deux types et moi. Des cris, de l'agitation. Les autres passagers s'en sont mêlés. J'étais très en colère. Ça a distrait le chauffeur. Il a donné un coup de volant, heurté la glissière de sécurité et on a basculé dans le ravin. La suite, tu la connais. Pourquoi tu souris comme ça ?

– Parce que tu continues à me cacher l'information principale. Il y a une raison pour laquelle tu étais enfermé à Stonemoor, une raison pour laquelle tu es recherché. Une raison pour laquelle ils voulaient te mettre ce machin en métal sur la tête, te droguer, ou je ne sais quoi d'autre. Et je dois dire que je suis impatiente d'entendre enfin la vérité franchir tes lèvres.

Scarlett approcha une main du manche du couteau en concluant :

– N'est-ce pas ?

Il hésita.

– D'accord, il y a quelque chose.

– Bien. Et quoi ? Parle.

– Scarlett, je te le dis parce que j'ai confiance en toi, que je te respecte. Et aussi, parce que sinon, tu vas me casser la figure.

– Tout ça est très juste. Alors ?

– Je lis dans l'esprit des gens.

Scarlett le regarda fixement sans plus penser à rien. Quelque part dans la salle, un rire retentit. À la table voisine, la fillette attrapa une frite avec sa bouche. Les conversations, les rires et le tintement des verres et des fourchettes disparurent aux oreilles de Scarlett. Elle n'entendit plus qu'une voix. La sienne. Qui demandait :

– Tu lis dans les esprits ?

– Oui.

– De n'importe qui ? N'importe quand ?

– À peu près.

– Tu peux le faire avec les gens autour de nous ?

– Ici, il y a beaucoup d'agitation, c'est un peu bruyant. Ce n'est pas simple de séparer les images. Mais prenons par exemple le vieillard à côté de nous. Pour l'instant, il se demande comment il va trouver des passagers pour son prochain trajet sur la rivière. La fillette espère avoir un dernier bout de steak. La femme à la table un peu plus loin pense qu'elle va gagner à ce jeu avec les petites pièces noir et blanc. Tu vois ?

– Ça s'appelle des dominos, dit Scarlett. Et non, je ne vois rien. Tu peux très bien avoir inventé tout ça.

Il acquiesça.

– Tu doutes de moi. Ça aussi, je le vois.

– Oui ! Parce que je viens de le dire ! Tu as vu ma lèvre se retrousser et mes doigts pianoter sur la table ! Il va falloir faire mieux que ça, Albert.

Il se gratta le nez.

– Bon, tu as faim. Tu es fatiguée. Et en colère contre moi. Ça suffit ?

– Non.

– Tu te demandes comment faire pour dévaliser la banque municipale de Lechlade. Tu pourrais peut-être passer par une fenêtre de l'étage, mais au sous-sol, le niveau de sécurité doit être élevé, alors tu crains de tomber dans un piège, surtout que ta main est encore blessée. Mais il faut que tu trouves de l'argent, sinon les méchants types à qui tu en dois beaucoup vont être furieux. Tu n'as même pas de quoi payer nos chambres. Et maintenant, tu es sous le choc. Tiens, regarde, on nous apporte nos plats.

Comme souvent, Albert avait raison. Le petit serveur jaillit de la foule avec un plateau qui contenait une cafetière et deux assiettes de *fish and chips* accompagnés de petits pois. Il les posa devant Scarlett et Albert avec de grands gestes, puis se pencha vers eux. Il était tout pâle.

– Mademoiselle et monsieur, puis-je vous dire quelque chose?

Scarlett réfléchit quelques instants avant de répondre :

– Quoi?

– Vous êtes sûre que je peux vous parler? Je ne veux pas être menacé par ce couteau.

– Le poisson a l'air frais. Tu ne seras pas menacé. Qu'est-ce qu'il y a? Nous étions en pleine discussion.

Il s'éclaircit la voix.

– La milice vient de passer prévenir Mr. Minting. Je suis chargé d'alerter tout le monde… Par précaution, évitez de quitter l'auberge cette nuit. Il y a eu des meurtres en ville. Peut-être une bête qui s'y est introduite, peut-être les Infâmes. Personne ne sait.

– Des meurtres? À Lechlade? s'exclama Scarlett.

Elle se radossa à sa chaise et l'observa. De l'autre côté de la table, Albert ne quittait pas son assiette des yeux. Il attrapa une frite.

– Trois personnes, apparemment, ajouta le petit serveur. Ce n'est pas facile à dire tellement les corps sont en mauvais état. Des maîtres d'esclaves, des citoyens respectables, tout ça en pleine ville. Déchiquetés. C'est terrible. Le centre-ville est bouclé, mais pour ce qu'on en sait, la créature pourrait être n'importe où. Peut-être en train de nous surveiller depuis le jardin. Dieu seul sait ce qui se passe de l'autre côté des murailles de la ville... Mr. Minting offre à toute personne qui le souhaite de passer la nuit dans cette salle. Je suis chargé de transmettre le message.

Scarlett acquiesça en disant :

– Merci, mais nous avons des chambres. Nous serons prudents.

Scarlett observa Albert, qui remuait ses petits pois du bout de la fourchette.

– Regarde comme ils sont beaux, dit-il. On peut manger, maintenant ?

Scarlett lâcha tout bas :

– Non, Albert. Comment tu sais que... ? Comment tu savais pour... la banque ? Je n'y pensais même pas.

– Pas maintenant. En revanche, quand on s'est retrouvés tout à l'heure...

– Tu lis vraiment dans les pensées ?

– Ce n'est pas vraiment de la lecture. Rien d'aussi précis que des mots. Je vois des images, je les ressens, j'ai des impressions. Mais elles disparaissent vite, alors je ne parviens pas toujours à les intercepter. Quand je suis fatigué, je ne vois plus rien. Pourtant, si quelqu'un est en colère ou qu'il est obnubilé par quelque chose, l'image est puissante. Toi, Scarlett, tu es souvent en colère et obnubilée. Du coup, tu es facile à déchiffrer.

Elle passa une main sur sa bouche.

– Et là, tu es en train de me déchiffrer ?

– J'essaie de ne pas le faire. Je ne trouve pas ça très poli.

– Mon Dieu. Et qu'est-ce que tu as vu d'autre en moi ?

– En toi ? Rien de terrible. Tu n'as pas à t'inquiéter.

– Ouf.

– Des attaques de banque et des cadavres, c'est tout.

– J'ai compris ! Tu veux bien dire ça moins fort ?

– Tu as songé à me vendre comme esclave, aussi. C'était un peu dur d'apprendre ça.

Scarlett s'agita sur sa chaise.

– Je ne l'ai pas vraiment pensé !

Mais elle se sentit rougir. Elle ébouriffa ses cheveux d'un geste nerveux. Et reprit :

– Peut-être un instant, c'est vrai. Mais pas par méchanceté. On venait juste de se rencontrer. Je n'y pense plus.

– Je sais. Tu t'es aussi vaguement demandé si tu ne pourrais pas me rendre à la doctoresse Calloway pour gagner de l'argent. Mais ça, ce n'est absolument pas une bonne idée. Ça ne me rendrait pas du tout heureux, et toi aussi, ça t'attristerait. Et puis, la doctoresse Calloway se contenterait de te tuer. Elle me tuerait, puis elle te tuerait, alors ça serait vraiment gâcher notre association, tu ne crois pas ?

Scarlett mit quelques secondes à digérer tout ça. Puis l'indignation reprit le pas sur la confusion.

– Notre association ? protesta-t-elle. C'est bien ce que tu as dit ? Et j'en retire quoi, moi, de cette affaire ? J'ai perdu tout mon argent ! Tu as manqué de me faire tuer ! Tu as vu ma main ? Tu te souviens que c'est à cause de toi ?

Il l'observa de ses grands yeux noirs.

– C'est vrai. Je suis désolé. Je sais que tu m'as sauvé la vie et je te le revaudrai, j'en ai bien l'intention. Mais là, si ça ne t'ennuie pas, je veux vraiment goûter ces frites.

Scarlett resta immobile, muette, crispée, tandis qu'Albert attaquait son repas. Elle le regarda attraper une frite, la plonger dans la mayonnaise, puis l'inspecter avec la fascination d'un chercheur d'or. Et un sourire de bonheur quand il la mit dans sa bouche. Ce garçon rachitique dans un pull trop grand. Ce garçon capable de tant de choses. Elle l'imagina explorer ses pensées en toute tranquillité. Cette sensation était glaçante.

– Va savoir pourquoi, ça fait peur aux gens, dit Albert en prenant une bouchée de petits pois.

Scarlett frissonna.

– Bien sûr que ça fait peur. Ne t'avise plus de le faire avec moi.

– Désolé.

– Tous les gens de Stonemoor ont ce genre de pouvoir ?

– Plus ou moins.

Il désigna le bandeau posé sur la table.

– La doctoresse Calloway nous disait qu'on était dangereux. Alors je devais porter ce bandeau tout le temps ou presque. Il y a quelque chose dans le métal qui m'empêche de voir les images. Ça les bloque, je ne sais pas comment. Elle n'aimait pas que je les voie. Elle disait que ce n'était pas bien. Ça la rendait furieuse.

– Si elle travaille pour les maisons de foi, j'imagine bien.

Scarlett observa autour d'elle les hommes et les femmes dans la salle, leurs bouches rieuses, leurs lèvres, leurs dents, leurs visages chauffés par les lampes. Pas de difformité, pas de déviance. S'ils avaient su ce dont Albert était capable, il ne serait pas sorti de là vivant.

– Albert, écoute-moi bien. Les gens qui te cherchent, ce Haut Conseil des maisons de foi, il règne sur toutes les maisons des Sept Royaumes. Ils ne contrôlent pas les villes. Ça, c'est le domaine des familles dirigeantes. En revanche, ce sont eux qui établissent la liste des critères pour rester en vie. Une tache de naissance, un doigt en trop… ils n'acceptent aucune particularité génétique. Alors, une déviance comme la tienne… je suis franchement étonnée qu'ils ne t'aient pas tué depuis longtemps. Sans vouloir t'offenser.

– Je ne suis pas offensé.

Il était en train de goûter le poisson.

– Bon, reprit Scarlett, il se trouve que je n'ai aucune sympathie pour les maisons de foi. En fait, j'ai même de bonnes raisons de les haïr. Toute personne qui les dérange ou qui les énerve, ça me va. C'est pour ça que je ne vais pas aller réclamer la récompense pour ta capture. Ça ne signifie pas pour autant que je suis contente de partager tes problèmes. Tu m'as mise en danger. Et n'imagine pas que ce que tu viens de m'annoncer répare tout ça.

Il acquiesça en repoussant son assiette.

– D'accord. Je vais te dire autre chose sur moi : je veux aller à Londres.

– Londres ?

– Oui, Londres.

Il dit ça aussi calmement que s'il lui demandait le ketchup.

– Je te l'ai déjà dit, Londres n'existe plus. Cette ville a été engloutie il y a bien longtemps. Il n'y a plus rien là-bas.

– Si, il y a des îles...

– Non. J'y suis allée. J'ai parcouru les routes d'Anglie et de Mercie. J'ai atteint l'estuaire où la Tamise se jette dans le lagon. Il y a juste quelques ruines massives au milieu de l'eau. Des oiseaux, des tourbillons, des tempêtes et des saloperies de poissons capables de dévorer un bateau pour leur petit déjeuner. Ce n'est pas un endroit où il fait bon vivre. Certains disent même que c'est le trou du cul de l'Angleterre. Pourquoi tu veux aller là-bas ?

– Parce qu'il y a une communauté qui habite ces îles. Un endroit pour quelqu'un comme moi. Ça ne fait partie ni du Wessex, ni de... l'Anglie, tu dis ?

– L'Anglie, la Mercie... Albert, c'est n'importe quoi, cette histoire. Il n'y a rien là-bas. Que des ruines et des pêcheurs cinglés qui vivent dans des huttes autour du lagon. Où est-ce que tu as entendu ces sottises ?

– Les Îles libres, ça s'appelle. Là-bas, il n'y a pas de restrictions sur ce que tu es ou ce que tu fais. Ils y accueillent les gens... différents. Peu importe leur différence. Contrairement aux villes.

Il prit un ton mélancolique.

– J'y serais à l'abri... Loin de tout ça...

– Ça, tu serais loin, pas de doute. Mais cette histoire d'Îles Libres... Je n'en ai jamais...

– En tout cas, c'est ce que je veux, déclara Albert. Et toi, Scarlett ? Tu en sais beaucoup sur moi, maintenant. C'est quoi, ton histoire ? Prends quelques frites et raconte-moi.

Elle le fusilla du regard.

– Je n'ai pas d'histoire. Et je n'ai pas envie de frites.

– C'est qui, ces hommes à qui tu dois de l'argent ?

– Qu'est-ce que ça peut te faire ? Ce sont des hommes d'affaires.

– Des criminels ?

– Si tu veux.

– Mais toi aussi, tu es une criminelle. Je pensais que ça t'était égal.

– Albert, par le grand Siddharta, ça n'est pas comme ça que ça marche.

Elle gonfla les joues et se redressa sur sa chaise. Après tout, pourquoi ne pas le lui dire ? De toute façon, il avait sans doute déjà intercepté la moitié de ses pensées sans qu'elle le sache.

– Ce sont les Frères de la Main, expliqua-t-elle. Ils sont basés à Stow. D'où ils organisent… des activités dans le Wessex et la Mercie. Ils n'aiment pas les électrons libres comme moi. Or, il se trouve que j'ai marché sur leurs plates-bandes. J'ai cambriolé un endroit contre leur volonté et j'ai tué quelques-uns de leurs hommes. Rien de très grave. Mais ça les a mis en colère.

Scarlett attrapa la cafetière et se servit.

– Ils exigent réparation, sinon, ça ira mal pour moi. Je pourrais faire autrement, mais j'ai décidé de payer. Parce que c'est plus simple. Voilà toute l'histoire.

Elle secoua la tête et prit une gorgée de café.

– Je ne sais vraiment pas pourquoi je te raconte tout ça.

– Moi, si.

Tout à coup, il avait un sourire radieux. Qui la désarçonna. Albert reprit :

– Parce que je peux t'aider, Scarlett. Je peux te rendre ce que tu m'as donné à la puissance dix.

Il se pencha vers elle d'un air de conspirateur.

– Je parle de... la banque de Lechlade.

– Plus bas, pour l'amour du ciel!

Scarlett regarda tout autour d'eux, mais il n'y avait personne. Le vieil homme avait terminé son repas, il était sur le départ, la main de la fillette dans la sienne.

– Qu'est-ce que tu racontes? Tu ne peux pas m'aider.

Ses yeux noirs brillaient.

– Si. Je peux t'aider à t'y introduire.

L'idée était si loufoque que Scarlett perdit toute contenance. Pour la première fois depuis bien longtemps, elle éclata de rire.

– Albert, laisse-moi t'expliquer comment ça marche. Les grosses banques ont plusieurs sortes de protections. Des pièges, des fils tendus, de faux coffres bourrés d'explosif. Pour réussir, il faut être puissant, athlétique et malin.

Elle croqua une frite en souriant puis ajouta :

– Ne le prends pas mal, mais ton talent particulier mis à part, tu ne me sers à rien. Tu as failli te faire casser la figure rien qu'en traversant cette salle. En aucun cas tu ne peux m'aider à faire ce boulot. Tu déclencherais une alarme au premier pas.

Albert hocha la tête.

– Peut-être. Mais tu connais les protections de la banque municipale de Lechlade?

– Pas encore, non. C'est une partie de mon problème.

– Et tu comptes les découvrir comment?

– Peut-être que je ne vais pas les découvrir. Ce qui rend l'expédition d'autant plus périlleuse.

– Très bien. Et si je te disais que je connais les pièges qui protègent cette banque?

Scarlett le dévisagea.

– C'est-à-dire?

Il sourit.

– C'est-à-dire que j'ai discuté avec une dame qui y travaillait comme guichetière. Une dame gentille, même si elle avait des problèmes d'estomac. Elle connaît tout sur la sécurité de la banque. Je sais où ils cachent les clés de la salle des coffres. Et de quelle manière ils protègent la chambre forte.

– Elle t'a raconté tout ça ?

– Plus ou moins. J'ai vu les images.

Scarlett passa sa langue sur ses lèvres. Malgré elle, son cœur battait plus fort. Elle se rendit compte qu'elle tenait toujours sa tasse de café, et qu'elle était en train de se brûler les doigts. Elle la posa.

– Et qu'est-ce que tu suggères ?

– Un marché. Je t'aide à récupérer l'argent. Il y aura peut-être plus que ce que tu possédais au départ. En échange, tu trouves un bateau pour m'emmener dans les Îles libres. Tu paies mon voyage. Voilà ma proposition.

Il attaqua de nouveau son assiette. Scarlett l'observait. La première intuition qu'elle avait eue à son sujet était juste. Ce garçon était cinglé. Et son projet aussi. Bien sûr, c'était toujours possible de trouver quelqu'un pour le transporter en bateau. Un pêcheur ou un marchand. Mais pourquoi aider ce garçon bizarre à réaliser son rêve pourri ?

– Parce que, pour commencer, tu ne trouveras jamais les clefs toute seule, répondit Albert.

Scarlett cligna des yeux.

– Arrête de faire ça.

Elle but une gorgée de café en promenant son regard sur la salle. Le pigeon en armure devait avoir atteint Stow à l'heure qu'il était. Les Frères devaient savoir qu'elle avait perdu l'argent...

– Bon, qu'est-ce qui protège cette banque ? Un piège, des gardiens supplémentaires, quelque chose dans le genre ?

Il agita la tête en répondant :

– Bien pire.

Il attrapa le ketchup et lui confia aussi bas qu'un souffleur de théâtre, ce qui, en d'autres circonstances, aurait donné envie à Scarlett de le gifler :

– L'argent est dans le coffre, et le coffre au sous-sol. Et dans le sous-sol…

– Quoi, dans le sous-sol ?

Ses yeux se mirent à briller. Il était à peine audible.

– Dans le sous-sol, il y a la bête.

Scarlett ne bougea pas.

– Une bête ?

– Je pense qu'avant d'aller plus loin, dit Albert Browne avec un sourire faussement innocent, nous devrions sceller notre accord. Marché conclu ?

Elle fronça les sourcils et attrapa sa fourchette. Elle venait de se rendre compte qu'elle mourait de faim.

– Pourquoi tu me poses la question ? Puisque tu connais déjà la réponse.

13

Le premier braquage d'Albert ne se passa pas tout à fait comme il l'avait imaginé. Dans ses rêves, il se voyait hurler à toutes les personnes présentes de se coucher par terre, ou alors se faufiler à la manière d'un chat sur les toits de Lechlade pour s'introduire par une lucarne et descendre une corde lisse jusqu'à atterrir dans la chambre forte.

En réalité, il passa les vingt premières minutes debout dans le froid et l'humidité d'une ruelle sale en tenant un paquet de viande qui sentait très mauvais.

– Tu es sûre que c'est nécessaire de faire comme ça, Scarlett ? souffla-t-il. Pourquoi on n'entre pas tout de suite, histoire d'en finir ?

La tempe de Scarlett dessinait un croissant pâle dans la nuit. Plaquée contre le mur près de lui, elle surveillait la grande rue à quelques mètres de là.

– Je t'ai déjà expliqué. On attend que la milice ait fini sa ronde. Alors tais-toi et éloigne ce paquet de moi, s'il te plaît.

– Toi aussi, tu trouves qu'il sent fort, n'est-ce pas ? Alors pourquoi c'est moi qui dois le tenir ?

– Parce que c'est *ton* boulot. On est associés, comme tu n'arrêtes pas de me le rappeler. Nos missions dépendent de nos capacités, et toi, l'ami, tu es chargé de l'offrande. Chut, ils arrivent.

Albert aperçut deux silhouettes à chapeau melon dans la grande rue. Le faisceau d'une torche balaya bientôt la ruelle, mais Albert et Scarlett étaient invisibles dans le renfoncement du mur.

Les pas s'éloignèrent. Scarlett réapparut dans la lumière et regarda sa montre.

– Pile à l'heure, comme ces crétins sans imagination de citoyens des villes qu'ils sont. Ils repasseront pas avant trente minutes. Entre-temps, on sera déjà repartis. Viens prendre ton poste.

Elle s'approcha d'un coin à pas de loup. Albert la suivit lentement. Le paquet de viande pesait sur son bras. Ils jetèrent un dernier coup d'œil dans la rue.

L'alignement de lampadaires éclairait d'une lumière parfois vacillante, car fournie par un générateur lointain. Des lampes à huile étaient suspendues aux arbres de Primrose Park. Les miliciens se dirigeaient maintenant vers les portes de la ville. À part eux, la rue était déserte, les habitants au lit. La banque municipale de Lechlade se dressait au-dessus de son portique à colonnades. Austère, inexpugnable – la reine de Lechlade.

Il y avait à l'angle une fenêtre protégée par des volets en métal. Scarlett s'en approcha. Entièrement vêtue de noir, y compris des baskets qu'elle avait extirpées de son sac. Elle portait un gant noir à une main, un bandage blanc à l'autre, un petit sac en toile sur l'épaule et, au-dessus de la ceinture, un étui avec des crochets et des pinces – tout le nécessaire pour forcer les coffres.

– Tu ne bouges pas d'ici, ordonna-t-elle. Ça va aller ?

– J'espère…

En fait, Albert avait peur de rester seul. Il observa le paquet dans ses mains.

– La viande coule.

– Mais non. Et si c'était le cas, eh bien, pose-la.

– Je suis sûr qu'il y a des loups dans le coin. Voraces. Qui vont être attirés par l'odeur. Quand tu ouvriras la fenêtre, j'aurai disparu. Il ne restera plus que mes baskets avec mes petits pieds dedans.

– Il n'y a pas de loups à Lechlade. Et, même si c'était le cas, je ne t'oublierai pas. Je garderai tes pieds en souvenir. Arrête de faire cette tête. Participer au casse, c'était ton idée, non ? La seule chose que t'as à faire, c'est attendre. J'en ai pour cinq minutes, pas plus.

Elle était crédible avec ses cheveux attachés pour ne pas lui masquer la vue, son expression déterminée, vive et sûre d'elle. Des pensées étincelaient au-dessus de sa tête, plus lumineuses et effervescentes que jamais. Albert vit comment elle comptait escalader le mur, s'introduire dans la banque et redescendre le chercher... Scarlett avait une confiance absolue en ses capacités, si bien qu'Albert se mit à y croire, lui aussi.

– D'accord, dit-il. Je suis prêt.

– Bon. Ne t'inquiète pas. Si quelqu'un arrive, tu retournes dans la ruelle jusqu'à ce qu'il soit passé.

– D'accord.

– C'est le seul danger éventuel.

– D'accord.

– Tu dois juste faire attention à ne pas cogner le sac. Il contient de la dynamite. Si elle explose, ta tête jaillira par-dessus les toits pour rebondir sur les cheminées. On se retrouve dans cinq minutes.

Elle lui fit un petit signe en guise d'au revoir.

Albert s'écarta du mur pour ne pas risquer de le frôler.

– Fais vite, lança-t-il.

Il aurait aimé prononcer des mots différents, lui souhaiter bonne chance, allez savoir ce que des associés ou partenaires se disaient avant une entreprise périlleuse, mais Scarlett avait déjà plongé dans l'ombre. Albert distinguait sa silhouette au pied de la gouttière du bâtiment d'en face. Scarlett prit son élan et bondit. En quelques instants, elle avait gagné un petit toit plat. Il attendit en comptant dans sa tête. Son cœur se gonfla quand il la vit enjamber la ruelle d'un saut à plusieurs mètres au-dessus du vide.

Avec un bruit mat et un juron assourdi, Scarlett atterrit contre la façade de la banque. Elle allait tomber ! Mais non, tout se déroulait comme prévu. Elle avait bien évalué la distance. Ses doigts agrippèrent une pierre, chacun de ses muscles était bandé. Un instant, ses jambes se balancèrent dans le vide, ses baskets en toile griffant le mur, puis elle trouva une prise. Elle s'arrêta le temps de reprendre son souffle pour ensuite tendre la main vers la saillie la plus proche. À partir de là, elle grimpa. Albert espérait que sa main avait été solidement recousue.

Moins de deux minutes plus tard, Scarlett atteignait sa destination. Il la vit accroupie sur le rebord d'une fenêtre du troisième étage. Elle chercha quelque chose à sa ceinture. Sans doute un diamant pour découper le verre. Mais comment tenait-elle en équilibre comme ça ? Elle sortit son outil et, bientôt, elle franchissait la fenêtre.

Encore sous le coup de l'admiration, Albert reprit son poste d'observation. Scarlett se déplaçait avec force, grâce et assurance. Encore plus extraordinaire, ses intentions et ses idées se traduisaient immédiatement en actes. C'était si beau à voir.

Si seulement elle pouvait se dépêcher de venir ouvrir la fenêtre du rez-de-chaussée, il serait comblé.

Il tendit l'oreille vers le silence de la rue. Les arbres du parc où il avait discuté avec la vieille dame dessinaient des formes élégantes à la lueur des lanternes. Il s'était écoulé trois jours depuis leur conversation qui avait donné à Albert l'idée de ce braquage.

Trois jours pendant lesquels Scarlett avait évoqué une dizaine de raisons pour l'empêcher de l'accompagner.

Mais au final, prise par le temps, elle avait dû céder.

Pour Albert, ce séjour à Lechlade était un aperçu de la vie palpitante et effrayante que menait Scarlett. Le lendemain matin, elle avait disparu pendant plusieurs heures. À son retour, elle était toute pâle. Elle lui tendit un bout de papier.

– La réponse des Frères de la Main, annonça-t-elle.

Le mot était rédigé en rouge dans une calligraphie élégante. Tout en bas était apposé le sceau d'une main aux doigts écartés, l'auriculaire en moins.

« Ne compte pas sur notre clémence alors que tu as échoué à honorer tes promesses, à savoir racheter ta misérable vie avec des liasses de billets. Néanmoins, nous acceptons de nous montrer compréhensifs. Un nouveau compte à rebours est enclenché : tu dois apporter l'argent à Ives de Lechlade dans quatre jours avant minuit. Sinon, tu connais la sentence. »

– Ne me demande pas quelle est la sentence, ajouta Scarlett, l'air sombre. Tu n'as pas envie de le savoir.

– Je comprends, dit Albert en lui rendant le papier. Ils jettent vraiment les gens en pâture à leurs hiboux ?

Elle fit la grimace.

– S'il te plaît, tu peux arrêter de lire dans mes pensées ? Oui, ils le font pour de vrai.

Elle froissa le message et le jeta en concluant :

– Ce qui est la raison pour laquelle on doit agir vite.

La menace d'une mort terrible eut sur Scarlett un effet galvanisant qui émerveilla Albert. Au lieu de se laisser abattre, elle se transforma en tornade. Elle en oubliait presque sa main blessée et rayonnait d'énergie. S'ensuivirent deux jours d'intenses préparatifs.

Elle commença par se rendre au marché de Lechlade pour récupérer de l'argent en vendant quelques objets. Deux livres, quatre reliques saintes, les chaînes et menottes trouvées dans la mallette des officiers de maison de foi. Elle tira un bon prix de l'ensemble. Même avec sa serrure brisée, la mallette trouva preneur pour quelques pièces. Albert remarqua qu'elle avait toutefois gardé le bandeau métallique. Ce qu'elle comptait en faire, il l'ignorait.

Ensuite, elle se mit à la reconnaissance des lieux. Depuis le hall de la banque et un café en face, elle nota la position de chaque porte et serrure, la routine des caissiers, les heures de passage de la milice.

– Tu as tes sources d'information, j'ai les miennes, dit-elle. Il me faut une bonne vue d'ensemble pour comprendre comment la banque s'intègre dans la ville. Pas la peine de réaliser le casse du siècle si c'est pour se faire choper juste après par une patrouille. Je dois tout connaître de leurs habitudes.

Scarlett mena une exploration approfondie des petites rues et autres passages de Lechlade pour traverser la ville le plus discrètement et le plus rapidement possible. Elle s'intéressait particulièrement au port. En surveillant l'endroit, elle s'aperçut que le soir, une fois les environs désertés, la guérite n'était plus occupée.

Si tout se déroulait comme prévu, le port serait leur destination juste après l'attaque de la banque.

– Dès que j'ai récupéré l'argent, je l'apporte aux Frères pour régler ma dette, dit-elle. Puis on quitte la ville. Ils boucleront toutes les portes à l'instant où ils découvriront le casse, mais à cette heure, on sera déjà loin. C'est là où ton plan débile d'un voyage à Londres entre en jeu. On doit trouver quelqu'un avec un bateau rapide et qui accepte de partir en pleine nuit. Je vous tiens compagnie jusqu'à la prochaine ville fluviale. Et là, mon cher, je te dis adieu. Tu poursuis ton aventure tout seul.

L'idée de continuer son périple sans Scarlett ne plaisait pas du tout à Albert, mais il n'avait pas le choix. Il devait aller de l'avant. Plus il passait de temps à Lechlade, plus son inquiétude grandissait. Il était tendu. Sous les plates-bandes parfaitement entretenues du parc et les trottoirs impeccables gisait un univers cruel : une ville où on mettait des gens – adultes comme enfants – en cage. Où des esclavagistes et autres criminels se pavanaient en habits de luxe. Rien que ça, ça le rendait malade. Et puis, les hommes de la doctoresse Calloway le recherchaient, pas de doute. Ils ne renonceraient pas si facilement. Albert le savait aussi sûrement que s'ils étaient déjà en train de frapper à sa porte. Ils feraient tout pour le ramener à Stonemoor, l'attacher de nouveau à la chaise capitonnée et recommencer les expériences avec les fils métalliques... Et, cette fois, Albert ne pourrait plus jamais s'échapper. Pour sa survie, il devait atteindre les Îles libres avant que ses ennemis ne le retrouvent. En attendant, il scrutait avec anxiété chaque visage dans les rues.

– Je connais quelqu'un qui peut me conduire jusqu'à Londres, déclara-t-il. Le vieil homme aux cheveux gris. Celui qui dînait près de nous hier soir à l'auberge.

Scarlett réfléchit quelques instants.

– Le vieux trop bizarre avec la gamine ? Pourquoi tu penses ça ?

– Il a besoin de passagers, et il a un bateau. Officiellement, il fait commerce de poisson fumé. En réalité, il écoule des cigarettes dans les villes fluviales, mais cette année la récolte de tabac a été mauvaise. Il a besoin d'argent, il a peur de ne plus pouvoir subvenir aux besoins de sa petite-fille, dont il a la charge. Je pense que c'est la personne qu'il nous faut.

Scarlett n'en revenait pas.

– Tu as appris tout ça rien qu'en étant assis à côté de lui ? Et pendant qu'on discutait de notre côté ?

– Ce type pensait très fort.

Ils aperçurent le vieux bonhomme dans le port à l'écart du

tohu-bohu de la guérite, non loin d'un mur de bidons d'essence protégés par des barbelés. Il réparait un trou dans une bâche goudronnée tout en sirotant le contenu d'une petite flasque. Comme Albert l'avait déjà remarqué, il était très maigre, avec une peau foncée et une chevelure grise qui faisait comme le pelage d'un chat de Mercie. Installée par terre à ses pieds, la fillette blonde construisait une tour avec des bouts de bois.

Scarlett n'y alla pas par quatre chemins. Elle expliqua tout de suite ce dont ils avaient besoin. Le vieux écouta en silence. Il avait un visage buriné, des vêtements rapiécés, mais Albert ne put s'empêcher de remarquer sa dignité et son regard intelligent.

Quand Scarlett eut terminé son exposé, le vieux acquiesça, cracha dans l'eau par-dessus son épaule et déclara :

– Si par ces fameuses îles du lagon de Londres, vous parlez des Grandes Ruines, je peux vous y conduire. Mais ça sera cher. La Tamise marque la frontière entre la Mercie et le Wessex. C'est un endroit infesté de brigands, de loutres carnivores et de loups. On raconte qu'on y voit même parfois des Infâmes. Chaque année, ils se rapprochent un peu plus de la civilisation. Ils ont déjà attaqué des bateaux sans protection pour dévorer leurs passagers. Il y a aussi les tourbillons et les régions irradiées où toute personne qui plonge dans l'eau en ressort sans sa peau, qu'il voit flotter près de lui comme un nénuphar rose. Et tout ça, c'est avant d'atteindre le lagon. Bref, n'importe qui d'assez stupide pour s'aventurer sur ce fleuve met sa vie en danger. Mais en échange d'une belle somme, ça se discute. Quel crétin voudrait risquer un tel voyage ?

Il prit une gorgée de sa flasque.

– Moi, répondit Albert en se raclant la gorge.

Le vieil homme cligna des yeux de surprise.

– Je pensais que vous étiez deux esclaves venus faire cette requête pour votre maître ou votre maîtresse. Dans ce cas, cher monsieur, ce voyage vous fait honneur. C'est une exploration fascinante de nos terres détruites. Nous admirerons des ruines spectaculaires qui datent d'avant le Cataclysme et le Grand Massacre. Je peux vous y conduire en cinq jours pour cinq cents livres, pas une de moins. Supplément pour départ nocturne, et j'ai besoin de vingt-quatre heures pour préparer Clara.

Scarlett observa la petite fille.

– Pourquoi tout ce temps ? Vous ne pouvez pas juste la mettre sur le bateau ?

Le vieillard ricana.

– Elle, c'est Ettie, ma petite-fille. *Clara*, c'est mon bateau, amarré là-bas. Le plus rapide et le plus sûr du fleuve. Ma fierté, ma joie.

Il fit un geste vague derrière lui. Albert aperçut une série de bateaux à moteur étincelant au soleil.

– Je serais heureux de voyager sur *Clara*, dit-il. Je vous remercie.

– Dans ce cas, je m'attelle à la préparation de notre périple.

Sur ce, le marché fut conclu. Scarlett avait tout de même l'air sceptique.

– Il est presque à l'article de la mort, dit-elle quand Albert et elle quittèrent le port. J'ai vu des squelettes en meilleure forme que lui. Je serais pas étonnée qu'il se serve de sa jambe de bois comme gouvernail, mais si ça te va, pas de problème.

Puis ils finalisèrent les préparatifs avant l'attaque de la banque. Dans l'après-midi du troisième jour, ils quittèrent l'auberge. À la tombée de la nuit, les affaires de Scarlett étaient cachées dans des buissons près des portes du fleuve. Ils revinrent par de petites rues jusqu'au parc et s'engagèrent dans celle qui longeait la banque. L'opération était prévue pour minuit. Albert prit position près du mur.

Un grand bruit métallique le fit sursauter. Il manqua de lâcher le paquet de viande et de cogner le sac contre le mur. Le volet en métal grinça, la fenêtre révélant des profondeurs insoupçonnées. Scarlett ressemblait à un fantôme en colère.

– Mais comment tu peux quand même être surpris ? souffla-t-elle. Tu savais que j'allais ouvrir cette fenêtre. C'était le plan depuis le début. La chose la plus prévisible de toute ta vie.

Elle jeta un coup d'œil dehors.

– Allez, viens. Si tu n'es pas en train de faire une crise cardiaque, essaie de coordonner tes membres.

Elle lui saisit la main et tira. Albert ne trouva pas l'opération très difficile, à part quand il trébucha sur le bord de la fenêtre. Scarlett le rattrapa par le pull. Un instant, il resta suspendu en l'air en agitant les bras comme un crétin, puis se projeta en avant et s'effondra sur elle. Qu'il jugea moins osseuse qu'il ne l'aurait cru. Une seconde plus tard, elle l'avait repoussé. Il se releva près d'elle dans l'obscurité, en sueur, haletant, accroché au paquet de viande.

La banque sentait le bois ciré et l'encre – comme le bureau de la doctoresse Calloway où il subissait diverses punitions et humiliations. Son cœur se mit à battre très fort. Scarlett était en train de refermer les volets. Elle avait une torche à la main.

– Tu te verrais, dit-elle, on dirait qu'on vient de te repêcher dans la rivière.

– C'est mon premier cambriolage. Je suis un peu nerveux, c'est tout.

– Mais la seule chose que t'as faite, c'est d'entrer par une fenêtre du rez-de-chaussée ! Qu'est-ce qui va se passer quand on sera devant la bête ?

Il déglutit.

– J'espérais que tu te chargerais de cette partie.

Elle lui lança la torche.

– Ah bon ? Commence par faire ce pour quoi tu es là. Autrement dit, récupérer les clefs de la chambre forte.

Repoussant les cheveux de ses yeux, Albert promena la torche tout autour de lui. Ils avaient franchi les barrières qui séparaient le hall d'une salle aux murs recouverts de panneaux en bois. Le sol était en marbre blanc laiteux veiné de rouge. Il y avait là des bureaux, des placards, des tasses de thé et des portemanteaux. Des portes menaient à d'autres salles. Sur le côté, un battant verrouillé en chêne sculpté renforcé avec du métal qui donnait sans doute sur le sous-sol.

Albert balayait avec le faisceau de sa torche le mobilier ainsi que les parois et les angles à la recherche de l'endroit où étaient gardées les clefs du sous-sol vu dans l'esprit de la vieille dame. Il savait qu'il y avait une cachette dans l'un des panneaux en bois au-dessus d'un grand placard. S'il procédait lentement, il ne devrait pas avoir trop de difficultés à la retrouver.

– Je croyais que tu savais où elles étaient ? lança Scarlett en le regardant faire.

Elle n'avait pas bougé.

– J'ai une image, mais je ne connais pas l'emplacement précis.

La seule chose qu'il savait, c'est que la cachette se trouvait dans un endroit inaccessible au public. Albert franchit un passage qui donnait sur des bureaux avec d'autres murs couverts de lambris… Il commençait à avoir très chaud. Comme quand il avait scruté l'esprit des gardiens de Stonemoor pour établir mentalement les plans et trouver le meilleur moyen de rejoindre le monde extérieur en rencontrant le moins de personnel possible. Cette fois, c'était même plus simple. Normalement, il n'aurait à tuer personne.

– Je ne savais pas que ça prendrait autant de temps, dit Scarlett.

Elle lui avait emboîté le pas. Il percevait l'impatience dans sa voix. Comme presque tout ce qui n'impliquait pas d'escalader des gouttières ou de sauter par-dessus des ruelles, attendre l'agaçait prodigieusement.

– Mais qu'est-ce que tu fais ? protesta-t-elle. Pourquoi tu t'assieds sur cette chaise ?

– J'ai besoin de trouver le bon angle. Ce que la vieille dame voyait…

Il se releva d'un coup en disant :

– Je pense que c'est là.

Ce n'était pas exactement l'image qu'il avait en tête, peut-être qu'il n'était pas assis au bon bureau, en revanche, le bord sculpté des étagères était identique, et le mur recouvert de panneaux de bois. Quand Albert appuya dessus, un mécanisme se déclencha. Il y avait deux clefs accrochées à l'intérieur.

Il les tendit à Scarlett avec un sourire.

– Et voilà.

Elle resta de marbre, mais il sentit que la preuve de son talent faisait son chemin en elle. Son esprit tournait à toute allure. Elle réfléchissait à ce qui venait de se produire. Tout à coup, elle sourit. Il lui rendit son sourire.

– Tu sers donc à quelque chose, dit-elle. Bien joué. En récompense, tu as le droit de récupérer la viande.

Voilà tout ce qu'elle lui dit. Elle prit les clefs et la torche et se dirigea vers la porte en chêne.

Une fois devant, elle se mit à examiner alternativement la serrure et les clefs. Là, ce fut à Albert de montrer son impatience.

Il fronça les sourcils.

– Pourquoi tu n'essaies pas une clef après l'autre pour voir quelle est la bonne ?

– Parce que des fois, Albert, il y a de fausses clefs qui déclenchent des explosifs. Si tu te trompes, ou que tu ne tournes pas comme il le faut, ça t'explose à la figure. Tu veux le faire ?

– Euh, non.

– Celle-là a l'air d'être la bonne. Allez, on tente.

Scarlett inséra la clef dans la serrure et baissa la poignée d'un coup sec. Il y eut un petit clic. Albert sursauta.

Mais ce fut tout.

Scarlett poussa la porte.

Qui donnait sur un couloir au plafond voûté, puis des marches plongeant dans le noir. Il régnait là une odeur à la fois sauvage et de renfermé. Scarlett éclaira avec la torche les marches qui disparaissaient dans la pénombre. Le silence était total.

Albert fit un geste poli.

– Après toi.

– Trop aimable.

Scarlett pointa la torche sur les marches en resserrant les lanières de son sac en toile et s'avança avec précautions dans l'escalier, Albert sur ses talons.

Il demanda tout bas :

– Tu ne sors pas ton arme ?

– Pour l'instant, il n'y a pas de danger. Les employés viennent jusqu'ici, non ? La créature doit être plus loin.

Albert n'éprouvait pas la confiance de Scarlett, néanmoins ils atteignirent sans obstacle un virage dans l'escalier. L'odeur se faisait de plus en plus forte – une odeur bestiale, lourde de désespoir et de fureur.

– La dame n'est jamais venue jusqu'ici, murmura-t-il. C'était en dehors de son périmètre autorisé, ou alors elle avait trop peur. En tout cas, je n'ai aucune image. Mais elle savait qu'il y avait quelque chose.

– Bien sûr, dit Scarlett. Mais va savoir quoi.

Ils avaient atteint le pied des marches et se trouvaient dans une petite salle aux murs blancs avec une porte blindée au fond. Cet endroit était dépourvu du faste et de l'élégance des salles accessibles au public.

Albert observa la porte blindée d'un air prudent.

– Tu crois que c'est sûr, de l'autre côté ?

– Non. Pas du tout.

Scarlett éclaira avec sa torche un papier accroché au mur. Il y avait là une colonne de signatures. À côté, un stylo au bout d'une ficelle.

– Regarde, c'est un tableau de service, dit-elle. Frank s'est occupé de l'attacher et de la nourrir ce matin, et Clive l'a détachée ce soir. Il a pas le beau rôle, Clive. La bestiole est hors de sa cage, et elle n'a pas mangé depuis ce matin.

– Et selon toi, c'est quoi, comme bestiole ?

– Ça peut être plein de choses.

Albert lui jeta un coup d'œil.

– Tu penses à un loup.

– Arrête de faire ça. Parce que, de toute façon, ce qui compte, c'est qu'elle est là pour nous bouffer. J'espère que t'as toujours la viande.

Albert regarda Scarlett saisir la seconde clef sur le trousseau. À nouveau, elle avait des pensées très précises. À nouveau, elle les transformait en actes sans attendre. Elle déverrouilla la porte avec soin, mais ne l'ouvrit pas. Toujours aucun bruit en provenance du sous-sol. Scarlett sortit son arme, ouvrit le barillet pour vérifier qu'il était bien chargé, la remit à sa ceinture. Et fit un signe de tête à Albert, qui lui tendit le sachet du boucher. Scarlett y découvrit un foie énorme et sanguinolent. Qu'elle prit de sa main valide.

– On va voir si Clive a bien fait son boulot, dit-elle tout bas. Pousse la porte.

Ce ne fut pas le moment préféré d'Albert. La porte s'ouvrait vers l'intérieur. Quand il s'exécuta, le battant s'écarta d'un coup.

L'ouverture donnait sur les ténèbres. Une salle sans doute profonde.

À cet instant, la torche de Scarlett clignota et s'éteignit. Elle jura en tapant dessus. Le faisceau réapparut et projeta une faible lueur qui permit tout de même d'apercevoir un coffre tout au fond.

Albert fronça le nez. L'odeur bestiale était plus puissante que jamais.

Il n'y avait rien entre le coffre et eux.

Albert regarda Scarlett. La viande à la main, elle tendait l'oreille.

Cette fois, le silence n'était plus total. Il perçut un petit cliquetis sur le sol.

Scarlett braqua sa lampe vers la gauche et éclaira trois formes blanches, ce qui fit sursauter Albert. Le faisceau oscilla. Même la main de Scarlett tremblait.

– Ce sont juste de vieux fauteuils recouverts de draps, murmura-t-elle. Par le grand-oncle de Jéhovah, tu crois qu'ils auraient pu imaginer un décor encore plus sinistre ?

Elle dirigea le faisceau à droite du coffre. Dans un coin, ils découvrirent une cage en bois de taille surprenante avec une litière de paille qui se répandait jusque sur les dalles de pierre.

Albert expira lentement.

– Oh…

– On y est, dit Scarlett. Bon, maintenant, il suffit de…

Avec un cri terrifiant, une forme aux griffes affûtées comme des couteaux pour leur lacérer le visage bondit sur eux.

14

Scarlett ne s'attendait pas à ça. Albert avait raison, elle s'était imaginé qu'il y avait là un jeune loup. Les banques les appréciaient beaucoup, surtout en Mercie et dans l'Ouest, mais les citoyens de Lechlade avaient opté pour une bête plus exotique. Sous le coup de la surprise, elle bondit et lâcha sa torche à l'instant où une énorme masse heurta l'embrasure. Albert s'était volatilisé. Les griffes s'acharnèrent sur les pierres du sol, provoquant des étincelles. Des chaînes cliquetèrent. Il y eut un cri animal. Scarlett résista à la tentation de faire feu. Elle plongea pour rattraper sa torche et se réfugia à l'abri juste à l'instant où un bec surgissait.

Les mains tremblantes, elle braqua sa torche sur la bestiole qui battait en retraite. C'était un oiseau aussi grand qu'elle mais incapable de voler, avec une tête puissante au bout d'un long cou en forme de S. Il avait aussi des pattes épaisses et aux serres crochues, un plumage vert tirant sur le doré et de grands yeux fixes. La lumière l'énervait; il tentait de franchir la porte, sa chaîne se tortillant par terre derrière lui comme un serpent. Il ouvrit un bec aussi long que l'avant-bras de Scarlett… Elle plaça sa torche entre ses dents, s'empara de la viande et la lança loin dans la salle du coffre. L'oiseau se précipita dessus. En deux coups de bec, il avait tout mangé. Il voulut de nouveau s'en prendre à Scarlett, mais elle avait refermé la porte.

Elle sentit sa puissance quand il heurta le métal de tout son poids.

Essoufflée, elle promena sa torche autour d'elle. Où était Albert ? Étendu de tout son long, ses jambes en l'air comme en proie à des spasmes. Typique.

– Debout, cracha-t-elle. Fais pas semblant, t'es même pas blessé.

Il s'agita comme un scarabée coincé sur le dos. Pour finir, il revint vers elle, mais il sursautait et clignait des yeux à chaque coup sourd de l'autre côté de la porte.

Il observa Scarlett à travers un rideau de cheveux noirs.

– C'était quoi, ce truc ?

– Un bec-cornu. T'en avais jamais vu ?

– Non.

– On en trouve surtout dans le nord de l'Angleterre. Là-bas, ils vivent en troupeaux.

Il sembla réfléchir à cette information.

– Tu crois qu'il peut briser la porte ?

– Non. Il est enchaîné. On n'a plus qu'à attendre.

Albert acquiesça puis demanda :

– Combien de somnifères tu as mis dans la viande ?

– Vingt. J'aime bien les chiffres ronds. Toi, il t'en fallait combien pour dormir ?

– Avec un seul, je somnolais. Deux, je ne pouvais plus résister.

– Donc vingt, ça devrait suffire.

– Oui.

Il observa la porte.

– Et si ça marche pas ?

– On le bute.

– Oh, fit Albert, pauvre bête.

– Mais sinon, on n'a pas l'argent, et tu peux pas aller à Londres.

– Ça paraît dommage de devoir le tuer, c'est tout, conclut-il.

Scarlett regarda sa montre. Les chocs contre la porte avaient cessé. Une série de petits coups sourds et plus faibles indiquait que les pilules des officiers de maison de foi faisaient effet.

– Pourquoi tu veux à tout prix aller jusqu'au lagon ? demanda-t-elle. Je n'arrête pas de te répéter qu'il n'y a rien, là-bas.

Albert ne répondit pas. Ils attendirent en silence dans le noir. Scarlett était sur le point d'ajouter quelque chose quand il lança :

– Il y avait un garçon. À Stonemoor. Avec des cheveux presque blancs coiffés en banane, des yeux noirs et un blouson en cuir qui craquait. Plus âgé que moi. Ils l'avaient mis dans ma cellule le temps de voir ce qu'il pouvait faire. C'est lui qui m'a parlé des Îles libres du lagon.

– Et comment il en avait entendu parler, lui ? Par un autre taré ?

– Il venait de là-bas. Il en était parti, puis il avait compris son erreur. Il traversait l'Angleterre pour y retourner quand la doctoresse Calloway l'a attrapé. Je n'ai jamais su son nom. Il disait que là-bas, tout le monde était le bienvenu, que ça n'avait aucune importance qu'on ait une déficience ou pas. À Stonemoor, je devais porter mon bandeau métallique même en cellule. Il m'a dit que dans les Îles libres, je pourrais m'en débarrasser. Que là-bas, personne ne vous jugeait. Et surtout, que personne ne vous enfermait.

Il dit si bas que Scarlett l'entendit à peine :

– J'ai trouvé l'idée si belle…

Derrière la porte, il y eut un bruit particulièrement sourd. Suivi d'un silence prolongé. Scarlett leva la main pour faire signe à Albert de se taire. Malgré sa concentration, elle n'entendait plus rien.

– Et sur ces îles, ils ont tous des talents comme les tiens ?

– Peut-être. En tout cas, je le pense.

– Qu'est-ce qui est arrivé à ce garçon ?

Il y eut une pause.

– Oh, répondit Albert, il est mort.

Toujours pas de bruit dans la salle. Scarlett attrapa la poignée de porte et l'ouvrit tout doucement. Puis elle faillit trébucher sur le bec de l'oiseau géant étalé par terre comme une poupée cassée, un œil fixe vers le plafond. Un faible sifflement s'échappait de sa narine en forme de cimeterre. Scarlett enjamba la bestiole et s'approcha du coffre. Comme elle s'en doutait, c'était un Lewes Durable, fabriqué à l'autre bout du Wessex. Solide et difficile à transporter, mais rien qui résiste à un peu de dynamite.

– Albert, dit-elle, tiens la torche et apporte-moi le sac.

Il obéit. Alors qu'elle disposait l'explosif contre les charnières et la serrure du coffre, il ne quittait pas l'oiseau endormi des yeux. Elle ne pouvait pas lui en vouloir. C'était un sacré animal. Les troupeaux de becs-cornus vivaient dans les collines de Northumbrie, s'attaquant aux moutons et parfois même aux villageois. Scarlett n'était jamais allée aussi loin – elle n'avait jamais dépassé la Mercie. Un jour, elle s'y rendrait, même si ces villes n'étaient pas réputées pour leur richesse. Mais ces troupeaux, ça devait valoir le détour.

Elle gratta une allumette contre sa semelle, enflamma la mèche et revint tranquillement auprès d'Albert.

– Bouche-toi les oreilles, lui conseilla-t-elle. Trois, deux, un…

Trois petits coups, trois éclairs. Les plumes de l'oiseau se soulevèrent un instant, le sol trembla sous leurs pieds. Du plâtre tomba du plafond, de la fumée s'éleva du coffre. Scarlett sortit sa pince de sa ceinture, la fit tournoyer en l'air, la rattrapa et alla l'enfoncer dans les trous noirs et fumants de la porte du coffre, qui s'effondra par terre. Puis elle retira le sac en tissu de ses épaules. C'était toujours le meilleur moment. Peut-être que ça faisait ça, d'ouvrir un cadeau d'anniversaire. Elle se pencha pour inspecter l'intérieur. Il y avait là les habituels compartiments en cuir remplis de billets et de bons du trésor du Wessex ainsi qu'un sac de bijoux et, encore mieux, trois petits lingots d'or.

Un butin respectable. Les Frères seraient contents.

Scarlett laissa les compartiments en cuir vides, mit le reste dans son sac et revint vers la sortie. Assis par terre, Albert caressait le splendide bec jaune et granuleux de l'oiseau, qui n'était pas en bonne santé. Il avait perdu la moitié de ses plumes et son duvet était infesté de poux. Il regardait sans voir vers le haut, les pupilles dilatées, qui se rétractèrent toutefois quand Scarlett braqua sa torche dessus.

Albert tapota le plumage.

– Mais pourquoi ils te maltraitent comme ça ? demanda-t-il.

Scarlett passa près de lui sans s'arrêter. L'opération avait pris un peu plus de temps qu'elle n'aurait aimé. Ça restait un braquage rapidement exécuté, mais elle voulait avoir quitté Lechlade par le fleuve bien avant la fin de la nuit.

–Allez, viens, Albert, j'ai l'argent.

Il se leva d'un air hésitant.

– Scarlett, on peut pas lui retirer ses chaînes ? C'est un sort si cruel. On peut pas le libérer ?

Elle allait refuser de céder à cette mièvre requête, puis elle réfléchit. Après tout, pourquoi pas ? Il y avait en effet quelque chose d'anormal dans le spectacle de cet oiseau prisonnier. Elle s'agenouilla près de lui et, d'un coup de pince, brisa l'anneau autour de sa patte. Puis elle attrapa une chaise et coinça la porte pour qu'elle reste ouverte.

– Petit cadeau de bienvenue pour Frank ou Clive demain matin, annonça-t-elle. D'ici là, il devrait être réveillé.

– Merci, dit Albert.

Il fit une ultime caresse à l'oiseau.

Ils reprirent l'escalier et regagnèrent le hall. Scarlett ferma la porte du sous-sol et regarda Albert remettre les clefs à leur place. De toute l'opération, c'est ce qui l'avait le plus terrifiée : le voir trouver les clefs. C'était bien là la preuve de son talent. S'il lui suffisait d'être près de quelqu'un pour deviner ses pensées, bien encadré, que serait-il capable d'accomplir ?

De grandes choses.

Scarlett fronça les sourcils. Albert était tellement naïf qu'il ne se rendait pas compte de l'étendue de son pouvoir. Elle en venait presque à regretter que leurs chemins se séparent bientôt...

Mais pour l'instant, ils avaient fait le boulot proprement. Personne ne se rendrait compte avant le lendemain matin que la banque avait été cambriolée. Scarlett n'avait plus qu'à faire sortir Albert. Ils regagnèrent la fenêtre par laquelle il était entré. Elle ouvrit les volets, attrapa une chaise et l'aida à monter. La voie était libre.

Il hésita un instant.

– Scarlett, tu sais que j'ai le vertige ?

– Oh oui, je le sais. Mais t'as le choix entre sauter tout seul et atterrir sur tes pieds, ou que je te pousse et que tu atterrisses sur la tête. Tu préfères quoi ?

– Bon, d'accord.

Il s'élança avec un petit cri. L'instant d'après, il était debout dans la ruelle en disant, tout sourire :

– J'ai réussi ! J'ai réussi !

– Tu as fait un saut d'un mètre. Formidable. C'est au moins le nouveau record mondial. Maintenant, tu fais ce qu'on a dit, tu rejoins la porte du fleuve, tu récupères mon sac et tu m'attends avant d'aller retrouver le vieux. Il ne faut pas qu'on nous voie partir en pleine nuit.

– D'accord. Discrétion assurée. C'est tout moi, ça !

– Mais bien sûr.

Scarlett était déjà en train de refermer les volets. Albert la regardait de ses grands yeux. Tout à coup, elle s'imagina à sa place.

– Ne t'inquiète pas, dit-elle. Je ne vais pas manquer à ma promesse. Je te retrouve avec de quoi payer ton trajet jusqu'aux Îles libres.

Il lui répondit en souriant :

– Je ne m'inquiète pas. Je le sais.

– Oui, évidemment.

Malgré elle, Scarlett sentit un frisson le long de sa colonne vertébrale.

Elle referma les volets, puis la fenêtre. Au prochain passage de la milice, tout serait comme avant. Elle remit la chaise à sa place, passa son sac sur ses épaules et se dirigea rapidement vers l'étage par lequel elle était entrée. La lune s'était levée. Le rond de verre qu'elle avait découpé dans le panneau pour entrer étincelait sous ses rayons. Sans hésitation, Scarlett se hissa sur le rebord de la fenêtre et entama sa descente grâce aux pierres en saillie. Un étage plus bas, elle se décala vers un endroit qu'elle avait remarqué à l'aller. Derrière la banque, il y avait un petit bâtiment au toit très pentu, sans doute une remise à charbon. Ses murs étaient sans aspérités, donc impossibles à escalader. Mais pour se laisser glisser, c'était parfait. Un instant, ses baskets en toile dérapèrent. Elle se rétablit et prit un instant pour elle en laissant pendre ses jambes dans le vide.

Dans ce genre de situation périlleuse, dans ces moments où tout pouvait mal tourner à chaque instant, Scarlett était plus en vie que jamais. Elle n'était qu'instinct et actions éclairs, prête à affronter toutes les menaces, à relever tous les défis. C'était la simplicité qu'elle appréciait : s'introduire dans une banque, prendre l'argent, repartir ni vu vi connu. Là, plus rien ne comptait. Ni la colère en elle, ni la tristesse sans nom qui la rongeait, ni la culpabilité qui pesait à son cou. Elle avait laissé tout ça près du fleuve avec son sac à dos, sa bourse à jurons et son tapis de prière – elle s'en était libérée pour quelques instants. Elle se sentait légère, elle n'existait que dans le présent et, tant que ce présent durerait, elle n'éprouverait que de la joie féroce.

Elle sauta sur le toit en pente dont elle se servit comme d'un toboggan pour glisser jusqu'à la ruelle. Où elle atterrit sans bruit, les genoux pliés, ses muscles absorbant le choc. Les lingots d'or dans son sac lui heurtèrent le dos. Elle aurait bientôt un bleu. À part ça, tout allait bien. Elle remonta la ruelle jusqu'à la grande rue. Il n'y avait personne. Elle traversa et pénétra dans le parc où les lampes scintillaient dans les arbres, le sac en tissu rebondissant sur son épaule, la banque derrière elle.

Son cœur ralentit pour reprendre un rythme normal. Scarlett jeta un coup d'œil à sa montre. L'opération n'avait pris que vingt-six minutes. Elle s'autorisa un petit sourire.

Et là, deux hommes munis de lanternes jaillirent de nulle part. L'un tenait un revolver, l'autre frappa Scarlett avec force, et la projeta sur la pelouse. Sa tête heurta un banc, elle faillit perdre connaissance mais, même étourdie, réussit à se retourner, à dégainer son couteau et à le lancer. Anticipant sa réaction, le type s'était décalé, si bien que la lame passa près de son épaule pour se planter dans un arbre. L'homme pointait son revolver sur le cœur de Scarlett, qui leva aussitôt les bras. Il avait évité le couteau avec habileté. C'était tout ce qu'elle avait besoin de savoir.

Ces deux hommes ne transpiraient pas la bonté. Ils étaient très imposants : le premier avait un cou de taureau, un torse comme une barrique et des bras aussi larges que la taille de Scarlett. Des traits mal dégrossis, aussi, comme dessinés par un enfant sans talent. Sous son chapeau en feutre noir pendaient des cheveux gras. Il portait un costume noir, une chemise et une cravate noires

– un accoutrement qui ne faisait que renforcer le sentiment de force brute.

Son acolyte était un peu plus petit mais aussi large, avec un ventre qui tendait son blouson en cuir noir. Il avait des jambes en forme de triangles enfoncées dans deux bottes noires, des cheveux blonds rejetés en arrière et le visage aussi avenant qu'une mine de charbon à ciel ouvert. Tous deux pointaient leur arme sur Scarlett. Elle ne bougea pas. Ils s'étaient judicieusement placés chacun d'un côté. Si elle tentait d'en tuer un, l'autre l'aurait criblée de balles avant qu'elle ait le temps de réagir.

Quand le plus grand remit son chapeau en place, un anneau brilla à son doigt sous les rayons de lune. Il fit un petit signe avec le canon de son revolver.

– Miss Cardew, prends ce revolver à ta ceinture. Lentement. Puis jette-le sur l'herbe sans geste brusque. Et sans tenter quoi que ce soit. Lee ici présent est aussi nerveux qu'un poney des Cornouailles, et il est connu pour être un as de la gâchette.

Il veilla à ce que Scarlett s'exécute.

– Bon. Lee, ça te va ?

– Ouaip, fit celui-ci.

Il la regardait d'un air distant. Scarlett comprit que c'était le plus dangereux des deux. Il tenait son arme plus fermement, et n'avait pas besoin d'en faire des tonnes.

Elle leur jeta un regard noir à tous les deux.

– Vous cherchez de l'argent ? Vous perdez votre temps. J'ai rien sur moi.

– Ah bon ?

Le grand type gloussa. Les incisives de sa mâchoire supérieure étaient écartées et formaient un V.

– Ça alors, insista-t-il. Moi qui pensais t'avoir vue ressortir de la banque avec un sac sur le dos il y a deux minutes. N'est-ce pas, Lee ?

– Ouaip.

Scarlett haussa les épaules.

– Vous devez avoir des problèmes de vue. Je faisais juste une promenade nocturne. Et maintenant, j'ai bien envie de passer par le poste de la milice pour dénoncer votre comportement.

Elle lança un coup d'œil au plus grand.

– Il y a aussi un dentiste en haut de la rue, si jamais t'as besoin.

– Ça, c'est pas gentil, lâcha le type. Ce qu'on cherche, c'est Miss Cardew, également connue sous le nom de Jane Oakley, parmi d'autres noms. Une tueuse, voleuse de banques, bandite de grand chemin. Alors ?

– Non.

– Montre-moi ce qu'il y a dans ce sac.

– Je vous montrerai rien du tout, répondit Scarlett. En tout cas, pas sans savoir qui vous êtes. Vous m'attribuez deux noms. Moi, j'en ai aucun pour vous.

Le grand inclina la tête.

– C'est juste. Je m'appelle Pope. Samuel Pope. Lee et moi, on travaille pour les Frères de la Main. Marché noir, trafic, ce genre d'affaires. Mais c'est pas tout. On a d'autres talents. N'est-ce pas, Lee ?

– Ouaip, fit ce dernier.

Sans bouger le canon de son arme.

Scarlett fronça les sourcils.

– Vous faites partie des Frères ?

– Elle est fine, tu trouves pas, Lee ?

– Fine comme une lame.

Scarlett regarda Lee.

– Quatre mots ? Tu fais quoi, après ça, une sieste ? Il y a erreur. J'ai l'argent. J'allais l'amener à Ives.

Les dents de Pope apparurent au milieu de son sourire.

– Et tu t'imagines qu'on va te croire ? Ives nous a dit de te tenir à l'œil. Selon lui, tu vas filer.

– Pas avant d'avoir réglé ma dette, répondit Scarlett. C'était le deal. J'ai l'argent avec presque vingt-quatre heures d'avance. Alors baissez vos armes, et on va au *Crapaud* ensemble.

– Pas besoin, dit Pope. Donne-moi le sac. Sans geste brusque.

– Et ensuite ? demanda-elle. Qu'est-ce qui se passe ?

Aucun des deux ne répondit. Le revolver de Lee était comme un faucon immobile dans le ciel, froid et déterminé. Scarlett avait un mauvais goût dans la bouche. Et les jambes en coton.

– On peut aller ensemble au *Crapaud*, répéta-t-elle. Ives veut son argent, non ?

– Ouais, il veut son argent, reconnut Pope. Mais il veut aussi ta peau. Ce qui est la raison pour laquelle on va te tuer.

15

Scarlett avait déjà surmonté sa surprise. Elle retrouva sa contenance et jaugea les deux hommes tout en essayant de trouver une échappatoire. Peut-être qu'elle pouvait se jeter au sol et éviter les deux balles qui se croiseraient, puis récupérer son revolver et les abattre avant qu'ils réagissent…

Mais il y avait toutes les chances qu'elle se retrouve sur le dos, les yeux vitreux, à se vider de son sang.

Elle chassa cette image.

– C'est de la triche. Les Frères n'ont-ils donc aucun code de l'honneur ?

– Ce qu'on a, c'est du bon sens, répondit Pope. T'es dangereuse et imprévisible, Miss Cardew. T'as déjà fait du mal à des types de chez nous, et tu recommenceras tant que tu seras en vie. C'est la raison pour laquelle on va y mettre fin.

Scarlett devait reconnaître que ça n'était pas sans logique. Elle passa sa langue sur ses lèvres sèches.

– Les gars, si vous me laissez la vie sauve, vous pouvez vous partager l'argent.

– Là, tu me blesses. Une pauvre fille originaire des Terres sauvages qui s'imagine soudoyer des messieurs de Lechlade ? Par pitié ! Je préfère de loin accrocher ta peau au cadre au-dessus de la rivière.

– Ce n'était qu'une proposition.

– Pas très maligne. Bon, cette conversation a été agréable, mais je crois qu'elle touche à sa fin, dit Pope.

Il agita le canon de son arme. Scarlett sursauta.

Et là, une voix grave monta de la pénombre :

– Nul besoin de se hâter, messieurs.

Les doigts des types étaient sur le point d'appuyer sur la détente. Il suffisait que l'un d'eux tressaute, et le coup partirait. Scarlett serait alors projetée au sol et mourrait la bouche pleine de terre. Pope tourna légèrement la tête.

– Qui nous parle ? Qui es-tu ? Qu'est-ce que tu veux ?

Il y eut un peu de remue-ménage dans les feuilles.

– Je suis quelqu'un qui a un intérêt dans cette affaire.

– Caché dans des buissons en pleine nuit et prétendant avoir un intérêt dans les affaires d'honnêtes gens ! s'écria Pope. Sors de là ou tais-toi ! Viens, qu'on en finisse avec toi !

– Venez ! cria Scarlett. Qui que vous soyez, vous êtes le bienvenu ! En fait, amenez tous les gens que vous trouverez !

Pope fronça les sourcils.

– Ça, c'était pas prévu. Lee, surveille-la.

Une silhouette émergea d'un massif de rhododendrons : un type petit et costaud d'âge moyen à la peau sombre et aux cheveux noirs très courts. Il portait un chapeau melon assorti à son costume marron, une cravate jaune et un long pardessus gris ouvert de façon à accéder facilement à son arme. Il avait des lunettes rondes sans monture perchées sur un gros nez, et ses chaussures cirées luisaient à la lumière des réverbères. Sa tenue n'était que lignes, angles droits, bords bien taillés. Il ressemblait à un Mentor de la maison de foi locale qui cherche à vous convertir à l'une de ses religions. Mais il se déplaçait avec rapidité et précision, ce qui fit comprendre à Scarlett qu'il n'était pas de Lechlade. Elle fut immédiatement sur ses gardes.

Pourtant, ce n'était pas le moment de faire la fine bouche. Ce type venait de lui éviter d'être abattue comme une chienne : un bon point en sa faveur. Elle attendit la suite.

Le nouveau venu s'écarta des buissons et se plaça face à Scarlett, à mi-chemin entre les deux Frères. Puis il repoussa un pan de son manteau pour révéler la présence d'une crosse en ivoire, glissa un pouce dans sa ceinture et ne bougea plus.

Il y eut un silence.

– Je ne voulais pas vous interrompre, les amis, dit l'homme de sa voix grave et profonde. Où en étiez-vous ?

– Ils allaient m'abattre, expliqua Scarlett.

– Ouais, dit Pope, parce que c'est une tueuse et une voleuse.

Sa posture avait légèrement changé. Il était à présent tendu. Son regard allait du type à elle. Il ajouta :

– Ce qui est légal. Pas besoin d'un juge pour ça.

Le type en costume fit un petit sourire. La lumière des lanternes se reflétait sur ses lunettes, si bien qu'on ne distinguait pas ses yeux.

– Il ne faut pas tuer cette fille, déclara-t-il.

– Enfin quelqu'un qui dit des choses sensées ! s'écria Scarlett.

Pope grogna.

– Garde ton avis pour toi. Cette fille a à son actif autant de coffres éventrés, de morts et de directeurs de banque en larmes qu'il y a de bouses derrière un troupeau de vaches. Ne te laisse pas impressionner par son jeune âge. Elle a le cœur noir, c'est la personne la plus dangereuse jamais entrée à Lechlade, alors inutile de pleurer sur son sort. Et puis, j'ai pas à me justifier devant un furet comme toi. Qu'est-ce que ça peut bien te faire, d'abord ?

– Je m'appelle Shilling.

Les boutons des manches de son costume scintillèrent. Il rectifia légèrement la position de ses lunettes avant d'expliquer :

– Et moi aussi je m'intéresse à cette fille. Mais il me la faut vivante.

Scarlett fit un signe de tête en disant :

– Une bonne nouvelle.

– Pour l'instant.

– Ah.

– Tu bosses pour l'association des banques? demanda Pope. J'imagine qu'il y a une récompense pour sa capture.

– C'est possible, mais je ne travaille pas pour cette association.

– T'es détective privé?

– Non plus.

Pope réfléchit.

– Dans ce cas, sans vouloir t'offenser, tu devrais retourner dans ton buisson et nous laisser à nos affaires légales.

Un petit coup de vent souleva les pans du manteau de Shilling. Sa main était toujours posée sur son arme.

– Messieurs, êtes-vous croyants? Croyez-vous en Dieu et au diable?

Il y eut un silence. Pope fronçait les sourcils. Pour la première fois, Lee détourna les yeux de Scarlett. Elle poussa un léger soupir. Pas de doute, ce type n'était pas de Lechlade. Ni de la milice, ni détective privé. Il ne travaillait pas pour les banques non plus. Elle ne s'était pas trompée sur lui. Il appartenait bien à une maison de foi. Mais c'était un officier. Ce qui signifiait qu'il était malin.

Elle se prépara.

– Je pense que le concept de Dieu et du diable est un peu trop abstrait pour vous autres, déclara Shilling. Ce qui ne me surprend pas. Je sais reconnaître un criminel quand j'en vois un. Si j'avais le temps, je vous conduirais au poste de la milice pour vous faire mettre en cage. Mais j'ai quelque chose de bien plus important à faire. À savoir, retrouver une créature dangereuse et impie. Cette fille ici présente sait où elle se trouve. Sachez qu'elle a introduit le diable dans votre ville.

Tout en parlant, il ne la quittait pas des yeux. Scarlett le savait, même si elle ne les voyait pas. Il parlait d'Albert, ce pauvre Albert. Une « créature dangereuse et impie »... C'était en ces termes que les mentors évoquaient les déviances, c'était leur façon de justifier la cruauté et la légitimité de se débarrasser des indésirables. Ces bébés qu'on arrachait à leurs parents, ces enfants qu'on conduisait dans la forêt... La fureur qu'elle ressentait en pensant aux maisons de foi se cristallisa dans son ventre et ne fit qu'accroître sa détermination à rester en vie. Scarlett évalua la distance à laquelle elle se trouvait de son revolver. La chance tournait en sa faveur. Ses muscles lui faisaient mal à force d'être bandés.

– Pour tout vous dire, les gars, continua Shilling, elle cache un dangereux individu ici à Lechlade. Pas les déviants dont vous avez l'habitude, un garçon qui peut amener la destruction sur vos têtes.

Scarlett sursauta.

– Vous parlez bien d'Albert ? Vous êtes sûr de ce que vous dites ?

– Mon employeur et moi avons parcouru un long chemin pour le retrouver, déclara-t-il. Jusqu'à entendre parler de meurtres récents à Lechlade. Alors je suis heureux de laisser repartir ces deux messieurs. Sans questions, sans histoires. Messieurs, il n'est pas trop tard pour sauver votre peau. Mais vous devez filer maintenant.

– Des meurtres ? répéta Scarlett.

Elle avait la tête qui tournait. Elle se déconcentra un instant, puis ravala son trouble. Elle n'avait pas de temps à perdre ! « Observe les mains de ces types si tu veux rester en vie. Tout va se jouer en une seconde. »

Près d'elle, Lee était comme une statue dans la nuit. Il n'avait pas réagi à la proposition de Shilling. En revanche, un sifflement d'indignation s'échappait des lèvres de Pope.

– J'admire ton courage, monsieur, dit-il, mais on va nulle part. Voilà plutôt ce qui va se passer : on te tue, et tu te retrouves couché près du cadavre de la fille. C'est aussi simple que ça.

Il avança le menton. Ses paroles semblèrent s'évanouir dans l'air.

– Des propos bien péremptoires, répondit doucement Shilling.

Pope sourit. Shilling lui rendit son sourire. Lee ne souriait à personne. Il fit une grimace comme la prémonition d'une douleur à venir.

– Dans ce cas, dit l'homme.

Pope agita son arme.

Tout à coup, le revolver apparut dans la main de Shilling. Il tira sur Pope et plongea pour éviter une balle en provenance de Lee. Pope poussa un cri.

Scarlett était déjà en train de bondir vers son arme dans l'herbe. Elle eut le temps de traverser l'ombre de Pope qui s'écroulait.

Lee avait mis un genou à terre. Les bras tendus, son arme tenue à deux mains, il tira trois coups, un sur Scarlett, deux sur Shilling.

Une balle siffla entre les pieds de Scarlett. Elle se releva et partit en courant.

Pope était à terre, mais son chapeau roulait encore.

Shilling était lui aussi en train de bondir, son manteau gonflé par le vent. L'une des balles de Lee traversa le tissu, l'autre rata sa cible. Shilling roula au sol en tirant sur Lee du creux de son bras.

Le revolver de Scarlett était froid à cause de son séjour sur la terre nocturne. Elle alla se réfugier derrière l'arbre le plus proche.

Le chapeau de Pope s'immobilisa.

Scarlett repoussa ses cheveux de ses yeux et jeta un coup d'œil de l'autre côté de l'arbre. Les lanternes scintillaient dans les branches. Pope était mort, Lee touché à la poitrine. Du sang coulait de sa bouche. Il voulut récupérer son arme tombée à quelques centimètres, mais c'était trop loin pour lui.

Shilling était penché pour ramasser son chapeau et ses petites lunettes rondes. Scarlett leva son revolver. Sans même la regarder, l'homme tira deux coups dans sa direction, ce qui l'obligea à se réfugier derrière le tronc d'arbre. Elle rendit coup pour coup tout en sachant qu'il avait déjà changé de place.

Ce qu'elle devait faire, elle aussi. Les grilles du parc étaient fermées, la grande rue se trouvait dans son dos. Elle jeta un dernier coup d'œil de l'autre côté de l'arbre. Comme elle s'en doutait, Shilling était indemne. Il avait enjambé le corps de Pope et il se dirigeait vers Lee, son arme dressée.

Scarlett courut dans le parc en direction de l'entrée en baissant la tête. Puis elle s'accroupit près d'un pilier en brique de la grille.

Un unique coup de feu retentit dans la nuit. Puis le silence. Accroupie, Scarlett observa les ombres subtiles de la nuit.

Shilling allait surgir. Mais d'où ?

Une silhouette épaisse apparut un instant sous le couvert des arbres. Il était bien plus près qu'elle ne l'aurait cru. Elle tira deux fois. La silhouette esquiva les coups.

Scarlett fila dans la rue, le sac en tissu rebondissant sur son dos. Le brouillard était en train de tomber sur la ville. Elle voyait encore les enseignes des chapeliers, des kiosques à journaux, des pâtisseries, des magasins de bonbons… Il y avait une grosse boîte aux lettres rouge non loin. Elle se réfugia derrière. Une balle fit voler en éclats la devanture de la quincaillerie voisine.

Des chiens s'étaient réveillés. Partout dans la rue, des lampes s'allumaient. Plaquée contre la boîte aux lettres, Scarlett rechargea son arme avec trois balles prélevées à sa ceinture. Elle referma le barillet d'un coup sec en se demandant ce qu'elle aurait fait à la place de Shilling. Il devait avoir atteint la grille du parc, attendait qu'elle sorte de sa cachette, mais le brouillard lui compliquait la tâche. Et puis, il voulait Scarlett en vie. Il devait donc viser les jambes. Or des jambes en mouvement dans le brouillard, ce n'était pas une cible facile. Il avait toutes les chances de la rater. Alors il allait chercher à se rapprocher avant que quelqu'un n'arrive. Pour ça, il allait rester à l'écart des lumières et naviguer dans l'ombre, donc progresser sans bruit de l'autre côté de la rue. Pas trop près non plus pour ne pas s'exposer…

Elle lui laissa quelques secondes, juste au cas où il ait besoin de se curer le nez, puis elle prit une profonde inspiration. En quittant la boîte aux lettres, elle tira six coups à l'aveugle. Quatre balles se fichèrent dans la pierre ou le béton. Deux atteignirent Shilling qui rampait au pied de la boutique de bonbons, ce qui le projeta dans la vitrine. Il s'écroula au milieu des bonbons, des sucres d'orge, des boules de gomme et autres confiseries. Il gémit en tentant de se relever. Scarlett s'avança vers lui. Une porte s'ouvrit. Il y eut un cri rauque et vengeur. Scarlett abandonna Shilling à son sort, remit son arme à sa ceinture et s'éloigna en courant.

Près du port, l'arche faisait comme un tunnel dans la haute muraille de terre. La porte de la rivière était ouverte. En s'approchant, Scarlett aperçut le quai dans la brume et les rayons de lune qui faisaient comme des taches irisées sur l'eau. C'est là qu'elle avait rendez-vous avec Albert. Mais il n'était nulle part.

Elle s'arrêta, les poumons en feu, les mains sur ses côtes. Ses cheveux lui retombaient sur le visage. Dans la grande rue, elle entendait des cris, des chiens qui aboyaient, les sons évocateurs d'une ville qui se mobilisait. Ils seraient là dans cinq minutes.

– Hé, Scarlett, tu as fait vite !

Une silhouette surgit de la pénombre. Fine comme un roseau qui se découpait sur l'eau. La manche d'un pull dix fois trop grand s'agita.

– Mon Dieu, comment tu as pu être aussi rapide ? s'exclama Albert. Scarlett McCain, vive comme l'éclair, précise comme une balle. Tellement professionnelle. Mais pourquoi tu es essoufflée comme ça ?

Scarlett se crispa.

– Parce que je n'ai pas rempli ma mission. J'ai encore l'argent. Je suis tombée dans une embuscade. Deux Frères ont voulu me tuer, maintenant, toute la ville est réveillée, et si on part pas tout de suite, on va bientôt se retrouver dans une charrette en métal poussée vers le feu.

– Finalement, tout ne s'est donc pas passé comme prévu ?

Albert lui tendit ses affaires en expliquant :

– Il y a ta bourse à jurons, je crois que tu vas en avoir besoin. On rejoint le bateau ?

Scarlett l'arrêta d'un geste de la main.

– Attends. J'ai une petite question pour toi, si tu veux bien.

– Tu es sûre qu'on a le temps pour ça ?

– Ça sera pas long.

Elle s'approcha de lui.

– Albert.

– Oui ?

– Tu as tué quelqu'un pendant notre séjour à Lechlade ?

La silhouette se figea. Scarlett ne voyait pas son visage dans l'ombre.

– Moi ?

– Oui, toi.

– Non.

– Tu es sûr ? Je doute qu'on oublie facilement ce genre de choses.

– Oui, j'en suis sûr !

Il se tut un instant, puis reprit :

– En tout cas, pas des gens importants.

– Continue.

– Il se peut que quelques esclavagistes...

– Je le savais.

– Scarlett, ils voulaient m'enchaîner et me mettre dans une

cage ! Et puis, ça n'est pas vraiment moi qui ai fait ça. La Peur a surgi, je n'ai pas su la gérer et, dans ces cas-là...

Scarlett poussa un cri de rage.

– Je le savais ! Je savais que tu me cachais quelque chose. Tu seras ravi d'apprendre que grâce à tes petits exploits, tes amis de Stonemoor sont à nos trousses. Je viens d'échanger des tirs avec l'un d'eux, et il n'est pas le seul en ville. Je suis presque sûre que...

Albert n'écoutait pas. Il regardait quelque chose derrière elle. Il avait un air tellement horrifié que même Scarlett, qui avait connu les régions de Braise et traversé en pleine nuit les terrains de chasse des Infâmes, fut elle aussi prise de terreur. Elle se retourna. Contrairement à Albert, elle ne lisait pas dans les esprits, pourtant, elle pensait avoir compris.

Une femme avait jailli de la brume. Elle marchait vite mais sans bruit, les pans de son manteau flottant derrière elle, le visage pâle, ses cheveux blonds rejetés en arrière. Elle n'avait pas l'air armée mais, même de loin, son assurance et sa détermination faisaient peur.

– Albert..., dit-elle d'une voix douce, viens...

« Cette femme ne fait que semer la mort autour d'elle. La mort ! Elle rirait en te voyant te tortiller de douleur. »

Scarlett resta immobile.

La brume se dissipa un peu, révélant derrière la femme un type qui boitait. Trapu avec un chapeau melon et un pardessus gris, l'arme au poing.

– Albert, dit Scarlett, viens.

Il n'eut pas de réaction quand elle l'attrapa par la manche. On aurait dit une batterie à plat ou un ressort brisé. Il regardait toujours la femme quand Scarlett l'arracha à son immobilité et l'attira vers l'arche en récupérant son sac au passage.

Ils franchirent la muraille en terre pour se retrouver sur le quai, où la brume s'enroulait autour des bittes d'amarrage et des bateaux, où les mâts se découpaient sur le ciel éclairé par la lune. Quelques lanternes à huile étaient accrochées ici et là. Une tour de guet en bois était perchée sur quatre échasses. À côté d'elle se dressait le mur de bidons d'essence protégés par un grillage.

Après la guérite, les pavés cédèrent la place à un ponton en bois. La jetée sonna creux sous leurs pieds comme des applaudissements épars quand ils coururent dessus.

Scarlett scrutait le port.

– Le vieux ! cria-t-elle. Le vieux ! Où tu es ?

Pas de réponse. Elle jura. Et retenta sa chance.

– Albert, tu le vois ? Où est le bateau ?

Elle lança un coup d'œil à Albert qui avançait à pas raides et incertains. Elle le tenait toujours par le bras. Albert Browne, avec son pull trop grand, son pantalon en flanelle, ses grosses baskets et ses cheveux noirs battant dans le vent, avait l'air abattu et résigné.

« Des maîtres d'esclaves, des citoyens respectables, tout ça en pleine ville. Ce n'est pas facile à dire tellement les corps sont en mauvais état. Déchiquetés. »

– Ohé, le vieux !

« Peut-être une bête qui s'est introduite en ville. »

Dans le brouillard résonna une voix grincheuse.

– Qui m'appelle ?

– Tes passagers ! Vite !

– Je croyais que vous alliez plus venir. Je me préparais un chocolat chaud avant de me coucher.

– On doit partir ! Maintenant !

– Je veux d'abord voir l'argent. Je veux mes arrhes.

– Bientôt ! Mais pour l'instant, tu mets ton moteur en marche !

Ils atteignirent un angle du ponton. Scarlett savait que la femme et Shilling étaient en train de franchir l'arche de la muraille en terre. Elle poussa Albert devant elle. À son grand désespoir, il resta immobile. Il était toujours sous le choc. Paralysé.

– Albert, lui hurla-t-elle, rejoins le bateau !

Toujours pas de réaction. La femme s'avançait vers eux. Shilling s'était arrêté. Sans ses lunettes, son visage était indéchiffrable. Un instant, Scarlett et lui s'observèrent de chaque côté de l'eau. Puis il glissa une main dans la poche de son pardessus et en sortit un objet cylindrique. Avant que Scarlett puisse réagir, il prit son élan et lança l'objet.

Quand le cylindre s'éleva dans le ciel, elle eut une vision globale : Shilling, la femme, la lune, les murailles de Lechlade, les étoiles claires et froides dans le ciel…

Un petit bruit quand le cylindre heurta le sol. Puis un voilier tout proche explosa.

Scarlett fut projetée contre une bitte d'amarrage et se cogna la tête. Un instant, elle ne vit plus rien. Elle cligna des yeux.

Elle avait du sang sur le visage. Albert était penché sur elle.

– Scarlett !

– Ça y est, tu es sorti de ta torpeur ? T'inquiète pas pour moi. Monte dans le bateau.

– Mais tu es morte !

– Mais non ! Où est le vieux ? Arrête tes bêtises, on n'a pas le temps pour ça.

Albert ne la regardait plus. Il regardait Shilling à travers la fumée, ainsi que la femme. Cette fois, il avait les poings serrés, l'air plus que furieux.

Il faisait une cible si facile. Autant avoir une flèche lumineuse géante pointée sur soi. Scarlett l'attrapa par le pull.

– Baisse-toi, crétin ! cria-t-elle. Il va tirer…

Et là, il se produisit quelque chose.

Un grand bruit de l'autre côté de l'eau. Un éclair au milieu des bidons d'essence suivi d'une flamme géante. Le quai d'en face explosa. Scarlett s'envola comme une allumette dans une tornade. Des boules de feu percutèrent les mâts et mirent le feu aux voiles.

La tour de guet tituba, puis ses quatre pieds cédèrent sous elle. Sa plate-forme s'inclina avant qu'elle s'écrase contre la muraille, là où Shilling et la femme en noir se tenaient un instant plus tôt. Une vague de feu submergea le tout.

Scarlett roula sur le ponton et atterrit sur le dos. Des brandons brûlants aussi gros que des doigts retombèrent en pluie sur elle.

Elle se releva, mais elle n'y voyait rien dans la fumée âcre et épaisse qui avait empli l'air. Les voiles flambaient. Les flammes rugissaient partout, et l'atmosphère retentissait d'étranges petits sifflements comme du bois sec qui brûle dans une chaleur extrême.

L'autre côté du port n'était plus qu'un gigantesque incendie. À contre-jour, une silhouette trapue rajusta son chapeau en se redressant.

Mais où était Albert ? Et le vieux ?

Une partie du quai commença à s'écrouler. Scarlett manqua de perdre l'équilibre. En passant sous les projectiles de braises incandescentes provenant des bidons d'essence qui continuaient à exploser, elle courut sur le ponton. Où elle découvrit Albert debout sur une embarcation. Qui lui faisait signe. La silhouette osseuse du vieux à ses côtés.

Scarlett les rejoignit. À cet instant, le quai s'effondra, déclenchant une immense vague. L'embarcation fut secouée et propulsée au-delà du port vers les eaux de la Tamise.

Les jambes de Scarlett cédèrent sous elle. Tout près, elle entendit Albert tousser. Abasourdie, elle regarda s'éloigner les murailles de Lechlade qui bordaient le fleuve. Le port n'était plus que fumée et feu. Les bateaux brûlaient, les mâts s'écroulaient. Des flammes aussi hautes que des sapins dansaient dans le ciel.

Leur embarcation dérivait dans le noir.

La fumée qui s'élevait ne tarda pas à masquer les étoiles.

III
LA RIVIÈRE

C'était le gamin à la banane qui avait descellé la fenêtre le matin où il avait laissé libre cours à ses émotions. Ravageant ainsi la salle de jour et tuant au passage un infirmier, deux gardes, ainsi que lui-même. En général, quand on pétait un câble, on s'en sortait sans une égratignure, mais pour le gamin, ça ne s'était pas passé comme ça. Il s'était pris le plafond sur la tête.

Le vieux Michael expliqua à Albert que c'était une leçon pour tous les pensionnaires qui devaient vraiment apprendre à contrôler leur colère mais, de toute évidence, c'était aussi une leçon pour les instances dirigeantes de Stonemoor. Après cet épisode, le premier qui avait le malheur de se montrer un peu nerveux ou de renverser un verre de lait sur la table du réfectoire se retrouvait coincé sous six gardiens qui lui plantaient une seringue dans la fesse, chargée d'une dose de sédatif capable de terrasser un cheval. L'aiguille faisait un mètre de long et était aussi peu affûtée qu'un doigt. Les gardes avaient toujours une seringue à la ceinture comme moyen de dissuasion. À la simple vue de cette menace, ça vous calmait et vous poussait à maîtriser vos pulsions.

Le lit du garçon resta tel quel pendant une semaine, la porte de sa cellule ouverte et son blouson en cuir posé sur le dossier de sa chaise comme si tout était normal, comme s'il était juste parti aux toilettes ou quelque chose comme ça, et non enterré au fond du parc. Albert savait que c'était pour servir d'exemple. Il en parla à Mo de la cellule voisine. Mo reconnut que c'était sans doute vrai, mais à l'époque, il prenait encore ses médicaments le soir, alors le lendemain, il avait tout oublié.

Ils donnaient beaucoup de pilules à Mo. Deux semaines après, il ne savait même plus que le gamin à la banane avait existé.

Le soir après l'incident, Albert s'esquiva pour aller inspecter la salle de jour. Une grande planche avait été mise à la place de la porte, mais il la contourna pour découvrir le parquet tout noir, les gravats, les éclats de verre partout, les canapés à moitié brûlés. Les pans de plafond effondré avaient été débarrassés, mais on devinait l'endroit où s'était tenu le garçon.

En revanche, la fenêtre vers l'ouest n'avait pas été soufflée. Ses panneaux en verre et ses barreaux tenaient toujours. Et là, Albert aperçut un rayon du soleil couchant entre le mur et l'embrasure. Quand il appuya sur le cadre de la fenêtre, il bougea comme une dent cariée. Albert sentit passer un petit courant d'air doux et frais comme l'haleine d'un enfant.

Son cœur se mit à battre très fort.

Il garda ce secret pour lui. Il osait à peine y penser. Mais on ne dupait pas la doctoresse Calloway, en tout cas, pas longtemps. Un collaborateur ou elle-même remarqua qu'Albert se tenait un peu en retrait, qu'il mettait plus de temps à rentrer après l'appel et que son regard dérivait vers les collines au-delà des murs. Il fut convoqué dans son bureau.

– Quelque chose ne va pas, Albert?

– Pourquoi, doctoresse Calloway?

– Tu as envie de partir?

– Non.

– Albert…

Elle glissa la main jusqu'à la badine en bouleau sur son bureau. Le grillage à la fenêtre de son bureau découpait les rayons du soleil en petits carrés, et les ongles de la doctoresse Calloway brillèrent dans cet éclat quand elle réajusta la position de la badine.

– Quitte à mentir, fais-le bien. Invente-nous un mensonge grandiose, quelque chose qui pousse à l'admiration. Nous t'avons vu regarder par-delà les murs. Tu aimerais aller voir ce qui s'y passe?

– Je ne sais pas, doctoresse Calloway.

Sentant le piège se refermer sur lui, Albert ne voulait pas risquer de se dévoiler. Pour autant, il ne devait pas non plus nier en bloc. Il ne savait pas à quel point il parviendrait à la rassurer. Il tenta :

– Ça m'arrive. J'aime bien la couleur des arbres. Mais Matron dit qu'il se passe des choses terribles dans les bois, alors ça me fait peur.

– En effet, ça serait très dangereux pour toi de sortir, dit la doctoresse Calloway. Et puis, il y a des arbres dans le parc.

– Oui, j'aime bien les pommiers. Mais j'aimerais qu'il y ait des oiseaux dedans.

Elle jeta un coup d'œil au carré bleu encadré par la fenêtre.

– Tu ne vois pas les oiseaux dans le ciel, Albert?

Il acquiesça.

– Si, mais quand s'ils approchent trop, les gardiens les tuent.

Elle commença un petit discours. Pendant ce temps, l'esprit d'Albert dériva vers l'oiseau avec des dents trouvé peu après son arrivée à Stonemoor, quand il était encore petit. La plupart des oiseaux abattus par les gardiens tombaient de l'autre côté des murs, pourtant celui-ci avait atterri entre la haie de laurier et le mur d'enceinte. Le cadavre n'était plus qu'une bouillie bleu sombre, mais les petites dents de son bec ouvert paraissaient aussi pointues que des couteaux. Albert en avait effleuré une du bout du doigt, et s'était écorché. Ce bec le fascinait. Ce qui le reliait au cadavre avait presque disparu, alors Albert avait arraché la partie inférieure pour la cacher dans sa poche. Quelques jours plus tard, il retourna sur place et découvrit que le reste de la carcasse avait été débarrassé.

Il se souvint que la doctoresse était en train de parler.

– Désolé, doctoresse Calloway, j'étais perdu dans mes pensées.

La bouche de la femme ne formait plus qu'un trait rouge.

– Ton bandeau est-il défait? Aurait-il glissé sur tes oreilles? Dois-je le resserrer, Albert? Je peux visser plus fort, si tu le souhaites. Je peux te faire saigner.

Il se mit à trembler.

– Non, non, ce n'est pas la peine.

Elle avait des cheveux blonds presque blancs, mais le soleil donnait l'impression qu'ils étaient en feu. Elle se pencha vers lui.

– Albert Browne, je te demandais si tu étais heureux ici.

– Oui, doctoresse Calloway.

– Tu prends bien tous les médicaments que te donne Matron ?

– Oui, doctoresse Calloway. Tous les soirs.

– C'est bien.

Elle continua à observer Albert comme si elle n'était pas convaincue. Il vit qu'elle allait insister, alors il se lança :

– Ils sont très amers. Surtout les bleus. Mais je les croque quand même.

Il lui fit un petit sourire peu assuré pour signifier à la fois la souffrance et le désir de bien faire. Ce sourire marchait avec le vieux Michael et les infirmiers, mais la doctoresse Calloway le dévisagea de ses petits yeux noirs. Albert craignit d'en avoir trop fait.

– Il ne faut pas les croquer, dit-elle. Prends-les avec ton lait. Comme ça, tu ne sentiras pas le goût. Je vais demander à Matron de vérifier que tu fais comme il faut.

C'était à présent à elle de sourire, mais d'un sourire dur. Elle nota quelque chose sur une feuille de son bureau, la pointe du stylo courant à toute vitesse au bout de ses doigts blancs. Elle avait la peau translucide comme du papier sulfurisé. On distinguait ses veines bleues dessous, comme sur son visage et dans son cou. Des mains parfaites, sans ces taches de naissance qui caractérisaient tant d'hôtes de Stonemoor.

Elle posa son stylo.

– Pourquoi fait-on ça, selon toi ? Pourquoi te garde-t-on ici ?

– Je ne sais pas.

– Pour te protéger, Albert. Te mettre à l'abri.

Elle fit pivoter sa chaise et lissa sa robe.

– Puisque tu aimes les fenêtres, tu devrais peut-être regarder par celle-ci.

De si haut, on voyait, par-dessus les murs et la porte d'entrée, une allée en gravier blanc s'éloigner entre deux rangées de buissons pour ensuite épouser la courbe de la colline. Par sécurité, le sol au pied du mur d'enceinte était noir, couvert de racines d'arbres carbonisées. Plus loin, il y avait des broussailles, puis une forêt vert sombre qui disparaissait dans un ciel bleuté.

– Matron a raison, déclara la doctoresse Calloway. Ces terres sont sauvages et dangereuses. Il s'y est produit des événements terribles il y a longtemps, qui continuent à nous hanter. Le monde change plus vite qu'il ne faudrait. Les animaux, les humains. Il y a des loups géants, des ours et d'autres bêtes carnivores dans la forêt et, bien sûr, les Infâmes prêts à dévorer les voyageurs. L'humanité est en régression. Tu ne tiendrais pas cinq minutes au-delà de ces murs…

Les yeux au centre du visage clair en forme de cœur le regardaient fixement.

– Tu n'apprécies pas la façon dont on s'occupe de toi ici ?

– Si, doctoresse Calloway, je vous en suis très reconnaissant.

– Ça ne serait pas seulement les bêtes sauvages et les cannibales qui chercheraient à te tuer, mais aussi les citoyens ordinaires. Ils se sentiraient menacés, or ils ne veulent pas d'individus dangereux dans leurs villes. Ta maladie les pousserait à la violence.

– Comment ils le sauraient ?

Elle rit tout bas.

– Je pense que le bandeau métallique autour de ton crâne est un bon indicateur. Et si tu le retirais… Albert, tu n'imagines pas le mal que tu ferais. Tu n'as aucun contrôle, aucune volonté. Ta méchanceté t'échapperait. Comme ce stupide garçon, l'autre jour, tu sais ?

Elle fut traversée d'un spasme de dégoût. Agacée, tout du moins.

– Tu avais déjà parlé avec ce garçon, Albert ?

– Une ou deux fois, doctoresse Calloway.

– Tu n'aurais pas dû. Comme lui, tu es déviant et dangereux. Tant que tu ne répondras pas au traitement, tu devras rester à Stonemoor. Tu comprends ?

– Oui, doctoresse Calloway.

– Qu'est-ce que tu es ?

– Je suis déviant et dangereux.

– Ça a été les mots de tes parents quand ils t'ont confié à moi il y a des années. Il n'y a pas de place pour toi ailleurs qu'ici. Alors, fais en sorte que je ne te surprenne plus à rêver du monde extérieur.

Albert s'arrangea pour ne plus être surpris. Mais quand, quelques semaines plus tard, ils purent enfin retourner dans la salle de jour, la fissure le long de la fenêtre était toujours là. Les ouvriers ne l'avaient pas vue. Albert prit soin de ne pas s'en approcher pendant des mois, sauf quand on lui demandait d'aller fermer les rideaux. Là, il percevait le petit courant d'air sur sa peau quand il posait la joue contre l'embrasure. Il sentait même l'odeur des hêtres en provenance de la colline, une odeur de feuilles, de sève et de bois.

Mieux, la fenêtre tremblait dans son cadre si on pressait dessus.

16

Certaines nuits semblent ne jamais devoir se terminer, d'autres vous filent entre les doigts comme de l'eau. Cette nuit-là passa très lentement.

Couché sur le pont de l'embarcation, Albert sentait les remous de la rivière et entendait parfois les ronflements de Scarlett non loin. À part ça, il était plongé dans un silence profond et humide. Il avait beau avoir les yeux ouverts, il ne voyait rien. L'aube finit par surgir dans sa cape de brouillard et enveloppa Albert comme un linceul.

Il avait la tête vide, comme toujours après un épisode de Peur. Il sentait encore une oppression dans sa poitrine. En observant le paysage blanchâtre tout autour, il songea à la femme blonde au long manteau noir qui marchait vers lui d'un pas vif au milieu des flammes. Aux yeux d'Albert, elle était composée de feu, elle avançait à une vitesse surhumaine, et était de plus en plus grande, de plus en plus proche…

Il ferma très fort les yeux. Elle le retrouverait. Depuis toujours, elle devinait ses pensées et ses envies. Il n'avait jamais réussi à lui échapper et, cette fois, il n'y parviendrait pas davantage.

Et là, quel châtiment l'attendrait à Stonemoor !

Il se sentit tout à coup inquiet. Il s'assit en respirant très fort et regarda autour de lui. Le brouillard commençait à se dissiper. Il ne paraissait plus aussi dense, on y distinguait des filaments et des nappes qui s'écartèrent peu à peu jusqu'à laisser apparaître une sorte de grande caisse. Albert alla s'y adosser.

Une forme allongée reprit peu à peu l'apparence de Scarlett endormie.

Elle était couchée sur le côté, la tête posée sur l'un de ses bras tendus, la bouche ouverte. De longues mèches de cheveux retombaient sur son visage comme des algues. Son corps et ses vêtements étaient couverts de cendres et le bandage à sa main, tout noir. Elle serrait contre sa poitrine le sac qui contenait l'argent de la banque.

La vision de la doctoresse Calloway s'effaça. Scarlett prit sa place dans l'esprit d'Albert.

Au cours des derniers jours, il avait découvert plusieurs de ses facettes. La voyageuse futée et aguerrie dans la forêt. L'ascète grincheuse quand elle méditait. Dans la pinède au-dessus de la rivière, la tireuse d'élite capable d'abattre sans regret les hommes de la doctoresse Calloway. À Lechlade, la marchande qui écoulait des objets de provenance douteuse, puis la braqueuse de banque à l'agilité et à l'audace insensées. Et au port, elle l'avait sauvé une nouvelle fois. Alors qu'il lui aurait suffi de tourner les talons et de s'enfuir.

Que de personnes il y avait en Scarlett ! Pourtant, ce ne fut qu'à ce moment-là, alors qu'elle dormait, qu'Albert eut l'occasion de se rendre compte de son âge. Elle était très jeune. Elle avait sans doute à peine quelques années de plus que lui.

Autour de sa tête, il vit des images disparaître aussi vite qu'elles apparaissaient. Il ne tenta pas de les intercepter. Il n'arrivait jamais à rien avec une personne endormie, les rêves étaient trop confus. En revanche, il devinait le moment où elle allait se réveiller. Il observa Scarlett. Peu à peu, le rythme des images ralentit. Albert commença à y déceler un peu de cohérence et de clarté. Il découvrit un enfant sur une route blanche qui agitait le bras en geste de bienvenue ou d'adieu. L'image s'effaça. Scarlett pensait maintenant au passé récent. Albert vit Lechlade en proie aux flammes. Des explosions, des coups de feu. Des hommes qui hurlaient, qui mouraient. Un type avec des bulles de sang au coin de sa bouche. Une silhouette en chapeau melon qui la poursuivait dans la nuit…

Elle toussa, cracha et ouvrit les yeux.

– Bonjour, dit Albert, tu as bien dormi ?

Elle poussa un grognement, et non des moindres. Il attendit qu'elle rassemble ses idées comme une vieille dame qui appelle ses chats. Et, tout à coup, tout lui revint. Elle était éveillée pour de bon. Elle s'assit et chassa la cendre de son visage. Ses cheveux paraissaient encore plus emmêlés en position assise que couchée.

– Je sais ce que tu es en train de faire, alors arrête. Où on est ? demanda-t-elle.

– Dans le brouillard.

– À part ça ? Où est le vieux ?

– Il dort quelque part, j'imagine. Le brouillard est en train de se dissiper, Scarlett. On y verra bientôt quelque chose.

Elle acquiesça. À genoux sur le pont humide, sale, une balafre sur la joue et ses vêtements troués par les braises, elle n'avait pas l'air aussi impressionnante. Pourtant, son esprit brillait déjà d'énergie et de détermination. Elle se voyait filer sous un ciel bleu à la proue d'un bateau qui fendait l'eau en formant plein d'écume derrière lui…

– Il faut mettre le moteur en route, dit-elle. Maintenant qu'il fait jour, quelqu'un va bien trouver un bateau intact pour se lancer à nos trousses.

Albert ressentit une pointe de douleur dans la poitrine.

– Oui.

– L'officier de la maison de foi, Shilling, il a survécu à l'explosion. Il est très dangereux et très puissant. Il a tué deux Frères sans hésiter. Il va nous rechercher. La femme, je ne sais pas.

– Oh, elle aussi, dit Albert.

– Tu en es sûr ? Elle était tout près des bidons d'essence quand ils ont explosé. Puis une tour de guet lui est tombée dessus. Elle pourrait être morte.

Il la regarda d'un air sombre.

– Tu y crois vraiment ?

Scarlett haussa les épaules.

– On le saura bientôt. Tu as eu le temps d'inspecter le bateau ?

– Non. Il y avait trop de fumée, hier soir.

Elle l'observa.

– Ouais... Bon, peu importe, du moment qu'il est rapide.

Un petit vent souffla de la rive et chassa le brouillard. Scarlett et Albert se redressèrent en gémissant à cause de leurs blessures pour découvrir l'embarcation.

– Ah, fit Albert.

Debout, les mains sur les hanches, le regard fixe, Scarlett avait l'air effondré.

Ce n'était pas un bateau à moteur.

Même pas un bateau, d'ailleurs.

En fait, c'était un radeau.

Qui, certes, flottait. Cette construction de fortune rectangulaire était constituée de longs troncs de bois blanc fixés entre eux par de la corde. Il y avait des rebords en bois bricolés et des bidons en plastique orange à intervalles réguliers sur les flancs en guise de flotteurs.

Le pont se composait de planches en bois, dont seules quelques-unes étaient cassées. Au centre, un carré était délimité par une sorte de tente, une simple bâche goudronnée noire posée sur quatre piquets. Dessous, il y avait deux chaises, des oreillers et un grand duvet rafistolé d'où dépassait la masse de cheveux gris du vieil homme.

À la poupe, un immense gouvernail plusieurs fois réparé traînait dans le courant tel un membre blessé. Il était fixé à une barre en caoutchouc. Il y avait une caisse en guise de siège et un certain nombre de bouteilles de bière vides couvertes de rosée qui roulaient en tintant quand le radeau remuait dans le courant. Vers l'avant, une chaise longue et plusieurs caisses en plastique. D'autres caisses un peu partout. C'était contre l'une d'elles qu'Albert s'était adossé.

Et par-dessus le tout, une fine couche de cendres en provenance du port. En bref, une scène de désolation.

Albert se racla la gorge et déclara :

– Ça pourrait être pire.

– Et comment ?

– Je ne sais pas.

Le paysage n'était guère plus avenant : des deux côtés de la rivière, d'anciens champs de blé inondés où poussaient maintenant des buissons et de jeunes arbres. C'était soit la fin des terres non contaminées de Lechlade, soit une propriété à l'abandon. Il n'y avait nulle trace de vie humaine. Albert observa la Tamise en amont. Quelque part derrière eux, la doctoresse Calloway le cherchait déjà.

– Le pire, dit-il, c'est qu'on progresse très lentement. Le vieux monsieur avait dit qu'on filerait.

Scarlett hocha la tête d'un air sinistre.

– En effet.

Elle se glissa sous la tente, attrapa un pied sale qui dépassait du duvet et tira dessus. Il y eut un drôle de bruit. Le duvet bougea, puis fut repoussé d'un coup pour révéler les cheveux emmêlés et les bras noueux du propriétaire des lieux. Le vieil homme s'assit en toussant et en clignant des yeux dans la lumière.

– Qu'est-ce qu'il y a ? Qui êtes-vous ?

– Tes passagers. On veut discuter.

– C'est un peu tôt pour ça. Le soleil n'est même pas levé.

– Il l'est assez pour découvrir ce radeau, que tu avais décrit comme… Qu'est-ce qu'il avait dit, Albert, déjà ?

– « Le plus rapide et le plus sûr du fleuve. »

– Alors avant qu'il se désintègre et qu'on doive tous nager vers la rive pour sauver notre peau, on aimerait discuter du descriptif.

Le vieil homme n'eut pas le temps de répondre que la fillette apparut à son tour et s'assit en se frottant les yeux avec ses doigts boudinés. Elle lança un regard de dégoût à Albert et Scarlett. Puis elle donna un coup de coude au vieillard en se tapotant le nez.

Il acquiesça.

– Une minute, Ettie. Je sais, je sais, moi aussi, j'ai faim. Mais je dois d'abord m'occuper de ces deux imbéciles.

Il passa une main dans ses cheveux, qui restèrent aussi rétifs qu'avant.

– Dans la mesure où vous êtes mes chers clients, j'accepte de discuter, mais je refuse d'entendre la moindre plainte. En tant que capitaine de cette bonne vieille *Clara*, c'est moi le maître à bord. Alors, si vous le voulez bien, commencez par vous tourner vers l'ouest. Je vais me lever, et je n'ai pas de pantalon. Ensuite, je compte me soulager dans la rivière.

Le vieux fit un geste, et ils aperçurent une chemise de nuit peu ragoûtante ainsi qu'une jambe nue et décharnée. Albert se retourna aussitôt. Scarlett l'imita à contrecœur. Ils patientèrent côte à côte en tentant d'ignorer les bruits derrière eux.

Scarlett se pencha vers Albert pour que lui seul entende.

– C'est ta faute. Quand tu as lu dans son esprit à l'auberge, tu as vu qu'il avait besoin d'argent et de passagers, tout ça. Mais comment tu n'as pas vu qu'il avait un radeau pourri ?

– Je ne vois pas tout, souffla Albert. C'est pas comme ça que ça marche. J'ai vu combien il aimait son bateau et qu'il le croyait capable de beaucoup de choses, ce qui est l'essentiel. Il est peut-être un peu bougon, mais je pense que c'est un bon capitaine. De toute façon, on n'a pas le choix. Alors, lui casse pas la figure et le tue pas, même si tu en crèves d'envie.

Il y eut un bref silence. Albert remarqua que Scarlett le dévisageait de ses yeux plissés.

– D'accord, répondit-elle tout bas. Et puisqu'on est en train d'établir des règles de bonne conduite, toi, assure-toi de ne pas le déchiqueter comme les esclavagistes de Lechlade, ni de le faire sauter comme le port hier soir.

Albert se tortilla sous son regard. C'était ce qu'il redoutait depuis le début : être percé à jour par Scarlett. Elle avait compris ce qu'il était, à savoir une créature dangereuse et déviante. Il prit un air misérable.

– Je... Promis. Mais même si je le voulais, je n'y arriverais pas. Je n'ai pas ça en moi aujourd'hui.

C'était vrai. Albert avait mal partout. Il avait fait beaucoup d'efforts au port. Il n'avait pas totalement pété un câble, mais presque, et la Peur lui avait pris toutes ses forces. Il lui faudrait plusieurs jours pour s'en remettre.

Il se rendit compte qu'elle l'observait.

– Je suis désolé, dit-il.

– De quoi ? D'avoir tué des esclavagistes ? Albert, ils kidnappent des enfants ! D'avoir fait sauter le port ? Qu'est-ce que ça peut faire ? Il fallait bien qu'on trouve un moyen de fuir. En revanche, je veux savoir comment tu t'y prends.

Il y avait quelque chose dans sa voix qu'il n'avait pas anticipé : une certaine admiration.

– Les bidons d'essence, dit-elle. Comment tu y as mis le feu? Je n'avais jamais vu faire ça.

– Ce n'est pas quelque chose que je prévois, dit-il. Ça se produit, c'est tout. Je ne cherche pas à le faire, tu comprends?

– Peut-être, mais c'était quand même incroyable.

– C'est affreux, tu veux dire. Je perds le contrôle, la terreur enfle en moi et...

Il se tut. Elle ne l'écoutait pas. Elle parlait toute seule.

– Pas étonnant qu'ils aient voulu te tuer, disait-elle. Ou t'enfermer. Je commence à comprendre... Il va falloir que tu me parles de ce Stonemoor, Albert. Et de la doctoresse Calloway, aussi.

Selon lui, sa vraie vie avait commencé cinq jours plus tôt avec le car qui dévalait le flanc de la colline boisée. Comme chaque fois qu'il songeait à son existence d'avant, il était saisi d'une terreur qui l'enveloppait comme de la brume de rivière. Ses souvenirs surgissaient à la manière de fantômes qui s'élevaient de l'eau. L'intensité de l'intérêt de Scarlett était troublante. Il se contenta de lui lancer un regard penaud.

Derrière eux, quelqu'un toussa. Le vieil homme. Entre-temps, il avait enfilé un pantalon, une chemise écossaise, une veste en jean sans manches et de vieilles chaussures bateau de couleur bleue. La petite fille portait une robe en coton sale et était pieds nus. Assise sur l'une des caisses en plastique à l'avant du radeau, elle croquait dans une pomme toute ridée avec un air de délice. Sous la tente, le duvet et les oreillers avaient disparu, remplacés par deux vieilles chaises longues. Le vent avait également balayé une partie des cendres dans la rivière, ce qui donnait au radeau un aspect un peu moins sinistre.

Plutôt de bonnes nouvelles, en somme. En revanche, la moins bonne nouvelle, c'était le fusil à canon évasé que le vieux pointait sur eux.

Albert cligna des yeux en demandant :

– C'est quoi, ce truc ?

Le vieux leur lança un regard furieux.

– Un tromblon. Ça peut vous trouer tous les deux d'un seul coup, alors pas d'acte irréfléchi. Où est le paiement pour le voyage ?

Scarlett désigna son sac.

– Ici. Que sont devenues les relations clients ?

Le vieux fit les gros yeux et avança son menton pas rasé d'un air de défi.

– Chaque chose en son temps, Miss. Le tromblon, c'est mon assurance contre les détournements de bateau. La première fois qu'on a discuté, je vous ai pris tous les deux pour une jeune femme honnête et un jeune homme naïf, peut-être mariés depuis peu, qui voulaient s'offrir une croisière originale. Et avec quoi je me retrouve ? Un balourd qui minaude et une brigande mal coiffée qui ont quitté Lechlade dans des circonstances louches et se permettent des commentaires désagréables sur mon embarcation. Vous puez le désespoir, tous les deux, et j'ai bien compris en vous écoutant que vous étiez poursuivis. Franchement, comme passagers, on fait mieux. Alors quoi d'étonnant à ce que je prenne mes précautions ?

Albert sentit que Scarlett était en train de s'énerver. Il déclara d'un ton apaisant :

– Monsieur, permettez-moi de vous rassurer. Nous avons bien l'intention de vous payer, ce que nous allons faire sans attendre. Avec un supplément pour ce départ précipité. Parallèlement, nous nous excusons d'avoir insulté ce noble navire. Mais avant tout, procédons aux présentations. Je m'appelle Albert, et... (il hésita, en murmurant :) Scarlett, tu es Scarlett McCain ou Alice Cardew, aujourd'hui ?

Elle lui lança un regard noir.

– Vu les déclarations que tu viens de faire, Scarlett, ça le fera.

Il déclara avec un grand sourire :

– Très bien ! Et voici Scarlett. Monsieur, nous sommes ravis de rencontrer une personne qui possède une expérience de la vie telle que la vôtre. Je ne doute pas de votre sagesse et je suis impatient d'en apprendre davantage le temps que durera notre voyage. Peut-être pourriez-vous à votre tour vous présenter ?

Ce fut un moment étrange. Les pensées du vieil homme, qui n'étaient au début qu'indignation, se calmèrent. La mention d'une somme d'argent supplémentaire avait certainement aidé. Albert intercepta des images d'une version plus âgée de la petite fille, belle, vêtue avec raffinement.

– Cette enfant est très jolie, reprit-il. Je pense avoir compris qu'elle se prénommait Ettie ? Elle deviendra une femme ravissante.

Le vieux soutint son regard, puis renifla et abaissa son arme.

– Peut-être. Pour l'instant, c'est une peste qui me bouffe de l'intérieur comme de l'extérieur. Bon, je m'appelle Joe. Et maintenant, vous pourriez peut-être me donner mon argent.

– Bien sûr, Joe ! Juste un détail. Pourrions-nous éventuellement accélérer ? La dérive de *Clara* est très agréable, mais il y a des gens qui pourraient... nous importuner si jamais ils venaient à nous rattraper.

Le vieux grogna :

– Sans mentionner le fait qu'ils vous pendront haut et court à l'arbre le plus proche. D'accord, je mets le moteur en route.

Il s'approcha sans hâte de la caisse en bois placée sous le gouvernail, défit un crochet et souleva le couvercle pour révéler un moteur aux tuyaux rouillés. Il appuya sur un bouton et tira sur une manette. Une odeur d'essence se répandit dans l'air, puis il y eut de la fumée et un bruit mécanique. Le radeau ne se cabra pas comme un cheval fougueux, ne bondit pas en avant, mais accrut tout de même sa vitesse de manière sensible. Le vieux bloqua le gouvernail et alla s'occuper de sa petite-fille. Albert et Scarlett se retrouvèrent seuls.

– Bien joué, lui souffla Scarlett. Tu as réussi à l'apaiser. C'était bien mieux que de lui foutre une baffe, ce que j'aurais sans doute fait.

Elle ouvrit son sac et en sortit une liasse, qu'elle compta avec une dextérité issue d'une longue pratique.

– Voilà pour notre capitaine. Vingt pour cent maintenant, le reste quand on atteindra Londres. De toute façon, on a largement de quoi le payer.

– Je suis désolé que l'entrevue avec tes collègues se soit mal passée, déclara Albert. On n'a pas eu le temps d'en parler, mais je suis choqué par leur malhonnêteté.

Scarlett ricana.

– Les Frères ? T'en fais pas pour eux. C'est eux qui m'ont trahie, mais j'ai l'argent, et leurs gars sont morts. Maintenant, ils ont tout perdu.

Elle était tout à coup de très bonne humeur.

– Ils ne vont pas mettre ta tête à prix, non ? demanda Albert. Ça ne sera pas dangereux pour toi de… ?

Il pensa tout à coup à quelque chose.

– Attends, tu as dit « quand *on* atteindra Londres » ?

Scarlett leva les bras pour s'étirer comme un chat au soleil.

– Qu'est-ce que tu crois ? Je peux pas rester dans cette partie du Wessex où je vais être traquée par les Frères, sans parler des habitants de Lechlade, de Cheltenham et le reste. Et sans oublier ta doctoresse Calloway et Shilling. Il est grand temps que j'aille explorer l'est de notre beau pays. Je compte me faire discrète un moment. Le temps d'aller admirer les paysages de la Frontière…

Elle lui sourit et alla donner son argent au vieil homme. Albert ne la quittait pas des yeux. Il n'eut pas le temps d'intercepter ses pensées, mais il savait qu'elle ne pensait pas vraiment aux régions de l'Est, ni même à leurs poursuivants. Ce à quoi elle pensait, c'était à lui.

Fatigué, il s'assit pour contempler la rivière. Le soleil qui se levait à l'est formait un disque jaune citron dans la brume. Les rives étaient couvertes d'une boue pourpre, et ensuite, il n'y avait que des bois. Pas la moindre trace humaine. Un immense cerf noir était en train de boire dans la rivière. Il leva la tête à leur passage, ses bois couleur ébène scintillant au soleil, puis se retourna et, en deux bonds, disparut dans les broussailles.

Quelque part devant eux se trouvaient les Îles libres, ce refuge à la limite de l'Angleterre. C'était loin, mais avec Scarlett à ses côtés, ça devenait un objectif atteignable. Les spectres de la veille parurent tout à coup moins menaçants à Albert. Pour la première fois depuis Lechlade, il ressentit une pointe d'espoir. Sa tension s'apaisa. Il s'autorisa même un petit sourire...

– Hé ! l'appela le vieillard. Quand t'auras fini de te prélasser, y a un danger à venir, mon gars. Dans quelques minutes, on va traverser une gorge en contrebas de ruines occupées par une colonie de gros oiseaux à dents. C'est la saison où ils se reproduisent, et ça les rend fous. Si on n'y prend pas garde, ils nous attaqueront, ils emporteront Ettie et ils nous découperont en petits morceaux pour nous manger. Alors tu comptes rester assis comme ça longtemps ?

Albert soupira. Tout bien considéré, il avait intérêt à se lever.

17

Au bord des plaines des tourbières d'Oxford, le Cataclysme avait créé une sorte d'éperon en quartz noir aussi pointu qu'une flèche. Au fil du temps, la Tamise avait fini par s'y creuser un étroit chemin. Au-dessus de la gorge, une tour de garde en béton qui datait de la période des guerres de Frontière permettait de surveiller le fleuve et de soustraire des droits de passage aux bateaux. Le bastion avait fini par tomber en ruine. Ses murs gris se dressaient au-dessus des eaux agitées et le métal tordu de sa structure s'élevait vers le ciel.

Quelques années auparavant, une colonie d'oiseaux carnivores y avait élu domicile. Leurs nids grossiers apparaissaient dans chaque ouverture et donnaient un côté flou au sommet des ruines.

Scarlett les surveillait à mesure que le radeau approchait de la gorge.

Pour l'instant, il n'y avait rien dans le ciel, mais autant se préparer. Elle se tenait debout à l'avant de l'embarcation, son manteau et ses cheveux battant au vent. Elle vérifia son revolver avec des gestes habiles et rapides. Elle fit tourner le barillet, le referma d'un coup sec... Il y avait une boîte de munitions posée sur une caisse non loin. Le radeau tanguait mais Scarlett demeurait stable, pieds écartés, dos droit, mâchant calmement son chewing-gum.

C'était la première fois qu'elle se sentait bien depuis le cambriolage de la banque de Lechlade. C'était ça, la vie qu'elle aimait : un objectif clair, des choses qui allaient dans son sens. Elle avait un sac plein de billets, une longueur d'avance sur ses ennemis, une arme à la main, des terres désertiques face à elle. Le soleil brillait et la vie était belle. Et, à ses côtés, dépendant d'elle pour sa survie, le remarquable mais redevable Albert Browne.

En jetant un coup d'œil vers le radeau, elle vit que tout le monde était prêt. Le vieux Joe se tenait au gouvernail, la tête basse, sa crinière de cheveux dans le vent. Il avait retiré sa veste en jean et remonté ses manches. Il agitait un encensoir rempli d'ammoniaque au bout d'une chaîne. La fumée piquante flottait au-dessus de la Tamise. Joe donnait de petits coups de gouvernail pour éviter les parois rocheuses. Il était plutôt bon navigateur. Ce qui étonna Scarlett, contrairement à Albert. Joe était un marin expérimenté, avait-il dit. Albert savait ce genre de choses.

Ettie jouait avec ses vieux bouts de bois sous la tente. Quatre filets avaient été abaissés depuis l'auvent et arrimés au pont pour la protéger. C'était la meilleure des solutions. Scarlett n'aimait pas les enfants. Elle trouvait qu'ils étaient casse-pieds, source de distraction, et qu'ils n'écoutaient rien. Évidemment, Albert avait réussi à amadouer la fillette pendant qu'ils mettaient la protection en place. Scarlett devait reconnaître que ça avait également eu un effet apaisant sur le grand-père.

Albert se tenait entre deux caisses pour rester debout malgré les embardées. Ses cheveux tombaient devant ses yeux et son teint était verdâtre. Joe lui avait donné un couteau et un bâton de soufre pour tenir les oiseaux à distance, mais il les regardait comme s'il ne savait pas quoi en faire. Scarlett sourit. Vu son inutilité, elle aurait mieux fait de l'enfermer sous la tente avec Ettie. Dans les situations d'urgence, il ne servait à rien. Quoique…

Elle était en train de mâcher son chewing-gum en réfléchissant à ce qui s'était passé au port. À Albert qui, juste à côté d'elle, avait mis le feu aux bidons d'essence sur le quai d'en face…

Elle n'en revenait toujours pas.

Le radeau pénétra dans la gorge. Joe le maintenait au centre du cours d'eau. L'ombre se referma sur eux. Les eaux se firent plus tumultueuses à cause de pans de béton tombés dans le lit du fleuve. Scarlett aperçut du mouvement dans les nids. Des silhouettes penchées qui tendaient leur long cou, leurs grosses têtes tournées vers la Tamise.

– Attention ! cria-t-elle.

Elle tenait son revolver à deux mains. Six bâtons de soufre disposés dans des bougeoirs métalliques brûlaient autour de la tente et crépitaient dans l'air frais de la gorge. Avec un peu de chance, le soufre et l'ammoniaque suffiraient à repousser les volatiles les moins agressifs. Les autres, Scarlett les abattrait.

Ses pensées revinrent à Albert. De toute évidence, il était terrifié par cette blonde. Scarlett ne doutait pas que la majeure partie de son histoire soit vraie. Face à la doctoresse, il s'était retrouvé désemparé. Pendant plusieurs minutes, il avait été comme paralysé. Puis il était sorti de sa torpeur. Et là, il avait activé son pouvoir.

Et quel pouvoir…

À condition de savoir le contrôler, il accomplirait de grandes choses.

Scarlett mâchonnait méthodiquement son chewing-gum.

Le radeau tangua dans les eaux bouillonnantes. Sur les rochers, on apercevait quelques os blanchis. Au sommet de la tour, des silhouettes noires s'envolèrent comme de petits bouts de papier brûlé au-dessus d'un feu. Elles parurent atteindre un plafond invisible et suivirent la crête côte à côte. Leurs ailes claquaient comme des voiles de bateau. Leurs longs cous étaient fléchis, le soleil brillait sur leurs becs et leurs serres.

– Les voilà ! cria le vieux.

Scarlett jeta un coup d'œil à Albert. Qui l'observait. Elle ne parvint pas à déchiffrer son expression. Il avait l'air songeur, comme s'il la jaugeait, ce qui la fit rougir. Elle repoussa ses cheveux de son visage et lui lança un regard noir.

– Concentre-toi ! lui lança-t-elle. Ne quitte pas le ciel des yeux !

Ça aurait été vraiment dommage qu'il se fasse dévorer maintenant.

Plusieurs formes noires plongèrent vers le radeau. Scarlett distingua leurs yeux rouges et leur cou épais comme du cuir. Les volatiles atteignirent le nuage de soufre et virèrent de bord.

Scarlett les suivit du regard, prête à tirer. Pour l'instant, tout allait bien.

– Plus que cinq minutes à tenir et on aura franchi la gorge ! annonça le vieux.

Tout à coup, l'air s'agita et une ombre grandit rapidement sur le pont. L'oiseau ressemblait à une cape prête à s'abattre sur elle. Deux pattes blanchâtres et musclées, un bec pointu et pourvu de dents... Les serres tendues vers son visage. Scarlett tira. Les serres se contractèrent, l'oiseau chavira, heurta une caisse avant de disparaître dans l'eau.

Scarlett regarda autour d'elle. Le vieux tenait la barre d'une main. De l'autre, il agitait l'encensoir rempli d'ammoniaque au bout de sa chaîne, mais deux volatiles lui tournaient autour. Albert agitait son bâton de soufre comme un fou vers un oiseau qui faisait claquer son bec au-dessus de lui, son cou aussi souple qu'une anguille. Scarlett bondit, ses cheveux et son manteau dans le vent, et tira. Les trois oiseaux tombèrent comme des pierres et sombrèrent dans les remous.

– Ça va, Albert? demanda-t-elle.

Il regardait fixement l'un des bâtons où apparaissaient des traces de coups de bec. La graisse de soufre coulait comme de la cire sur le pont.

– Oui! répondit-il avec un grand sourire. Ces volatiles sont intéressants, tu ne trouves pas? Tu as vu la taille de leur bec? Je me demande si leur dentition est due au fait qu'ils attrapent des poissons dans l'eau… Parce que je ne pense pas que leur source principale d'alimentation soit les humains.

Comme pour contester cette affirmation, un oiseau plongea vers lui, le bec ouvert. Scarlett tira, le coup claqua. L'oiseau s'effondra sur le pont et glissa jusqu'à elle en laissant une traînée ensanglantée. Son cou tressautait, son bec s'agitait faiblement. Scarlett l'envoya d'un coup de pied par-dessus bord.

– Albert, mais qu'est-ce que tu faisais?

– Désolé. Je réfléchissais à l'évolution de leur bec.

– Un bec qui a failli te déchiqueter.

– Tu as raison! Je vais être plus vigilant. À partir de maintenant, je vais me concentrer!

Mais sa vigilance n'avait plus d'objet – le radeau avait quitté la gorge, les parois rocheuses se faisaient moins hautes, les remous de la rivière s'apaisaient et, devant eux, le soleil illuminait la vallée. Ils émergèrent tout à coup dans sa chaleur. Un petit oiseau qui planait au-dessus de la tente d'Ettie poussa un cri rauque de frustration puis battit des ailes et s'éleva dans les airs. Le radeau poursuivit sa route. Les derniers oiseaux tournoyèrent un instant en protestant et prirent un courant ascendant pour regagner leurs nids.

Le vieux coupa le moteur, et ils se laissèrent porter par le courant. Le calme soudain était étonnant. Devant eux s'étendaient des terres recouvertes de forêts.

Après l'attaque, les occupants du radeau inspectèrent les dégâts. Scarlett et la petite fille étaient indemnes. Albert avait mal là où l'oiseau lui avait arraché quelques mèches de cheveux. Seul Joe était vraiment blessé. Il saignait abondamment d'une oreille.

Scarlett attrapa sa trousse de secours et sortit du coton et un spray antiseptique, qu'elle proposa au vieil homme.

Il agita la main.

– Pas besoin de ça.

– Ne joue pas le martyr. Tu as pris un coup de bec. Ça évitera que ça s'infecte.

– C'est qu'une égratignure.

– Tu as un bout d'oreille qui pend. Tu veux faire peur à la gamine ou quoi ? Tais-toi et soigne ça.

– D'habitude, c'est pire. Pas besoin d'en faire toute une histoire. Ça va coaguler. Bon, qui a envie d'un petit déjeuner ? Ce combat m'a ouvert l'appétit.

À bord, le petit déjeuner se composait d'un café et d'œufs brouillés que Joe préparait sur une plaque chauffante au centre du pont. C'était délicieux. La petite fille but son lait et, avec une belle moustache blanche, attaqua ses œufs sous l'œil attentif de son grand-père. Encore sous le choc de l'attaque, tout le monde dévora le contenu de son assiette en métal sans un mot.

Scarlett en profita pour observer attentivement Joe et Ettie. Et son examen n'améliora guère l'opinion qu'elle avait d'eux. L'enfant avait des touffes de cheveux blonds comme la paille qui reste dans les champs après la moisson. Ainsi qu'un gros ventre, une tête trop large et des jambes potelées. Sans oublier une bouche aux lèvres fines, un regard noir et des joues rouges qui laissaient deviner son émotivité. Une enfant capricieuse, en conclut Scarlett. Qui semblait dotée d'une volonté de fer mais avoir aussi besoin de protection. Un ensemble troublant.

Quant au vieux, il ne faisait preuve ni de l'humilité ni de la prudence nécessaires en présence de deux brigands aux abois. Pour un type qui vivait sur un radeau, il était étonnamment fier. Ses yeux brillants allaient de Scarlett à Albert d'un air froid et calculateur. Scarlett fronça les sourcils. Pas de doute, il faudrait le surveiller.

Pour finir, Joe repoussa son assiette vide.

– Profitons de ce moment de calme pour faire le point. Vous êtes deux criminels qui fuyez les conséquences de vos actes comme des chiens apeurés. Moi, j'ai droit à une belle somme pour vous aider. Vous voulez rejoindre les Grandes Ruines, où je recevrai le solde de la somme promise. Exact ?

Scarlett fronça les sourcils.

– Pas tout à fait. Tu omets le fait de devoir cohabiter sur un radeau pourri avec un vieux aux cheveux comme des chardons et une gamine qui a des poteaux à la place des jambes. Autant être précis.

– Je ne suis pas d'accord avec l'expression « fuir comme des chiens apeurés », déclara Albert. Je suis en quête du peuple libre du lagon au sein duquel je pourrai mener une vie exempte de toute répression ou cruauté. Scarlett a quelques malentendus à régler et autres histoires à démêler, tout ça à cause de notre rencontre. Elle a besoin d'un endroit où elle pourra prendre un peu de recul avant de rejoindre ses camarades, n'est-ce pas, Scarlett ?

– On peut dire ça comme ça.

Le vieux prit une gorgée de café.

– En clair, vous êtes tous les deux en fuite. Ça, ça fait pas de doute.

– Quoi qu'on fasse, répondit Scarlett, on a besoin de le faire vite et en évitant les ennuis. Les habitants des villes de survivants ne sont pas nos amis, et ce qui vient de se passer à Lechlade ne va pas tarder à se savoir. Les pigeons voyageurs volent sans doute déjà dans toutes les directions. Vous pouvez nous conduire jusqu'au lagon ? Sinon, on va devoir chercher un autre moyen de transport.

– Eh bien, bonne chance pour en trouver un, lança le vieil homme, qui entreprit de se curer les dents avec un doigt sale.

– N'aie crainte, Scarlett, dit Albert. Joe connaît la Tamise comme sa poche ! C'est un marin hors pair capable de naviguer sur les plaines inondées d'Oxford jusqu'au lagon. Il connaît bien des canaux secrets. N'est-ce pas, Joe ?

Le vieux l'observa.

– En effet, même si je ne sais pas comment toi, tu sais ça… Mais bon. Ettie et moi, on parcourt la rivière depuis les pêcheries de harengs de l'estuaire jusqu'aux marécages de Cricklade pour vendre du poisson dans les villes de survivants. Ce qui signifie que je connais bien le fleuve. De façon intime, même. Voici d'ailleurs sa représentation en couleur.

– Une représentation de la rivière ? s'exclama Albert.

– Bien sûr, de la rivière. Quoi d'autre ?

Il lui tendit une sorte de vieux livre. Scarlett vit que sa couverture tachée avait été réparée à bien des reprises. Il se dépliait de façon à représenter le cours de la Tamise d'ouest en est avec la rivière à l'encre noire et bleue, ainsi que de petits traits comme des briques rouges pour signaler l'emplacement des villes de survivants : Lechlade au bord de l'eau, mais aussi Chalgrove, Reading, Marlow et d'autres… La plaine inondée était un entrelacs de ruisseaux et de canaux. Les obstacles tels que les barrages et les cascades étaient mentionnés en vert. Le reste n'était que montagnes et forêts avec des bêtes sauvages et quelques silhouettes humaines juchées sur des tas d'os. Tout à l'est, la rivière s'élargissait vers le lagon de Londres, où des tours en ruine s'élevaient au-dessus des eaux profondes. Y étaient représentés des poissons géants et autres monstres marins. Puis c'était la mer.

– Ça a l'air correct, dit-elle. Dans ce cas, on y va. Parce qu'on n'a pas envie de savoir ce qu'on laisse derrière nous.

Elle vit une ombre traverser le visage d'Albert.

L'oreille du vieil homme semblait douloureuse. Avant de remettre le moteur en marche, il alla la nettoyer et la bander. La petite fille assise au bord du pont plongeait ses doigts dans l'eau. Albert s'installa près d'elle. Au bout d'un moment, Scarlett sortit son tapis de prière. Elle n'avait pas eu l'occasion de méditer depuis Lechlade, bien avant le cambriolage de la banque. Autrement dit, bien trop longtemps ; elle sentait la tension s'accumuler dans ses membres.

Le seul contact avec ce vieux tissu suffit à l'apaiser. Elle le déroula à l'avant du radeau, le plus loin possible des autres. Ce carré jaune et rouge rentrait tout juste entre deux caisses. Scarlett s'y assit en tailleur, attrapa un chewing-gum pour aider à la concentration et ferma les yeux.

Elle savait que ça ne serait pas facile de se détendre. Elle avait plusieurs choses en tête et quelques problèmes à résoudre. Presque aussitôt, Albert expliqua tout haut ce qui risquait d'arriver si l'un d'eux troublait l'état de grâce de Scarlett. Elle fit de son mieux pour ne pas y prêter attention. Son cœur commença à battre moins fort, la tension s'apaisa. Elle passa en revue les événements des jours précédents. La trahison des Frères de la Main, sa rencontre avec Shilling et la blonde… Albert, toujours Albert. Albert était au centre de tout.

Un petit bruit la tira de sa méditation – un bourdonnement lointain comme celui d'une mouche prisonnière. Scarlett fronça les sourcils en essayant de rester concentrée. Il y avait tant de choses qui continuaient à l'interroger sur le passé d'Albert ou les gens à ses trousses. Stonemoor, la doctoresse Calloway, les maisons de foi… tout ça était flou. En revanche, pas de doute, ses capacités étaient immenses. Elle devait mener l'enquête sur lui. Le trajet en bateau allait lui fournir l'occasion d'en apprendre davantage.

Le bourdonnement se fit insistant. Scarlett rouvrit les yeux pour découvrir le vieux à un mètre d'elle, un foulard ensanglanté sur l'oreille. Il la regardait de façon intense. Il était capable de faire plusieurs choses à la fois car, en même temps, il mangeait une pomme et se grattait un endroit intime. Scarlett poussa un juron. Tout en cherchant son arme, elle se redressa d'un coup et manqua de se prendre les pieds dans son tapis.

– Albert ! cria-t-elle. Qu'est-ce que j'avais dit ? Tu l'as laissé approcher !

Albert Browne releva la tête de la carte.

– Il s'intéresse à la méditation. Ça ne m'étonne pas. Moi aussi.

– Il aurait pu être armé !

– Il avait une pomme à la main.

– Peu importe ! Tu sers vraiment à rien ! Qu'est-ce que tu veux, le vieux ?

Scarlett lui adressait des gestes furieux.

– Je m'appelle Joe.

– Qu'est-ce que tu veux, Joe ?

Le vieux croqua dans sa pomme en haussant les épaules.

– Te dire que les oiseaux sont à nouveau dans le ciel.

– Quels oiseaux ?

– Les oiseaux de la gorge.

Scarlett comprit. Le soleil éclairait la rivière en amont, et notamment la gorge.

Elle observa l'éperon rocheux. Au-dessus les ruines, des silhouettes sombres se détachaient sur le ciel. Un oiseau, puis un autre et encore un autre, se mirent à tournoyer.

– Il y a quelque chose dans la gorge, dit Joe.

Le bourdonnement lointain revint. Un vrombissement doux et régulier. Celui d'un moteur.

– Selon moi, c'est un bateau, dit le vieil homme.

18

Un coup de poing dans la figure, un coup de pied à l'entrejambe, l'attraper par son cou osseux et le jeter dans la rivière. Voilà la vengeance que Scarlett rêvait d'infliger au vieux pour la nonchalance de son annonce. Albert vit tout ça dans ses pensées. Mais en apparence, elle demeura parfaitement maîtresse d'elle-même.

– Joe, mets le moteur. Et vite. On doit filer.

Elle s'approcha d'Albert, qui ne quittait pas le défilé des yeux. Depuis le radeau, on ne voyait rien, en revanche le bruit était parlant : celui d'un bateau dont la proue fendait l'eau, encore loin, mais plus tellement.

– Il est rapide, dit Scarlett.

– Tu crois que c'est… ?

– Oui.

Elle jeta un coup d'œil au vieux qui, penché sur la caisse contenant le moteur, tirait le cordon en vain. Il semblait contrarié.

– Joe, il y a un problème ?

– Le moteur refuse de démarrer.

– Je vois ça. Et pour quelle raison ?

– Ce n'est pas l'huile, j'en ai remis hier soir. Il est parfaitement lubrifié. Je n'en ai jamais mis autant.

– Ce n'est donc pas l'huile. Qu'est-ce que ça peut être d'autre ?

– Le câble du démarreur me cause souvent des ennuis. Ouais, c'est ça… Ce petit salopiaud s'est détaché. L'un de vous aurait un tube de colle ou un truc comme ça ?

– Non.

– J'imagine que c'est pas le genre d'article que transportent les bandits. J'aurais eu plus de chances en vous demandant un couteau de boucher ou un coup-de-poing.

Le vieux tapota la caisse en bois.

– Il me faut quelque chose de collant. Donne-moi ton chewing-gum.

Scarlett le sortit de sa bouche et le lui tendit. Albert continuait à surveiller le fleuve en amont. Les oiseaux regagnaient leurs nids. Le radeau était trop loin pour qu'il ait une vue précise, mais il lui semblait qu'il y avait maintenant de ce côté-ci du défilé un point noir sur l'eau argentée. Ou alors, c'était une poussière sur un cil.

Albert savait qui était sur ce bateau. La terreur se répandit en lui.

Joe positionna le chewing-gum et tira de nouveau le cordon. Cette fois, le moteur rugit, et le radeau bondit. La petite fille tomba à la renverse, Albert manqua de se retrouver à l'eau. Scarlett resta en équilibre, bras croisés, visage paisible, à observer l'horizon.

– Bon, dit-elle, maintenant, on va voir ce qu'on va voir.

Le radeau avançait étonnamment vite sur une Tamise d'un blanc laiteux dans la lumière matinale. On aurait dit qu'il cherchait à relever le défi du bateau à moteur.

Au bout d'un moment, le point au loin disparut. Le ventre noué par l'inquiétude, Albert attendit d'en être sûr, mais pas de doute. Le radeau continuait à transformer l'eau en écume avec assurance.

Le fleuve zigzaguait en larges boucles entre les collines boisées. Surgissait parfois un petit village blotti à leur pied, entouré d'une palissade en métal ou en bois avec des filets tendus au-dessus des toits pour protéger ses habitants des oiseaux à dents. Des bateaux de pêche étaient ancrés dans les eaux peu profondes. Les gens regardaient le radeau passer depuis les champs.

Le vieil homme tenait la barre. Scarlett s'assit sur une caisse au soleil et entreprit de nettoyer son arme. Ettie jouait à courir autour de la tente en touchant chacun des quatre piquets. Il n'y avait aucune raison apparente de faire ça, mais ses pensées étaient en accord avec ses actions, donc tout allait bien. Albert sentit la tension retomber en lui. Il parvint à chasser leurs poursuivants de son esprit.

Scarlett s'approcha. Le soleil illuminait ses cheveux, ses yeux verts pétillaient.

– Tu as peur ? demanda-t-elle.

– Un peu, oui, Scarlett.

– Je dois reconnaître que ce radeau avance plus vite que je l'aurais cru. Au moins aussi vite que le bateau de nos poursuivants. On est en train de leur échapper… Mais bien sûr, si j'avais tes pouvoirs, je n'aurais pas ce genre d'inquiétudes. J'attendrais que ces salauds arrivent à ma hauteur et je les ferais couler. Ou exploser.

Albert haussa les épaules.

– Je n'en suis pas capable.

– Tu l'as bien fait, hier soir.

– Non. C'était grâce aux bidons d'essence. Et ça m'a épuisé. Aujourd'hui, je n'arrive pas à lever le petit doigt. De toute façon… Même si j'en avais la force, je ne pourrais pas compter là-dessus. Parfois, aux tests, je n'arrivais à rien, même quand elle m'infligeait des tortures terribles. D'autres fois, la Peur surgissait. Et là, c'était pire, conclut-il d'un air de dégoût.

– La peur ?

– C'est quand je perds le contrôle. J'appelle ça comme ça parce que ça arrive quand j'ai peur, et aussi parce que je suis terrifié par ce dont je suis capable. Au bout d'un moment, je lâche tout, et là...

Il se revit dans la ruelle avec les esclavagistes. Un instant, il était en compagnie de trois personnes et, le suivant, il ne restait plus que lui.

– Tu n'as pas envie de voir ça, c'est tout, conclut-il.

Scarlett ne le quittait pas des yeux.

– Donc, cette Calloway, elle te soumettait à des tests ?

Il revit la chaise, les câbles, la salle vide au carrelage blanc.

– Oui...

– Et elle te disait pourquoi ?

– Pour me guérir. Pour m'apprendre le contrôle. Mais d'après la doctoresse Calloway, j'en suis incapable. Ni au cours des tests, ni à un autre moment. Je suis dangereux et imprévisible. C'est pour ça qu'on me mettait un bandeau sur la tête.

– Eh bien, en ce moment tu n'en portes pas, pourtant, tout a l'air d'aller bien, non ? D'après le vieux, il y a plein de cachettes dans les marais. On y sera bientôt. Alors pas la peine de stresser.

Le radeau continua sa progression. Il n'y avait plus aucun village en bord de rivière, uniquement des bois qui enveloppaient des collines arrondies à perte de vue. Ils passèrent au pied de grandes ruines qui ressemblaient aux vertèbres d'une bête géante dépassant de la cime des arbres. Midi surgit, puis le soleil commença à décliner vers l'ouest. Il illuminait la forêt, dont le sol restait dans l'ombre. Depuis plusieurs heures, il n'y avait plus trace du bateau qui les poursuivait – s'il les poursuivait encore.

Les arbres de la rive se firent plus denses. De gros chênes étiraient leurs immenses branches par-dessus l'eau. Le radeau progressait dans un tunnel émeraude où la rivière prenait une teinte verdâtre ponctuée de taches noires pour, par endroits, étinceler sous les rayons du soleil. L'atmosphère était étouffante. Albert faillit s'assoupir.

La somnolence s'empara de tous. Le vieux était à moitié endormi à la barre, son foulard ensanglanté en travers du front. Scarlett s'installa dans une chaise longue à l'avant, jambes croisées, bras pliés, son rideau de cheveux sur ses yeux. Albert alla rejoindre Ettie sous l'auvent. C'était une petite fille active. Elle faisait à présent rouler une boule en bois sur le pont en direction de briques de couleur. Albert lui en tendit une jaune. La fillette hésita un instant, puis s'en empara. Elle lui en apporta une à son tour, qu'elle lui offrit avant de s'éloigner avec de petits pas de danse.

Albert appréciait la compagnie d'Ettie. Elle lui rappelait certains jeunes hôtes de Stonemoor, ces enfants qu'il voyait se promener dans le parc. Au contraire, avait-il noté, Scarlett ne s'intéressait pas du tout à la fillette, comme si elle n'existait pas. Il y avait en elle une raideur surprenante à ce sujet. Elle qui était d'habitude plutôt ouverte.

Tout à coup, il vit le vieux passer avec son tromblon à la main.

Joe arriva à hauteur de Scarlett et la réveilla.

En un instant, elle était en alerte.

– Qu'est-ce qu'il y a ?

– Devant nous.

Albert tourna la tête. De la fumée grise s'élevait un peu plus loin à bâbord entre les arbres non loin de la berge. Le très fin panache s'entortillait de façon étrange. Il ne trouvait pas ça très grave, mais Scarlett et le vieux ne le quittaient pas des yeux. Il lut dans leurs esprits qu'ils partageaient la même inquiétude.

– Qu'est-ce qu'il se passe ? demanda-t-il. Qu'est-ce qu'il y a ? Ça ne peut pas être nos… ennemis, n'est-ce pas ? Je croyais qu'on les avait semés.

Scarlett ne répondit pas. Elle demanda au vieux :

– Tu as d'autres armes ?

Le vieux tendit le doigt.

– Dans la caisse à la barre. Il y a un fusil.

Scarlett souleva le couvercle et s'empara d'un fusil à long canon, puis vérifia avec des gestes experts qu'il était bien chargé. Joe s'approcha d'Ettie, qui continuait à lancer sa boule sur le pont. Avec des gestes rapides, il l'attrapa, s'approcha d'une caisse, et, à la grande horreur d'Albert, la jeta dedans. Ensuite, il abaissa le couvercle avec une tension palpable et le verrouilla. Ettie n'émit pas la moindre protestation.

– Pourquoi vous faites ça ? s'exclama Albert. Ça va la contrarier !

– Tais-toi, lança Scarlett en passant pour aller se poster près de Joe. On laisse le moteur en marche ?

– Ça me plaît pas, mais il n'y a pas assez de courant.

– Alors on le laisse.

Joe orienta la barre de façon à éloigner le plus possible l'embarcation de la rive à bâbord. La lumière du soleil jouait avec les feuilles au-dessus de leur tête. Scarlett avait le fusil pointé en direction de la forêt. Les gros troncs ressemblaient aux étais d'un tunnel. Leurs branches couvertes de feuilles marron s'inclinaient vers l'eau. Une odeur de brûlé atteignit le radeau. Sa puanteur douce-amère fit froncer le nez à Albert. Tout à coup, il se rendit compte qu'à part le bruit du moteur, la forêt était devenue silencieuse, comme figée.

Une minute s'écoula. Ils atteignirent la mince colonne de fumée, sa source toujours invisible. Le vieux était penché sur le gouvernail. Avec son fusil, Scarlett paraissait taillée dans la pierre tant elle ne bougeait pas.

Le cœur d'Albert battait la chamade, ce qui l'étonna ; pour une fois, sa réaction dépendait uniquement de celle des autres. Il avait envie d'intercepter les pensées de Scarlett, de scruter ses peurs, mais il savait qu'il devait se concentrer sur l'environnement. Tout ça était étrange. Il ne comprenait pas ce qui…

Tout à coup, Scarlett fit pivoter son fusil. Albert sursauta et regarda dans cette direction. À travers les arbres, là où la lumière formait des ombres vertes, il distingua deux silhouettes. Humaines, extrêmement fines, d'une pâleur presque luminescente. Il ne voyait ni leur visage ni leurs vêtements ni leurs armes. Elles ne faisaient aucun bruit. Albert imagina qu'elles observaient le radeau mais il n'avait aucune preuve de ça car elles ne bougèrent pas, ne réagirent pas. Scarlett ne les quittait pas des yeux. Elle resta face à elles à mesure que le radeau s'engageait dans un coude de la rivière. Elle ne tira pas un seul coup de feu. Les silhouettes blanches finirent par se fondre dans la pénombre des arbres. Scarlett garda le fusil braqué sur la rive jusqu'à ce que le radeau quitte les bois et regagne le soleil. Là, elle abaissa enfin son arme avec un soupir.

Joe poussa le moteur puis alla libérer Ettie. Le radeau reprit de la vitesse.

Albert se rendit compte qu'il était en sueur. Il croisa le regard de Scarlett.

– Des Infâmes, lança-t-elle. Considère-toi comme chanceux. Ils avaient sans doute mangé peu de temps auparavant.

De la même façon que les bois avaient cédé la place aux buissons, les buissons se transformèrent en marécages envahis par les roseaux et en champs inondés. Sur le radeau, le soulagement était palpable, même chez Albert, sans qu'il sache vraiment pourquoi.

Le vieux s'essuya le front avec un mouchoir jauni.

– Eh bien, on a échappé deux fois à une catastrophe aujourd'hui, ce qui est au moins une fois de trop.

Il lança un regard sinistre à Scarlett. Elle était en train de ranger le fusil.

– Je vois que tu sais y faire dans les situations qui peuvent devenir violentes. Où tu as appris ça ?

Scarlett haussa les épaules en lâchant :

– Un peu partout.

– Je comprends. Tu as déjà connu la mort et les massacres. C'est dommage pour quelqu'un d'aussi jeune.

– Ah bon ? commenta Scarlett sans émotion particulière.

Albert sentit les portes de son esprit se refermer, comme chaque fois qu'on la questionnait sur son passé.

– Je suis en vie, c'est l'essentiel, répondit-elle. En vie et libre d'aller où je veux en ce monde.

– Et à quoi ça va te mener ? lança Joe. À d'autres braquages, d'autres bagarres et à une fin terrible… Mais assez de mauvais présages. La bonne nouvelle, c'est qu'on a atteint les plaines inondées où on va pouvoir trouver une cachette dans les roseaux et se reposer un peu. On aura bientôt besoin des rames. Elles sont sous le plat-bord. Allez les récupérer et tenez-vous prêts.

Scarlett sortit les rames avec le calme et l'efficacité dont elle savait faire preuve. Albert regardait en direction d'où ils venaient, à nouveau conscient de la tension en lui, de cette angoisse qui pesait comme une pierre sur son estomac. Il s'était réveillé avec cette sensation, elle avait diminué dans la forêt. Et là, elle revenait en force. Il contempla le fleuve désert, les marécages… Il ne voyait rien à part le soleil, quelques bouts de bois flotté et les petits oiseaux.

La Tamise se faufilait entre les terres inondées. Ils virent à nouveau des traces de présence humaine. Dans les champs, des troupeaux noirs les suivaient de leurs yeux menaçants. Il y avait des hameaux au bord de l'eau – quelques maisons en bois sur des pilotis en béton.

Joe donnait leurs noms quand ils passaient devant : Witney, Eynsham, Yarnton…

– Ces gens vivent de la fabrication d'objets en osier. Si vous avez besoin de paniers, de casiers à écrevisses ou de petits ânes décoratifs, ce sont de bons endroits pour s'arrêter. Mais nous n'êtes pas des voyageurs ordinaires, n'est-ce pas ? Alors, on continue.

À hauteur du dernier village, le moteur du radeau se mit à avoir des ratés. Il poussait alternativement des soupirs et crachait de la fumée. Scarlett et Albert échangèrent des regards inquiets. Ils avaient terriblement ralenti.

Le vieux haussa les épaules.

– Il a trop chauffé. Il n'a pas l'habitude de tourner toute la journée pour des desperados en fuite. On est presque en panne d'essence aussi. Il va falloir faire une pause.

– Si on n'a pas le choix, dit Scarlett. On a presque atteint les roseaux, donc c'est moins problématique.

Albert lâcha un gémissement en disant :

– Moi, je pense que si... Regardez.

Il tendait le doigt. Loin derrière eux, un éclair blanc surgit. Puis un autre. Sans doute le soleil sur le pare-brise d'un bateau.

Le point grossit rapidement.

– Scarlett..., dit Albert.

Elle jura et mit une pièce dans sa bourse.

– J'ai vu. Joe...

Le vieil homme poussa le moteur à fond.

– Pas la peine de me le dire. Je fais ce que je peux.

Le radeau reprit de la vitesse, puis ralentit à nouveau. Le moteur était parfois rugissant, parfois en manque d'énergie, sans raison apparente. Le point au loin projetait une flèche d'eau mousseuse devant lui. Albert était incapable d'en détacher les yeux.

– Ils nous rattrapent, dit-il. Très vite.

Il sentit la panique envahir ses membres. Près de lui, Scarlett vérifia son revolver avec calme ainsi que les munitions à sa ceinture, ses préparatifs pour un bain de sang. Elle mâchonnait une mèche de cheveux en silence, sa seule concession à la nervosité.

Le radeau prit un virage et le bateau disparut un instant. Dans les roseaux aussi denses que le pelage d'un renard apparaissait parfois une anse boueuse. Au bout d'une minute, Joe ralentit le moteur, qui toussa violemment, puis se tranquillisa. Il positionna le gouvernail à quatre-vingt-dix degrés en direction des roseaux.

– Les rames ! cria-t-il. Pas de temps à perdre !

Albert s'empara d'une longue rame. Sur ordre de Scarlett, il se posta à l'avant du radeau pour écarter les obstacles. Ils se frayèrent ainsi un chemin entre les roseaux jusqu'à y disparaître complètement. Les tiges s'agitaient doucement au-dessus de leur tête. Scarlett et Albert continuèrent à ramer pour s'enfoncer encore plus. La rivière avait beau être loin derrière eux, la berge n'était toujours pas en vue.

Le vieux sortit un objet accroché au bout d'une chaîne en argent de sa poche de chemise.

– Lequel de vous deux a les meilleurs poumons ? demanda-t-il.

– La réponse n'est pas évidente ? rétorqua Scarlett. Moi.

– Alors je te confie ce sifflet. Il émet des sons imperceptibles par l'oreille humaine qui éloignent les loutres dévoreuses d'hommes, les serpents de rivière et toutes ces créatures qui infestent la Tamise. Il m'a sauvé la vie des centaines de fois, alors si tu le perds, je me vengerai. Vas-y, commence à siffler. C'est le coin des loutres, ici. J'ai déjà vu des mâles assez gros pour engloutir une fille comme toi.

Ils continuèrent leur progression pendant une minute. Scarlett souffla à plusieurs reprises dans le sifflet, qui semblait n'émettre aucun son.

Pour finir, Joe leva une main.

– Maintenant, plus un bruit, on attend.

Ettie n'aimait pas être au milieu des roseaux. Dans son esprit, ce rideau vert était peuplé de monstres. Elle se mit à pleurnicher. Joe s'approcha d'une caisse, dont il sortit un quignon de pain. L'enfant le renifla puis se mit à mordre dedans.

Ils attendirent sans bouger sur le radeau invisible et silencieux.

De la rivière baignée de lumière s'éleva le bruit d'un moteur, de plus en plus fort. Albert guettait à travers la forêt de roseaux. Ils ne voyaient de la Tamise qu'une petite lucarne jusqu'à la rive d'en face. La pression en lui grandit, la boule dans son ventre grossit. Le bruit était fort mais désincarné, à tel point que le bateau à proue blanche qui apparut semblait ne pas y être relié. Il progressait sans effort mais très vite, une lèvre d'écume blanche bordant sa coque. En quelques secondes, il était passé, cependant Albert eut le temps de voir un homme trapu en chapeau melon et pardessus gris au gouvernail. Ainsi que la doctoresse Calloway, raide et pâle, sur le siège près de lui.

Elle ne tourna pas la tête. Elle ne les vit pas. Albert se sentait aussi impuissant que s'il avait été ligoté sur une chaise dans la salle de tests à Stonemoor. Le bateau disparut, le bruit de son moteur s'évanouit. Une petite vague se propagea dans la forêt de roseaux jusqu'au radeau, le faisant légèrement tanguer.

19

Pour Scarlett, les roseaux constituaient un havre de paix. Au cours de la même journée, ils avaient échappé à leurs ennemis, connu plusieurs escarmouches et descendu une belle portion de la Tamise. Ils avaient surtout évité les Infâmes, ce qui était sans doute son plus grand soulagement. Le radeau était finalement manœuvrable, et le vieux se montrait un marin habile. La fillette était moins embêtante que Scarlett ne l'avait d'abord craint. Tout allait donc pour le mieux. Après ce qui avait failli se passer à Lechlade, elle pouvait s'estimer heureuse.

Elle en avait profité pour observer Albert, aussi. Il n'avait pas révélé d'autres pouvoirs, mais l'obstination de Shilling et de cette femme à le poursuivre prouvait sa valeur. Tout aussi évidente était la terreur qu'il ressentait à l'égard de la doctoresse Calloway. Même cinq minutes après son passage, il tremblait encore comme une feuille. Scarlett avait pratiquement dû lui crier dessus pour qu'il se remette à ramer.

Ils s'enfoncèrent encore dans les roseaux jusqu'à déboucher

sur une clairière inondée. L'endroit idéal pour passer la nuit. Le ciel constituait un dôme de plus en plus sombre. Et ici, ils étaient aussi bien protégés du monde extérieur que dans le ventre d'une baleine.

Le vieil homme immergea un parpaing attaché à une chaîne en guise d'ancre, puis il entreprit de faire revenir du poisson fumé et des pommes de terre en rondelles dans une poêle. Ça se mit à sentir rapidement si bon que Scarlett en aurait presque défailli. Elle suspendit une lanterne à la tente où l'enfant jouait avec ses briques de bois puis rejoignit Albert qui contemplait la nuit.

– Je dois le dire, tu t'en es bien sorti aujourd'hui.

– Hein ?

– Le défilé, les Infâmes, tout ça.

Il fronça les sourcils d'un air surpris.

– Mais je n'ai rien fait.

– Exactement. Tu n'es pas tombé à l'eau, tu n'as pas failli m'assommer avec une rame, tu n'as pas poussé de cri au moment où il ne fallait pas… Tu as réussi à ne pas tout foutre en l'air.

Un sourire apparut sur ses lèvres. Il dit :

– Merci, Scarlett.

– Et pour l'instant, on a semé ta doctoresse. Nous voilà tranquilles.

– Tu le crois vraiment ?

Elle tourna la tête vers le vieil homme.

– Joe ! Nos poursuivants nous ont dépassés. Comment on va faire pour les éviter demain ?

Le vieil homme était en train de remuer le contenu de la poêle avec une cuiller en bois.

– Il y a toutes les chances qu'ils prennent vers Chalgrove, la prochaine grande ville fluviale. Au bout d'un moment, quand ils comprendront qu'on n'est plus devant eux, ils vont nous attendre. Mais nous, on va passer par les marais. J'ai un itinéraire bis.

– C'est-à-dire ?

– Il y a plein de canaux au milieu des roseaux. Le plus au sud passe les landes de Didcot, une région sinistre et inhabitée, pour rejoindre la rivière juste après le comptoir de marchandises de Bladon Point, où je m'arrête souvent. Il y a là une bonne dizaine de soldats et de commerçants. Des types rustres mais honnêtes, à leur manière. Ils gèrent le comptoir. On pourra y trouver de la nourriture et de l'essence afin de tenir jusqu'au lagon, tout en laissant nos ennemis loin derrière nous.

– Tu vois ? dit Scarlett en se retournant vers Albert. Au revoir, doctoresse Calloway. Tu peux l'oublier. Tu as de nouveau les clefs de ton destin en main.

Albert parut retrouver un peu d'optimisme.

– J'espère que tu as raison, dit-il. Et ensuite, j'atteindrai enfin les Îles libres.

– Où tu pourras faire plein de câlins à des cinglés comme toi sur une plage déserte balayée par les vents.

Scarlett ressentait toujours un certain agacement envers la naïveté d'Albert et sa dévotion à ce projet. C'était faire un tel gâchis de son talent… Elle eut un petit haussement d'épaules pour faire croire à son indifférence.

– Mais c'est ton choix, reprit-elle. Tu as le droit de disposer de ta vie comme tu l'entends.

Depuis le grill, le vieux gloussa.

– De sages paroles de la part d'une vaurienne, brigande et meurtrière ! Prends-en de la graine, mon garçon. Mais regarde aussi les accrocs de ses vêtements qui prouvent à quel point elle a fait de bons choix dans sa propre vie !

Scarlett renifla en silence. Albert cligna des yeux de surprise.

– Joe, je pense que tu passes à côté d'un aspect de la personnalité de Scarlett. C'est vrai, c'est une vagabonde qui vole et qui tue. Mais tu ne l'as pas vue méditer sur son tapis sacré, peut-être ?

Le vieillard mugit :

– Qu'est-ce que ça prouve ? Posséder un tapis bouffé par les mites, ça fait pas d'elle une sainte. J'ai des puces dans mon caleçon qui sont plus saintes que cette fille. Ce bout de tissu n'y change rien. Je parie qu'elle a déjà assommé des gens avec. N'est-ce pas ?

Il haussa un sourcil en se tournant vers Scarlett avec un clin d'œil.

Celle-ci avait le vague souvenir d'une bagarre à Swindon où elle s'était servi de la lanière du tube en plastique pour étrangler quelqu'un. Elle se leva en lâchant :

– Et je serai ravie de recommencer si on continue à se balancer des vacheries au lieu de dîner.

Sans cesser de glousser, le vieux acheva les préparatifs et pour finir, le repas fut servi. Comme le promettait son fumet, il fut délicieux. Rassasiés, Joe et Ettie se retirèrent sous leur duvet tandis qu'Albert allait s'allonger un peu plus loin sur le pont. Il s'endormit peu après.

Scarlett s'adossa à une caisse. Les grenouilles coassaient dans les marais. Une mosaïque d'étoiles était apparue dans le ciel. Tout à coup, une image se mit à lui tourner autour, comme ça lui arrivait parfois aux premières heures de la nuit. Elle restait toujours à la marge, ne se montrait jamais en totalité. Mais dans ces moments-là, Scarlett se sentait envahie par la culpabilité. Il fallait juste attendre que ça passe.

Il y eut un bruit dans l'eau, tout près, une créature volumineuse qui nageait non loin de la surface. Scarlett balaya ses pensées pour revenir aussitôt au présent. Sentant des vaguelettes heurter le radeau, elle sortit son arme. Le bruit cessa. Les étoiles brillaient. Sa tension se relâcha. Elle tendit l'oreille, mais n'entendit rien de plus.

Dans la lumière bleutée de l'aube, alors qu'une brume épaisse flottait au-dessus l'eau, ils repartirent en silence, moteur coupé, à travers les roseaux jusqu'à la Tamise. Après avoir passé quelques îlots, ils atteignirent un endroit où la rivière se divisait en plusieurs bras.

– On va prendre celui de droite, souffla Joe. Par la gauche, c'est le chemin des honnêtes gens. Nous, on emprunte celui des brigands et des déviants. Ettie, bouche-toi les oreilles!

Mais la petite fille, en train de rire très fort des grimaces d'Albert, n'accorda aucune attention à son grand-père.

Au bout d'une demi-heure sans le moindre danger, Joe fit démarrer le moteur. C'était maintenant à Scarlett de tenir la barre. L'oreille blessée du vieillard avait enflé dans la nuit, il était fiévreux. Il accepta une gorgée de décoction antibiotique que Scarlett avait toujours dans sa trousse de secours et se retira sous la tente.

La journée se déroula dans le calme. Scarlett et Albert se relayaient à la barre. Il n'y avait aucune trace du bateau de la doctoresse Calloway, ni d'aucun bateau, d'ailleurs. Les marais s'étiraient à perte de vue, le radeau constituant une improbable tache de couleur en leur centre.

Au milieu de l'après-midi, des collines basses apparurent au sud. La première était aride et striée de noir, comme si elle avait été frappée par la foudre. Quand le radeau passa tout près, il vacilla dans des courants invisibles. Scarlett sentit ses dents claquer jusque dans sa tête. Puis ils s'éloignèrent, les roseaux réapparurent, et le courant se fit plus calme.

– Tu as senti les secousses? demanda Albert. J'ai cru que mon cœur allait cesser de battre.

Scarlett avait le teint gris. Elle hocha la tête.

– C'est une zone de mort, un vestige du Cataclysme. Il vaut mieux éviter ce genre d'endroits. Ils ne sont bons ni pour le corps ni pour l'esprit. C'était sans doute les landes de Didcot dont parlait Joe. S'il ne nous a pas menti, on devrait bientôt atteindre le comptoir d'approvisionnement.

Moins d'une heure plus tard, dans la lumière dorée de la fin d'après-midi, ils aperçurent un monticule rocheux qui dominait la rivière. Un bras plus large de la Tamise le contournait, puis les eaux convergeaient vers l'est. Au sommet du monticule, des fortifications se dressaient contre le ciel violacé. Derrière, on apercevait une tour carrée avec des fenêtres. Des oiseaux tournoyaient tout autour. Il régnait là une atmosphère de désolation. La modestie des fortifications ne faisait que renforcer ce sentiment d'abandon. Scarlett remarqua le drapeau vert et jaune au sommet de la tour mais, à part ça, il n'y avait aucune trace de vie. Au pied du monticule, des roseaux et de petits chênes bordaient la rive d'où partait une jetée en béton.

Scarlett amarra le radeau. Le vieux était toujours sous sa couverture. Albert et la fillette avaient entamé une partie de cache-cache entre les caisses avec force rires et cris. Scarlett préleva une liasse de billets dans son sac.

– Albert, on est à Bladon Point. On va prendre de l'essence et de la nourriture.

Il surgit de derrière une caisse et remit ses cheveux en ordre.

– En les attaquant ? demanda-t-il.

– Non. Il y a des soldats, ici. On va se servir de notre argent comme des gens honnêtes. Ou plutôt, de l'argent que des gens honnêtes ont gagné et qu'on leur a volé. Allez, viens.

– Et Ettie ? Joe est malade. Il faut le laisser dormir. Je dois rester avec elle.

– Non. J'ai besoin de toi. Elle reste là.

Scarlett sauta sur la jetée. C'était la première fois qu'elle touchait terre depuis deux jours. Albert la suivit à regret, le front plissé en jetant des coups d'œil derrière lui. Ettie ne le quittait pas de ses grands yeux bleus. Puis elle sourit et, avec une étonnante agilité, sauta du radeau pour atterrir sur la jetée et leur emboîter ainsi le pas.

Scarlett grogna.

– Albert…

Il s'arrêta et, les mains sur les hanches, lança :

– Ettie, retourne au radeau.

L'enfant sourit encore plus largement et trotta vers lui en tendant les bras.

Scarlett pensa tout à coup à quelque chose. Il n'était pas impossible qu'un pigeon voyageur ait déjà atteint le comptoir.

– Laisse-la venir avec nous, dit-elle. Elle pourrait nous être utile. Si la nouvelle de l'incendie à Lechlade est arrivée jusqu'ici, on ne nous soupçonnera pas si on a une petite fille, non ? Après tout, qu'est-ce que ça peut faire qu'elle nous accompagne ?

Albert lui lança un regard sceptique.

– Je ne sais pas. Qu'est-ce que va dire Joe ?

– On sera de retour avant son réveil. Dans une demi-heure tout au plus. Regarde, elle te demande de la prendre dans tes bras…

– D'accord, je m'occupe d'elle.

Il attrapa Ettie.

Le chemin passait sous des chênes nains, une espèce avec de longues branches qui formaient comme une tonnelle au-dessus d'eux. Leurs feuilles étaient jaunes et il flottait une odeur d'ail des ours dans l'air. L'enfant plongea son nez dans la poitrine d'Albert. Elle semblait apprécier sa compagnie.

– Tu crois que c'est vraiment la petite-fille de Joe ? demanda Scarlett.

– Bien sûr. Pourquoi pas ?

– C'est un duo étrange, c'est tout. En tout cas, une enfant étrange. Elle ne parle jamais. Même pas un mot.

– C'est vrai. Mais elle est encore petite.

Ils poursuivirent leur progression parmi les arbres. À intervalles réguliers, ils découvraient des dalles en béton où étaient stockés du bois, des sacs de sable, de ciment et d'autres marchandises volumineuses recouvertes de feuilles jaunes. À travers les branches, Scarlett apercevait toujours le drapeau coloré au sommet de la tour. Il n'y avait personne sur les fortifications.

Les paupières d'Ettie papillonnèrent. Quand ils atteignirent le sommet de la colline, elle s'était assoupie. Scarlett regarda Albert, émerveillée.

– Attends, elle s'est endormie pour de bon ? Je n'arrive pas à croire qu'elle puisse se laisser aller comme ça dans tes bras.

Albert tapota le petit dos sans rien dire.

Pendant quelques minutes, le chemin en lacet se fit très raide entre de gros rochers noirs. Tout en bas, la rivière paraissait grise sous les chênes. Ils atteignirent une étendue d'herbe au pied des murailles. L'endroit était venteux. De près, le fort était encore plus petit que ne le pensait Scarlett, mais bien conçu. Il n'y avait aucune fenêtre accessible, et seulement quelques meurtrières en hauteur. Le chemin se terminait face à une porte métallique.

Peu de temps auparavant, quelqu'un coupait encore du bois à cet endroit. Il y avait là un tas de bûches, des morceaux d'écorce et des branches, un tronc avec une hache plantée dans un billot. Et de la sciure formait un ovale irrégulier au sol. Mais personne aux alentours.

– Les comptoirs de marchandises sont toujours aussi déserts ? demanda Albert. On ne peut pas dire que ça grouille d'activité, ici.

Scarlett avait déjà vu des cimetières plus vivants. Elle observa les murailles, écouta le silence. Les oiseaux autour du fort avaient disparu. Plus bas, au-delà de la canopée, les plaines inondées s'étendaient dans des teintes bleues et marron qui se fondaient dans un ciel crépusculaire. La nuit serait bientôt là.

– Peut-être qu'ils sont en train de dîner, dit-elle. Ou bien occupés de l'autre côté de la colline. Que ce n'est pas la porte principale, ici. Qu'elle est rarement utilisée, donc…

Même aux oreilles de Scarlett, ces hypothèses sonnaient faux. Elle s'approcha et frappa sur le métal.

– Bon, Albert, nous sommes d'honnêtes vendeurs de harengs ayant besoin de ravitaillement. Comme je m'exprime plus facilement que toi, c'est moi qui parle. Et comme d'habitude, tu te tais.

Ils attendirent.

– Si on me demande, lança Albert, on est associés ou de la même famille ?

Scarlett regarda sa montre, puis de nouveau la porte.

– Peu importe.

– D'accord. Dans ce cas, on est de la même famille. Et Ettie est notre fille ?

– Argh ! Je t'en supplie ! Prie pour que le sujet ne vienne pas sur la table. C'est étrange que personne ne vienne ouvrir. Dommage qu'il n'y ait pas de cloche.

– Pourquoi on n'essaie pas tout simplement d'entrer ?

– C'est une idée.

Scarlett poussa le battant en métal froid, et la porte s'ouvrit. Ils hésitèrent de crainte qu'un portier bourru ne surgisse. Mais comme il n'y avait toujours aucun bruit, ils finirent par entrer.

Le fort se composait d'une cour carrée à ciel ouvert avec un sol en béton et des murs grossiers. Des portes doubles en arche donnaient sur des salles au rez-de-chaussée. À l'autre bout, il y avait une seconde porte en métal close par une barre de fer. Un escalier extérieur s'élevait jusqu'à une coursive qui donnait sur les remparts. Trois canons en forme de gros crapauds tendaient leur gueule vers la rivière. Sur le quatrième côté, un bâtiment à étages était surmonté de la tour où le drapeau de Bladon Point dansait à la lueur des derniers rayons de soleil. Son sommet se découpait dans la lumière rose, tout le reste était froid et inquiétant. Au centre de la cour, il y avait une pompe en métal noir pour alimenter un abreuvoir en ciment. Sous un auvent, une barque à moitié construite, avec du goudron et des bâches pliées, sans doute à usage nautique. Là non plus, personne.

– Ohé! appela Scarlett.

Sa voix résonna entre les murs avant d'être engloutie par le silence. La petite fille remua la tête dans le cou d'Albert. Elle ouvrit les yeux et regarda autour d'elle.

– Joe a dit qu'il y avait combien d'hommes ici, déjà? demanda Scarlett.

– Une bonne dizaine.

Elle se caressa le menton d'un air surpris.

– Ils sont peut-être tous à la rivière.

– On pourrait aller voir depuis la tour.

– Je n'ai pas spécialement besoin d'eux. Je veux des provisions, c'est tout. Mais c'est quand même bizarre. Ce n'est pas normal que le fort soit vide comme ça.

– En plus, leur départ a l'air très récent, commenta Albert.

L'inquiétude gagnait Scarlett. La désolation de l'endroit n'était pas normale. Elle agita la tête pour retrouver un peu de lucidité et passa à l'action.

– Aucune importance. On va bien trouver des provisions et de l'essence.

Elle s'avança d'un pas décidé en direction des portes en arrondi. La première semblait une bonne option.

Albert ne la suivit pas immédiatement. Ettie avait envie de descendre de ses bras. Elle s'agitait tellement qu'il avait du mal à la tenir, et craignait de la lâcher malgré lui. Il finit par la poser par terre.

– Tu peux marcher, mais tu restes près de moi, lui dit-il d'un ton sévère.

La fillette obéit jusqu'à remarquer la pompe à eau. Là, sa bouche forma un O de délice. Elle trottina vers l'abreuvoir puis tenta d'actionner le lourd levier en métal.

Albert hésita.

– On doit la tenir à l'œil. Il ne faut jamais laisser un enfant seul près de l'eau, dit-il.

Scarlett était en train d'ouvrir la double porte.

– Albert, elle passe sa vie sur un radeau. Alors avec un abreuvoir, il n'y a aucun risque. Viens voir. Il y a là tout ce dont on a besoin.

Le fort possédait en effet de belles réserves. Une meurtrière dans le mur laissait filtrer une lumière tamisée qui permettait de distinguer des étagères métalliques où étaient entreposés des sacs en toile de jute et des cartons, du petit bois et du charbon. Tout au bout, bien empilés, des jerricans remplis d'essence.

Scarlett et Albert s'avancèrent. À leur grande satisfaction, les cartons contenaient un large choix d'aliments : des fruits, des céréales et des légumes secs, des soupes en boîte, des chapelets de saucisses et de la viande séchée. Ils ne mirent pas longtemps à remplir leur sac. Scarlett ne cessait de surveiller par-dessus son épaule l'endroit de la cour où la fillette se suspendait au levier de la pompe. Le fort semblait désert. Malgré tout, Scarlett était crispée. Le silence la troublait.

Elle finit par se redresser.

– Bon, dit-elle. On ne peut pas porter plus que ça. Tu crois que tu peux à la fois tenir le sac et la main de la gamine ? Je vais chercher deux bidons d'essence.

Albert lui aussi surveillait Ettie dans la cour.

– Oui, mais je me sens un peu gêné de faire ça.

– De faire quoi ?

– De voler. Je n'aime pas ça. Il faut qu'on laisse de l'argent à quelqu'un.

– Ça t'a pas gêné de cambrioler la banque.

– C'était dans une ville où des habitants cruels enferment un bec cornu. Ici, tout est si bien rangé. Ça se voit que ces gens attachent de l'importance à ce qu'ils font.

Scarlett fronça les sourcils.

– Pourtant, ils sont partis, non? Voilà ce que je te propose. On prend la marchandise. Si quelqu'un arrive, on le paie. S'il n'y a personne, eh bien tant pis. C'est simple, non?

Elle promena son regard sur la salle en se demandant si elle ne contenait pas autre chose d'intéressant, mais le silence qui régnait dans cet endroit l'inquiétait.

– C'est simple..., répéta-t-elle, pas besoin de s'inquiéter.

Albert la regarda en demandant :

– Pourquoi tu chuchotes comme ça?

– Je sais pas. Et toi?

– Je ne sais pas non plus. Bon, on y va?

– Oui.

Elle attrapa deux jerricans. Albert passa le sac sur son épaule et ils regagnèrent la cour.

– Où est Ettie? demanda Scarlett.

Ils observèrent la pompe à eau, les portes et l'escalier. La petite fille était invisible.

– C'est étrange, dit Albert. Elle était encore là il y a deux secondes.

Il s'approcha à grands pas de l'abreuvoir et y jeta un coup d'œil.

– C'est bon, elle n'est pas dedans.

– Tant mieux. Mais dans ce cas, où elle est?

– Je ne sais pas. Elle a dû partir explorer.

Scarlett lâcha un petit juron. Et mit une pièce dans sa bourse.

– Quel gamin est capable de partir comme ça sans rien dire?

– N'importe quel gamin. C'est le propre des enfants.

– Comment tu le sais? Tu as passé toute ta vie à... Bon sang, Albert, tu as dit que tu la surveillais!

– Mais ce n'était pas uniquement mon boulot! C'est toi qui as voulu qu'on l'amène ici!

– Peu importe. Il faut qu'on la retrouve. Elle est sur les remparts?

– Non.

– Dans ce cas, elle a dû entrer dans l'une de ces salles.

Ils posèrent le sac et les jerricans près de la grande porte et se précipitèrent vers l'arche suivante. Il n'y avait là que d'autres stocks, cette fois d'imperméables, de bottes et de gaffes bien rangés par taille. Mais pas trace d'une petite fille.

La porte suivante était fermée à clef, la suivante donnait sur des toilettes. Ils inspectèrent en vain les deux dernières salles. Ettie s'était volatilisée.

Albert était maintenant très inquiet.

– Mais qu'est-ce que va dire Joe ? Il va être furieux contre nous ! On ne peut pas lui dire qu'on a perdu sa petite-fille !

– Tais-toi. Tu évites de parler de lui, d'accord ? essaya de dire calmement Scarlett. Il ne le saura jamais parce qu'on va la retrouver. N'est-ce pas, Albert ?

– Oui.

– Alors concentre-toi un peu. Elle est forcément par là.

Scarlett désigna la seule porte qu'ils n'avaient pas ouverte. Qui permettait d'accéder au bâtiment placé sous la tour.

Ils traversèrent la cour sans un bruit. Au sommet de la tour, les derniers rayons de soleil caressaient le drapeau mais ne tarderaient pas à disparaître. La nuit envelopperait bientôt Bladon Point.

Ils ouvrirent la porte, qui donnait sur une grande salle.

– Je n'arrive pas à croire qu'Ettie ait eu le temps d'aller jusque-là, dit Scarlett. Comment un être avec des jambes aussi courtes et aussi grosses fait pour courir aussi vite ? Elle ne doit plus être loin. On la récupère et on file.

Mais quand ils entrèrent, il n'y avait aucun signe de vie dans la salle. Une longue table en bois s'étirait sur presque toute sa longueur, des fauteuils en cuir vert craquelé étaient disposés tout autour. C'était la salle à manger. Il y avait même encore des assiettes avec des sandwichs à moitié mangés et des tasses de thé refroidi. La plupart des sièges étaient repoussés comme si leurs occupants s'étaient levés d'un coup.

Sur la droite de la pièce, un couloir s'enfonçait dans la pénombre. Sur la gauche, une arche donnait sur la cuisine et un escalier en bois qui permettait de rejoindre l'étage. Rien n'était allumé, même s'il y avait des ampoules au plafond et un bourdonnement ressemblant à celui d'un générateur. Scarlett tendit l'oreille en espérant entendre les petits pas de la fillette, ou de quelqu'un, en vain.

– Ettie! cria Albert à pleins poumons, ce qui fit sursauter Scarlett.

Elle posa une main sur son bras.

– Ne crie pas. Je ne sais pas te dire pourquoi, mais il ne faut pas crier.

– Mais, Scarlett, on doit la retrouver.

– Je sais.

Elle s'approcha de la table et tâta le pain d'un sandwich. Il était sec, mais pas autant qu'elle aurait espéré. Sec comme le bout du museau d'un lézard, pas sec et dur de plusieurs jours. Elle tapota doucement la table en réfléchissant.

– Ils sont encore bons? dit Albert. Elle aura faim quand on la retrouvera.

– Elle aura surtout droit à une bonne fessée…

Plus Scarlett scrutait la pénombre, plus elle sentait la tension croître en elle. Elle avait une terrible envie de partir. Mais ils devaient d'abord retrouver l'enfant.

Albert l'observa.

– Ça va? demanda-t-il.

Elle savait qu'il scrutait ses pensées. Allez savoir ce qu'il voyait. Ce n'était pas le moment de lui poser des questions.

– Oui, répondit-elle. Mais on a besoin de faire vite. Tu vas vérifier les étages, je tente le couloir. Et Albert… pas de bruit.

Il partit en direction de l'escalier. Scarlett se glissa vers le couloir qui donnait sur quelques portes ménagées dans les épais murs du fort. L'une était entrouverte. S'en échappait une odeur d'encre et de papier.

– Ettie ?

Scarlett appuya sur l'interrupteur, ce qui lui permit de découvrir une petite pièce aux murs blancs avec un tapis et des placards, des papiers en pagaille sur un bureau et une chaise. La gravure d'une ville de marché trônait dans un cadre. Un panier pour jouer au ballon était accroché au mur, avec des traces noires tout autour. C'était le bureau d'un administrateur qui, visiblement, s'ennuyait. Pas trace d'Ettie. Scarlett tourna les talons.

Sauf que… Elle savait que les enfants aimaient bien se cacher. Il était possible que la petite fille soit derrière un meuble. Scarlett aperçut une forme ronde au pied du bureau.

Elle fit un pas, puis s'arrêta net.

Ce n'était pas Ettie. Ce n'était pas non plus ni un ballon, ni un sac, ni une corbeille à papier ou tout autre objet à la présence légitime dans le bureau d'un employé, même au fin fond du monde.

La forme était un peu de travers.

Elle avait l'air surprise.

Elle gisait dans une mare de sang.

C'était une tête humaine.

20

L'espace d'un instant, Scarlett revit la tête de lapin dans l'herbe aux abords de Cheltenham près d'une semaine plus tôt. Dans une mare de sang, ses yeux vitreux qui regardaient le ciel. Mais rien à voir avec cette tête humaine aux yeux bleus, à la barbe rousse et à la peau rougeaude. Avec quelques mèches de cheveux blonds sur le crâne. Triste détail, vu ce que cet homme venait de subir, le soin qu'il avait mis à les rabattre vers l'avant pour cacher une calvitie naissante. À mesure que Scarlett observait cette tête, elle sentit la panique la gagner. Sa peau se glaça, de la sueur perlait sur ses paumes et son cou. Elle n'allait pas tarder à trembler. Son pouls battait contre ses tempes comme si quelqu'un tentait d'y planter un piquet de tente. Elle attendit que la vague reflue en respirant profondément et régulièrement. Un peu calmée, elle recula d'un pas, approcha tout doucement sa main de l'interrupteur et éteignit la lumière. Puis elle quitta la pièce en refermant la porte.

Elle jeta un coup d'œil dans le couloir. Sortit son long couteau.

– Ettie, appela-t-elle tout bas.

Pas de réponse. Elle imagina Albert crier le nom de la petite en se cognant partout à l'étage avec la discrétion d'un buffle. Ils n'allaient avoir aucun mal à le trouver… Elle se mordit la lèvre. Ce n'était pas le moment de laisser libre cours à son imagination. Elle avança rapidement dans le couloir silencieux. Selon elle, les assassins n'étaient plus au rez-de-chaussée, pas plus que la fillette, mais elle devait quand même s'en assurer. Ça lui prit moins d'une minute. Elle inspecta chaque pièce sans allumer. Elle appelait Ettie, tendait l'oreille et repartait.

Elle reprit le couloir en direction de la salle à manger. Maintenant qu'elle savait, elle voyait les traînées de sang sur le sol poussiéreux en béton, là où ils avaient procédé au massacre. Pourquoi avoir sorti cette tête de la salle où avaient eu lieu les meurtres pour la déposer dans ce bureau ? Scarlett l'ignorait. Pourquoi faisaient-ils ce qu'ils faisaient ? C'était peut-être un rituel, ou alors, ils craignaient le fantôme de cet individu. À moins que ça soit l'acte irréfléchi et sans logique d'un fou. Si on s'attardait trop sur les actes des Infâmes, on ne tardait pas à devenir fou soi-même.

De retour dans la salle à manger avec ses fauteuils éparpillés et les sandwichs à moitié mangés de ces pauvres hommes, Scarlett se dirigea vers l'escalier en bois. D'instinct, elle tourna la tête vers la porte d'entrée et le crépuscule dans la cour. Un instant, elle s'imagina dévaler seule le flanc de la colline sans jamais se retourner. Puis elle se revit en train d'explorer le car accidenté juste avant de découvrir Albert, ce centième de seconde où elle aurait pu s'extirper du véhicule et partir, s'épargnant bien des ennuis. Ça avait été un premier choix. Elle était à nouveau confrontée au même choix. Dans le car, il y avait eu un idiot à sauver. Maintenant, il y en avait deux. C'était la seule différence. Et, si elle était honnête avec elle-même, dans les deux cas, c'était plus fort qu'elle.

Elle jura tout bas, mais sans mettre une pièce dans sa bourse. Inutile de faire un bruit qui attire l'attention.

Progressant comme une ombre, telle la noirceur incarnée, Scarlett gravit l'escalier. Au premier tournant, elle tendit le cou. Encore des marches, et un plafond incliné. Il y avait de la lumière au centre de la cage d'escalier. Scarlett n'entendit pas un bruit.

Plaquée contre la paroi, elle monta les quelques marches suivantes sans ralentir. Elle devait résister à la tentation de repousser ce moment ; l'hésitation était à la fois la mère de la peur et terrible pour les nerfs. Même dans un bâtiment envahi par les cannibales, il valait mieux rester en mouvement, histoire d'en finir au plus vite.

Elle atteignit le couloir et s'avança, son couteau brandi. Le silence était tout aussi rassurant qu'inquiétant. Rassurant parce que, elle en était presque sûre, ils étaient en train de manger. Et dans ces moments-là, ils relâchaient leur vigilance. Ils allaient se gorger de chair pendant des heures, ce qui lui laissait le temps d'agir. Mais le silence l'inquiétait aussi, car c'était peut-être déjà Albert et Ettie qu'ils étaient en train de dévorer. Plus elle mettait de temps à les retrouver, plus il y avait de risques qu'elle doive parvenir à cette conclusion.

Il y avait des portes sur la gauche et des fenêtres donnant sur la cour à droite. Le crépuscule enveloppait tout d'une substance épaisse comme du sirop. La lumière du jour déclinait, mais il n'était pas question que Scarlett allume. Elle s'approcha de la première porte. Et là, elle perçut du bruit. Un petit bruit sourd.

Elle attendit.

Le bruit ne se répéta pas. Scarlett serra les dents et fit un pas vers la porte qui donnait sur une pièce sombre plongée dans le silence. Le genre de silence qu'elle n'appréciait guère. Elle se tint à l'entrée en essayant d'y voir quelque chose. Dans la lumière grisâtre en provenance de la fenêtre du couloir, elle ne distinguait qu'un cadre de lit en métal avec un matelas peu épais et un drap qui pendait jusqu'au sol. Un bon endroit pour se cacher, si Albert et Ettie en avaient eu la présence d'esprit, ce dont elle doutait.

Mais elle devait vérifier.

Elle s'avança.

Une silhouette jaillit de derrière la porte pour plonger sur elle. Scarlett eut le temps de se pencher et entendit un objet siffler au-dessus de sa tête. Elle était déjà en train de préparer son couteau quand elle se ravisa et attrapa son adversaire à la gorge. Il émit un cri aigu en lâchant son manche à balai.

– Albert, pas un bruit, dit-elle. C'est moi !

– Scarlett !

Il avait les yeux écarquillés, la voix à peine audible :

– Je pensais que tu étais…

– Ouais, moi aussi j'ai cru que… C'est pour ça que j'ai failli te couper en deux.

Albert recula en se tenant la gorge.

– Comment tu as su que c'était moi ?

– J'étais dos à toi, donc une cible facile, et tu avais un bâton. Mais tu as réussi à me rater. Pas besoin d'autre preuve. Tu as retrouvé Ettie ?

Elle vit qu'il tremblait.

– Scarlett, il se passe quelque chose d'horrible ici.

– Je sais. Parle plus bas. Tu as trouvé Ettie ?

– Non.

– Tu as une idée d'où elle peut être ?

– Au bout du couloir.

L'angoisse était palpable dans sa voix. Il poursuivit :

– J'allais la rattraper quand une créature a surgi par une porte. J'ai trouvé une cachette et, de là, j'ai pu regarder. Scarlett, j'ai vu ses pensées… La créature était très maigre. Elle a jeté un coup d'œil dans le couloir et elle est repartie d'où elle venait.

– Elle a attrapé Ettie ?

– Non. Sa maigreur était horrible. Et elle tenait…

Albert déglutit. Il tremblait comme une feuille.

– Essaie de te calmer. Elle t'a vu?

Il fit signe que non. Le fait qu'il ait toujours sa tête en était la preuve.

– Bien. Où est Ettie? Après cette porte?

– Dans la dernière pièce du couloir. Je l'ai vue s'y glisser. En tout cas, je pense que c'était elle. Une toute petite silhouette. J'espère qu'elle est bien cachée. Mais pour la rejoindre, on doit passer devant cette porte.

– Pas *on*, dit Scarlett en s'écartant de lui. *Moi.*

– Je t'accompagne. Tu vas avoir besoin de moi.

– Pas vraiment. À moins que tu penses pouvoir utiliser ton pouvoir? Non? Alors tu m'attends ici. Et tu te tiens prêt à courir comme si ta vie en dépendait. Ce qui est le cas.

Elle partit avant qu'il puisse réagir, mais aussi avant d'avoir le temps de réfléchir à ce qu'elle faisait. Le couloir traversait le bâtiment, qui n'était pas très long, mais au vu des circonstances, ça suffisait amplement. Elle n'en voyait pas la fin, ce qui n'était pas son souci.

Elle ne quittait pas des yeux la deuxième porte.

Elle s'approcha pas à pas. Par terre, des traces luisantes et sombres s'incurvaient en direction de la salle. Scarlett s'avança, son couteau dans sa main moite.

Et là, elle commença à entendre des bruits.

La porte était fermée. Aucune lumière ne filtrait dessous, mais Scarlett entendait quelque chose derrière. Des bruits mats et humides, ceux d'un festin dans l'obscurité. Ainsi qu'un murmure, une sorte d'écho qui n'était ni tout à fait un rire, ni tout à fait un grognement, rien qui ressemble à des paroles, mais qui en possédait pourtant toutes les qualités. Des sons si abominables que Scarlett en eut la chair de poule.

Elle passa sans un bruit devant la porte et, quelques instants plus tard, elle avait atteint la dernière pièce, une sorte de salon avec des fauteuils et un billard ainsi qu'une mitraillette placée devant une meurtrière, tout au fond. Pour ce que ça avait servi aux soldats. Elle se demanda combien il y avait d'Infâmes dans le fort à cet instant.

La meurtrière donnait vers l'ouest. Un ultime rayon de soleil rose et horizontal éclairait l'accoudoir d'un fauteuil, ainsi qu'à ses pieds, une fillette blottie, une joue posée sur ses gros genoux, ses bras serrés autour de ses jambes.

– Ettie, murmura Scarlett. Ne fais pas de bruit. Il faut que tu viennes avec moi.

Mais quand elle s'avança, la petite fille glissa sur ses fesses autour du fauteuil pour se réfugier dans l'ombre. Scarlett se mordit la lèvre.

– Je vais te ramener à ton grand-père sur le radeau, souffla-t-elle. Mais pour ça, tu dois venir avec moi, tu comprends ? Il y a des mauvaises choses ici.

La petite fille tressauta. Scarlett vit ses joues trembler et ses yeux s'agrandir comme si elle allait pleurer.

Le seul espoir de Scarlett, c'était l'instinct de survie d'Ettie. De toute évidence, elle en avait ; jusque-là, elle ne s'était pas fait remarquer. Il fallait tenter le coup. Elle se pencha vers la fillette avec ce qu'elle espérait être un sourire rassurant. L'enfant ne parut guère convaincue et prit une grande bouffée d'air, de toute évidence prête à éclater en sanglots.

– Albert est là ! murmura désespérément Scarlett. Il t'attend. Il est à côté !

L'enfant retint sa respiration. La jeune femme fit de même. Et lui tendit la main.

– Ma chérie, je t'en supplie, viens avec moi.

Presque dans le même instant, elle avait attrapé l'enfant en essayant à la fois de ne pas l'étouffer et de lui insuffler du calme et de la confiance. Elles atteignirent la porte derrière laquelle les bruits atroces se poursuivaient. Scarlett enjamba les taches par terre. Elle avançait vite, mais pas aussi vite que les battements de son cœur. Dans ses bras, la fillette ne bougeait pas.

Elle plongea dans la chambre où Albert l'attendait près du lit. En voyant Ettie, il voulut la prendre dans ses bras, mais Scarlett refusait de perdre une seconde.

– Après, dit-elle, attends qu'on soit dehors.

Mais Ettie agita la tête et tendit les bras vers Albert. Comme Scarlett luttait pour ne pas la lâcher, la petite fille poussa un cri. Scarlett plaqua une main sur sa bouche. Et continua à tenir l'enfant qui s'agitait en regardant Albert.

Ils patientèrent dans la pénombre.

Rien. Que du silence.

Scarlett soupira lentement. Albert relâcha ses épaules. Et lui fit un petit sourire.

Et là, une porte s'ouvrit en grinçant.

L'instant suivant passa à la fois très vite et très lentement. Albert avait l'air défait. Il ferma les yeux. Scarlett continua à regarder pardessus la tête de la fillette qui se débattait.

La porte ne se referma pas.

Il y eut un petit bruit dans le couloir – des pas.

Scarlett désigna le lit. Albert comprit et plongea dessous. Heureusement qu'il était maigre et qu'il n'y avait pas déjà quelque chose à cet endroit. Dès que ses baskets eurent disparu, Scarlett lui passa la fillette. Pour ça, elle dut retirer sa main de sa bouche. Celle d'Albert la remplaça aussitôt.

Le bruit se rapprocha. Scarlett plongea à son tour et se blottit autant qu'elle put contre Albert.

Ils étaient tous les trois allongés dans la poussière et l'obscurité, Scarlett face à la porte. Ses cheveux tombaient devant ses yeux, mais elle en distinguait l'embrasure malgré la pénombre.

La source du bruit apparut : deux pieds légers en mouvement.

Si fins qu'il n'y avait presque que de la peau d'une blancheur cadavérique tendue sur des os. Avec de longs orteils presque translucides, des ongles pointus et recourbés et une plante calleuse. Il y avait aussi deux anneaux faits d'une matière blanche attachés à la cheville gauche, ce qui produisait un cliquetis quand le pied bougeait. Leur propriétaire s'arrêta face à la porte ouverte.

Scarlett perçut un bruit de mâchoires et de dents. Des gouttes sombres tombèrent sur le sol.

Elle respirait par sa bouche ouverte et entendait le souffle d'Albert près d'elle, plus rapide et plus fort qu'il n'aurait fallu.

À quel point cette créature était dotée d'intelligence, Scarlett l'ignorait. Certains considéraient que les Infâmes étaient plus bestiaux qu'humains. Pour d'autres, c'était une espèce en voie de dégénérescence. D'autres prétendaient qu'ils étaient des humains devenus fous à force de vice et de cannibalisme. Un individu normal aurait eu la curiosité d'inspecter la chambre. Un véritable humain aurait certainement regardé sous le lit. Une bête aurait eu l'odorat ou l'ouïe nécessaire pour repérer leur présence sans faire un pas de plus.

Scarlett espérait que les capacités de la créature se situaient quelque part entre les deux.

Les pieds ne bougèrent pas. Elle continuait à entendre un bruit de mastication. Une nouvelle goutte de sang s'écrasa sur les orteils du pied droit.

Scarlett avait son couteau en main mais, dans cette position, elle ne pouvait pas s'en servir. Elle imagina le lit se soulever d'un coup…

Avec un bruit de craquement d'os, les pieds s'avancèrent dans la chambre.

Et là, il y eut un sifflement dans le couloir, un appel vide et sans âme. Les pieds s'immobilisèrent. Puis ils firent demi-tour, franchirent le seuil et disparurent.

Aucun des trois ne bougea. Scarlett et Albert parce qu'ils étaient terrorisés, Ettie parce qu'elle était écrasée entre eux. Albert, qui craignait de l'asphyxier, relâcha la pression sur sa bouche. Elle produisit un tout petit son. Il replaça aussitôt sa main.

Les craquements s'éloignèrent dans le couloir. Et, cette fois, la porte se referma.

Scarlett compta jusqu'à trois dans sa tête en s'efforçant de se calmer, puis elle sortit de leur cachette. L'obscurité était totale dans le couloir. Elle voulut aider Albert et Ettie, mais ne parvint pas à attirer la petite fille. Pour finir, Albert s'extirpa en premier pour convaincre Ettie de le suivre. Finalement, ils la saisirent sans un mot. Scarlett les guida dans le couloir puis l'escalier, ni trop vite, ni trop lentement, et ils retrouvèrent leur chemin à travers la salle à manger puis la cour.

Les premières étoiles brillaient au-dessus des remparts. La soirée serait belle et fraîche. Jusqu'à cet instant, ils ne s'étaient pas rendu compte à quel point l'air était vicié dans ce bâtiment. Ils prirent une profonde inspiration puis détalèrent à toutes jambes à travers la cour cimentée. Au passage, Scarlett vérifia son revolver. Elle croisa le regard d'Albert et ils échangèrent un sourire de soulagement. La tête nichée dans le cou du garçon, la petite fille avait l'air ravie. Elle poussa un cri de joie à la vue des étoiles.

Peut-être cria-t-elle trop fort. Peut-être que la chance les avait abandonnés.

Quelques secondes plus tard, un hurlement plein de haine leur déchira les oreilles, et son écho résonna entre les murs.

Scarlett se retourna. Une créature aux membres blancs se tenait à une fenêtre à l'étage. Elle agitait les bras comme quelqu'un qui retrouve un être cher perdu de vue depuis trop longtemps. Les cris redoublèrent. D'autres hurlements jaillirent des profondeurs du bâtiment.

Scarlett et Albert coururent vers la porte du fort. La créature s'agitait toujours à la fenêtre. Scarlett avait l'impression qu'elle allait se jeter sur eux pour se mettre à ramper comme une araignée. Elle ignorait si l'Infâme survivrait à un tel saut et n'avait pas envie de le découvrir. Elle se retourna, avança de quelques pas, leva son revolver et vida son barillet sur lui. Il fut frénétiquement secoué et poussa des cris aigus en tombant comme une poupée de chiffon.

À l'entrée du fort, Scarlett attrapa l'un des jerricans. Pas le sac. La nourriture, ils pouvaient s'en passer.

Ils franchirent l'étendue d'herbe. Au début, le chemin était facile à suivre, puis il plongeait entre les arbres. Là, il devint impossible à distinguer. Ils s'y précipitèrent quand même. La petite fille poussait un cri de plaisir chaque fois qu'Albert trébuchait. Derrière eux, les bruits des Infâmes se firent plus faibles, puis ils reprirent de plus belle. Scarlett comprit qu'ils avaient franchi la porte du fort et se précipitaient à leurs trousses.

Ils coururent d'abord sur les interminables lacets du sentier puis, une fois les yeux de Scarlett accoutumés à l'obscurité, elle se jeta à travers bois sans perdre davantage de temps avec les virages. Les ronces leur lacéraient les jambes, ils manquaient d'être assommés par les branches. Derrière eux retentissait une série de sifflements impatients.

Le sol se fit plus plat. Ils surgirent des broussailles et virent sur leur droite le sentier serpenter au milieu des roseaux pour rejoindre la rivière. Derrière eux, les cris augmentaient. Ils se précipitèrent vers la jetée.

Et s'arrêtèrent tout au bout, pliés en deux, hors d'haleine.

Le radeau n'était plus là.

Au-delà de la jetée : l'eau sombre. À la bitte d'amarrage : un bout de corde.

Albert lâcha un sanglot de désarroi.

– Il nous a abandonnés ! Il est parti !

– Mais non, il n'aurait pas fait ça.

Scarlett tourna la tête vers la gauche, en aval.

– Il est là ! Pour une fois, ce vieux crétin a fait quelque chose d'intelligent ! Il a déjà largué les amarres ! Allez, viens !

À peine visible à cause des roseaux, à trois ou quatre mètres au centre de la rivière, le radeau formait une tache à la surface de l'eau. À la barre, Joe gesticulait.

Derrière eux, des silhouettes pâles surgissaient de la forêt noire. Scarlett bondit dans l'eau trouble et se fraya un chemin dans les roseaux.

– Albert, on doit le rejoindre à pied !

– Non ! cria le vieux. Non !

Albert agitait les bras d'un air désespéré en hurlant :

– Joe ! Viens vite ! Ils sont juste derrière nous !

– Il n'aura pas le temps ! lança Scarlett en s'avançant dans l'eau.

Des vaguelettes se formèrent dans le noir. Elle hésita. Le vieillard secouait la tête en criant quelque chose et désignait sa bouche avec des gestes frénétiques.

– Qu'est-ce qu'il dit ? demanda Albert, en pleurs.

Les formes blanches se rapprochaient sur le chemin.

– Je sais pas. Mais on doit rejoindre le radeau.

Scarlett s'avança un peu plus dans l'eau.

– Non ! s'époumona le vieux.

Il désigna sa poitrine et imita l'action de siffler. Dans le vent, ils saisirent enfin ses mots.

– Loutres ! Sifflet, sifflet !

Quels étaient ces mouvements dans les roseaux ? Les yeux grands ouverts, les narines au vent, Scarlett plongea la main dans sa poche, sortit le sifflet en argent et le mit à sa bouche. Et souffla très fort.

Le mouvement cessa dans l'eau. Sur le radeau, le vieillard sautait comme un fou.

– Maintenant, venez ! Vite ! Si vous hésitez, vous êtes foutus !

Sans cesser de siffler, Scarlett s'avança dans la rivière, le pistolet dans une main, le jerrican dans l'autre. Albert suivait avec Ettie dans les bras. L'eau sombre se refermait autour de leurs cuisses. Tout à coup, ils perdirent pied.

– Continue à siffler ! criait le vieux. Si tu veux avoir la vie sauve, siffle !

Il était en train de rapprocher le radeau malgré les remous du courant. Scarlett lui lança le jerrican, puis elle attrapa Albert pour l'aider à maintenir la tête de la petite fille hors de l'eau. Au-delà des roseaux, sur la rive, les silhouettes blanches se regroupaient. Sans cesser de pousser des cris, elles traversèrent la berge de galets en direction d'un endroit entre les roseaux d'où ils voyaient le radeau. Certains se jetèrent dans la rivière, les bras levés. Une lance fendit l'eau près de la tête de Scarlett. Elle serra Ettie contre elle pour la protéger. Albert s'élança et saisit le radeau. Le vieux lui tendait la main. Dans une profusion de gestes, Ettie, puis Albert, et enfin Scarlett furent hissés à bord. Albert conduisit Ettie à l'autre bout du radeau, où elle se mit à hurler. Une lance se planta dans le bois.

– Maintenant, arrête de siffler, ordonna le vieux à Scarlett.

Il était de nouveau à la barre et tentait de contrer la force du courant.

Elle retira le sifflet de ses lèvres et lui cria :

– Éloigne-toi de la berge ! On est encore trop près ! Ils vont nous rejoindre !

– Remplis le réservoir d'essence. Toi, le garçon, débrouille-toi pour cacher les yeux d'Ettie. Elle ne doit pas voir ce qui va se passer.

Plusieurs silhouettes blanches s'agitaient entre les roseaux, leur peau presque lumineuse sous la lumière de la lune en train de se lever, leurs yeux comme des trous noirs, leur tête qui ballottait, la bouche grande ouverte.

Scarlett œuvrait fiévreusement. Elle dévissa le bouchon du

réservoir et y versa l'essence. Le vieil homme attendait, une main sur la barre, face aux silhouettes sur la rive. Mais ce n'était pas elles qu'il regardait. Il observait la surface de l'eau.

Comprenant que le radeau ne bougeait pas, les Infâmes se jetèrent vers eux tandis qu'un cri de triomphe s'échappait de leur gorge.

Une forme noire glissait sous l'eau. Tout à coup apparut une longue tête marron fuselée aussi grosse qu'un torse humain. Elle se jeta sur une silhouette blanche pour l'entraîner dans les roseaux. Il y eut un cri perçant, de l'agitation. Les autres s'arrêtèrent. Mais avant qu'ils puissent battre en retraite, une autre forme brune, sinueuse comme un serpent, s'était jetée sur eux en fouettant l'eau. Il y eut des claquements de dents, un bruit de chair déchiquetée. Un corps blanc fut projeté en l'air comme un chiffon, puis rattrapé. Le bord de la rivière se teinta de rouge, le radeau tangua sous les remous.

Et là, seulement là, le vieil homme repoussa le radeau avec sa gaffe pour le laisser filer dans le courant.

– Le moteur ? demanda Scarlett. Je le fais démarrer ?

Personne ne lui répondit. Albert avait calmé l'enfant. Il la conduisit au vieillard.

– Voici votre petite fille, déclara-t-il.

Le vieux acquiesça en demandant :

– Tu peux tenir la barre un instant ?

Il la tendit à Albert, ébouriffa les cheveux de la petite et s'approcha lentement de Scarlett dégoulinante, toute seule au bout du radeau. Et la gifla très fort.

– Ça, c'est pour avoir emmené Ettie, dit-il.

Il retourna à la barre. Scarlett resta immobile et silencieuse. Le radeau dépassa Bladon Point et son fort des horreurs, rejoignit l'affluent en provenance du nord et fut entraîné par un courant puissant dans une nuit toujours plus sombre.

21

Ils descendirent la Tamise pendant trois jours, laissant les plaines inondées derrière eux jusqu'à atteindre la ceinture agricole appelée la Terre des Trois Frontières, où le Wessex côtoyait la Mercie et l'Anglie. C'était une région peuplée. Les guerres de Frontière avaient pris fin depuis bien longtemps. Des ferrys gérés par l'ancienne Compagnie des Marins d'eau douce traversaient la Tamise, très large à cet endroit, permettant des liaisons étroites entre le Nord et le Sud. Des ateliers et de petites usines bordaient le fleuve, et le silence qui régnait sur la plus grande partie de la Grande-Bretagne était interrompu ici et là par des coups de marteau et des bruits de pistons. Dans cette région, on chassait les loutres, les loups et les renards, et les Infâmes se tenaient généralement à distance.

Joe était certain que leur raccourci par les landes de Didcot leur avait permis de laisser la doctoresse Calloway et Shilling loin derrière, quelque part dans les plaines inondées. Mais comme la nouvelle des événements de Lechlade avait pu les devancer, le radeau passa avec précaution devant les villes prospères de Reading, Henley et Marlow où les clochers et les dômes des maisons de foi étincelaient de mille feux. Ils se glissaient la nuit au pied des murailles qui bordaient l'eau en se faufilant sans un bruit entre les lumières qui se reflétaient à la surface. Le jour, ils se tenaient à bonne distance des rives.

Le vieux apprit à Albert à pêcher et à cuisiner sur la plaque en fonte. Scarlett consacrait son temps à réparer diverses choses sur le radeau. Ettie, qui ne semblait pas avoir souffert de l'aventure au fort, jouait avec Albert, et parfois même s'asseyait à côté de Scarlett pour la dévisager de ses grands yeux bleus.

Curieusement, après leur fuite de Bladon Point, les relations avec Joe s'apaisèrent. Albert, qui avait sa manière bien à lui d'obtenir des informations, savait pourquoi. Dans la panique et leurs efforts désespérés, alors que les Infâmes et les loutres assoiffées de sang approchaient, Scarlett et lui avaient protégé Ettie. En apparence, son grand-père était toujours aussi bougon, mais ils partageaient désormais une confiance mutuelle.

En revanche, Albert avait du mal à oublier sa visite au fort. Même pour quelqu'un habitué à effacer les souvenirs désagréables, sa rencontre avec les Infâmes était gravée dans sa mémoire. En particulier la silhouette au bout du couloir : une créature fine comme un bâton, hagarde, la bouche pleine de sang. Une vision de haine et de faim. Si monstrueuse, si peu humaine…

Une fille qui devait avoir à peu près son âge.

– Ouais, il se passe des choses terribles en ce monde, dit Scarlett.

C'était le lendemain matin. Assis entre les caisses, le regard dans le vide, Albert écoutait les bruits de la rivière sous le radeau. Scarlett lui tendit une tasse de café fumant et vint se percher avec sa propre tasse près de lui.

– Bois ça et arrêter d'y penser. C'est ma méthode.

Il refusait de lire dans ses pensées. Malgré tout, il eut la vision d'un flanc de colline où une rangée d'hommes en uniforme tirait sur de fines silhouettes blanches qui dévalaient la pente. Et continuaient à courir malgré les trous dans leur corps, leurs intestins battant au vent tels des drapeaux rouges.

Albert chassa cette image de son esprit. Dire que Scarlett prétendait oublier les mauvais souvenirs... Il observa son visage, ces yeux verts, ce petit sourire. Elle s'était attaché les cheveux, et son teint rose laissait penser qu'elle avait peut-être même fait un brin de toilette.

– Tu en avais déjà vu, dit-il.

– Oui.

Elle prit une gorgée de café et ajouta :

– Mais je n'ai pas envie d'en parler, et si tu essaies d'explorer mes pensées, je te botte le cul si fort que tu vas atterrir directement sur la rive.

– Compris, dit Albert.

– Je dois dire qu'hier soir, ça aurait été le moment parfait pour déployer ton... talent, comme au port. La Peur, tu appelles ça ? Tu dis que ça t'arrive quand tu es terrifié, ou bien en colère...

Il acquiesça.

– Tu ne pouvais tout de même pas être encore fatigué de ce qui s'est passé au port, non ? Alors pourquoi ça n'a pas eu lieu hier soir ?

La tristesse et la frustration qu'Albert éprouvait dès qu'il pensait à la Peur enflèrent en lui. Il regarda fixement la vapeur qui s'élevait de sa tasse de café.

– Je l'ai ressentie dans le couloir, quand j'étais seul. Pendant une ou deux minutes, j'ai paniqué et j'ai cru que la Peur allait m'envahir.

– Et finalement, non.

– Non.

– Alors qu'on était poursuivis par une meute de cannibales sur le point de nous rattraper, la Peur ne s'est pas déclenchée. Albert, tu peux me dire à quoi ça sert d'avoir un pouvoir aussi nul que ça ?

Il se sentit piqué au vif. Il devint tout rouge.

– Je n'ai jamais dit que ça servait à quelque chose. C'est toi qui trouves ça formidable. Moi, je déteste. Je ne contrôle rien, c'est ce qui énerve la doctoresse Calloway. Parfois, quand je n'y arrive vraiment pas, elle me fouette. Et à l'inverse, quand j'atteins le max, il se passe des choses terribles, et ça n'est pas bien non plus. Tu peux te considérer chanceuse de ne pas y avoir assisté. C'est pour ça qu'ils me torturaient et qu'ils me gardaient prisonnier à Stonemoor.

– Le max, répéta Scarlett d'un ton amusé. Comme au port ?

– Non, là-bas, je n'étais pas au max.

– Comme dans le car, alors ?

Tout à coup, Albert eut l'air ennuyé. C'était l'un des défauts de Scarlett : elle insistait toujours pour revenir sur le passé d'Albert mais refusait d'évoquer le sien.

– Je n'ai pas envie d'en parler, dit-il. Comme toi avec les Infâmes. Peut-être que c'est moi qui vais finir par te botter le cul pour t'expédier sur la rive.

Elle éclata de rire et fit un petit haussement d'épaules.

– Je me pose des questions, c'est tout. Mais si tu ne veux pas y répondre… Je le sais, tu veux atteindre tes fameuses Îles libres, mais Albert, on n'échappe pas à soi-même. Tu devrais songer à ça. Parler de tes pouvoirs. De Stonemoor. Les questions, ça ne fait de mal à personne.

Elle était prête à se lever. Albert fronça les sourcils.

– Dans ce cas, dit-il, j'ai une question pour toi.

Elle vida sa tasse de café.

– Pour moi ? Eh bien, pose-la.

– Hier soir… j'ai vu quelque chose en toi…

Il faillit s'arrêter mais fut emporté par le fil de ses pensées. Il ajouta :

– Ce n'était pas la première fois, n'est-ce pas ?

Elle plissa les yeux.

– Je te l'ai dit, je n'ai pas envie de revenir sur les Infâmes.

– Je ne parle pas de ça.

Il saisit l'hésitation qui la traversait.

– Je parle de perdre un enfant. Ça t'est déjà arrivé.

Elle ne fit pas un geste. Puis elle sourit, lui tapota l'épaule et se releva.

– Je vais te conduire à tes îles, dit-elle. Et te laisser là-bas. Entre-temps, fais-moi plaisir, ne lis plus jamais dans mes pensées, d'accord ? J'ai toujours ce bandeau de métal dans mon sac, et crois-moi, je serais ravie de te le passer autour du crâne.

– C'est même pas vrai, dit Albert.

Il avait parlé tout bas, et de toute façon, elle s'était déjà éloignée.

Après Marlow, le paysage changea encore. La Tamise s'élargit, les bois et les champs cédèrent aux buissons, puis aux vasières. Ils s'éloignaient de la Mercie. Au nord s'étiraient les terres désolées de l'Anglie. Ils approchaient de l'estuaire qui débouchait sur le lagon. Il n'y avait plus de villes, uniquement des villages de pêcheurs sur des îles avec de petites maisons nichées sous les fumoirs et les râteliers en métal où étaient suspendus des harengs comme des pinces à linge géantes. Un vent chaud soufflait depuis l'est et les régions de Braise de l'autre côté de la mer. Les nuages avaient là-bas d'étranges couleurs – jaune, orange, marron.

Le radeau filait. Des flottilles d'oiseaux blancs s'ébattaient en piaillant sur les eaux moins profondes des affluents. Des sangliers au poil dur arpentaient les vasières. Les plus grands canaux étaient envahis de poissons argentés nageant en bancs paresseux si serrés et si profonds qu'on avait l'impression de pouvoir y descendre comme aux barreaux d'une échelle. La nature sauvage et la désolation procuraient une étrange joie à Albert. La Grande-Bretagne avait beau n'être plus qu'une terre de ruine, aucun endroit n'y était réellement désert. La population humaine avait drastiquement diminué mais la terre grouillait de vie. Le pays était à la fois détruit et source d'une étrange et puissante fécondité.

Le courant était de plus en plus fort sous les troncs du radeau. À chaque coude de la rivière, Albert scrutait l'est avec avidité. Les îles n'étaient plus très loin.

Joe connaissait bien l'estuaire, il avait des amis un peu partout dans cette région. Cinq soirs après leur départ de Lechlade, il amarra le radeau à un îlot en forme de croissant où se dressait une poignée de bâtiments noircis et permit à tout le monde de mettre pied à terre. Cette nuit-là, ils dînèrent avec trois familles aux cheveux sombres dans une salle à manger placée sous le fumoir où régnait une odeur âcre. Des poissons étaient suspendus au plafond voûté. Ettie joua avec deux autres enfants, le vieil homme discuta avec leurs parents. Scarlett et Albert se tinrent assis près de la porte. On ne leur posa aucune question sur leurs intentions, ils furent accueillis avec sobriété et discrétion. Ils mangèrent à leur faim et burent de la bière de malt. Ils dormirent sur des couvertures à même la terre ferme.

Le lendemain matin, ils se levèrent avec le soleil. Les habitants sortirent pour leur dire au revoir. Albert remarqua que Scarlett restait près de la porte. Un instant, elle se glissa à l'intérieur. Quand elle ressortit, elle rattachait sa bourse à jurons autour de son cou. Qui pendait différemment de la veille, car elle était vide. Elle jeta un coup d'œil à Albert au passage, mais il prit soin de détourner le regard.

Le radeau s'engagea plein est entre les îles. Les rives s'éloignèrent et ne formèrent bientôt plus qu'un arc de cercle bleuté au loin. Midi arriva. Ils pénétrèrent dans le lagon.

Joe appela Scarlett et Albert à la barre.

– Quelques pêcheurs s'aventurent plus loin que ça pour les gros poissons, mais nous sommes à l'endroit où les gens raisonnables s'arrêtent. Devant, il n'y a plus qu'une étendue d'eau, parsemée des Grandes Ruines. De toute ma vie passée sur ce radeau, je n'ai jamais été plus loin que les îles près de la côte. Je n'aime pas m'aventurer en mer. Albert, tu veux toujours gagner les ruines ?

Les yeux du garçon brillaient. Il scrutait avec bonheur l'horizon.

– Si tu parles des Îles libres, oui !

– D'accord. Mes amis m'ont dit que votre fameux bateau a été aperçu il y a deux jours. Il est passé devant les villages de pêcheurs sans s'arrêter. À bord, il y avait des hommes en chapeau melon.

– Des officiers des maisons de foi, dit Scarlett. Calloway est toujours à nos trousses.

Joe acquiesça.

– Heureusement pour nous, ils ont pris vers le nord en suivant la côte. Ce qui signifie qu'on va les laisser derrière nous.

Joe fit passer le moteur à plein régime. Le radeau bondit puis fila en direction de la mer.

Tout l'après-midi, ils progressèrent vers l'est. Les côtes ne formèrent plus que des rubans gris puis un simple trait de crayon brumeux qui finit par disparaître. Ils étaient au centre du lagon. Ettie semblait inquiète. Elle se retira sous la tente. Le fusil à la main, Scarlett guettait les poissons géants. Assis sur une chaise longue à l'avant du radeau, Albert regardait droit devant lui. Il sentit son excitation grandir. Une fois, il crut voir un amas de structures hautes et fines. Des lignes grises qui paraissaient relier la mer au ciel… Il se leva et mit une main en visière, mais la vision disparut. Il n'y avait que des nuages.

Vers l'ouest, la lumière s'effilocha comme du lait qu'on aspire entre des dents serrées. Le vent se leva. Des vagues surmontées d'écume blanche frappaient le radeau et le faisaient tanguer de façon étrange.

– Un orage se prépare, dit Joe. On risque d'être submergés par une grosse vague, de chavirer et d'être réduits en petit bois. En revanche, une tempête, ça chasse les requins de la surface, alors au moins, ils nous boufferont pas.

Albert était inquiet. Il y avait une douleur sourde dans sa tête, sans doute la crainte d'un avenir incertain.

– Mais les Îles libres ? demanda-t-il. Je croyais qu'on les atteindrait aujourd'hui.

– Non, demain matin, si on est encore en vie. Aide-moi à préparer la bâche.

La tempête s'annonçait terrible. La nuit tomba d'un coup. Des nuages comme des haillons noirs avaient surgi du Nord. Les rafales de vent secouaient la mer en faisant grincer les troncs qui composaient le radeau. Joe arrima solidement la bâche à la tente et ils se réfugièrent dessous pour regarder la pluie tomber sur l'auvent puis disparaître entre les troncs. C'était impossible d'allumer un feu. Albert décrocha la lanterne pour tenter d'y voir quelque chose, en vain. Ils dînèrent de poisson fumé et de pain de seigle. Joe sortit une flasque de whisky, qu'il leur passa. Ettie se glissa sous le duvet entre Scarlett et Albert et s'endormit aussitôt.

– Bon, dit Joe pendant une accalmie. On est aux confins de la terre. Demain, je serai enfin débarrassé de vous deux. C'est notre dernière soirée ensemble, il faut fêter ça. Quitte à être blottis sur les genoux les uns des autres, à votre santé !

Albert était en train de remonter le duvet sur le cou d'Ettie.

– On n'est pas vraiment aux confins de la terre. Il y a là une communauté qui…

– Va t'accueillir malgré tes différences, compléta le vieil homme. Peut-être que j'en sais plus sur toi que tu le penses, Albert, et sur cet espoir que tu places dans tes Îles libres.

Le silence s'installa sous la tente. Dehors, la tempête faisait rage. Coincée entre la petite fille et la toile de tente, Scarlett se tourna vers Joe.

– Tu nous as espionnés ?

Il lui lança un regard sombre.

– C'est un petit radeau. Alors oui, j'ai entendu plus d'une conversation.

Scarlett s'éclaircit la gorge.

– Dans ce cas… Tu es au courant des capacités d'Albert. Et ça ne t'inquiète pas ?

– Pourquoi ça m'inquiéterait ? Je ne suis pas un gros et pieux marchand planqué derrière les murailles de sa ville de survivants. Albert n'a rien fait de mal à bord de ce radeau, que je sache. J'accepte bien de voyager avec une brigande bravache aux mains couvertes de sang comme toi, ma fille, alors pourquoi pas avec un garçon calme et prévenant ?

Scarlett ne répondit rien. Albert était éberlué.

– Merci, Joe, dit-il pour finir. Quel plaisir d'entendre ça. Sois assuré d'être récompensé pour ta bonté. Demain, tu seras un homme riche !

– Oui, j'imagine que demain, j'aurai votre argent…

Le vieil homme fit lentement tourner la flasque entre ses mains.

– Albert, pourquoi penses-tu que je souhaite récupérer le produit de vos crimes ?

– J'imagine que tu aimes l'argent, comme tout le monde.

Joe soupira. Avec un doigt osseux, il désigna la tête d'Ettie qui dépassait du duvet.

– Regarde ma petite-fille. Que vois-tu ?

– Une adorable fillette innocente encore pleine des rondeurs de l'enfance qui rend heureux tous ceux qui l'approchent.

– Tu es vraiment un idiot. En réalité, c'est une gamine espiègle, capricieuse et avide, même si je l'aime infiniment. Et c'est aussi une fillette condamnée.

Albert écarquilla les yeux.

– Condamnée ? Ettie ? Mais pourquoi ?

– C'est la vérité, si jamais les villes de survivants lui mettent la main dessus. Tu n'as pas remarqué qu'elle est muette ? Elle ne parle pas, Albert ! Pour l'instant, ça ne se voit pas trop. Elle a trois ans, elle vit avec moi. Quand on arrive dans un port, personne ne fait attention à elle. Mais lorsqu'elle en aura sept ou dix-sept et qu'elle ne parlera toujours pas… Au mieux, elle devra aller vivre dans les Terres sauvages à cause de sa déviance. Et encore, ça, c'est si elle a de la chance. Je ne serai pas toujours là pour la protéger.

Les yeux du vieillard se remplirent de larmes. D'un geste furieux, il prit une nouvelle gorgée de whisky.

– Avec de l'argent, je pourrais peut-être lui trouver un endroit sûr pour vivre… Il paraît que les gens du pays de Galles et des Cornouailles sont moins exigeants envers les enfants. Peut-être que je vais l'emmener là-bas.

– Sinon, il y a toujours les Îles libres, avança Albert.

– Tu ne les as pas encore vues. Tant qu'il y aura de la vie dans mon corps, d'une façon ou d'une autre, je protégerai Ettie. Voilà tout ce que j'ai à dire.

Albert sourit, le cœur débordant.

– La première fois qu'on t'a vu, Joe, on a cru que tu étais un faible d'esprit avec un pied dans la tombe, et pourtant, tu as plus de vitalité que bien des jeunes hommes. Ettie est entre de bonnes mains avec toi !

Joe prit une nouvelle gorgée d'alcool.

– C'est gentil. Demain sera un grand moment. Albert, tu vas réaliser ton vœu le plus cher. Même s'il est probable que ça implique de mourir de faim sur un rocher avant d'être dévoré par les mouettes. Mais c'est ton rêve, que tu vas épouser avec noblesse. Ettie et moi, on reprendra notre radeau avec plus de place pour dormir et de l'argent pour changer notre destin…

Il tourna son cou décharné.

– Et toi, Scarlett? J'ai remarqué que tu ne disais plus rien. Que vas-tu faire en cette journée particulière?

Elle avait été inhabituellement silencieuse depuis leur arrivée dans le lagon. Tout à son excitation, Albert n'y avait pas prêté attention. Maintenant, il s'en voulait. Elle était adossée à l'un des piquets de la tente, la tête contre la toile, ses cheveux rabattus sur son visage comme s'ils étaient trempés par la pluie.

– Je serai heureuse pour Albert s'il trouve son sanctuaire, répondit-elle. Et pour Ettie et toi, Joe. Moi? Je vais prendre la vieille route du Nord en me glissant sans doute dans un convoi. Peut-être que je pousserai jusqu'à la Northumbrie. Il paraît qu'il y a quelques banques par là-bas.

Albert eut un coup au cœur à l'idée que Scarlett le quitte bientôt. Ils étaient si près l'un de l'autre sous cette tente qu'il avait du mal à séparer ses pensées de celles des autres. Mais dans sa tête, Scarlett était déjà en route. Il se souvint d'elle la première fois qu'il l'avait vue dans le car. Là aussi, elle était pressée de partir. Et entre-temps…

Mais il fallait bien que tout ait un début et une fin.

– Tu veux aller faire de nouvelles victimes au nord? demanda Joe. Explique-moi quelque chose, ma fille. J'ai croisé des brigands en vie avant de les retrouver pendus au gibet sur les quais de Windsor. La plupart étaient devenus des hors-la-loi à cause d'une tache de naissance, d'un membre en moins, d'une difformité. Ils avaient été chassés des villes. Mais toi qui détestes ces villes plus que tout le monde, tu n'as aucune déviance.

– Oh si, répondit Scarlett en se tapotant le torse, qui sonna creux malgré le rugissement du vent. Elle est là. C'est une raison suffisante pour mener la vie que je mène. Tous les miliciens et autres officiers des maisons de foi ne me feront pas renoncer aux armes pour vivre dans une ville.

Joe attendit la suite, mais elle ne vint pas. Il finit par hausser les épaules.

– Je vois. Eh bien, bonne chance à toi. Une vie de solitude et de violence, ça n'est pas un sort enviable, pas plus que de mourir sous une pluie de balles. Mais tu sais ce que tu fais. Tu veux encore un peu de whisky ?

– Non, je vais dormir. La journée de demain sera intense.

Avec force grognements et jurons, Scarlett se coucha. Le vieil homme et Albert l'imitèrent bientôt. Ce dernier regardait la lanterne accrochée à la structure de la tente et écoutait les troncs du radeau grincer sous lui.

– Scarlett, dit-il.

– Quoi ?

– Merci de m'avoir accompagné jusqu'à ma destination finale.

– De rien. Mais à proprement parler, tu n'y es pas encore. On a toutes les chances de se faire bouffer par un poisson pendant la nuit.

– Sans doute.

– Ce qui serait le mieux.

– Peut-être… Scarlett ?

– Quoi ?

– On éteint la lanterne ?

Un bâillement monta du duvet.

– À quoi bon ? On est à des kilomètres de tout.

Les heures passèrent. La pluie ruisselait de la bâche sur l'auvent. Ils étaient comme dans une boîte aux parois composées de vent et d'eau. Coincé au milieu des autres, Albert eut du mal à trouver le sommeil. Le vieil homme ronflait. La petite fille s'agitait. Scarlett était immobile. Presque trop. Elle aurait pu être morte, ou figée dans la pierre. Comme d'habitude, elle avait ses bottes aux pieds et son arme à la ceinture. Albert devait reconnaître que cette proximité était troublante. Peut-être que c'était pour ça qu'il ne parvenait pas à dormir. Il éprouvait une sensation bizarre. Il ne se sentait pas bien, soit à cause du whisky de Joe, soit de la tempête, soit d'une autre raison. Peut-être qu'il s'inquiétait du lendemain. De devoir dire adieu à Scarlett. Il repensa à leur conversation. Il avait l'impression d'avoir l'esprit jonché de petits cailloux.

Mais tout allait bien. Une fois sur les Îles libres, il n'aurait plus besoin d'elle. Là-bas, tout serait différent, il serait accueilli et protégé.

La tempête passa. Les vagues se calmèrent, et ils retrouvèrent leur lien avec la nuit. Les oreilles d'Albert résonnaient encore du crépitement de la pluie. Il faisait froid, il pleuvait encore, mais il eut tout à coup besoin de se lever. Sans comprendre pourquoi, il avait mal à la tête. Il tenta de ne déranger ni Joe ni Scarlett et se faufila hors de la tente. En quelques instants, il fut trempé, mais ça lui était égal. Prenant garde à ne pas glisser sur le bois détrempé, il dépassa les caisses et les chaises longues pour s'approcher du bord et contempler la nuit.

Le lagon était noir. Le radeau flottait au milieu de nulle part. Albert regarda vers ce qu'il espérait être les Grandes Ruines, et malgré la pluie, il aperçut au loin quelques lumières jaunes comme un amas d'étoiles tombées du ciel.

En dépit du froid, de l'humidité et de sa tête qui pulsait, Albert Browne sourit.

Les Îles libres ! Il y était presque.

Des bottes s'approchèrent sans un bruit sur le pont. Une forme avança dans la lumière de la lanterne et se matérialisa en silhouettes qui se jetèrent sur lui. Le sourire d'Albert s'effaça de ses lèvres. Il voulut se retourner, mais des bras l'entourèrent. Il reçut un coup de poing dans le ventre, sentit son torse comprimé et des poils de barbe contre sa nuque. Un craquement de cuir. Et une odeur familière : la transpiration des hommes qui ont peur. C'était la première fois qu'il la respirait depuis le car.

Il tourna violemment la tête dans tous les sens, il savait ce qu'ils voulaient faire.

Il ne disposait que de quelques secondes.

La première fois, le bandeau métallique rata son crâne. Les piques lui écorchèrent les tempes, ce qui le fit crier. Tant mieux. La douleur, ça aidait. La Peur monta en lui. Il entendit un homme qui hurlait, des os qui se brisaient…

Puis on lui passa le bandeau métallique.

Cette fois, ils avaient réussi.

Et là, ce fut au tour d'Albert de crier. Sans plus cesser. La pression grandissait en lui, son crâne risquait d'exploser. Mais le bandeau était en place, la force qu'il contenait à la recherche d'une échappatoire.

22

Le hurlement des loups, un craquement de brindilles, le cliquetis d'une sécurité de revolver : au cours de sa carrière, Scarlett avait cultivé le don de réagir instantanément à certains bruits, même pendant son sommeil. Les cris inhumains en faisaient partie. Elle passa donc en un battement de cœur de la position horizontale endormie à une position verticale active, et seule la corde de la bâche où se prit son arme l'empêcha d'avoir une réponse parfaite à ce danger immédiat. Elle fut tout de même assez rapide pour éviter l'homme au manteau noir qui plongeait sur elle. Elle passa sous son bras, se retourna et lui décocha un coup de crosse à la mâchoire. Pendant qu'il titubait, elle fit demi-tour et lui donna un puissant coup de talon au torse. Il bascula par-dessus bord et disparut dans l'eau avec force éclaboussures. Là, Scarlett tourna la tête…

Et se retrouva face au canon d'une arme.

– Salut, ma jolie, dit la voix. Comment va ta main?

Scarlett se raidit, une mèche de cheveux sur les lèvres. La

lumière de la lanterne perçait les ténèbres et éclairait la pluie qui tombait de biais. Devant elle se tenait un jeune homme barbu avec des dents blanches, un pantalon rouge, une longue veste à carreaux et un chapeau melon vert incliné sur un œil. À part la pluie, ça ressemblait beaucoup à la scène au sommet de la falaise dix jours plus tôt quand il lui avait planté un couteau dans la main.

Elle répondit en souriant :

– Elle reprend chaque jour un peu plus de force. Lâche ton arme, je vais te montrer.

– Non, désolé.

Il fit un geste et Scarlett lança son revolver sur le pont. Il donna un coup de pied dedans pour l'envoyer dans l'eau et recula le long de la tente en lui faisant signe de le suivre. À cet instant, il y eut du mouvement de l'autre côté de la toile. Scarlett entendit Ettie couiner et le vieux Joe pousser un cri de douleur. Elle veilla à rester de marbre. Ce n'était pas le moment de se trahir.

Sur le pont à tribord, elle vit un homme en train d'attacher des cordes. Scarlett ne parvenait pas à distinguer le lagon, mais elle savait que le radeau devait être cerné par plusieurs bateaux qui s'étaient approchés sans être repérés grâce à la pluie.

Ce n'était pas le seul inconnu sur le pont. Un mort gisait à l'endroit où elle déroulait d'habitude son tapis de prière, ses membres étrangement désarticulés. L'un de ses yeux luisait comme un éclat de verre. Un peu plus loin se tenaient deux types en chapeau melon. En vie, mais pétrifiés de terreur.

Devant eux, une silhouette immobile vêtue d'un grand pull.

– Albert ? lança Scarlett.

Elle comprit tout de suite ce qui se passait. Il avait un bandeau métallique juste au-dessus des yeux. Similaire à celui que Scarlett avait dans son sac à dos mais plus épais et muni de piques pointues qui s'enfonçaient dans le crâne. Pour faire encore plus mal s'il s'agitait. Le sang coulait déjà sur ses tempes. Le bandeau tenait grâce à une tige en métal qui descendait le long de sa nuque vers sa colonne vertébrale. Ses poignets attachés dans son dos y étaient reliés par deux chaînes. Albert tenait donc debout de façon artificielle – la tête, le corps et les mains liés – tandis que la pluie et le sang dégoulinaient sur son visage. Les yeux grands ouverts, il regardait au-delà de Scarlett dans l'obscurité. Il ne semblait même pas la reconnaître, ne pas être conscient de quoi que ce soit. Il remua les lèvres, mais elle n'entendit pas ce qu'il disait. À cause du bruit de la pluie, c'était impossible de deviner s'il produisait de vrais sons.

– Albert ? répéta-t-elle.

Il ne dit rien.

– Il n'est plus vraiment là, dit doucement une voix. Tout va bien, tout le monde. Détendez-vous. On ne risque plus rien.

Scarlett avait toujours su que les événements du port de Lechlade ne resteraient pas sans suite, qu'il y aurait des retrouvailles avec Shilling. Elle n'était pas davantage étonnée qu'il soit toujours aussi impeccablement habillé. Elle aperçut un bandage sous son manteau là où elle l'avait blessé par balle. En revanche, il n'avait aucune trace de l'explosion sur le quai : ni brûlure ni blessure apparente. Il les avait traqués sur la Tamise sans froisser son pantalon ni même avoir à réajuster ses manches. De nouvelles lunettes rondes cachaient ses yeux. Il avait la même prestance que lorsqu'il s'était adressé aux Frères de la Main, Pope et Lee. Et lorsqu'il les avait abattus. Il tenait un beau parapluie à poignée en ivoire noir comme des ailes de corbeau, et il n'y avait pas la moindre goutte de pluie sur son chapeau ni son pardessus.

En agitant son arme, il fit signe à Joe et Ettie d'avancer. Joe était pieds nus, il boitait. Il avait l'air perdu et se tenait la tête entre les mains. À moitié endormie, la petite fille fut surprise par l'air froid et voulut se réfugier dans la tente. Shilling leva un pied botté et la fit tomber sur le pont.

Joe poussa un cri. Les mâchoires de Scarlett se contractèrent. À l'autre bout du pont, Albert se débattit contre ses liens. Les hommes qui l'entouraient, des types costauds et barbus qui faisaient deux fois son poids, tressautèrent d'un air inquiet. La sueur dégoulinait sur leur visage et on voyait le blanc de leurs yeux et leurs dents.

– Tout va bien, les gars, dit Shilling. Il ne peut plus rien faire. Vous vous en êtes bien sortis.

Penché sur sa petite-fille, Joe l'aida à se relever et la prit par la main. Son regard croisa celui de Scarlett. Elle tenta de lui faire passer discrètement ce message : « Patience. »

– Je dois dire, ma fille, que ça n'a pas été facile, dit Shilling en arrivant près d'elle. J'ai vraiment cru qu'on ne se reverrait plus. Alors, je suis terriblement content que ça soit finalement le cas.

Il fit signe au type qui venait d'amarrer les embarcations. Un gars tout petit à la peau blanche avec un trop grand chapeau melon et des yeux nerveux qui regardaient partout.

– Paul, occupe-toi de ces deux-là. Et fais taire la gamine. Georges, dit-il au type qui tenait Scarlett en joue, inutile de te dire de la surveiller de près.

Shilling rangea son revolver à sa ceinture et attrapa une sorte de petit tube. Écartant son parapluie, il pointa le cylindre vers le ciel. Il y eut un bruit sourd et un jet de fumée puis une explosion silencieuse qui dessina de longs doigts cramoisis sur le ciel nocturne. Le radeau, ses occupants ainsi que la mer tout autour furent illuminés. On aurait dit une tache de sang qui se répandait.

– Elle sera bientôt là, annonça Shilling.

Il jeta son pistolet d'alarme. Enjambant le cadavre, il s'approcha d'Albert au centre du pont. Il l'observa un moment. Puis lui tapota la joue.

– Toi, mon gars, tu te tiens bien tranquille. Il y a une dame qui veut te voir.

Les yeux d'Albert se révulsèrent. Il agita ses lèvres. Son corps était parcouru de spasmes. Du sang coulait sur sa joue. Ses jambes se dérobèrent sous lui. Il faillit tomber.

Shilling se détourna de lui.

– Quel horrible individu ! Un être repoussant.

Il fit tourner la tige de son parapluie entre ses doigts, ce qui projeta de l'eau tout autour de lui.

– C'est un crime de l'avoir laissé approcher d'honnêtes citoyens. C'est une bête pire qu'un loup, un monstre avec un pull qui pendouille et des chaussures trop grandes.

Il s'arrêta près de Scarlett.

– Mais ce n'est pas sa faute. Il est né comme ça. En revanche, toi, pour ce que je peux en juger, tu n'as pas cette excuse. Toi et ces deux beautés, vous lui avez apporté votre soutien.

Scarlett lança ce qu'elle espérait être un regard de mépris au vieillard et à l'enfant tremblante.

– Eux, ils n'y sont pour rien, dit-elle. On a détourné ce radeau. Regardez comme ils sont pathétiques. Ils ne représentent rien pour Albert ni pour moi.

Shilling secoua la tête.

– C'est pour ça que vous étiez blottis tous ensemble sous la tente ? Tu les as payés. Des rats de rivière comme eux, ça ferait n'importe quoi pour de l'argent. À propos… Matthew, s'il te plaît, inspecte le radeau. Tout ce que tu trouves d'intéressant, tu le mets dans notre bateau. Il ne faut rien laisser sur ce machin, va savoir comment il va finir.

Scarlett sentit le soulagement du subordonné à l'idée de s'éloigner d'Albert. Il disparut sous la tente.

– Ça n'a pas besoin de se passer comme ça, commença-t-elle. L'argent…

– Tu crois pouvoir négocier après ce que tu m'as fait ?

Shilling passa une main sous son pardessus.

– Une balle dans l'épaule, une juste au-dessus du cœur. Sans mon gilet pare-balles, j'aurais succombé à Lechlade. Grâce à toi, rien que respirer me fait mal.

– Je peux aider à résoudre ce problème, lança Scarlett.

Shilling sourit.

– Je pourrais te tuer maintenant, mais j'attends ma patronne. On s'est divisés pour mieux vous coincer, elle ne devrait plus être très loin.

Le type près d'Albert grogna :

– J'espère bien.

– Je t'ai déjà dit que tu n'avais plus rien à craindre ! Il est entravé, non ?

Malgré tout, la tension de Shilling était évidente. Il lança à Scarlett en faisant encore tourner son parapluie :

– Tu sais ce qui me choque le plus ? Que tu aies laissé Albert Browne sur ce radeau sans même un bandeau métallique ! Pendant des jours ! Vous avez longé des villes et des villages ou des innocents, des gens respectueux de la loi, dormaient dans leur lit en ignorant qu'une chose si vile était à portée de rame. C'est un miracle qu'il n'ait pas atteint le max. Tu ne t'es vraiment pas rendu compte de ce que tu faisais. Ça n'aurait de toute façon pas duré. Tôt ou tard, il vous aurait tous tués.

– Mais là, c'est nous qui allons vous tuer, dit le jeune homme près de Scarlett en éclatant de rire.

Elle ne lui accorda aucune attention. Elle était en train d'examiner les options qui s'offraient à elle. La tache rouge était encore visible dans le ciel, ses doigts repliés comme s'ils s'accrochaient au lagon. Il y avait assez de lumière pour qu'elle enregistre la position de chacun. Shilling était accompagné de quatre gars. Il n'y avait plus trace de celui qu'elle avait fait basculer dans l'eau – peut-être qu'elle lui avait défoncé les côtes –, et l'homme étendu sur le pont était de toute évidence mort. Elle avait donc cinq ennemis, tous armés. Le jeune qui lui avait transpercé la main était le plus doué, et elle avait déjà eu l'occasion de mesurer l'étendue des compétences de Shilling.

La situation n'était pas simple.

Mais elle disposait peut-être d'un atout : l'étroitesse du radeau. Ils regardaient tous vers le centre, comme postés à chaque coin de son tapis. Ils auraient du mal à faire feu sans se blesser mutuellement. Ils hésiteraient, et elle était rapide…

Mais ça ne suffirait pas. Scarlett pourrait sans doute en neutraliser deux ou trois, mais cinq, c'était impossible. Les types restants l'abattraient. Entre-temps, ils auraient déjà tué le vieux et la fillette. Albert, ils le voulaient vivant, mais lui aussi pouvait être pris dans les tirs croisés.

Il n'y avait aucune issue. Ils allaient tous mourir.

Y compris Scarlett.

Elle observa Albert.

Et songea à l'explosion dans le port de Lechlade.

Son regard s'abaissa sur le type mort par terre. Il n'avait eu le temps de sortir ni son arme, ni le gros couteau à sa ceinture.

Elle observa de nouveau Albert.

Qui fixait le vide derrière elle. Pas de doute, l'entrave lui faisait un effet autre que physique. Les mains liées, les pointes en métal qui s'enfonçaient dans son front, certes, mais il y avait autre chose. Il était à la fois là et pas là. Les types terrorisés manipulaient davantage que son corps.

De là où elle se tenait, Scarlett ne voyait que la tige en métal reliée au bandeau ainsi que les deux chaînes qui lui bloquaient les mains. Ce n'était pas une tige très épaisse. Scarlett enregistra mentalement chaque détail du dispositif.

La lumière dans le ciel faiblit. Par contraste, la lanterne accrochée à la tente reprit de la vigueur. Elle projetait sa lueur sur Scarlett, Albert, Joe et Ettie, ainsi que Shilling et ses hommes. On aurait dit une assemblée de fantômes en pleine mer.

– Albert, dit Scarlett le plus lentement et distinctement possible. Je ne veux pas que tu bouges.

Il n'eut pas l'air de l'avoir entendue. Shilling lui lança un regard amusé.

– Sur ce coup-là, tu peux être tranquille, ma fille. Il ne peut rien faire.

Un bruit de moteur retentit dans la nuit. Scarlett distingua des phares verts au loin. Trois bateaux approchaient.

– Elle arrive, dit Shilling. Il ne vous reste plus beaucoup de temps.

Il en restait assez à Scarlett pour savoir que, même si les chances n'étaient pas en sa faveur, elles le seraient encore moins une fois la femme aux cheveux blonds à bord.

« Cette femme ne fait que semer la mort autour d'elle. »

Comme si elle aussi lisait dans les pensées de Scarlett, Ettie fondit tout à coup en larmes. Son grand-père voulut la rassurer, la prit dans ses bras, mais la petite fille était inconsolable. Elle hurlait en cherchant à lui échapper.

– Ettie..., dit Joe, je t'en supplie...

Le type chargé de fouiller le radeau passa avec le sac à dos de Scarlett et le tube contenant son tapis de prière. Il lâcha :

– La doctoresse Calloway va pas aimer ce bruit...

Shilling acquiesça.

– Paul...

– Laissez-la ! s'écria Joe. Elle n'a que trois ans ! Ettie, je t'en supplie...

Mais la petite fille hurlait de plus belle. Tout le monde la regardait. Sauf Scarlett, qui était en train d'évaluer les distances entre les différents protagonistes.

– Ettie...

– Dieux du ciel ! s'exclama Shilling. Quel vacarme ! Jetez-la par-dessus bord !

En parcourant le Wessex, Scarlett avait plusieurs fois vu dans les foires des prestidigitateurs ressusciter des grenouilles avec deux électrodes et une pile au vinaigre. Là, ce fut comme si Joe venait de recevoir une telle décharge. Il poussa un cri éraillé et, avec une force tout à coup retrouvée et sa petite fille dans les bras, se précipita à l'autre bout du radeau, là où il y avait les rames. Le type qui tenait le sac à dos de Scarlett le lança dans le noir et s'avança pour leur couper la route. Tout le monde était distrait par la scène.

Exactement ce que voulait Scarlett.

Quatre cibles, quatre actions.

Qu'elle exécuta en autant de secondes.

D'abord, un coup de poing à la gorge du barbu près d'elle. Ses yeux s'exorbitèrent, il laissa pendre sa langue, son sourire explosa comme un sac gonflé d'air.

Encore mieux, il relâcha la main qui tenait son arme.

Comme ses doigts se desserraient, Scarlett la lui arracha de la main gauche, appuya sur la détente et tira un coup dans l'épaule du type près d'Albert. Ce fut sa deuxième action.

Au cours de la troisième, elle esquiva une balle de Shilling et roula jusqu'au cadavre sur le pont, arracha le couteau à sa ceinture et continua à rouler.

Puis elle bondit derrière le type qui tenait son épaule blessée et balança de toutes ses forces le couteau vers le dos d'Albert. Elle eut le temps, pendant cette quatrième action, d'espérer qu'il avait fait ce qu'elle lui avait demandé, à savoir ne pas bouger.

En effet. Le couteau sectionna la tige en métal.

Scarlett fut entraînée par son élan jusqu'à l'autre bout du radeau et faillit passer par-dessus la caisse qui abritait le moteur. Ses mouvements suivants furent consacrés à se relever puis à tirer deux coups vers la silhouette de Shilling pour le maintenir à distance. Elle ne prêtait aucune attention à Albert. Elle ne vit pas la tige tomber, ni ses poignets se libérer. Elle ne vit pas Albert dégager ses mains et arracher le bandeau métallique.

En revanche, elle vit la suite.

Shilling ouvrit la bouche en guise d'avertissement. Puis quelque chose le frappa, comme tous ses compagnons.

Les hommes tombèrent comme des quilles, leurs armes volèrent, leurs chapeaux melon tournoyèrent : le petit tout maigre, celui qui était blessé à l'épaule, celui qui avait planté son couteau de la main de Scarlett sur la falaise. Et enfin, celui qui avait tenté d'intercepter Joe et Ettie. Ils avaient tous disparu, projetés en l'air comme des poupées de chiffon. Ils hurlaient en s'élevant dans le ciel.

Même Shilling criait, plié en deux comme s'il avait reçu un coup dans le ventre. Il ne décolla pas tout de suite. Il fut d'abord traîné sur plusieurs mètres, son pardessus derrière lui, les talons de ses bottes griffant le pont. Il heurta un piquet de la tente. Le piquet vacilla, mais tint bon. Shilling était sous le choc.

La lanterne tournoyait, sa lumière balayait le radeau. Albert était debout au centre de l'embarcation, tête baissée. Scarlett ne voyait pas son visage.

Elle voulut s'approcher de lui, mais ce fut comme si elle pénétrait dans l'œil d'un cyclone. Elle l'appela. Il se retourna. Il avait le regard vide. Elle ne le reconnut pas. Elle tituba en clignant des yeux. Où était Joe ? Où était Ettie ? Dans le ciel, on entendait des cris aigus comme ceux des spectateurs à un feu d'artifice. Et comme lors d'un feu d'artifice, le ciel explosa.

Le chapeau de Shilling avait disparu, et lui était écrasé contre le poteau. Il parvint pourtant à pointer son arme en poussant un cri.

Albert leva une main.

Les lunettes de Shilling se tordirent avant de se briser, puis s'enfoncèrent dans ses yeux. L'homme poussa un nouveau cri. Et tira trois coups de feu.

Là, le radeau se brisa en deux.

Le pont se fendit. Les caisses tournoyaient dangereusement tout autour d'Albert. L'une d'elles percuta Shilling et le projeta dans la toile de tente, qui fut arrachée au passage.

Un bruit de bois qui se fend. Les caisses se percutaient dans les ténèbres, le radeau sombrait. Scarlett voulut rejoindre Albert, mais ils étaient chacun à une extrémité. Le monde se renversa. L'eau était dans le ciel, l'air en bas, elle sentit quelque chose la heurter à la tête et vit des éclairs. Un instant, elle crut que le jour se levait, qu'elle se trouvait sur une route baignée de soleil où quelqu'un l'attendait tout au bout. Puis tout redevint noir, et il n'y eut plus que de l'eau, de la douleur et de la terreur.

Le corps de Scarlett partit d'un côté, son esprit de l'autre. Sans que rien ne les relie.

IV
LES ÎLES

En fin de compte, ce fut un détail qui provoqua l'évasion d'Albert. Ni les coups, ni la torture, ni un resserrement du bandeau ou le fouet. Même pas la mort ou la disparition d'un autre enfant – le lit vide, le tas de vêtements, son enterrement en catimini à l'heure du petit déjeuner. D'habitude, Albert observait la scène depuis la fenêtre de la cafétéria en attendant ses œufs. Les gardiens avec leur long manteau poussaient une brouette en direction de la terre sablonneuse derrière les pins.

Rien de tout ça. La douleur, on s'y habituait. Les lits étaient bientôt occupés par d'autres. Les œufs, toujours bien cuits.

Ce fut un détail : un pétale par terre.

– Albert! s'exclama la doctoresse Calloway. Bravo!

Il entendit le petit clic marquant la fin du test. Qu'est-ce qu'elle faisait? Elle rallumait la lumière? Elle coupait l'électricité du circuit? À cet instant, Albert n'avait jamais assez de force pour chercher la bonne réponse.

Un parfum picota ses narines et le sortit de sa torpeur. Il tremblait, son cœur battait la chamade, ses os avaient l'air prêts à se briser sous sa peau. La tête dégoulinante de sueur ployée vers son torse, Albert n'entendit pas la doctoresse Calloway s'approcher, mais il sentit ses doigts effleurer sa nuque afin de détacher le nœud de son masque. Il avait déjà fermé les yeux très fort pour se protéger des néons, malgré tout, il fut aveuglé.

Elle le libéra et lui tendit la tasse pour qu'il boive. Il commençait à distinguer des formes : le carrelage blanc, la robe de la doctoresse, la table métallique avec ses instruments presque à l'autre bout de la pièce. Il apercevait le halo blond de ses cheveux et l'objet circulaire en métal luisant dans sa main. Elle prenait toujours son temps pour lui remettre le bandeau. C'était sa façon de lui rappeler à quel point il était faible, après les tests. Qu'il n'avait pas la force de faire quoi que ce soit.

Cette fois, elle prit le temps de l'observer, ce qui n'était pas habituel.

– Bravo ? répéta-t-il dans un souffle.

– Regarde la fleur.

Il obéit, comme toujours, même s'il avait encore mal aux yeux. C'était étrange de découvrir les objets sur la table après avoir scruté leur image mentale pendant si longtemps. La moitié de la bougie avait eu le temps de se consumer pendant le test. L'assiette de riz, le pot de cailloux, la souris, la bouteille étaient comme avant. Ce jour-là, la fleur était un œillet à cinq pétales avec une tige qui pendait au bord du vase pourtant rempli d'eau. Elle aussi était identique à l'image qu'Albert avait observée mentalement, à l'exception d'un pétale de sa corolle.

– C'est moi qui ai fait ça ? demanda-t-il.

– Il a atterri à mes pieds.

Albert tourna douloureusement la tête ; pendant l'une des plus fortes décharges électriques, il avait eu un tel spasme qu'il s'était arraché un lambeau de peau. Près des chaussures noires parfaitement cirées de la doctoresse, à trois mètres de la table, il y avait une petite chose rouge sur le carrelage. Albert la contempla d'un air ahuri, puis leva la tête vers elle.

– C'est… une grande distance, dit-il.

– Une très grande distance.

Dans la lumière froide de la pièce, la peau de la doctoresse brillait faiblement, ce qui soulignait son visage en forme de cœur et ses hautes pommettes qui se terminaient sur un petit menton à fossette.

– Tu as arraché le pétale et tu l'as transporté lentement à l'autre bout de la pièce avec une vitesse et une hauteur constantes malgré toutes les distractions que j'ai pu tenter. Tout en délicatesse et en précision ! Avec

un contrôle parfait, malgré la douleur ! Je n'avais encore jamais vu une telle performance, Albert Browne. Je suis impressionnée. Qui sait, avec un peu d'entraînement, tu pourras peut-être réaliser de belles choses. C'est un grand jour. Et maintenant, c'est l'heure du déjeuner.

Elle lui adressa un sourire franc qu'il ne lui connaissait pas. Fasciné par ce sourire, Albert ressentit pour la première fois un bonheur et une gratitude à vous arracher des larmes. À l'idée que malgré sa faiblesse, sa difformité et son mauvais fond, il lui avait enfin prouvé sa valeur. Il avait réussi sa mission sans flancher, et sans risquer d'atteindre le max. Il venait de faire quelque chose qui avait impressionné la doctoresse Calloway. Il avait honoré la confiance qu'elle plaçait en lui.

Cette fierté et ce plaisir étaient si puissants qu'Albert comprit autre chose : s'il passait un jour de plus à Stonemoor, il était foutu. Il cesserait de lutter. Il cesserait de résister. Il ne regarderait plus jamais avec envie le monde par-dessus les murs de la prison. Il deviendrait sa chose. Il renoncerait à ses rêves de liberté et, à la manière d'un chien servile, il obéirait sans faillir à la doctoresse.

Elle disparut de son champ de vision pour passer derrière lui et lui remettre le bandeau, écrasant au passage le pétale sous son pied. Albert vit la tache rouge comme du sang sur le carrelage.

– Merci, doctoresse Calloway. Je crois que vous avez raison. C'est un grand jour.

23

Ce ne fut pas vraiment le son de la cloche qui la réveilla, en revanche, il fit office de couloir pour la ramener peu à peu au monde des vivants. Scarlett remonta la pente en s'accrochant à ses parois faites de bruit pendant une durée impossible à évaluer. Elle progressait dans les ténèbres, sortant parfois de ses rêves pour y replonger aussitôt. Au bout d'un moment, le noir devint gris, puis blanc, enfin, la blancheur se dissipa, et Scarlett se rendit compte qu'elle était allongée sur le sol.

Dans le ciel immensément bleu, les petits nuages ressemblaient à des queues de mouton laineuses. Elle savait qu'il s'agissait du ciel, en revanche, elle n'aurait pas su dire si elle en faisait partie, ou si elle était encore sur terre.

Scarlett continua à regarder droit devant elle sans bouger. Elle passa ses sensations en revue. Elle se trouvait sur une surface dure sans savoir laquelle. Elle sentait de la chaleur sur son visage, mais aussi du vent, si bien que, finalement, elle avait froid. Elle avait une douleur sourde à la main, une douleur aiguë à la tête. Une cloche sonnait non loin ; son tintement persistant n'était pas très agréable, mais pas non plus violent au point de donner envie de le fuir. Parfois, elle entendait un tissu claquer au vent. Et, en bruit de fond, le mouvement perpétuel de la mer. Une mouche ne cessait de passer dans son champ de vision. Elle resta longtemps couchée sans chercher à en savoir davantage. Puis ses pensées se mirent à goutter peu à peu dans son cerveau tel un épais sirop. Elle finit par se souvenir de qui elle était. De son nom.

Scarlett redressa sa nuque raide pour examiner son corps. Elle était couchée sur un pan de béton incliné où il y avait aussi des galets, des coquillages et des algues. Elle avait la tête en bas et les pieds en haut. La pente continuait plus loin que ses bottes avec des trous et des fissures dans le béton, sans doute à cause du ressac. À une distance qu'elle ne parvenait pas à évaluer, il se divisait en trois immenses pans qui montaient tout droit vers le ciel. La partie centrale s'élevait à une hauteur qui semblait impossible. Les deux autres étaient inclinées comme des feuilles de pissenlit fanées, prêtes à s'écrouler à tout moment pour réduire Scarlett en poussière. Cette prise de conscience lui déclencha des vertiges et des nausées. Elle se pencha pour vomir de l'eau de mer. Après ça, elle se sentit beaucoup mieux.

La tête sur le côté, elle découvrit l'eau grise du lagon qui s'étirait sous le soleil jusqu'aux nuages à l'horizon. À quelques pas, les vagues heurtaient une planche rejetée par la mer. Le flot de ses pensées s'accéléra. La bataille sur le radeau lui revint en mémoire. Elle se souvenait de Shilling, de Joe et d'Ettie.

Puis elle pensa à Albert.

Et à ces hommes qui avaient jailli si haut dans le ciel.

Au radeau brisé en deux.

Albert au centre de tout ça.

– Bordel de merde ! jura Scarlett.

Un sentiment de fraîcheur sans rapport avec ses vêtements

mouillés l'envahit : le froid du désespoir. Elle souleva ses doigts engourdis et les porta machinalement à sa bourse, mais celle-ci n'était plus à son cou. Elle avait perdu toutes ses affaires. Elle ferma les yeux et chercha à rassembler un peu d'énergie. Puis elle s'assit.

Elle se mit debout non sans difficulté en titubant à cause du sol irrégulier. Elle avait l'impression de mouvoir un autre corps que le sien. Elle était trempée, même si le soleil et le vent avaient commencé à la faire sécher. Elle avait les cheveux collants et la peau granuleuse de sel. Mais au moins, elle était en position verticale. Elle prit une grande bouffée d'air et se retourna.

Juste derrière elle, il y avait un homme immense.

Elle poussa un cri et fit un bond en arrière en cherchant son arme. Perdue, elle aussi. Alors elle resta à bonne distance, le regard fixe, les mains levées.

L'homme hocha la tête d'un air placide.

– Bonjour, dit-il.

Il portait un manteau et un pantalon en peaux de bête qui formaient comme des écailles superposées. Le revers de son manteau claquait dans le vent. Il avait aussi une toque en fourrure conique et une vieille paire de bottes en caoutchouc et il tenait une gaffe. Dans l'autre, une cloche en cuivre. Ses traits étaient grossiers, son nez et son menton énormes, ses yeux paraissaient dotés d'une certaine intelligence, mais pas trop non plus. Il avait beau être plus bas que Scarlett dans la pente, elle ne lui arrivait qu'à la poitrine. Il était extrêmement imposant.

Il fallut à Scarlett plusieurs secondes pour apaiser les battements de son cœur. Pendant ce temps, l'homme se contenta de la regarder.

Elle parvint enfin à dire :

– Depuis quand vous êtes là ?

Il répondit d'un ton respectueux :

– Un petit moment. Je vous croyais morte.

– Même quand j'ai commencé à bouger ? À vomir ?

– C'est difficile à dire, avec tout ce qui est rejeté sur cette côte. On récupère parfois des cadavres pleins de gaz qui continuent à bouger pendant plusieurs heures, le temps que tout l'air sorte. Il vaut mieux ne pas trop s'en approcher, surtout avec un objet pointu... Alors dans ces cas-là, j'attends de voir ce qui se passe.

– Mon Dieu, vraiment ? Mais j'aurais pu mourir. Il fallait tenter quelque chose.

– J'ai tenté quelque chose. J'ai fait sonner ma cloche. Comme on n'est jamais trop prudent, je vais continuer un peu...

Le grand gaillard agita furieusement sa cloche, dont le tintement résonna entre l'eau et les parois de béton.

Scarlett avait mal à la tête.

– Arrêtez.

– La règle, c'est de sonner l'alarme en cas d'événement imprévu.

– Et c'est quoi, un événement imprévu ? Qu'est-ce que c'est que cette histoire ?

– Oh, pardonnez-moi, j'ai oublié que vous n'étiez pas d'ici. Un évènement imprévu peut être l'une des choses suivantes : a) une baleine b) une grande quantité de bois, de charbon ou tout autre combustible c) voir un requin ou un kraken d) un objet utile e) une attaque de nos ennemis de l'archipel.

Le type renifla puis s'essuya le nez sur l'un des plis de sa manche poilue. Il dit :

– Vous faites partie de la catégorie d.

– Je suis un « objet utile » ?

– C'est mieux qu'une baleine morte, chérie.

Le type agita encore une fois sa cloche, puis cessa. Scarlett poussa un soupir.

– Mon Dieu. Et vous signalez ça à qui ?

– Pour commencer, à Bob du poste de garde. Et ensuite, à ces bonnes gens de l'île de Bayswater. Ils veulent être au courant de tout ce qui se passe ici.

Il désigna quelque chose avec son bras et, pour la première fois, Scarlett observa vraiment les environs. L'immense rocher de béton où elle se trouvait constituait une île du lagon qui plongeait brutalement dans la mer sur plusieurs côtés. Les vagues venaient caresser le pan de béton incliné où elle s'était échouée. À la manière d'un champignon autour d'un tronc d'arbre, des moules géantes formaient au sol une corolle si épaisse qu'on aurait pu marcher dessus. Mais le regard de Scarlett fut aussitôt attiré par une autre île bien plus large, d'une hauteur incroyable, qui se dressait, sombre, contre le soleil matinal. Des oiseaux marins nichaient dans ses anfractuosités. Le soleil passait à travers quelques fissures dans son béton poli par des siècles de tempêtes. Cette île ne pouvait être qu'inhabitée. Pourtant, des cordes partaient de ses corniches pour relier ses différentes parties puis enjambaient l'eau en direction de deux îlots voisins. Deux cordes aussi peu épaisses que les fils d'une toile d'araignée traversaient le golfe jusqu'à l'île où se trouvait Scarlett pour disparaître à l'intérieur des pans en béton.

En se tournant vers le soleil, Scarlett aperçut d'autres îles au loin, certaines encore plus hautes que les îlots tout proches, certaines presque plates. La mer ressemblait à un miroir jaune. Par contraste, les îles paraissaient presque noires. Ce spectacle était à la fois grandiose et mélancolique.

Les Grandes Ruines.

Scarlett avait déjà vu d'anciennes tours encore en état dans les villes de survivants de Mercie et du Wessex, certaines s'élevant à cinq ou six étages de haut, mais ce n'était rien comparé à ça. En d'autres circonstances, elle aurait pu contempler le paysage avec émerveillement, mais là, ses yeux ne cessaient de revenir à la mer déserte.

Aucune trace du radeau. Bien sûr. Il avait sombré. Avec tout ce qui était à bord.

Albert, Ettie, Joe…

Tout à coup, elle sentit les larmes lui monter aux yeux.

– J'ai besoin d'un bateau, dit-elle.

– Un bateau ?

Le type la regarda d'un air étonné.

– Vous devez bien avoir un bateau. Je suis rescapée d'un naufrage. Je dois partir à la recherche des éventuels survivants.

Tout à coup, elle eut une idée.

– Vous avez trouvé quelqu'un d'autre ce matin ?

Le type fronça les sourcils.

– Je crois pas… Pas sur l'épine Nord, en tout cas. Mais je peux demander à Bob.

– Merci.

La douleur en elle s'apaisa un peu à l'idée de se remettre en action.

– On fait ça tout de suite. Après, on reparlera du bateau.

Le grand ne répondit rien. Avec sa gaffe, il désigna les falaises de béton derrière elle. Il paraissait docile, mais méfiant. Il voulait qu'elle passe devant lui, ce qui convenait à Scarlett ; comme ça, elle pourrait imposer son rythme et éviter de perdre du temps. Elle s'attaqua à la pente, ses bottes s'enfonçant dans les galets et les coquillages. Elle prit soin de se tenir à distance des trous où retentissait l'écho des vagues. Elle n'avait aucune idée du temps qui s'était écoulé depuis le désastre. Six heures ? Dix ? Elle préférait ne pas y penser. Les courants l'avaient rejetée sur cette côte. Si Albert, Joe ou même la petite Ettie avaient saisi un morceau de bois, voire réussi à monter sur l'un des bateaux amarrés au radeau, ils pouvaient avoir survécu. C'était peu probable, mais pas impossible.

Elle ne tarderait pas à le découvrir.

Elle ne mit pas longtemps à remonter la pente jusqu'à un

endroit au sec protégé par les saillies rocheuses. Là, les parois en béton s'écartaient pour révéler une faille avec, dans la pénombre, un escalier de fortune en bois.

Scarlett s'arrêta pour laisser au type le temps de la rejoindre. Il avait toujours le front plissé. De toute évidence, quelque chose le tracassait. Le fait qu'elle veuille un bateau ? Il fallait qu'elle le rassure. Et là, elle se rendit compte qu'elle ne connaissait pas son nom. Pas de doute, Albert aurait commencé par là. En fait, il aurait été si mielleux que le type aurait fini par lui botter le cul pour le renvoyer en mer. Mais Scarlett devait reconnaître qu'il obtenait souvent de bons résultats. Elle tenta de faire ce qu'elle espérait être un sourire rayonnant.

– Au fait, je m'appelle Scarlett, dit-elle. Et toi ?

Les traits du type s'adoucirent sous le coup du plaisir et de la surprise.

– Clarence, gardien assistant de l'épine Nord. C'est gentil de poser la question.

– C'est la moindre des choses.

– Tu vas bien ? Ton visage a pris une forme étrange… Il reste peut-être un peu de gaz en toi.

– Ouais, peut-être.

Scarlett renonça à son sourire et se dirigea vers l'escalier en bois.

Il la mena plus haut qu'elle ne l'aurait cru dans la structure et finit par déboucher dans une sorte de grotte de béton aux parois couvertes de rouille avec des stalactites au plafond. Un pan de l'endroit donnait sur le lagon. Il était protégé du vide par un muret surmonté de treuils, de poulies et de chaînes. De là partaient plusieurs cordes qui s'incurvaient dans le ciel en direction de la grande île voisine. Une nacelle en forme de cylindre assez haute pour contenir une personne était posée là, reliée à la corde la plus épaisse par quatre grosses chaînes.

Le lieu était sommaire mais bien équipé. Il y avait des tapis usés pour couvrir le sol en béton, une table et des chaises, deux lits de camp, un vieux télescope pointé vers la mer ; des moules tout juste ramassées sur la table ; un râtelier avec des gaffes et des filets, sans doute pour récupérer les objets qui passaient à portée du poste de surveillance de l'épine Nord.

Au télescope, un tout petit homme, avec un torse comme une barrique et des jambes arquées, vêtu d'un pantalon en fourrure et d'un gilet en cuir. Sans doute Bob.

Plus intéressant pour Scarlett, en se penchant par-dessus le muret, elle aperçut une embarcation ronde en osier : un coracle à peine assez grand pour deux personnes, mais équipé de rames et d'un moteur. Scarlett plissa le front. C'était toujours ça.

Le petit homme se détourna du télescope. Il était chauve, sa peau couleur café tant elle était burinée. Il ne prêta aucune attention à Scarlett, mais salua son compagnon.

– J'ai encore entendu la cloche, gars, dit-il. C'était quoi, cette fois ? Une baleine ?

– Non, l'objet que j'ai déjà signalé il y a une heure. Il n'est pas mort.

– Pas mort ?

– Il s'est réveillé. Le voilà. Il s'appelle Scarlett.

– Bonjour, dit celle-ci. Vous êtes Bob ? Enchantée de faire votre connaissance.

Elle hésita, s'éclaircit la voix et tenta à nouveau un sourire. Mais chez elle, ça paraissait faux et maladroit. C'était vraiment difficile de comprendre comment faisait Albert. Et tellement plus compliqué que de coller un coup de genou dans l'entrejambe du type pour lui piquer son bateau. Au moins, ça, c'était franc et direct.

– J'ai besoin de votre coracle, dit-elle. Il y a eu un naufrage. Certains de mes compagnons sont en mer. Je dois partir à leur recherche.

Le vieil homme prit un air compatissant.

– Enchanté. Je m'appelle Bob Corail. Gardien en chef. Voulez-vous vous asseoir ? Nous avons de l'eau et des moules fraîches.

– Je veux bien de l'eau, merci.

Clarence alla remplir une tasse dans un réservoir au fond de la grotte. Scarlett but d'un air reconnaissant. Jusque-là, elle ne s'était pas rendu compte qu'elle mourait de soif.

– Bon, dit Bob Corail. Et maintenant, que diriez-vous de quelques moules ?

Clarence renchérit :

– Elles sont excellentes.

Il avait posé sa gaffe pour s'asseoir. Il était en train d'ouvrir une moule avec ses ongles incurvés.

– Merci beaucoup, répondit Scarlett, mais j'ai besoin de partir à la recherche de mes compagnons. Puis-je utiliser le bateau ?

– Il y a donc eu un nouveau naufrage. Quelle tristesse, dit Bob. Où ça ?

– Un peu plus à l'ouest, je pense, répondit-elle.

– C'est dommage, mais nous ne pouvons pas nous aventurer par là. De toute façon, vos amis sont certainement morts.

Scarlett contracta les mâchoires.

– On n'en sait rien. Et pourquoi on ne peut pas s'aventurer là-bas, d'abord ?

Bob la fit approcher du parapet et désigna quelque chose à l'horizon.

– Vous voyez cette forme au loin ? C'est l'atoll de Chelsea, la demeure de nos rivaux ancestraux, les Insulaires. Leurs eaux s'étendent vers l'ouest. Alors on ne va pas pêcher là-bas.

– Je ne veux pas pêcher. Je me tue à vous le dire, je cherche mes amis.

Le chauve hocha calmement la tête.

– Les gens de Chelsea observent plein de rituels détestables.

Ils se nourrissent de choses dégoûtantes comme les anguilles de mer, mais dénigrent nos nobles moules, qu'ils jugent impures ! Ils ne portent pas de culottes en peau de phoque comme nous autres chastes habitants de l'archipel. Croyez-le ou pas, par temps clair, avec nos plus gros télescopes, nous pouvons voir les chevilles de leurs femmes, ce qui est clairement de la provocation. Notre vénéré Johnny Fingers les déteste, et si notre coracle venait à fréquenter volontairement leurs eaux, il nous jetterait tous dans la Grande Faille.

Scarlett pinça les lèvres.

– Johnny Fingers ?

– Le bien-aimé et bienfaisant chef de l'île de Bayswater.

– Je vois…

Son regard se promena sur le râtelier. Il y avait là une gaffe qu'elle pouvait utiliser comme arme. Et un grand couteau sur la table. Bob Corail ne paraissait pas armé. Clarence était en train de manger des moules. Comme Scarlett s'en doutait depuis toujours, la politesse avait ses limites. Elle se prépara à passer à l'action.

Une cloche retentit alors sur le parapet, et l'un des treuils se mit à tourner. Une corde s'enroula en crissant. Bob Corail poussa un petit cri d'excitation.

– Ah ! Une réponse ! J'ai envoyé un message à Bayswater il y a une heure pour prévenir qu'un étrange objet, une fille rousse noyée, avait été rejeté sur nos côtes. Johnny veut être au courant de tout. On aura bientôt sa décision.

Une étincelle dans le ciel. Quelque chose surgit au loin et se matérialisa sous la forme d'une grosse bouteille accrochée à la corde. Elle fut interceptée par la main experte de Bob Corail. Il déboucha la bouteille et en sortit un morceau de papier, qu'il lut en suivant les mots avec son doigt.

Scarlett en profita pour se rapprocher du passage menant au coracle tout en bas.

– Bon, dit Bob, c'est un message de Johnny Fingers en personne. Il requiert votre présence sur l'île de Bayswater. Un véritable honneur !

– Je croyais que vous lui aviez dit que j'étais morte.

– Oui. Mais il souhaitait sans doute récupérer vos cheveux pour un coussin. En tout cas, il sera ravi de vous rencontrer vivante et si charmante de votre personne… Vous êtes sûre de ne pas vouloir manger quelques moules avant le trajet en nacelle ?

Chaque fois que Scarlett fermait les yeux, elle imaginait les corps sans vie de ses compagnons rejetés par les vagues. Elle n'avait aucune intention de perdre davantage de temps avec des crétins vêtus de peaux de phoque.

– Peut-être un autre jour. Là, je dois partir à la recherche de mes amis.

Le petit homme la regarda sans comprendre.

– Mais Johnny Fingers veut vous voir. Vous n'avez pas le choix.

– La réponse est non.

Bob Corail fit un pas vers elle. Et là, déjà soumis à rude épreuve, les nerfs de Scarlett cédèrent. Elle plongea vers le râtelier, attrapa la gaffe, le menaça avec, puis tourna les talons et détala en direction du coracle.

– Clarence, dit Bob, tu veux bien ?

En un instant, le géant avait quitté son fauteuil, sa gaffe à la main. Il rattrapa Scarlett par le col et la souleva de terre malgré ses coups de pied et ses protestations. Puis il la lâcha dans la nacelle cylindrique tête la première en poussant sans ménagement sur ses fesses pour qu'elle y entre. Scarlett avait la figure plaquée contre l'osier qui sentait le poisson. Elle voulut se retourner tandis que Clarence et Bob soulevaient la nacelle depuis le parapet.

Scarlett refit surface en clignant des yeux à la lumière du soleil, toute rouge et hors d'haleine. Elle voulut sauter par-dessus bord, mais c'était impossible, elle était déjà au-dessus du vide. En bas, les vagues se brisaient sur les pans de béton. Elle vit Clarence qui actionnait la poulie et Bob qui sautillait de joie à côté de lui.

– Plus haut, plus haut ! Johnny Fingers l'attend ! Débarrasse-nous d'elle !

Scarlett brandit un poing menaçant, mais rien que ce mouvement déstabilisa la nacelle, qui se mit à faire des embardées. Elle saisit les chaînes pour éviter de plonger vers la mort.

– Arrête de bouger ! lui cria Bob. Sinon, la nacelle va se détacher !

Elle s'immobilisa. La nacelle continua à se balancer dans tous les sens. L'amplitude du mouvement était impressionnante. La corde grinçait. Scarlett cessa de regarder les attaches, peu solides en apparence, et tourna la tête vers les cordes qui s'élevaient dans le ciel vers l'île de Bayswater à peine visible dans la brume. La mer semblait jonchée de ruines. Scarlett était suspendue dans le vide. Quand elle voulut regarder à ses pieds, ce n'était pas mieux. La crête des vagues scintillait, les ombres de gros poissons ondulaient sous la surface.

La nacelle continua à s'élever dans le ciel. Scarlett réussit à se mettre à genoux. Le balancement accentuait ses nausées, une souffrance mineure par rapport à la certitude qu'elle avait de ne plus jamais revoir Albert, le vieux Joe et la petite Ettie. Il était sans doute déjà trop tard quand elle avait repris connaissance sur cette dalle en béton. Maintenant, suspendue dans les airs en direction d'une île oubliée des dieux qui abritait allez savoir combien de tarés, il n'y avait aucune chance qu'elle puisse inspecter rapidement les alentours. S'ils n'étaient pas encore tous noyés, ils le seraient bientôt.

Elle fut assaillie par des souvenirs. Elle revit Ettie pataude mais heureuse qui plongeait ses petites jambes dans l'eau ou bien jouait au soleil à l'un de ses jeux stupides. Elle la revit blottie au pied du fauteuil dans le fort, puis accrochée au cou d'Albert qui dévalait la colline pour la sauver… Et tout ça pour quoi ?

Pour être engloutie par une tempête.

Scarlett ne s'était pas trompée sur le talent d'Albert. Elle avait bien fait de le libérer de ses entraves. Quelle démonstration de puissance et de pouvoir dans l'anéantissement de ce radeau ! Elle comprenait maintenant le peu d'envie qu'il avait eu d'en parler, ainsi que sa mystérieuse évasion de Stonemoor. Elle comprenait mieux sa fuite et sa quête d'un sanctuaire aux confins du monde. Quels actes terribles il avait dû commettre dans sa vie... Elle songea au chaos qu'il avait provoqué la nuit passée, à tout ce qu'elle-même avait enduré à cause de lui. Les blessures, la noyade... La perte de l'argent de Cheltenham puis de Lechlade. Sa tête mise à prix par les Frères de la Main... et enfin ce voyage à travers la moitié de l'Angleterre... Tout ça pour aboutir à la disparition de Joe et d'Ettie.

Albert ! Toutes les catastrophes qu'elle avait vécues depuis dix jours, c'était à cause de lui. Blottie au fond de cette nacelle comme une araignée dans un bocal, Scarlett voulut exprimer son indignation, mais elle ne ressentait plus la colère nécessaire. Elle pensait trop à Albert. À son immense sourire, à sa maladresse, à ses questions idiotes, à ses jeux avec Ettie.

Elle le revit plaqué contre elle sous le lit dans le fort, puis lui sourire dans la cour, et courir avec elle.

Elle le revit avec ce cruel bandeau métallique sur le front, le sang qui dégoulinait de ses tempes...

Du fond de son désespoir, Scarlett leva les yeux au ciel. Inutile de s'apitoyer sur son sort.

– Ça n'a aucune importance, siffla-t-elle entre ses dents. Rien de tout ça n'a d'importance. Cet idiot est mort.

Combien de temps la nacelle mit à parcourir la distance entre les deux îles, Scarlett n'aurait su le dire. Le mouvement ne s'interrompit qu'une fois – peut-être que Clarence faisait une pause pour manger des moules. L'immobilité fut pire. C'était comme si le temps s'était arrêté. Suspendue dans le vide, Scarlett écoutait la corde craquer, le vent souffler et de petits bouts d'osier se détacher de la nacelle. Une brusque terreur s'empara d'elle à l'idée de finir là. En Northumbrie, certains peuples hissaient leurs morts au bout de mâts pour que les oiseaux les dévorent. Leurs restes pendaient plusieurs années durant, de plus en plus momifiés... Tel serait peut-être son destin.

Mais la corde trembla, et la nacelle repartit.

Scarlett perçut bientôt un changement.

La lumière se fit tout à coup moins vive. En s'accrochant aux parois de la nacelle, Scarlett réussit à se mettre à genoux, puis à s'accroupir. Elle passa avec précaution la tête au-dessus du bord.

Et là, elle eut un choc. Elle était entourée de falaises de béton. Dessous, dessus, partout. La corde plongeait vers un trou sombre. Scarlett eut à peine le temps de distinguer le lichen sur les murs extérieurs et des pointes en métal comme des défenses d'éléphant qu'elle fut engloutie par l'obscurité.

24

Scarlett était morte.

C'était sûr. Albert était anéanti, obsédé par cette idée. Rien que d'y penser, tout était bloqué en lui – les mots, les gestes, la vue l'odorat, l'ouïe, comme s'il était au fond de la mer avec elle. Prisonnier de lui-même, sans échappatoire. Encore pire qu'à Stonemoor.

Scarlett était morte parce qu'il l'avait tuée.

Rongé par la terreur et la culpabilité, Albert s'était réveillé dans une jolie pièce avec des spirales de coquillages incrustées dans le plâtre blanc des murs. Le soleil filtrait par les volets pour éclairer le cadre du lit en bois ainsi que la couverture en boule sur ses jambes nues. Ses vêtements étaient accrochés au dos d'une chaise près de la porte. Dehors, des mouettes criaient. Albert regarda le plafond. Il avait aussi mal que si on lui avait planté un pieu dans le torse, et il se sentait incapable de bouger. Scarlett était désormais au fond de l'eau.

C'était la seule chose dont il était sûr. Tout le reste était flou.

Des derniers instants sur le radeau, il n'avait que très peu de souvenirs. L'eau et le bois qui explosent, la lumière qui cède aux ténèbres, la violence, Albert au centre de tout ça. Il n'y avait plus ni ciel ni terre. Il voyait des hommes en l'air et des bateaux qui coulaient comme des pierres. Il entendait un tourbillon surnaturel de vent, le craquement du radeau qui se désagrégeait. Et, au milieu de tout ça, la douleur et le soulagement d'avoir libéré la Peur.

Il se souvenait du pont qui avait cédé sous ses pieds, de sa brusque immersion. Du choc de ce froid mordant qui avait aussitôt réduit ses pouvoirs à néant. Il se souvenait d'avoir plongé dans un silence plein de bulles. Puis d'avoir refait surface, de s'être débattu dans l'eau, de boire la tasse, et finalement été attrapé par son pull puis plaqué contre une coque de bateau.

Après ça, des fragments de souvenirs : les jurons de Joe, les cris d'Ettie. Être sorti de l'eau et se sentir aussi fragile qu'une coquille d'œuf. Étrangement et merveilleusement, une tige de lumières jaunes dans le lointain comme un haricot éclairé.

Et plus tard, toujours dans le noir, une grande arche. Plus d'étoiles, uniquement des lanternes et des voix.

Albert rêvait depuis longtemps d'une arrivée glorieuse aux Îles libres. Le soleil, la foule qui applaudissait, les îles vertes et scintillantes alors que son petit voilier se laissait porter par les vagues jusqu'au port. Là, il s'était retrouvé plus mort que vif dans une caverne en béton humide. On l'avait à moitié porté, à moitié tiré sous des lumières aveuglantes. Il n'avait plus conscience de rien. Il ne se souvenait pas d'être arrivé dans cette chambre. En revanche, il avait une certitude, qui le réveilla des heures plus tard en retentissant comme une cloche.

Scarlett n'était pas avec eux dans le bateau.

Tout le reste n'était que brouillard. Il s'habilla et alla observer la mer par la fenêtre. Surgit bientôt une femme gentille vêtue de peaux de bête et d'un collier de coquillages multicolores qui lui apportait de l'eau chaude pour nettoyer ses blessures à la tête. Puis elle l'entraîna à travers plusieurs salles, lui fit prendre des escaliers et des échelles ainsi que des passerelles métalliques pour franchir des sols qui s'effritaient. Tout en bas, on apercevait le lagon. Des hommes et des femmes, tous vêtus de peaux de bête, avec des coquillages et des anémones de mer dans les cheveux, vinrent le saluer de façon solennelle en lui demandant comment il s'appelait. Brisé par le chagrin, il parvint à peine à leur répondre. Puis on le conduisit jusqu'à une salle en béton carrée avec des ouvertures de chaque côté qui donnaient sur un ciel bleu du bout du monde. Au centre, une longue table couverte de plats et de boissons où Joe et Ettie sur ses genoux prenaient leur petit déjeuner.

La petite fille poussa un cri de joie en apercevant Albert. Le vieux lui fit un petit geste de la main.

– C'est pas trop tôt ! Allez, viens t'asseoir. Il y a du poisson, du crabe, des fruits de mer et un gâteau de varech confectionné par ces gens qui vivent dans les ruines. Ils sont partis relever les filets, mais ils seront bientôt de retour.

Albert avança lentement vers eux. La petite fille mordait dans une énorme part de gâteau vert foncé.

– Bonjour, Ettie, dit-il en ébouriffant ses cheveux blonds comme les blés.

Puis il s'installa face à eux, se servit sans réfléchir et commença à manger. Il mastiquait de façon automatique. Joe ne disait rien. Les événements de la nuit étaient en suspens comme une épée de Damoclès entre eux.

– Scarlett McCain, dit tout à coup le vieil homme. Je veux que tu saches que je l'ai cherchée.

Albert déglutit.

– Merci, Joe.

– Un petit peu.

– J'entends.

– Mais il faisait nuit, la mer était trop agitée et je devais penser à Ettie. Nous avons eu beaucoup de chance. Quand le radeau s'est brisé, l'un des canots à rames était tout près. Il gîtait, il était abîmé à la proue, mais il flottait encore. J'ai réussi à nous y hisser tous les trois.

Dans la pénombre de la salle, Joe paraissait plus vieux et plus émacié que d'habitude. Sa peau était grise, ses os saillaient. Ses mains n'étaient que jointures, tendons et ongles.

Albert s'agita sur sa chaise.

– Merci, Joe, dit-il de nouveau. Je sais que tu m'as sauvé la vie.

– Je dois le dire, ça n'a pas été sans mal.

– Est-ce qu'il y a… d'autres survivants ?

– Non. La fille a disparu sans laisser de traces. Nos assaillants aussi.

– Disparu sans laisser de traces…

Les larmes s'accumulèrent dans les yeux d'Albert. Il regarda en direction de la mer, derrière Joe. Quand il fut un peu calmé, il demanda :

– Et le bateau qui approchait quand…

– Quand l'enfer a éclaté ? Tout ce qui était à proximité a été détruit : les embarcations coulées, les gens noyés. Les habitants de l'île disent que la côte est couverte de débris ce matin. Et de corps. Ou plutôt, de parties de corps…

Il lança un coup d'œil à Albert en prenant une bouchée de poisson.

– Il y avait une femme blonde parmi eux ? demanda celui-ci.

– J'en sais rien.

Albert baissa les yeux vers son assiette. Il n'avait plus faim.

– Ettie va bien ? demanda-t-il.

– Oui.

– Je suis désolé pour le radeau. Cette pauvre *Clara*.

– Oui.

– C'était tout ce que tu possédais.

– Une perte terrible pour moi. *Clara* était un vaisseau sans égal. Ma source de revenu, mon horizon, ma maison…

Le vieux soupira et avala une bouchée de crabe.

– J'essaie de me consoler avec la somme que tu me donneras bientôt en paiement de mes services.

Albert se recroquevilla sur sa chaise. Il n'osait plus croiser le regard du vieil homme.

– Joe, je suis vraiment désolé, mais l'argent a disparu. Le sac de Scarlett était sur le radeau. Il est perdu.

Joe s'étira en faisant craquer ses os et émit un rot de satisfaction, puis se gratta le crâne.

– En fait, non.

Il fit descendre Ettie de ses genoux.

– Mon garçon, le sac n'était pas sur le radeau. Si tu te souviens bien, nos assaillants avaient déplacé toutes nos affaires dans l'un de leurs bateaux. Celui que j'ai réussi à attraper. Le sac à dos est dans ma chambre.

– Vraiment ? Tu as les affaires de Scarlett ?

Albert sentit à nouveau les larmes lui monter aux yeux. Il toussa pour éviter de pleurer.

– Même son tapis de prière ?

– Oui, même cet immonde bout de tissu. Je vais te chercher tout ça, et on pourra procéder à la transaction. Je n'ai aucune raison de rester sur cette île, qui est désormais ton lieu de résidence.

Le vieil homme se releva avec raideur. En passant à hauteur d'Albert, il tendit une main pour tapoter son épaule osseuse.

– Ce qui est fait est fait, dit-il. J'ai vu comment ils s'en sont pris à toi. Tu n'y es pour rien dans ce carnage. Scarlett a tenu sa promesse de t'amener jusqu'à cette île. Il faut toujours être loyal. Quelles que soient les pertes que tu subis, ta loyauté ne peut jamais t'être retirée. Alors maintenant, mange, reprends des forces. Le gâteau de varech est bon, les algues sont acceptables, mais je te conseille d'éviter les fruits de mer.

Il partit d'un pas lourd avec sa petite-fille qui trottinait derrière lui. Albert resta seul. Il attrapa une feuille de laitue de mer pourpre, puis la reposa sur son assiette.

Il examina la salle. L'endroit, avec ses fenêtres donnant sur la mer, était étonnant. Il y avait du grillage au sol pour éviter aux gens de chuter dans les trous, des filets barraient l'accès aux oiseaux qui décrivaient des cercles dans le ciel. Peut-être l'odeur de guano était-elle un peu trop forte à son goût. Peut-être que la rouille au plafond luisait un peu trop. Mais quelle importance ? La table était appétissante ; Shilling et Calloway avaient succombé au naufrage ; Albert était sur les Îles libres. Tout allait bien…

Il tourna la tête vers la mer sans plus penser à rien.

Une grosse voix tonna dans la salle. Les couverts tintèrent, les fruits de mer s'agitèrent dans le plat. De l'autre côté des fenêtres, des oiseaux quittèrent leur nid. Albert bondit.

– Voici le nouveau citoyen de notre île ! Bienvenue à Bayswater !

Dans l'embrasure se tenait un très grand homme à l'air chaleureux vêtu d'un jean rapiécé, d'une chemise blanche froissée, de bottes en peau de phoque et d'une superbe cape en fourrure qui flotta derrière lui quand il traversa la salle. Il était dans la force de l'âge, et il le savait. Une mèche de cheveux blonds traversait son front au-dessus de ses yeux bleus et pétillants. Sous sa barbe impressionnante, ses joues étaient roses. Dans son sillage, des hommes et des femmes plus petits et plus discrets imitaient ses sourires et ses clins d'œil. Il fit une révérence ostentatoire devant Albert.

– Bienvenue, bienvenue, mon garçon ! J'espère que tu es remis de tes épreuves. Sois rassuré, tu n'as que des amis ici. Nous avons entendu ton désir de te joindre à nous, et nous en sommes ravis. Les dirigeants de cette île t'offrent leur hospitalité.

Quand il souriait, il n'était plus que barbe et dents car il plissait les yeux jusqu'à ce qu'ils deviennent invisibles. Par réflexe, Albert chercha à explorer ses pensées mais ne capta rien sous ces cheveux blonds soigneusement coiffés. Il n'en fut pas étonné. Il mettrait plusieurs jours à récupérer des événements sur le radeau. Il avait épuisé tous ses pouvoirs.

– Merci, prononça lentement Albert. Je m'appelle Albert Browne. Je rêve depuis longtemps de cet endroit. Je savais que c'était un sanctuaire.

Le type hocha la tête et promena son regard sur ses compagnons.

– Vous voyez, mes amis ? La découverte de nos îles se propage à travers tous les royaumes. Délaissant les villes et les cruels édits des maisons de foi, des âmes qui nous ressemblent prennent la route. Lorsque la route cesse, elles poursuivent sur la rivière. Lorsque la rivière prend fin, elles remontent l'estuaire et, à partir de l'estuaire, il n'y a plus que cet endroit. Nous sommes le dernier espoir pour les faibles, les mutilés, les différents. L'île de Bayswater est la gloire de cet archipel. N'est-ce pas, mes amis ?

Un chœur de hourras et d'applaudissements s'éleva. Une femme très grande et très mince en robe d'algues tressées déclara :

– Bayswater est la seule véritable Île libre. Tu as bien fait de venir ici, Albert. Les autres habitants de l'archipel sont moralement dégénérés. Sur le rocher Lambert, au sud, ils ont installé un phare tout au sommet, ils se déshabillent et gambadent sans honte autour des flammes. Nous les avons déjà vus faire.

Une fille opina du chef.

– Les habitants de Chelsea vénèrent une pieuvre géante qui vit dans une grotte sous-marine.

– Quant à ces cinglés de l'île de Wandsworth…

– Il y a combien d'îles en tout ? demanda Albert une fois qu'ils eurent tous parlé.

Le barbu grogna et laissa tomber son imposante carcasse dans un fauteuil.

– Personne n'a jamais compté. Le lagon est vaste. Certaines ne sont qu'un bout de béton qui s'élève à peine au-dessus des vagues. Même dans ce genre d'endroit, il y a des ermites. Les habitants de l'archipel ne sont pas très nombreux, pourtant, certains nous font quand même la guerre. Mais n'aie crainte, nous savons nous défendre contre ces attaques ! À Bayswater, nous sommes forts et courageux grâce à notre morale et à notre régime à base de produits de la mer. Mange, mon enfant, profite !

Albert tourna la tête. Une armée de serveurs, filles et garçons, jusque-là demeurés dans l'ombre, surgit avec des plats d'algues chaudes. Ils formaient une bande disparate, certains avec d'immenses taches de naissance, d'autres un ou deux membres manquants, mais tous joyeux. Albert, qui était affamé, s'attaqua au plat. Le grand type le regardait en souriant.

– J'ai entendu dire que des gens cruels ont voulu t'empêcher d'arriver jusqu'ici et qu'ils ont chaviré dans la tempête. Quelle chance pour eux ! S'ils avaient posé le pied sur ce rocher, nous les aurions rejetés à la mer en mettant le feu à leurs embarcations. Personne n'a le droit de menacer les habitants de Bayswater, or tu es à présent sous notre protection.

Il agita la main d'un air magnanime.

– Il n'y a pas que des gens cruels qui ont été perdus, dit Albert. J'avais une amie. Une rousse à la peau claire… Je me demandais si…

Le type prit un air mélancolique.

– Je suis désolé de t'apprendre que j'ai reçu un rapport de l'un de nos postes de garde disant que le corps d'une fille rousse a été rejeté sur ses côtes.

Il tapota son fauteuil.

– Mais notre île n'est pas un lieu de tristesse. Permets-moi de te consoler. Je m'appelle Johnny Fingers. Je suis l'un des administrateurs de Bayswater. Les personnes derrière moi sont parmi nos sommités. Voici Ahmed, responsable des algues et des laitues de mer. Nanna, qui surveille les issues sur le lagon. Et ce monsieur manchot au ventre généreux s'appelle Selwyn Sands. C'est le maître des cordes et des treuils. Zoe ici présente dirige notre défense contre les raids en provenance de l'atoll de Chelsea et de Holborn Rock... Mais tu vas avoir plein de temps pour apprendre à tous nous connaître, Albert ! D'abord, tu dois te changer les idées. Laisse-moi te faire faire le tour de l'île.

Il se leva et congédia sa cour d'un geste condescendant. Malgré ses jambes en coton, Albert se mit debout pour lui emboîter le pas. Ils prirent un escalier en béton jusqu'à un endroit faiblement éclairé. Confus et bouleversé, Albert n'avait encore prêté aucune attention à l'île. Et tout à coup, plus observateur malgré son chagrin, il se rendit compte qu'elle était constituée d'un édifice ancien avec, à l'intérieur, un labyrinthe d'étages reliés par divers moyens.

En son centre, un gouffre. Ouvrant sur des falaises intérieures, un nombre incalculable de couloirs et de pièces à des niveaux différents, certains éclairés à la bougie, d'autres à l'électricité, même si la plupart étaient sombres et vides. Albert découvrit là des entrepôts, des chambres, des ateliers. Dans l'une des salles, les habitants de l'île travaillaient sur des rouets et des métiers à tisser. Dans une autre, ils fabriquaient des habits en peau de phoque. Il y avait des treuils sur un parapet avec des cordes qui s'étendaient comme de la vigne à travers le vide. Tout du long, des paniers montaient et descendaient. En se penchant, Albert ne distingua que des ténèbres, et il entendit le clapotis de la mer en contrebas.

Johnny Fingers était au centre du pont en bois qui traversait ce vide.

– Ça, c'est la Grande Faille, le cœur battant de l'île. De l'autre côté, il y a l'escalier principal. Il reste vingt et un étages au-dessus de l'eau, et va savoir combien sous la mer. L'escalier y plonge après un dernier virage. Il y a dix ans, une fille du nom de Misha, une excellente nageuse capable de retenir son souffle pendant trois minutes, a réussi à plonger sur cinq étages de profondeur munie d'une torche. Elle a vu des couloirs remplis de poissons, et d'autres encore plus bas... Bien sûr, la façon la plus simple de l'explorer, c'est d'y sauter.

Albert ne comprit pas tout de suite qu'il s'agissait d'humour car cela représentait une chute vertigineuse. Il regarda ses pieds d'un air sinistre. Il entendait des roues tourner et les échos d'une conversation sérieuse.

– Ça a l'air d'une île très industrieuse.

– Tout le monde travaille, ici ! Le sérieux et la discipline, voilà les secrets de notre communauté ! Chacun de nous a sa place et sa fonction. Nous devrons bientôt décider quelles sont les tiennes.

– Je serais ravi de me rendre utile. Je m'intéresse à beaucoup de choses.

– Oui, oui, et il y a plein de choix possibles. Tu pourrais être pêcheur d'algues sous-marines au pied du mur au sud. Ou alors t'occuper des filets, ou devenir harponneur, ceux qui se suspendent tête en bas dans le vide pour attraper les espadons qui passent dans le chenal. Ou bien encore artiste. Ceux-ci fabriquent les fresques de coquillages et de vase dont nous décorons nos murs... La satisfaction d'exercer l'un de ces talents suffit à enrichir une vie. Nous t'attribuerons un poste lors de la prochaine réunion des administrateurs. Allez, viens.

La visite se poursuivit. Albert apprit que la plupart des gens dormaient dans des pièces simples à l'écart de l'escalier principal, mais qu'il restait plein de chambres libres. Il fut encouragé à en choisir une, puis à rendre visite à ceux qui faisaient sécher les algues pour se confectionner un matelas et à se présenter à l'atelier de poterie pour qu'on lui fournisse sa tasse et son assiette personnelles. Au lever et au coucher du soleil, tout le monde se retrouvait pour le repas en commun. Après le dîner, il y avait des prières, des chants et des danses.

Trop absorbé par sa tristesse, Albert n'écoutait plus vraiment. La voix du grand type se fit monotone, la semi-pénombre commença à lui miner le moral.

– Vous sortez parfois en mer ? demanda-t-il. Pour rendre visite aux autres îles, ou pêcher ?

Johnny Fingers s'approcha d'une fenêtre fermée par un volet en bois flotté. Qu'il repoussa.

– Nous n'avons presque jamais besoin de nous servir de nos bateaux. Regarde pourquoi !

La fenêtre était creusée dans la falaise à pic. Des oiseaux d'un blanc verdâtre planaient sur les courants ascendants et les vagues frappaient le béton en bas. Après la faible lumière de la tour, les rayons du soleil aveuglèrent Albert. Deux plus petites îles en béton se dressaient non loin dans le lagon – les ruines d'autres bâtiments. Le chenal entre les deux était profond et étroit. De l'eau blanche d'écume y tourbillonnait. Il y avait des cordes tendues au-dessus des flots d'où pendaient des filets lestés. Des hommes avec des gaffes et des harpons y étaient suspendus. Albert vit plusieurs femmes hisser sur une plateforme un filet rempli de poissons. Un pont précaire en bois reliait l'un de ces îlots à l'île principale.

– Les bancs de poissons passent deux fois par jour dans ce chenal, expliqua Johnny Fingers. On ramasse aussi des fruits de mer, et en saison, on capture des phoques pour leur fourrure. On a tout ce qu'il nous faut ici.

Il referma doucement le volet sur la lumière du soleil.

– N'aie crainte. Tu resteras sans doute sur cette île jusqu'à ta mort. Je vois que ce concept te fait monter les larmes aux yeux ! Bien. Nous avons terminé notre visite. Retournons voir nos amis.

Dans la salle, la table avait été débarrassée. Les administrateurs étaient debout devant un immense tableau de service où figurait le nom de chaque habitant de l'île. Johnny Fingers se joignit à eux, mais Albert resta un peu en retrait. Il ne savait plus trop quoi penser. Il n'était pas déçu par l'Île libre, bien sûr que non ! Être accepté au sein d'une société était son rêve depuis toujours. Ces gens l'accueillaient avec générosité. Mais quand il fermait les yeux...

... Il voyait Scarlett. Telle qu'elle était la veille : debout sur le radeau, les cheveux au vent, à jurer comme un charretier en voguant vers le soleil...

Son chagrin finirait bien par s'atténuer. Il avait un endroit où vivre, il se devait donc de s'en réjouir.

Il pensa tout à coup à quelque chose. Il devait en parler sans attendre. Il s'approcha du barbu.

– Excusez-moi, monsieur Fingers. J'ai entendu dire qu'ici, c'était un sanctuaire pour les gens avec... toutes sortes de différences. Physiques et autres. Je me demandais si c'était vraiment le cas.

Le grand type émit un gloussement chaleureux, puis sourit à Albert jusqu'à ce que ses yeux ne soient plus à nouveau que deux fentes noires.

– On y vient. Je t'ai observé, et je me suis posé la question. Tu n'as aucun défaut apparent susceptible d'attiser la colère des villes de survivants. Mais Albert Browne, sois tranquille, tu n'es pas unique en ton genre. Au contraire ! Plusieurs personnes ici ont un talent particulier. Dans les villes, on parle de talent surnaturel.

Pour la première fois, le visage d'Albert s'illumina. Il déclara :

– C'est une excellente nouvelle.

– Ahmed et Zoe sont tous les deux capables de faire voler des objets sur une courte distance. Il paraît que Zoe a réussi à déplacer un plat de fruits de mer d'un côté à l'autre de la table. Peut-être qu'elle nous montrera ça après la prière.

La grande femme mince vêtue d'algues grogna :

– Peut-être ! Je suis pas un singe savant.

– Selwyn Sands prétend avoir fait léviter un stylo, dit Johnny Fingers, même si je ne suis pas convaincu.

Il fit un clin d'œil et leva une main.

– Tous ces pouvoirs sont troublants, pourtant, nous les acceptons, car quel mal cela peut-il faire ? Et toi, Albert, demanda-t-il en posant sa grosse main sur son épaule, quelle est ton histoire ? Quels sont tes talents ?

Albert se sentit tout à coup saisi par le découragement. Il détourna les yeux.

– Oh, pas grand-chose…

– Vraiment ? Tu viendrais de si loin, tu aurais fui au péril de ta vie pour pas grand-chose ? Parle, l'ami, afin de commencer ta vie parmi nous sur des bases saines.

Albert hésita, puis ouvrit la bouche.

À cet instant, des coups retentirent contre une porte tout au fond de la salle.

Deux coups brefs mais fermes, ni trop forts ni trop légers. L'assemblée se tourna vers ce pan de métal terne qui paraissait soudé dans son embrasure. Albert ne l'avait pas encore vu ouvert. Johnny Fingers fronça les sourcils d'un air surpris.

– Ça vient de l'escalier ouest.

– Mais il est trop abîmé pour être utilisable, dit la grande femme. Qui peut bien venir par ici ?

– Personne. Tout le monde est au travail.

Un autre coup à la porte. Une grosse poignée en forme d'anneau au centre tourna, grinça, puis s'immobilisa.

Johnny Fingers cligna des yeux d'un air stupéfait et affirma :

– De toute évidence, il y a quelqu'un dans l'escalier. Zoe, c'est toi la maîtresse des clefs. Aurais-tu l'obligeance d'ouvrir la porte ?

La grande femme mince avait les lèvres pincées et l'air

désapprobateur. Elle sortit un petit revolver, un modèle ancien, d'une poche de sa robe et un trousseau de clefs de l'autre. Elle en choisit une et traversa la salle en disant :

– C'est tout de même très étonnant.

Au moment où elle atteignait le battant, d'autres coups retentirent.

– On vient, on vient !

Zoe se pencha vers la serrure et fit tourner la clef. Tout le monde la regardait quand elle ouvrit la porte. De là où Albert se trouvait, il ne distinguait pas l'escalier. La grande femme fronça les sourcils.

– C'est étrange, dit-elle, il n'y a personne...

Elle braqua son arme et s'avança de quelques pas. La porte se referma presque derrière elle.

– C'est en effet bien étrange ! s'exclama Johnny Fingers. Qui peut donc être là ?

Il y eut du bruit derrière la porte. Une question inquiète vite interrompue. Puis un craquement sinistre, suivi d'une lourde chute. Et enfin, un râle.

Albert était immobile. Aucun des administrateurs de l'île ne bougeait.

Il y eut un grand coup contre la porte. Le corps de Zoe atterrit avec un bruit mat sur le sol, sa robe déchirée, ses jambes pâles tordues, la tête pendante. Elle tenait pourtant toujours son arme, dont elle ne s'était pas servie.

Albert lâcha un petit sifflement entre ses dents.

Une autre femme entra. Plus petite, blonde, sans arme. Ses chaussures noires frappaient le béton de façon rythmée. Elle promena son regard sur la salle en souriant.

– Bonjour, Albert, dit la doctoresse Calloway.

25

Elle était fidèle à elle-même. Albert l'avait rarement vue à l'extérieur, encore moins en dehors de Stonemoor, mais il devait admettre que son voyage à travers l'Angleterre ne l'avait pas du tout affectée. Elle portait comme toujours une robe noire élégante et sobre qui lui arrivait aux genoux ainsi que ce long manteau noir qu'elle mettait parfois dans le parc à Stonemoor. Elle avait les mêmes chaussures noires bien cirées ainsi que son sac en cuir marron en bandoulière. Albert savait ce qu'il contenait : un bandeau métallique, des pilules, un fouet, une pique.

Il ne s'était jamais interrogé sur son âge. À Stonemoor, cela aurait été bien trop impertinent. Et aussi sans objet, car Calloway existait depuis au moins aussi longtemps que Stonemoor. Elle était indissociable de ses couloirs et de ses chaînes. Là, dans la pénombre de cette salle, Albert se rendit compte combien elle était petite – une femme compacte à la peau blanche comme neige. Le contrôle qu'elle exerçait sur tout le monde s'appliquait d'abord à elle-même : un bandeau en velours de couleur sombre pour retenir ses cheveux et dégager son visage sévère surmonté d'un front lisse et large. Elle n'avait pas une seule ride, et ses lèvres étaient très rouges. Elle se déplaçait d'un pas vif et autoritaire.

Albert se figea. Tout était fini pour lui. Jamais il ne parviendrait à lui échapper. Le fait qu'elle surgisse en ce lieu en était bien la preuve.

La doctoresse Calloway passa près du corps de la femme qu'elle venait de tuer, puis s'arrêta et fit un geste de la main. Par la porte entrèrent quatre hommes armés. Contrairement à leur patronne, ça se voyait qu'ils venaient de traverser le lagon et de gravir plusieurs étages d'un escalier en ruine. Leur veste en tweed et leur chapeau melon étaient poussiéreux et couverts de traînées de rouille, l'un d'eux boitait. Mais leurs revolvers étaient tout comme eux en état de fonctionnement. Ils se positionnèrent plus ou moins en demi-cercle autour de la doctoresse Calloway pour attendre ses ordres.

Personne ne bougeait.

Albert se souvint de l'affirmation bravache de Johnny Fingers concernant le destin de tous ceux qui tentaient d'envahir l'île. Sans grand espoir, il lui jeta un coup d'œil. Comme il le craignait, le grand homme paraissait tout à coup bien plus petit. Il avait perdu son air hautain, et sa cape en fourrure semblait pendre sur ses épaules voûtées. Ses mains bougèrent légèrement. Tous les autres étaient comme des statues de cire en train de fondre dans un four. Albert ne pouvait pas leur en vouloir. Ils n'avaient jamais rencontré quelqu'un avec la férocité et la détermination de la doctoresse Calloway. Et puis, ils étaient encore sous le choc de la mort de l'une des leurs.

Albert était seul. Ils ne lui seraient d'aucune aide.

Il fit quelques pas en avant.

– Partez, dit-il d'une voix grave à la doctoresse. Sinon, vous savez ce que je vais faire.

Il eut la satisfaction de voir ses hommes sursauter. Bien sûr, elle lui répondit comme s'ils étaient dans son bureau :

– Albert Browne, je sais ce qui s'est passé hier soir. Tu as utilisé tous tes pouvoirs, alors maintenant, tu es faible. Il ne te reste plus aucune énergie, sinon nous serions déjà morts.

C'était presque vrai. Les sensations physiques étaient présentes en lui : le cœur qui battait la chamade, les paumes moites. Albert avait l'impression que son ventre était un nid de serpents grouillants. C'étaient les signes de la Peur, à ce détail près qu'il n'y avait pas accès. Comme Calloway venait de le dire, il avait dépensé toute sa terreur et sa colère contre Shilling. Là, il n'avait plus de force en lui.

Même s'il en avait eu, aurait-il réussi à les tuer? Face à elle, il sentait sa volonté se ratatiner et l'impuissance l'étreindre.

– Je vous croyais noyée, dit-il.

– Moi?

Elle l'observa de son regard à la fois noir et doux.

– Je croyais que votre bateau avait coulé.

– En effet, il a coulé.

La doctoresse Calloway coinça une mèche de cheveux blonds derrière son oreille.

– Il s'est brisé en deux, mes hommes ont été perdus en mer. Mais la proue flottait, alors je m'y suis accrochée, et j'ai été poussée à l'autre bout du lagon par ta petite tempête. Heureusement, j'avais d'autres équipes de recherche. Au lever du jour, j'ai pu les rejoindre. Et me voilà, Albert Browne.

Elle avait une voix plus grave que celle de Scarlett, très basse, presque intime. Dans sa bouche, même la menace la plus élaborée se faisait sur le ton du murmure. Albert sentait déjà les vieux schémas se remettre en place, sa volonté le quitter, l'autorité de la doctoresse Calloway gagner en puissance. Habituellement, il se serait réfugié en lui-même pour attendre le verdict : la punition qu'elle avait choisie pour lui.

Au lieu de ça, il prit la parole :

– Je suis maintenant citoyen des Îles libres. Vous n'avez aucun rôle officiel ici, doctoresse Calloway. Je vis sur cette île, désormais. Et je vous promets de ne jamais en repartir. Je ne ferai plus aucun mal.

– Plus aucun mal ? Qui est le chef de cette communauté ?

Le sourcil gauche de Calloway tressauta, ce qui était chez elle à la fois un signe de colère et de pitié.

Il y eut un silence. Albert désigna Johnny Fingers.

– Lui.

Le grand type sursauta puis toussota en jetant des regards de tous les côtés en bafouillant :

– Techniquement, cette communauté est gérée par un collectif, ce qui signifie que nous sommes tous égaux et que nous jouissons des mêmes droits. Certes, les points les plus importants sont soumis à un vote hebdomadaire par les administrateurs que...

– Si vous n'êtes pas le responsable, je vous tue à la fin de votre phrase.

– ... que j'ai l'honneur de présider...

Il déglutit péniblement.

– Oui, c'est moi.

– Bien. Votre collègue ectomorphe, cette femme grotesquement maigre qui gît à vos pieds a voulu nous empêcher d'entrer. J'espère que vous autres êtes plus accueillants.

Les yeux noirs observèrent Johnny Fingers d'un air glacé.

– Bien sûr. Installez-vous, je vous en prie.

– Merci. Nous n'avons aucune intention de passer plus de temps que nécessaire en votre compagnie. Faites ce qu'on vous demande et nous vous laisserons regagner vos crevasses comme les cloportes que vous êtes. Ce garçon est-il vraiment citoyen de votre île ?

– Eh bien..., hésita Johnny Fingers. Il a eu droit à la visite...

– Mais il n'a pas encore reçu sa tasse et son assiette ! s'écria quelqu'un. On n'est pas officiellement citoyen tant qu'on n'a pas sa tasse et son assiette.

Albert s'interposa :

– Monsieur Fingers, vous avez dit que j'étais sous votre protection.

Johnny Fingers se caressa la barbe en s'adressant à la doctoresse :

– Je pourrais vous aider à clarifier la situation si nous savions qui vous êtes, qui est ce garçon, et quel mal il a fait…

– Je suis membre du Haut Conseil des maisons de foi, annonça la doctoresse Calloway. Peut-être êtes-vous au courant de nos activités ?

Le désarroi envahit l'assemblée. Les épaules du grand type s'affaissèrent encore plus.

– Nous connaissons le conseil, dit-il d'une voix blanche. Et ce garçon est… ?

– Un tueur, un pyromane, un voleur et un fugitif. Ça vous suffit ?

Albert sentit tous les regards braqués sur lui.

– Je conteste ! s'écria-t-il. En tout cas, je conteste presque tout. Déjà, ça n'est pas moi qui ai tué cette femme.

– C'est vrai, murmura Johnny Fingers. Et tu n'es pas non plus accompagné de quatre hommes en train de nous menacer de leurs armes.

– Assez juste, s'interposa la doctoresse Calloway. La menace que je constitue est réelle. Mais ce n'est rien comparé à celle de ce garçon. Avez-vous remarqué l'étrange tempête de la nuit dernière ? Cet orage dans l'orage ? C'est Albert qui l'a créé, avec ses pouvoirs surnaturels. Pour tuer mes hommes.

Albert lançait des coups d'œil aux habitants de l'île. Il vit dans leurs pensées à quel point ils s'interrogeaient.

– Des pouvoirs surnaturels…, répéta une femme.

– Il y a parmi vous des gens comme moi ! s'exclama Albert. L'un de vous est capable de faire léviter un stylo. Mes amis, sachez que je n'ai commis aucun crime. J'étais en position de légitime défense ! Regardez les blessures sur mon front. Ce sont ces hommes qui me les ont infligées ! Des officiers des maisons de foi. Vous-mêmes avez fui la dureté de leurs règles. Vous connaissez leur cruauté et leur méchanceté.

– Ce que vous ignorez, déclara la doctoresse Calloway, c'est que partout où il passe, Albert sème la mort. Il y a peu, il a tué tous les passagers d'un car. D'honnêtes gens qui osaient affronter les Terres sauvages pour accomplir leurs tâches quotidiennes. Et pourtant, Albert les a tous exécutés.

Il agita la tête.

– Uniquement parce que vos hommes s'en sont pris à moi ! Ils ont d'abord voulu m'assommer, puis ils ont essayé de me poignarder ! C'est là que mes pouvoirs…

– Pouvoirs surnaturels, compléta quelqu'un.

– … se sont libérés, continua Albert. Je n'ai pas pu faire autrement. Ce n'est pas ma faute.

Mais il n'était pas convaincant. L'assemblée voulait l'abandonner à son sort, Johnny Fingers encore plus que les autres. Le cercle ne cessait de s'élargir autour d'Albert. Il jeta un coup d'œil aux habitants de l'île. Il avait beau être épuisé, l'intensité de leurs pensées les rendait visibles : les nuages issus de leur esprit se formaient contre le béton et la rouille du plafond. Des images plus ou moins identiques. Les détails changeaient, mais le fond restait le même.

Au centre de la salle, ils voyaient tous une créature effrayante et hostile.

Une créature à peine humaine.

Même sur cette île, c'est comme ça qu'on le percevait.

– Il n'a pas pu faire autrement, répéta la doctoresse Calloway.

Au moins, à ce sujet, il dit la vérité. La méchanceté s'échappe de lui comme les gaz toxiques dans les régions de Braise. Il est incapable de la contrôler. D'ici quelques jours, je vous le promets, il recommencera à tuer.

Il y eut un bref silence.

– Eh bien ? dit-elle.

De loin, Johnny Fingers agita sa main d'un air péremptoire.

– Nous déplorons vos fonctions et vos méthodes, le meurtre de cette pauvre Zoe nous rend furieux. Nous chanterons pour elle ce soir en jetant son corps dans la Grande Faille. Mais de toute évidence, cette créature n'est pas citoyenne de Bayswater et elle n'a pas sa place parmi nous. Tuez-la ou emportez-la. Faites ce que vous voulez, mais partez et laissez-nous retrouver la paix et la tranquillité de notre île !

Un murmure d'assentiment s'éleva de la foule. Albert savait que, à leurs yeux, son crime était d'avoir violé leur sanctuaire, d'avoir amené la mort et le danger à leur porte. Il sentait leur mépris pour lui. Il avait du mal à se concentrer tant il y avait de haine dans la salle. Comme dans le car mais, cette fois, il était à bout de forces.

– Tu vois, Albert ? dit la doctoresse Calloway. Je te l'explique depuis toujours. Il n'y a pas de place pour toi en ce monde. Même parmi ces gens, qui sont pourtant eux-mêmes des exclus. Qui ont des déviances qui donneraient la chair de poule à tout citoyen normalement constitué. Même eux te rejettent.

Elle faisait là ce qu'elle faisait depuis toujours, dans son bureau, dans les salles de test – elle brisait méthodiquement toute estime de lui. Albert eut cette pensée fugitive : il était une créature déviante et dangereuse…

Puis il chassa ses cheveux de son visage. Et se redressa.

Scarlett n'aurait pas tenu compte de ces bêtises. Elle n'aurait pas écouté bêtement sans agir. Elle aurait résisté.

Alors lui aussi.

Albert regarda la doctoresse Calloway droit dans les yeux.

– Ce n'est pas vrai. Vous leur mentez, comme vous m'avez menti.

– Albert…

– Je sais me contrôler. Si vous me laissez tranquille.

Elle serra les lèvres, qui ne formaient plus qu'une ligne fine.

– Je ne crois pas. D'où tiens-tu cette jolie petite idée ?

– D'une amie.

– La braqueuse de banques ? Qu'est-ce qu'elle en sait ? Au fait, où est-elle ?

La question surgit avec une force brutale. Les yeux noirs scrutèrent la salle, puis revinrent vers lui. La doctoresse Calloway avait un sixième sens pour la faiblesse. Elle remarqua l'ombre qui passa sur le visage d'Albert.

– Oh, dit-elle, j'ai compris. Elle a été victime de ta dernière perte de contrôle. Comme c'est à la fois triste et bienvenu.

Sur ce, elle attrapa son sac en bandoulière et en défit la boucle. Albert se raidit. Cela faisait partie du rituel depuis qu'il était tout petit, avant même qu'il puisse voir par-dessus le bureau. À la fin de la discussion, la doctoresse Calloway attrapait toujours son sac, y plongeait la main, et en sortait le nécessaire : le bandeau, la pique, le fouet… Puis elle s'approchait de lui. Bien des objets étaient sortis de ce sac, aucun ne lui avait jamais fait de bien.

Elle glissa donc sa main dans le sac, la retira et lui tendit un bandeau métallique étroit, doré, sa charnière ouverte. Cet objet qui contraignait son esprit.

– Mets-le, ordonna-t-elle.

Le cœur d'Albert chavira. Il serra les dents. Il songea au muscle de la joue de Scarlett qui tressautait dès qu'elle était en colère.

– Non, doctoresse Calloway.

Elle haussa un sourcil d'un air méprisant.

– Serais-tu en train de me défier, Albert Browne ? Mets ça et suis-moi.

– Où ça ? À Stonemoor ? Pour y mourir ?

– Oh, Albert, tu sais bien que ce n'est pas moi qui décide.

Avec la parfaite reproduction du sourire qu'elle lui avait adressé la dernière fois dans la salle de tests : éblouissant et glacial.

Il observa le bandeau en métal, les doigts fins qui le tenaient, les veines bleues sur le dos de sa main. C'était si simple de lui obéir. De cesser de s'inquiéter. De cesser de lutter. Le prendre, le mettre, le fixer. Il n'aurait même plus mal...

Ça, ça serait pour plus tard.

– Non, dit-il.

– Non ?

Elle cligna lentement de ses yeux noirs.

– Je n'en ai pas besoin. Plus maintenant.

Le sourire de la doctoresse Calloway disparut.

– Réfléchis bien, Albert. Réfléchis aux terribles actes que tu as commis. Dans le car ! Dans le port ! Dans le lagon ! Songe à ce qui se passe quand tu me désobéis et que tu t'aventures dans le monde ! Je te mets en garde depuis toujours ! Sans bandeau, la violence monte en toi et finit par exploser.

– Ce n'est pas vrai. Scarlett dit que...

– Cette fille n'était rien. Ce n'était personne. Juste une brigande et une voleuse.

Albert regarda la mer par la fenêtre.

– Oui, sans doute. Mais avec elle, tout était différent.

– Peut-être qu'elle te réconfortait. Mais elle n'a pas changé ta nature. Les poissons du lagon sont déjà en train de la dévorer. Oublie-la, Albert. Et mets ça.

Elle lui tendit à nouveau le bandeau.

Albert l'observa. Il leva plusieurs doigts, un geste qu'il avait vu Scarlett faire.

– Certainement pas.

– Si tu ne…

– Vous me tuerez. Eh bien, faites.

– Si tu ne le mets pas…, dit la doctoresse Calloway, j'ordonne à mes hommes de tuer au hasard l'un de ces imbéciles. Et je continuerai, citoyen après citoyen, jusqu'à ce que tu m'obéisses.

Il y eut un silence.

Puis tout à coup, du bruit partout. Physiquement, déjà, mais surtout, psychiquement. Les citoyens de l'Île libre cédaient à la terreur, à tel point qu'Albert les aurait presque plaints. Il avait l'impression d'être retourné dans le car. Que les gourdins apparaissaient de nouveau. Il grimaça en levant les bras.

La femme acquiesça.

– Ça fait mal, non ? Ça te secoue le crâne ? Tu peux y mettre fin en un instant. Prends le bandeau.

Il montra les dents. La colère battait entre ses tempes. Si seulement il avait eu du pouvoir, à cet instant…

Elle fit signe à un officier de maison de foi.

– Non ? Dans ce cas, nous allons devoir en tuer un. Pas le chef. Ça serait trop simple. Et puis, il a réussi à se réfugier derrière tous les autres. Un gentil, plutôt.

Albert gémit en tendant la main.

– D'accord, d'accord. Je le mets.

– Dans ce cas, viens le chercher.

La doctoresse Calloway jeta un coup d'œil à un homme, qui acquiesça et leva son arme.

– Je compte jusqu'à trois.

– Non ! s'écria Albert. Je vais le faire ! Laissez-moi juste un instant.

– Pas de temps à perdre, Albert. Un…

Il tituba vers elle, le bras tendu.

– Deux…

Il attrapa le bandeau métallique. Et là, un coup de feu retentit dans la salle.

Le bruit dans sa tête s'accrut, s'arrêta, reprit.

Albert regarda la femme avec un profond sentiment d'horreur.

– Mais j'étais en train de le faire. J'allais le faire.

La doctoresse était blême.

– Je n'ai pas donné l'ordre de faire feu. Nous n'avons pas tiré.

Le type à sa droite abaissa son arme et tomba à genoux, puis s'effondra par terre. Il avait une flèche de harpon plantée dans le torse.

Albert le regarda fixement.

– De toute évidence, quelqu'un a tiré.

Une petite toux.

Il y avait sur le bord de la fenêtre à l'autre bout de la salle une silhouette à contre-jour. On ne distinguait pas ses traits, uniquement les rayons du soleil qui éclairaient ses cheveux auburn en bataille.

– Ouais, dit Scarlett en crachant un chewing-gum, c'était moi.

26

Un instant, la situation parut figée. D'un côté, trois hommes lourdement armés et une femme stupéfaite aux cheveux blonds. De l'autre, une fille avec un harpon et l'effet de surprise pour elle. Pas un bruit, pas un geste. Dans la salle, personne ne respirait.

Mais comme toute chose parfaite, ça ne dura pas. Scarlett pensait disposer d'une dizaine de secondes avant que la situation ne dégénère.

Elle bondit du rebord de la fenêtre et s'avança en braquant son harpon sur la poitrine de la doctoresse Calloway, dont les yeux noirs ne quittaient pas les siens. Scarlett perçut une sorte de sifflement, comme si la pression de l'air changeait. Puis les lèvres de la femme s'entrouvrirent.

– Voici donc la braqueuse de banques. Ravie de faire ta connaissance.

– Moi aussi. Mais si tu bouges autre chose que cette mâchoire au menton pointu, doc, je te troue. Même chose pour tes potes. Albert, tu pourrais peut-être aller chercher l'arme du type mort. Je crois qu'il n'en aura plus besoin.

Elle fut heureuse de le voir aussitôt trottiner vers l'arme. Sans question idiote, sans bavardage. Il commençait à apprendre. Elle vit qu'il était blême, les yeux tellement écarquillés qu'ils semblaient révulsés. À part ça, il paraissait intact. Il recula vers Scarlett.

– Surveille ses mains, lui dit-il.

– Compris. Albert, c'est le moment de partir. À moins que tu aies quelque chose à ajouter ?

Il regardait fixement l'arme dans sa main sans savoir quoi en faire, presque comme un nourrisson.

– Non, dit-il, la discussion est terminée.

– Dans ce cas, dirige-toi vers l'escalier.

Ils reculèrent vers la sortie en se frayant un chemin au milieu des habitants de l'île. La tête des officiers de maison de foi se tourna à mesure de leur progression. La doctoresse Calloway n'avait pas bronché. Scarlett continuait à braquer le harpon sur elle. À chaque pas, ça devenait plus difficile, tellement il y avait de gens autour. Ils étaient assez près d'elle pour qu'elle sente leurs vêtements frôler les siens, tout comme leur hostilité. Du coin de l'œil, elle perçut les petits sursauts d'Albert, à croire qu'on le frappait. Mais personne ne broncha.

Le seul bruit, c'était celui des grosses baskets du garçon qui crissaient sur le sol. Sinon, le silence s'étira comme un élastique dans la salle. Laquelle bourdonnait pourtant d'une tension sourde.

Vingt secondes s'étaient écoulées depuis que Scarlett avait tiré un premier coup, et ça tenait encore.

Albert et elle avaient presque atteint la porte. Il jeta un coup d'œil par-dessus son épaule pour la situer, car elle avait été plus rapide.

Elle lui fit un petit signe de tête rassurant.

Et là, l'élastique céda.

Un grand type à la barbe blonde tendit une main pour saisir Albert par l'épaule. Qui le frappa en retour avec son arme. À l'autre bout de la salle, la femme aux cheveux blonds donna un ordre. Un tir partit. Une balle frôla le cou de Scarlett. Elle se décala et tira sa flèche de harpon, qui traversa le manteau de la femme pour la plaquer au mur. Les habitants de l'île s'éparpillèrent. Les officiers de maison de foi se mirent à tirer dans tous les sens.

En un instant, ce fut l'enfer.

Scarlett se débarrassa du harpon devenu inutile. Ça avait tenu vingt-trois secondes – treize de mieux qu'espéré. Un score très correct. Elle repoussa une grosse femme qui tentait de se jeter dans l'escalier et tira Albert par le bras pour l'arracher au grand barbu. Puis elle le força à se baisser. Des balles se fichèrent dans le béton juste au-dessus d'eux, couvrant leurs cheveux de sortes de confettis.

Ils franchirent la porte, descendirent les marches, filèrent dans un couloir, puis un labyrinthe de salles et de passages. Scarlett tenait toujours Albert par la main.

Au bout d'un moment, épuisés et hors d'haleine, ils s'arrêtèrent. Ils se trouvaient dans la salle des tisserands. Vide. Des métiers en bois qui ressemblaient à des chauves-souris géantes se déployaient sous une série de néons. Le plus proche était couvert de fils verts que Scarlett soupçonnait être des algues. Elle lâcha la main d'Albert.

Il lui sourit. De ce sourire qu'elle lui connaissait mêlé d'autre chose : du bonheur.

– Salut, Albert, dit-elle.

– Bonjour, Scarlett.

– Tu vas bien ?

– Oui, je suis très heureux de te voir. Je croyais que…

– Je sais. Moi aussi. Donne-moi cette arme.

Elle était plus légère qu'elle ne s'y attendait. Le mécanisme différait de celui de son revolver, mais il se chargeait avec les mêmes munitions. Scarlett repoussa ses cheveux de ses yeux et l'inspecta brièvement pour comprendre son fonctionnement tout en guettant leurs poursuivants. Les habitants de l'île criaient partout dans la tour – au milieu de l'écho, c'était difficile de savoir si quelqu'un se rapprochait.

Mais ça ne tarderait pas à arriver. Scarlett prit position dans l'embrasure pour surveiller le couloir, son arme braquée.

– J'ai bien peur que ton histoire d'Île libre soit cuite, dit-elle. Tu vas pas pouvoir rester ici.

– Je sais. Tant pis. De toute façon, ces gens me détestent.

– Déjà ? Même pour toi, c'est un record. Et puis, il y a Calloway. Au fait, c'était mignon le petit geste que tu lui as fait avec tes doigts.

– Merci. Je me suis fait plaisir.

– Mais tu n'as pas besoin de trois doigts. Un ou deux, ça suffit. En tout cas, il y avait de l'idée. Bon, comment on fait pour descendre de cette tour ? Il doit bien y avoir des bateaux en bas.

– Il faut traverser la Grande Faille par un pont afin de rejoindre l'escalier. Scarlett, je suis heureux que tu sois arrivée ici saine et sauve. Et… je suis désolé pour ce qui s'est passé hier soir.

– N'y pense plus. C'est pas le moment.

– Tous ces ennuis que tu as à cause de moi.

Il la scrutait de ses yeux brillants. Il était en train de fouiller ses pensées. Les coins de la bouche de Scarlett se crispèrent, mais elle ne se plaignit pas. Vu les circonstances, ça permettait de gagner du temps.

– Ouais, dit-elle. J'aurais préféré éviter le trajet en nacelle. Et aussi manquer de me noyer hier. Le seul truc bien, ça a été le comité d'accueil à mon arrivée ici.

Elle ne dit rien de plus.

Six habitants de l'île, zélés et souriants, l'avaient attendue, chacun bien décidé à la conduire en premier à Johnny Fingers. La discussion avait été brève et décisive. Elle n'était allée que dans un seul sens, mais avait permis à Scarlett de libérer pas mal de tension accumulée. Et de se procurer au passage un joli harpon.

Albert comprit en substance. Et grimaça.

– Le coup de crosse, c'était vraiment nécessaire ?

– T'inquiète, tous ceux que j'ai frappés le méritaient. Mais ils m'ont rendu un fier service. Ils m'ont appris que tu étais en vie.

– Et la bonne nouvelle, c'est que Joe et Ettie aussi ! Ils...

– Chut.

Elle leva une main et tendit l'oreille. Il y avait du bruit dans le couloir, des bottes légères et prudentes qui approchaient pas à pas. Scarlett fronça les sourcils. Elle avait mis presque une heure à trouver son chemin entre l'arrivée du treuil et la salle de réception. Elle avait découvert la Grande Faille, mais ignorait ce qu'il y avait plus bas. Elle devait maintenant s'en remettre à Albert.

– Il faut y aller, dit-elle. Conduis-nous à l'escalier.

Ils passèrent en courant devant les métiers à tisser pour se retrouver dans un vestibule. Devant eux, un couloir faiblement éclairé, des portes qui donnaient sur des stocks, d'autres pièces vides... Une fissure dans un mur laissait passer la lumière du jour. Ils entendaient les oiseaux dehors. Régnait là une odeur de rouille et de sel marin, de même qu'un sentiment de désolation. Des marches poussiéreuses s'élevaient vers une destination inconnue.

Scarlett fronça le nez puis partit au petit trot en direction d'une porte un peu plus loin.

– Ça n'a pas l'air de mener à l'escalier central.

Albert se frotta le menton.

– On aurait dû atteindre la Grande Faille, maintenant. Peut-être qu'on fait fausse route depuis le début. Peut-être qu'on aurait dû prendre à gauche en sortant de la salle de réception...

– Génial. Mais on peut pas revenir sur nos pas.

– C'est sûr ?

Une salve de coups de feu arracha un pan de l'embrasure. De petits bouts de béton se détachèrent du plafond.

– Oui.

Scarlett répliqua avec son arme. Dans le petit espace, le bruit fut étourdissant. Elle recula en tapotant son oreille endolorie. Il y avait de la fumée partout. Albert était comme un fantôme au pied des marches comme s'il y voyait quelque chose d'invisible.

– On pourrait essayer par là.

– Non. On veut descendre, pas monter.

Un objet roula dans le couloir – un bâton de dynamite allumé. Scarlett abandonna son plan. D'un bond, elle rejoignit Albert. Ils se blottirent l'un contre l'autre sur les marches.

Vu l'étroitesse des lieux, l'explosion fut terrible. Ils avaient l'impression d'en être en plein cœur, et non dix pas plus loin. La chaleur s'engouffra dans la cage d'escalier comme pour arracher leurs vêtements. Les cheveux de Scarlett se soulevèrent puis se rabattirent sur son front un peu à la manière de flammes. Ils atteignirent un endroit où l'escalier tournait à cent quatre-vingts degrés et continuèrent leur ascension, les oreilles bourdonnantes, les yeux larmoyants. À l'étage suivant, les murs étaient décorés d'un début de fresque composée de coquillages colorés. Toutes les portes étaient murées. Ils n'avaient d'autre choix que d'avancer.

Scarlett jura.

– C'est pas bon du tout. Qu'est-ce qu'il y a au-dessus ? Albert, c'est toi qui connais cette tour.

Les mains sur les genoux, il tentait de reprendre son souffle. Ses cheveux pendaient sur son visage.

– Mais ça ne fait que cinq minutes que je suis ici ! J'ai réussi à trouver les toilettes, c'est tout.

Un son s'échappa de la fumée en provenance de l'étage inférieur. La voix de la femme blonde qui donnait des ordres. Des bottes s'engagèrent dans l'escalier.

Scarlett et Albert repartirent en courant.

– Selon toi, il lui reste combien d'hommes ? demanda Scarlett.

– Tu en as tué un. Donc trois.

– Ouais. J'espère juste qu'il y en a pas d'autres ailleurs. Et Calloway ? Elle est armée ?

– Non, elle ne se sert jamais d'un revolver.

Ils progressaient étage par étage. Certaines portes étaient condamnées, d'autres débouchaient sur des culs-de-sac. Les bottes se rapprochaient régulièrement. Les hommes de Calloway étaient à peine à un étage plus bas. Albert commençait à fatiguer. Il trébucha et tomba à genoux. Scarlett dut presque le traîner à l'abri. Des balles se fichèrent dans le mur, les douilles rebondirent dans leur dos. Ils avaient atteint un palier. Ils pouvaient continuer à monter, mais il y avait là deux portes. Entrouverte, celle de droite donnait sur plusieurs salles en enfilade. Celle de gauche avait une clef dans la serrure.

– Je ne veux pas continuer à monter. Gauche ou droite ? lança Scarlett.

– Je dirais gauche. Je le sens bien.

Elle donna un coup de pied dans la porte et fit signe à Albert d'entrer. Puis elle se plaqua contre le mur, le revolver pointé sur les marches.

– Qu'est-ce qu'il y a à l'intérieur, Albert ? Dis-moi.

– Eh bien…

Le sommet d'un chapeau melon apparut dans l'escalier. Scarlett tira un coup. Le chapeau s'envola. Elle plongea vers la porte, arracha la clef, la claqua derrière elle, ferma à clef et s'écarta. Des balles frappèrent comme de la grêle contre le battant.

Albert était debout en plein milieu de la pièce. Scarlett glissa l'arme à sa ceinture et le rejoignit.

Elle hocha lentement la tête.

– Bon choix, dit-elle.

En tant qu'issue de secours, l'endroit avait deux inconvénients. Le premier, c'est qu'il n'y avait qu'une seule porte. Le long des murs, des piles de paniers. Certains vides, d'autres remplis d'algues et de chou de mer séchés, de bocaux de poisson et de fruits de mer en saumure. Tous munis de chaînes.

Le second inconvénient, c'était le mur du fond : il n'y en avait pas. La pièce ouvrait directement sur la Grande Faille. Une lumière laiteuse filtrait par un trou dans le plafond, ce qui permettait d'apercevoir des pièces et des alcôves en face.

Scarlett s'approcha du bord. Il y avait dans le béton trois grands mécanismes composés de treuils et de poignées, chacun avec une corde qui plongeait dans le vide. Elle attrapa la plus grosse.

– Encore leur foutu système de paniers, dit-elle.

De l'autre côté de la porte, les coups de feu baissèrent en intensité puis cessèrent. Dans le silence, les bruits de la tour se firent entendre : les craquements et grincements sinistres d'un bâtiment à l'agonie.

– Il faut voir les choses de façon positive, dit Albert. On pourrait tenir un bon moment ici. Il y a plein de provisions. Des fruits de mer en bocal et tout ça.

– C'est une idée, sauf qu'ils vont sans doute bientôt faire sauter la porte à la dynamite.

Scarlett tendit le cou vers la Grande Faille. Bien plus bas, le pont dessinait une mince bande à travers un puits obscur. Un petit courant d'air montait, qui rafraîchit ses joues brûlantes. Ses cheveux voletèrent autour de sa tête. Les cordes partaient dans différentes directions. Celle du centre semblait descendre le plus loin et le plus droit.

Scarlett observa Albert. Il ne se départait pas de son calme habituel malgré la situation.

– Je n'ai pas grand espoir, dit-elle, mais si tu pouvais recommencer ta performance d'hier soir, ça serait cool. Un petit tourbillon, quelques explosions. Tout ce qui peut être violent, je prends. Je ne serai pas difficile.

Il lui fit un sourire contrit.

– Scarlett, j'en suis incapable.

– Tu ne pourrais pas au moins envoyer Calloway dans la Grande Faille ? Elle ne pèse rien.

Il sursauta.

– Oh, je n'oserais jamais... Non, c'est impossible, Scarlett. J'ai dépensé trop d'énergie sur le radeau. Et elle le sait. Je ne suis bon à rien aujourd'hui.

– Elle n'en est pas si sûre, sinon elle aurait demandé à ses hommes de te sauter dessus. Tu n'as pas vu comment ils gardaient leurs distances ?

Il réfléchit, puis secoua la tête.

– Mais je n'ai pas l'énergie...

– Nécessaire. Je sais. Après ce qui s'est passé hier soir, je ne suis pas surprise. Ce que tu as fait là-bas...

Scarlett soupira. Ce n'était pas le moment. Ce n'était *jamais* le moment avec Albert.

– Bon, dans ce cas, apporte-moi le plus gros panier que tu trouves. Celui avec les chaînes les plus solides.

Il eut l'air ragaillardi, il était content de changer de sujet. Scarlett le regarda vaquer à sa mission. Il inspecta tranquillement la pièce. Son calme apaisait Scarlett autant qu'il l'irritait. Mais qu'était-ce donc qu'Albert ? Il semblait ne vivre que dans le présent, toujours capable de se détacher d'un passé désagréable comme des périls d'un futur imminent. Il vivait sa vie dans l'instant, et ce n'était pas le moindre de ses talents. Scarlett, chez qui certains aspects du passé pesaient lourd, se rendit compte qu'elle était terriblement envieuse.

Il attrapa un panier et le lui tendit.

– Et voilà.

– Tu n'as pas trouvé mieux ? C'est presque un cageot.

Elle examina d'un air sombre l'objet léger, sans doute fabriqué à partir d'algues séchées, qui ne mesurait pas plus de cinquante centimètres de large. Ses chaînes ne paraissaient pas particulièrement solides non plus. Elles étaient reliées à une sorte de petit harnais muni d'une roue pour coulisser le long d'une corde. Scarlett défit rapidement le harnais et tenta de relier le panier à la corde centrale.

– Bon sang, je ne sais pas comment ça s'attache. Où est-ce que ça se met, ce machin ?

Albert observait avec intérêt.

– Ça n'a pas l'air très solide.

– Ouais. Ça, je sais. Mais ce crochet… On le passe par-dessus, et c'est tout, on le laisse comme ça ?

– Scarlett, il y a eu un bruit sourd à la porte. Au bas de la porte.

– Quel genre de bruit ?

– Du genre inquiétant. Avec des grattements et des murmures.

– De la dynamite. Ce n'est pas bon signe. Il va falloir qu'on se contente de ce truc. Approche.

– D'accord, Scarlett.

– Monte dans le panier.

Ce n'est que là qu'Albert comprit. Il la regarda.

– Tu ne vas tout de même pas me dire de…

– Non, je ne vais pas te le dire. Parce qu'on n'a pas le temps de discuter. Mets-toi debout face à moi et accroche-toi à la chaîne. Éloigne ta tête de la corde, sinon tu vas te la faire trancher.

– Je… Je ne crois pas être capable de faire ça. Jusqu'où descend cette corde ?

– Aucune idée. C'est ça, le truc. Tiens-toi à moi.

– Il n'y a pas assez de place. Tes bottes sont trop grosses ! Je peux à peine mettre mes pieds !

– Fais-le, c'est tout.

Albert monta dans le panier et saisit Scarlett à la taille. Elle agrippa les chaînes, puis tendit une jambe pour repousser le panier. Qui avança de quelques centimètres vers le bord. Ensuite, il y avait un puits sans fond. Elle entendit un cri à la porte. Elle poussa de nouveau. Au moment où les chaînes du panier s'étirèrent, la corde se tendit d'un coup. La base du mécanisme fut secouée. Un crochet céda. Albert hurla. Le panier bascula dans la Grande Faille, puis s'immobilisa.

En serrant les dents, Scarlett donna un dernier coup de pied contre le rebord.

Les roues se remirent en mouvement.

La porte explosa. Une boule de feu jaillit à travers la pièce.

Un nuage rouge s'étala bientôt dans le trou au-dessus de leur tête.

Ils tombèrent en chute libre.

27

La première partie de la chute avait-elle été verticale ? Scarlett n'aurait su le dire. Sans doute, mais elle était trop préoccupée par Albert qui lui hurlait dans l'oreille, le bruit des roues sur la corde, son ventre qui lui remontait jusque dans la gorge. Elle avait les cheveux d'Albert en plein visage, lequel était à nouveau brûlant. Elle savait que les étincelles que provoquait la friction augmentaient avec la charge, que le vide en dessous les aspirait…

En fait, elle ne pensait qu'à s'accrocher à Albert et aux chaînes.

Il y eut un choc, un bruit de métal qui cédait. Le corps de Scarlett fut ballotté de toutes parts, sans poids, sans ancrage…

Un brusque arrêt, un impact. Puis plus rien.

Son ventre boucla la boucle et reprit sa place.

Le panier ne bougeait plus.

Scarlett cligna des paupières. Elle était coincée à quarante-cinq degrés contre une poulie dans une salle de l'autre côté de la Grande Faille. Le panier était à moitié brisé et le mécanisme fumait. Albert était affalé sur elle, son poids comme une couverture faite d'os. Il hurlait toujours dans son oreille.

Elle lui plaqua une main sur la bouche, attendit, puis la retira. Le cri reprit exactement au même volume.

– Tu veux bien te taire ?

Il s'arrêta d'un coup.

– Je suis mort ?

– Pas encore. Mais ça reste une option si tu continues à vouloir me rendre sourde comme ça.

Quelques balles s'écrasèrent contre les parois au-dessus de leur tête. Scarlett s'écarta d'Albert et prit le revolver à sa ceinture. Elle l'ouvrit, vérifia le barillet, y glissa ses dernières munitions. S'avança près du bord et suivit la corde du regard. Une couche de fumée flottait toujours au-dessus du vide au niveau qu'ils avaient quitté. Deux hommes tiraient comme des fous vers le bas. Scarlett leva son arme et les abattit en deux coups. L'un bascula dans la Grande Faille, son corps passant tout près d'elle. Elle revint à l'endroit où Albert était en train de s'extirper des restes du panier.

– Pourquoi tu as ton pantalon sur les chevilles ?

– Je ne sais pas. Sans doute à cause de la vitesse.

– Eh bien, remets-le, et on part à la recherche d'un bateau. On a une petite chance de s'en sortir. J'ai tué tous les officiers, et on doit avoir une belle avance sur Calloway.

Ils étaient arrivés plus bas que Scarlett ne l'aurait cru. Il ne restait plus que quatre volées de marches jusqu'au niveau de la mer.

Ils étaient dans une salle qui, au fil du temps, avait fini par prendre l'apparence d'une grotte. Ses parois étaient couvertes de rouille, d'algues et de dépôts chimiques, ce qui lui donnait une apparence presque naturelle. Des rais de lumière filtraient entre les rangées de stalactites blanches et brunes. Les travailleurs avaient fui, mais il y avait là plein de tables à dépecer et de paniers remplis de poissons.

Sur la gauche, une double porte ouverte par laquelle le soleil se déversait. Scarlett aperçut un vieux pont qui enjambait l'eau du lagon.

– On peut aller par là ? demanda-t-elle.

Albert réfléchit un instant.

– Je ne pense pas. Ça mène à leur coin de pêche. C'est un cul-de-sac.

– Dans ce cas, c'est ici que les bateaux doivent être amarrés...

À l'autre bout du couloir, le sol s'inclinait en direction de l'eau. Un ponton aux flotteurs jaunes menait à deux portes en métal dans une paroi métallique. Au-delà, Scarlett entendait les vagues. Sans doute le hangar à bateaux.

Mais même si c'était le cas, ils ne pouvaient pas l'atteindre : la doctoresse Calloway leur barrait la route.

Un pan de son manteau noir avait été déchiré par le harpon. C'était sa seule concession aux événements récents. Sinon, elle était fidèle à elle-même : son sac en bandoulière, son bandeau en velours, son visage clair et calme. Les bras le long des flancs, elle paraissait détendue. Elle n'était même pas essoufflée.

Scarlett entendit Albert pousser un soupir triste. C'était une réponse logique, mais pas celle qu'elle choisit d'adopter. Elle leva son arme et tira quatre coups en direction de la tête de la femme. Cette fois, il n'y avait pas d'obstacles entre elles. Pas d'habitants de l'île en plein milieu.

Scarlett ne rata pas sa cible, mais les balles ne touchèrent pas pour autant la doctoresse Calloway, elles ricochèrent sur un bouclier invisible.

Scarlett était interloquée, abasourdie, incrédule.

– Ça ne va pas, dit Albert, dont la voix se fit murmure. Ça ne va pas du tout...

« Cette femme ne fait que semer la mort autour d'elle. La mort ! Elle rirait en te voyant te tortiller de douleur. »

La doctoresse Calloway agita les mains. Quelque chose heurta Scarlett à la poitrine, si fort qu'elle fut soulevée de terre et alla s'écraser plus loin. La douleur était intense. Elle voyait des étoiles. Elle était déjà en train de perdre connaissance quand elle atterrit sur le dos.

Douleur. Lumière blanche. Plus rien pendant un temps indéfini...

Puis un contact. Une présence. Une petite main dans la sienne.

Quelqu'un dans la lumière.

– Thomas ? demanda-t-elle.

Elle émergea de sa torpeur. Et recouvra la vue pour découvrir une petite fille potelée aux cheveux couleur paille, son nez et ses grosses joues roses tout près d'elle, qui mâchait un bout de gâteau vert en la regardant fixement.

– Ettie ? croassa Scarlett. Ettie...

La main quitta la sienne, l'enfant lui fit un sourire, se leva et s'éloigna, ce qui révéla la présence de son grand-père accroupi derrière.

– Allez, debout, dit-il. C'est pas le moment de piquer un roupillon.

Scarlett cligna des yeux en s'efforçant de se redresser. Elle ressentit une douleur fulgurante dans le torse, là où elle avait reçu un coup violent. Pas de doute, elle avait plusieurs côtes brisées. Et pour faire ça, il avait suffi à Calloway de...

– Tu peux te dépêcher un peu, s'il te plaît ? lança le vieil homme. Il faut aller le secourir, je ne peux pas m'en charger.

En se relevant maladroitement, Scarlett se rendit compte qu'elle était couchée au milieu des débris d'une table et de poissons. À part Joe et Ettie, l'endroit était vide. Le silence y régnait. Le ponton était désert. Les portes du hangar à bateaux n'avaient pas bougé. Son revolver gisait par terre, pas très loin. En miettes.

Scarlett regarda en direction de la lumière.

Albert avait certainement cherché à l'entraîner dehors. C'était donc par là qu'il devait être parti.

– Il se trouve que j'ai ton sac, dit Joe. Contiendrait-il une arme, par hasard ? Une grenade ? Du fil à étrangler ? Je me dis qu'une fille comme toi, ça doit bien avoir ça, non ?

Scarlett se frotta la nuque. Elle avait si mal que c'était comme si chacun de ses os était brisé.

– Je crois que je suis à court de tout ça, dit-elle.

Elle jeta un coup d'œil à son arme inutile par terre.

– Et puis, je ne suis même pas sûre que ça servirait à grand-chose.

Elle les regarda, la petite fille et lui.

– Attendez-moi ici, dit-elle. J'en ai pas pour longtemps.

Elle franchit péniblement la porte pour gagner la lumière du soleil et l'air marin. Devant elle, le pont en bois franchissait le lagon en direction de deux petites tours en béton inclinées.

Où était donc passé Albert ?

Là. Au bout du pont, une volée de marches s'enroulait autour de la première tour. Une petite silhouette sombre titubait dessus, suivie de près par une autre silhouette vêtue de noir.

Scarlett jura et se força à courir sur le pont.

Les tours étaient inclinées l'une vers l'autre tels deux géants ivres. Albert avait raison : c'était un endroit idéal pour la pêche. À mesure que Scarlett approchait, elle vit l'eau s'engouffrer dans le chenal en béton. Les tourbillons provoquaient quantité d'écume. Des filets pleins de trous en forme d'arcs-en-ciel inversés plongeaient dans les embruns. Des oiseaux mouchetés volaient dans la brume.

Le pont se terminait aux marches, et les marches au sommet de la tour. C'était en effet un cul-de-sac. Albert ne pourrait pas aller plus loin.

Scarlett gravit l'escalier quatre à quatre.

Au sommet, elle parvint à un espace large et rectangulaire légèrement en pente. Une balustrade assez basse avait été installée. D'un côté, des nasses à homards et des filets en train de sécher. La balustrade face à l'autre tour était inexistante. De nombreuses cordes passaient par-dessus le goulot d'étranglement avec des treuils et des mécanismes pour les actionner.

Scarlett aperçut Albert. Il avait couru jusqu'à l'endroit où la balustrade s'arrêtait. De là, il regardait l'eau tout en bas.

Il se retourna lentement.

La femme avançait vers lui à petits pas mesurés dans ses élégantes chaussures noires.

Scarlett ouvrit la bouche, mais aucun son n'en sortit. Rien que respirer lui broyait les poumons. Elle avait l'impression d'être coupée en deux. Elle s'élança sur le sommet de la tour.

Elle n'était même pas à mi-chemin quand elle vit la femme lever une main. Une force invisible souleva Albert du sol. Il était arc-bouté, il donnait des coups de pied dans tous les sens. Pendant quelques instants, la force invisible le secoua comme un bâton dans la gueule d'un chien.

La force diminua. Albert s'immobilisa. Puis la femme baissa sa main. Il s'écroula par terre.

La doctoresse Calloway s'avança vers lui. En jetant un coup d'œil sur le côté, elle aperçut la jeune femme. Elle agita une main. Scarlett sentit un coup violent la percuter et elle roula sur le sol. Pendant quelques secondes, elle fut incapable de respirer. La femme ne s'intéressait plus à elle. Elle avait sorti le bandeau métallique de son sac et regardait Albert se relever lentement.

– Mort ou vif, dit la doctoresse Calloway. Quoi qu'il arrive, c'est la fin pour toi. Tu peux décider de rentrer ou je peux te tuer ici. Tu as le choix. Je te laisse dix secondes.

Ce n'était pas comme si c'était la première fois que Scarlett voyait Albert au bord d'un précipice. Sur la falaise qui dominait la rivière, il s'était montré d'abord insouciant, puis terrifié. Cette fois, il paraissait calme et un peu triste dans le soleil de l'après-midi, ses cheveux noirs rabattus sur son visage par le vent. Les manches de son grand pull claquaient avec frénésie, pourtant, il avait l'air serein.

Il croisa le regard de Scarlett. Elle sentit son cœur se serrer.

– Alors ? demanda la doctoresse Calloway en lui tendant le bandeau. Que choisis-tu ?

Albert sourit en répondant :

– Il y a un troisième choix.

Et là, il se jeta dans le vide.

28

Pendant quelques instants, au sommet de la tour, seule la lumière du soleil parut animée. Il y avait là du béton, et en bas, le rugissement des vagues. Ainsi que deux femmes qui regardaient un endroit où il n'y avait plus rien.

Un oiseau passa devant le soleil qui plongeait vers l'ouest. Son ombre alla de l'une à l'autre. La doctoresse Calloway sembla reprendre vie.

– Quel gâchis, commenta-t-elle. Mais c'est peut-être pour le mieux.

Elle ouvrit son sac en cuir marron et y rangea le bandeau en refermant le clip. Puis elle le remit sur sa hanche, lissa son manteau un peu froissé et se tourna vers Scarlett en disant :

– Il n'y a plus qu'à te régler ton compte.

Mais Scarlett n'était pas non plus restée sans rien faire. Elle avait ramassé un morceau de balustrade rouillée tombé à terre tellement elle était en mauvais état. Ça pourrait lui servir de batte. Après s'être redressée avec peine, elle attendit.

La doctoresse Calloway s'approcha lentement. Son sac en cuir sautait sur sa hanche, sa robe noire luisait comme de la fourrure. Sur son front dégagé par le bandeau en velours, on apercevait une seule ride verticale – un signe d'agacement. Elle ne clignait pas des yeux. Elle avait les lèvres retroussées et montrait ses dents.

Scarlett se campa sur ses jambes, le bout de métal rouillé à la main. Elle ne se faisait aucune illusion quant à son apparence. Elle avait l'air hagard, le teint verdâtre, les vêtements déchirés et raidis par le sel. Ses cheveux étaient sales et pleins de nœuds. Si elle ne boitait pas, c'était uniquement parce que les douleurs dans ses jambes s'annulaient. Physiquement, elle était à bout. En revanche, sa tête était pleine de vie.

La femme s'arrêta. Elles se dévisagèrent sur ce toit en béton.

– Un bout de métal, c'est tout ce que tu as trouvé ? demanda Calloway.

Scarlett baissa les yeux vers sa main.

– J'improvise. Tu pourrais au moins saluer ma persévérance.

– Shilling a dit que tu étais presque une enfant, mais tu es encore plus jeune que je ne le pensais. Quel âge as-tu, braqueuse de banques ? Dix-huit ans ?

– Franchement, dit Scarlett, j'en sais rien. Quelle importance ?

– Aucune. Quant à ton nom… Albert Browne l'a mentionné, mais j'avoue que dans le feu de l'action…

Calloway fit un petit haussement d'épaules et reprit :

– De toute façon, tu es une hors-la-loi. J'imagine que tu as plein de noms, tous aussi peu intéressants les uns que les autres.

Scarlett sourit en se redressant.

– En effet. Mais mon vrai nom, c'est Scarlett Josephine McCain. Recherchée par la milice de vingt villes de survivants. J'ai attaqué des banques dans le Wessex, la Mercie et le pays de Galles. J'ai traversé seule les marais d'Anglie. Je suis descendue jusqu'au septième niveau de la Cité enfouie. J'ai été esclave. J'ai été mentor de maison de foi, mais une journée seulement, par opportunisme. J'ai cherché de l'or dans les collines du Menai. J'ai tué le brigand Black Carl Nemaides et j'ai décapité son renard malfaisant. En clair, doc, j'ai roulé ma bosse. J'ai aussi été la compagne de voyage d'Albert Browne pendant dix jours. Et laisse-moi te dire quelque chose : je ne me suis pas cassé le cul à l'amener jusqu'ici en supportant toutes ses âneries pour que tu le tues à l'instant où il atteint son but. D'où ce bout de métal. Suis-je bien claire ?

La ride sur le front se durcit, mais la femme aux cheveux blonds sourit, révélant deux rangées de dents parfaites.

– Comme tu es pittoresque ! Scarlett McCain, dis-tu ? Tant de crimes de sang à ton actif à un si jeune âge ! Ton histoire est vraiment incroyable.

Son sourire s'élargit quand elle ajouta :

– Dommage que ça n'intéresse personne.

– Albert, ça l'intéressait, lui.

Les chaussures noires s'approchèrent encore un peu. Scarlett sentit les poils de ses bras se dresser.

– Je pense bien, dit la doctoresse Calloway. C'était un imbécile, un être tellement crédule. Je ne sais pas combien de tes vantardises sont vraies. Mais tu te trompes sur le dernier point. Je ne l'ai pas tué. Si quelqu'un l'a tué, c'est toi.

Elle leva une main. Un puissant courant d'air fouetta le menton de Scarlett, lui rejetant la tête vers le haut, faisant claquer ses mâchoires. Elle lâcha son gourdin improvisé et alla tituber contre la rambarde rouillée. Elle s'y accrocha désespérément et parvint à se stabiliser, les talons dans le vide. Dans son dos, les embruns lui mouillaient le cou. Le rugissement de la mer lui faisait mal aux tympans.

Calloway s'approcha.

– Mon Dieu. Comme nous sommes haut.

– Et il y a beaucoup de bruit aussi, souffla Scarlett. On va devoir crier pour s'entendre. On pourrait peut-être s'éloigner un peu.

– Moi, ça me va bien comme ça, dit la femme. Nous sommes juste à l'endroit où cette bonne vieille Tamise se jette dans la mer. Savais-tu que l'eau du lagon est salée la moitié du temps et douce l'autre moitié, que ça s'inverse à chaque marée ? C'est ça qui cause ces tourbillons en bas. Miss McCain, tu es au bout. Au terme de ton voyage.

Les pieds de Scarlett griffèrent le béton qui s'effritait. Elle sentait la tour trembler sous le coup des vagues qui s'attaquaient à sa base. Un jour, celle-ci s'effondrerait sur sa jumelle. Le chenal disparaîtrait, et avec lui, la source d'alimentation de l'île. Puis les habitants suivraient le même chemin quand la tour de Bayswater, qui se dressait derrière la doctoresse Calloway telle une dent brisée, sombrerait elle aussi dans la mer.

La femme s'était arrêtée tout près de Scarlett.

– Ma pauvre fille, dit-elle, qu'est-ce que tu imaginais en faisant équipe avec Albert ? Sûrement pas ça. Traquée jusqu'aux confins de la terre.

– Je le reconnais, je n'avais pas exactement rêvé de ça.

Scarlett essuya un peu de sang qui coulait de sa bouche. Et lâcha avec un sourire las :

– Je dois dire que je suis impressionnée par ton culot, doc. Car en fait, tu as les mêmes pouvoirs qu'Albert. Toi aussi, tu es une déviante. Comment ça se passe avec le Haut Conseil des maisons de foi ?

– Très bien, puisque je mets mon pouvoir à leur service. Albert aurait pu faire pareil.

– Tu lis dans les esprits, aussi ?

– Ça, c'était une spécificité d'Albert.

Elle déplaça légèrement son bandeau en velours pour montrer à Scarlett celui, métallique, qu'il cachait.

– Le métal agit comme une barrière dans les deux sens, expliqua-t-elle. C'était une précaution contre son talent particulier...

Elle laissa retomber sa main.

– La télépathie, c'était un talent à lui. Moi, j'en ai d'autres.

– Cette façon d'échapper aux balles, dit Scarlett. Ça, c'était vraiment impressionnant. Tu as aussi le don de déplacer des objets, comme Albert. Mais tu te contrôles beaucoup mieux que lui. Pourtant, tu sais ce que je crois ? Tu n'es pas aussi forte, sinon, tu nous aurais anéantis dans le port de Lechlade, ou bien tu aurais tenté le coup un peu plus tôt, quand on était coincés dans cet escalier.

Le regard noir se durcit. Un instant, la haine sous-jacente de la doctoresse Calloway fut perceptible. Puis elle disparut. Une lueur glaciale d'amusement passa dans son regard.

– La clef de tout ça, c'est le contrôle, dit-elle. Je maîtrise mes pouvoirs, mais comme tu as pu t'en apercevoir hier soir, Albert, lui, en était incapable. Je croyais le moment venu de lui apprendre à se contrôler quand il s'est enfui. Et maintenant, à cause de toi, tout est fichu...

Elle jeta un coup d'œil aux embruns qui s'élevaient des eaux bouillonnantes.

– Tu as raison, je ne suis pas aussi puissante qu'Albert, mais je suis quand même capable de te soulever, de te regarder me supplier, puis de te lâcher là-dedans...

Elle s'approcha un peu plus de Scarlett, qui commença à sentir une douce mais régulière pression contre ses côtes cassées la poussant un peu plus vers le précipice...

Elle émit un cri de douleur. Elle ne disposait plus que de quelques secondes pour faire parler la femme.

– Je sais tout sur Stonemoor ! cracha-t-elle.

La pression cessa d'un coup.

– Ça, c'est une surprise, dit la doctoresse Calloway. Albert n'aimait pas s'attarder sur les vérités désagréables. Qu'est-ce qu'il t'a raconté ?

– J'en sais assez comme ça. Je sais qu'il y a là-bas plein de pauvres gamins drogués et enchaînés.

Calloway éclata de rire.

– Et comment ! Ces pauvres gosses sont aussi dangereux que l'était Albert ! Je me demande s'il t'a raconté son évasion. Toute son histoire ? Il t'a sans doute dit qu'on lui avait accordé une permission de sortie ou qu'il était parti en vacances ?

C'était à peu de chose près la version d'Albert.

– Il ne m'a rien dit.

– Tu ne sais rien de son évasion ? Il y a d'importantes mesures de sécurité à Stonemoor. Le Haut Conseil prend ça très à cœur, car nos hôtes sont dangereux. Chaque cour est surveillée par un poste de garde. À l'aube, Albert a forcé une fenêtre et il a franchi les cours l'une après l'autre. Au premier poste de garde, on a déploré quatre morts. Au deuxième, deux. À la grille, il s'est trouvé face au gardien Michael, celui qui s'occupait principalement de lui, qui arrivait pour prendre son service. Il y a eu une dispute, la grille a volé en éclats, et Michael a été retrouvé en morceaux. Ses poches fouillées, son argent disparu… Ces hommes avaient des familles, Miss McCain, c'étaient des employés consciencieux. Ils se sacrifiaient pour protéger les royaumes de ton ami Albert Browne.

Scarlett ricana.

– Tu t'attends à ce que je pleure sur leur sort ? Peut-être que ça aurait pu marcher si je ne savais pas à quel point tu l'as torturé pendant des années. J'ai entendu parler de tes « expériences », doc, et je ne saurais pas dire si tu voulais juste l'aider à s'améliorer ou lui faire mal par plaisir.

Elle ajouta avec un sourire mesquin :

– Peut-être un peu des deux ?

Le visage de la doctoresse Calloway était aussi pâle que le ciel derrière elle, sa bouche d'un rouge vif.

– Espèce d'idiote, tu ne sais pas de quoi tu parles ! Je lui ai consacré mon temps, mes compétences, ma protection ! J'ai toujours eu de l'ambition pour les enfants particuliers comme Albert. Mais sans discipline, sans contrôle, il n'était qu'une bête.

Scarlett resserra sa prise sur la balustrade de sa main droite. Qui était branlante. Si elle tirait dessus, est-ce qu'elle céderait ?

– Doc, tu sais ce qui continue à me tracasser ? L'hypocrisie de ce système. Chaque ville de survivants a sa maison de foi chargée d'empêcher toute évolution génétique. À la moindre déviance, à la moindre différence, on est envoyé dans les bois pour se faire dévorer par les loups. Et pourtant, le Haut Conseil possède Stonemoor, un hôpital secret, un laboratoire où se retrouvent les *vrais* tordus. Mais qui pourraient être utiles. Les exceptions. Comme toi.

– Stonemoor est surtout une prison, dit la doctoresse Calloway. C'est sa fonction première.

– Non. Tu cherches à obtenir quelque chose des détenus, sinon, vous vous contenteriez de les tuer. J'y ai réfléchi. Tout le temps que j'ai passé avec Albert, je réfléchissais. J'ai trouvé l'avis de recherche dans la mallette des officiers. Vingt mille livres vivant, dix mille mort. Prime doublée si Albert était indemne. J'ai trouvé les somnifères que les officiers ont voulu lui faire avaler dans le car. Même Shilling, qui de toute évidence le détestait et le craignait, a fait de son mieux pour le garder en vie… C'est l'option que tu privilégies. Ce que je continue à ne pas comprendre, c'est pourquoi.

Elle ajusta sa main sur la rambarde. Calloway n'était pas assez proche pour qu'elle frappe, mais presque. « Continue, continue à parler, attire-la… »

La doctoresse Calloway ne bougeait plus. Seuls ses yeux étaient en mouvement, ils allaient d'un côté à l'autre comme si elle lisait. Elle observait Scarlett. Même quand celle-ci se tut, elle continua à la regarder fixement… Tout à coup, son expression se radoucit.

– Tu as déjà eu affaire aux anthropophages, dit-elle.

Scarlett lui lança un regard assassin. En prenant soin de ne penser à rien.

– Peut-être. Quelle importance ?

– Je parle des Infâmes ! De cannibales ! De dévoreurs de chair humaine ! Ils laissent sur un visage une empreinte qui ne s'efface jamais. Ils te hantent, n'est-ce pas, Miss McCain ?

– Non, dit Scarlett.

Mais elle détourna les yeux.

Calloway sourit.

– Si. Tu connais la menace qu'ils font peser sur nous. Nous savons qu'autrefois, ils étaient comme nous autres. Même maintenant, ils ne sont pas si différents, ce qui les rend d'autant plus abominables… Ce n'est pourtant que le début. Tu as voyagé, tu as traversé plusieurs royaumes, tu as vu ci, fait ça. Mais as-tu perçu la réalité ? As-tu constaté combien les villes étaient en déclin, les endroits sûrs de plus en plus restreints, de plus en plus encerclés par la vie sauvage ? As-tu vu les monstres dans les bois et les rivières ? Les ombres dans les forêts ? Des formes surnaturelles passer sous ton radeau ? La terre noircie, les paysages ravagés, les orages rouges en provenance de l'est ?

Scarlett haussa les épaules.

– Le plus souvent, j'essayais surtout de ne pas me faire tuer.

– Sur ce point, je te crois. Mais tu comprends que le monde est en train de changer, n'est-ce pas ? Et ça va de plus en plus vite. Les saisons, les paysages, la vie sauvage. Depuis le Cataclysme, tout s'accélère. Tout s'emballe, même. Les humains changent beaucoup. Il y a de plus en plus de déviants. De faibles. Nos déficiences menacent notre survie. Nous sommes de moins en moins forts. Les Infâmes, eux, sont de plus en plus puissants, de plus en plus nombreux. Un jour, peut-être que nos défenses contre eux céderont, et qu'ils nous envahiront. Déjà dans nos villes, nous avons peur, nous faisons des cauchemars au fond de notre lit.

– Parle pour toi, rétorqua Scarlett.

Elle changea légèrement de position. Le problème, c'est qu'au moindre mouvement mal exécuté, elle perdrait l'équilibre et tomberait dans le vide. Mais c'était le risque.

Pour ça, il fallait que la femme fasse un pas de plus vers elle.

– Les villes sont affaiblies, reprit la doctoresse Calloway. Les familles dirigeantes se chamaillent. Il y a partout des rivalités, des querelles. Seul le Haut Conseil propose une assurance morale et une voie saine dont les royaumes ont besoin. Nous avons des officiers. Nous avons des mentors qui offrent toutes sortes de religions. Mais nous n'avons pas encore le pouvoir nécessaire pour unir les villes comme elles devraient l'être, pour mettre fin à cette évolution délétère, pour faire cesser notre déclin, pour nous protéger du chaos qui frappe à notre porte.

– Et tu penses que tes petites expériences à Stonemoor vous donneront ce pouvoir ? demanda Scarlett. Comment ?

– Disons que c'est un projet parallèle, dit Calloway. Un travail en cours... Nous avons des plans, Albert aurait pu en faire partie. Ce qui est la raison pour laquelle j'ai déployé tous ces moyens pour le retrouver.

Son visage se durcit. Elle conclut :

– Tout ça pour que tu le tues.

Les jointures de Scarlett blanchirent comme elle s'accrochait à la barrière.

– Tu n'arrêtes pas de dire ça. Mais ce n'est pas moi qui l'ai fait sauter dans l'eau.

– Si. Albert était naïf et craintif. C'était sa toute première incursion dans le vil monde. Sans toi, je l'aurais récupéré à temps. Apeuré, sans défense, prêt à se soumettre. Au lieu de ça, qu'est-il arrivé ? Il s'est associé à une misérable braqueuse de banques qui lui a fait traverser la moitié des royaumes, qui lui a mis des idées en tête, qui lui a fait croire qu'il pouvait réaliser ses rêves stupides !

Aujourd'hui, quand j'ai tenté de le raisonner, il parlait avec ta voix. Son dernier regard était teinté d'une adoration sans limite pour toi… Alors, Miss McCain, dit la doctoresse Calloway, c'est surtout à toi que j'en veux.

La femme fit un pas en avant. L'air se modifia autour de Scarlett. Elle sentit qu'elle allait être soulevée puis secouée au-dessus de l'eau.

Il y eut un nouveau silence.

– Pour l'adoration sans limite, je ne suis pas certaine, dit Scarlett. Mais le reste, c'est vrai.

Elles sourirent toutes les deux. Puis la main de Calloway se souleva. Scarlett arracha la rambarde et la balança d'un coup vers les mains tendues de la doctoresse. Il y eut craquement, et Calloway cria. Scarlett hurla à son tour et fut emportée par son geste. Elle tituba au bord de la tour en tentant désespérément de s'accrocher, en vain.

Elle traversa de vieux filets, qui se brisèrent sous son poids. Ses bottes se prirent dans une corde, son bras dans une autre, ce qui ralentit sa chute. Chaque fois, les fils finissaient par céder.

Puis elle fut arrêtée d'un coup, une jambe prise dans un filet, les bras et la tête pendant dans le vide. Elle resta longtemps comme ça. Le chenal était gris et blanc en dessous. Elle sentait les cordes grincer, céder… Dans un instant, elle tomberait pour de bon.

Bercée par le rugissement de l'eau, elle attendit. Dans le courant tumultueux, tout en bas, elle vit passer divers objets : une planche en bois, un bidon d'huile, une branche aux feuilles vertes… Tout à coup, son désespoir disparut. Elle se sentait aussi calme que si elle était sur son tapis.

Son esprit était clair, ses perspectives larges. Elle songea à Clarence et Bob Corail sur leur île un peu plus loin dans le lagon, qui guettaient l'arrivée de nouveaux objets, qui tentaient de comprendre la mer… Elle imagina le mascaret charrier de nouvelles choses – des planches, des bûches, des cordes, du plastique, des bouteilles, des corps, des débris en direction de la Tamise –, souffler de l'air dans ce pays comme un poumon rempli…

Et là, la tête en bas, Scarlett comprit que les efforts de Calloway et du Haut Conseil étaient vains. Quoi qu'ils fassent, le changement se produirait. Rien ne pourrait l'empêcher. Aussi sûr que les débris charriés par ces marées, il aurait lieu, pour le meilleur ou pour le pire. La Grande-Bretagne et ses habitants continueraient à évoluer. Cette certitude ne fut pas sans un certain réconfort. Que les os de Scarlett se perdent dans la mer grise et froide, qu'ils soient rejetés sur la terre ferme pour contribuer à son renouvellement, ça n'avait plus aucune importance.

Elle attendit calmement que la dernière corde lâche.

Mais puisqu'elle tenait bon, l'instinct de survie de Scarlett l'emporta. En se tortillant, elle parvint à se remettre à l'horizontale en jurant à cause de la douleur dans ses côtes brisées. Puis elle se redressa et, petit à petit, parvint à escalader la tour jusqu'au toit…

Où la femme l'attendait, munie du bout de rambarde que Scarlett avait arraché.

– Un bout de métal, dit Scarlett, c'est tout ce que tu as trouvé ?

– Espèce de truie, tu m'as brisé les doigts, dit la doctoresse Calloway. Pour ça aussi, je peux te remercier. À cause de la douleur, je suis incapable d'utiliser mon pouvoir. Mais comme toi, j'aime bien improviser. Alors, à la place, je vais te défoncer le crâne.

Elle leva le bout de métal.

Scarlett était en équilibre précaire, donc incapable de bouger.

Le coup allait s'abattre. Elle ferma les yeux.

Comme elle l'avait anticipé, le bruit du contact entre le métal et les os fut terrible. Ce qu'elle n'avait pas anticipé, c'est que ça ne fit pas mal du tout. Elle ouvrit un œil, puis l'autre. La doctoresse Calloway était toujours au-dessus d'elle, le bout de métal à la main, le mépris qui durcissait ses traits en train de s'adoucir comme si elle ramollissait en s'approchant d'un feu. Ses yeux s'écarquillèrent, sa bouche s'entrouvrit. Scarlett eut l'impression que cette femme avait tout à coup une révélation, du chagrin, du remords ou allez savoir quelle émotion, et que si elle avait eu quelques secondes de plus, elle lui en aurait fait part.

Mais elle n'eut pas ces quelques secondes. La doctoresse Calloway porta sa main gauche à sa poitrine, ses yeux s'exorbitèrent et elle tomba en avant si près de Scarlett qu'elle faillit l'entraîner avec elle dans les abysses. Les vagues continuaient de se fracasser tout en bas. Un instant, elle était là. Le suivant, elle avait disparu, et rien d'autre dans l'univers n'avait changé.

Scarlett était toujours prisonnière du filet de pêche. Il y avait toujours face à elle quelqu'un avec un bout de métal à la main.

Le garçon qui avait frappé la doctoresse Calloway à la tête attrapa la main de Scarlett et entreprit de la hisser. Il souffla, sa main glissa, il faillit défaillir, et elle dut se débrouiller toute seule. Même un loir s'en serait mieux sorti. Elle aurait pu lui balancer ça, ou lui demander pourquoi il avait mis tout ce temps. Une dizaine d'autres protestations lui passèrent par la tête. Mais elle n'en exprima aucune.

– Merci, Albert, fut tout ce que Scarlett dit.

29

Ils étaient assis tout au bord, les jambes dans le vide face à l'immensité de la mer, le soleil déclinant dans leur dos. La nuit s'étendait à l'est. Les Îles libres de l'archipel se dressaient comme des échardes d'un blanc rosé contre le ciel sombre.

Les oiseaux marins criaient, les vagues s'engouffraient entre les deux tours. Du sommet de Bayswater s'échappait une petite musique : un violon qui déroulait un air enjoué. Mais entre Albert et Scarlett, il n'y avait qu'un silence las. Ils regardèrent leurs ombres progresser avec régularité sur le mur en béton de la tour jumelle.

Les événements qui venaient de se produire, les émotions qu'ils avaient provoquées, avaient laissé Albert presque aussi vide et sans consistance que son ombre. En peu de temps, il avait connu la joie, la terreur, le désespoir, la méfiance et le choc de voir quelque chose prendre fin. Il avait cru Scarlett perdue, elle était réapparue. Il avait cru la doctoresse Calloway noyée, elle aussi avait réapparu. Si la course-poursuite jusqu'à la tour l'avait épuisé, son dernier acte de résistance avait manqué de l'achever. Toute son énergie l'avait quitté, le laissant terriblement affaibli. Et pourtant, il avait survécu. C'était la seule chose qu'il savait. Mais...

– Je crois que tu peux lâcher ce morceau de rambarde, lui dit Scarlett.

Il mit quelques instants à réagir. En baissant les yeux vers ses genoux, il fut surpris de découvrir l'arme de fortune encore dans sa main.

– Tu crois ?

Ses doigts étaient tellement serrés que ça lui fit mal de les ouvrir.

– Tu lui as fait éclater le crâne avant de la pousser dans une mer déchaînée. Je pense que cette fois, elle est vraiment morte.

– Morte..., répéta-t-il.

– Ouais, adieu, doctoresse Calloway.

Scarlett leva une main tout abîmée et se gratta le crâne à travers ses cheveux emmêlés.

Albert prit une grande bouffée d'air. Pour ce genre de choses, il pouvait faire confiance à Scarlett. Il posa prudemment le bout de métal près de lui. Il avait du mal à concevoir que la doctoresse Calloway ait disparu à jamais, du mal à admettre qu'elle ne ressurgirait pas des abysses en tendant ses doigts brisés pour continuer à le poursuivre tel un fantôme détrempé au crâne ouvert... Une sombre constante de sa vie venait de disparaître. Cette idée le laissait désorienté, à la fois vide et léger. C'était la même sensation que quand la fièvre cède et que le corps reprend des forces.

Scarlett était en train de palper ses poches.

– Tu veux un chewing-gum ?

– Je dis pas non.

– Je ne te promets rien quant au goût. Il risque de sentir la sueur et l'eau salée. Mais...

– Je suis prêt à relever le défi, Scarlett. Je prends le risque.

Il retira l'emballage et se mit à mâcher d'un air dubitatif. Tout en bas, les vagues s'écrasaient sur les parois.

Adieu, Stonemoor... Il n'y avait plus personne pour l'y ramener, maintenant.

– Bon, tu craches le morceau ? demanda Scarlett.

– Quoi ? Oui, il est un peu salé, mais je pense que ça vient de la mer plutôt que de...

– Je parlais pas du chewing-gum, imbécile. Comment tu as fait ! Quand tu as sauté. J'avoue que je n'y croyais plus.

Il l'observa. Il avait toujours en mémoire l'expression de son visage l'instant avant de sauter. Tandis qu'elle le regardait droit dans les yeux...

Malgré ses sourcils froncés, cette expression était encore là.

– Je suis désolé, Scarlett, dit-il.

Elle repoussa ses cheveux de ses yeux et haussa ses minces épaules d'un air indifférent.

– C'est rien. Quand elle t'a laissé choisir... J'ai cru que tu allais prendre l'autre option.

Albert lui sourit.

– Je n'en aurais pas été capable. La seule chose que j'ai choisie, c'était de sauter sur ce petit rebord juste en dessous. Regarde, il est visible si on se penche bien. Ça permet sans doute d'y suspendre des filets parce qu'il y a des crochets. Il n'est pas très large. J'ai failli perdre l'équilibre, mais j'ai réussi à m'agripper. J'ai trouvé une crevasse, puis franchi le bord et là, j'ai attrapé le bout de métal par terre. Puis j'ai fait ce que j'aurais dû faire depuis des années. De mes propres mains.

– Ouais. Et tu t'en es étonnamment bien sorti.

– Elle était à ma portée. Elle me tournait le dos.

– Exactement. Donc, te connaissant, tu avais peu de chances de t'en tirer.

Ils restèrent un moment sans bouger. À cause du chewing-gum, de ce compliment ou du soleil qui lui chauffait le dos, Albert sentit la satisfaction l'envahir malgré son épuisement.

– C'est fini, dit-il.

– Ouaip, fit Scarlett.

– Notre collaboration.

– Ouaip.

Le violon lointain retentit de nouveau au sommet de la tour. Un tambour se joignit à lui. Des cris joyeux et des sifflets dérivèrent jusqu'à eux.

Scarlett lança un regard circonspect en direction de la grande tour.

– Qu'est-ce qu'ils fabriquent, ces crétins ?

– Je pense qu'ils dansent, répondit Albert. Johnny Fingers m'a dit qu'ils faisaient ça tous les soirs après le dîner, mais aussi pour célébrer l'aube, les phases de la Lune, la moisson des champs d'algues… Toutes les occasions sont bonnes, en fait.

– J'imagine qu'être libérés d'une bande d'assaillants, c'est un prétexte suffisant, dit Scarlett. Tu pourrais les rejoindre.

– Non, merci.

– Tu n'as pas envie de lever un peu la jambe ?

– Pas maintenant.

Elle lui sourit.

– Blague à part, tu as réussi à atteindre les Îles libres, Albert. Tu as obtenu ce que tu voulais. Ce n'est pas forcément celle de Johnny Fingers. Regarde, il y en a d'autres. Tu peux choisir celle que tu veux.

Albert observa, vers l'horizon, les autres bâtiments en ruine qui plongeaient dans la mer. Il songea au gars à la banane, à ces histoires qu'il lui racontait dans la salle de jour à Stonemoor. À ces rêves qui lui avaient permis de tenir pendant si longtemps. Curieusement, il voyait moins bien le garçon qu'avant. Ses représentations des îles étaient elles aussi en train de se diluer comme de l'encre dans l'eau…

– Oui, dit-il. Je pourrais en trouver une autre, j'imagine.

– Ce gros machin là-bas a l'air assez peuplé, dit Scarlett. Et à marée haute, il n'est pas totalement immergé… Ou alors, celui avec le sommet couvert d'algues ?

– Eh bien…

– Je ne comprends pas tes hésitations. Tu as réussi. Calloway est morte. Ses amis du Haut Conseil ne te retrouveront jamais, quand bien même ils te chercheraient, ce qu'ils ne feront pas. Tu es à au moins cent kilomètres de la première maison de foi… Ici, il n'y a ni esclavagistes ni Infâmes. Qu'est-ce qui pourrait faire plus plaisir à un garçon qui veut échapper au monde ? Moi, je dis que tu es arrivé à bon port.

Albert faisait claquer ses talons contre le béton en observant la mer. Il soupira.

– C'est ça, le truc, dit-il. Sur les îles, on est à l'abri…

– Bien sûr.

– À l'exception des requins, des bâtiments qui s'effondrent, des tsunamis. Et de la peste… Je t'ai dit qu'il y a une île de pestiférés vers l'est appelée Camberwell ? Sans oublier les tempêtes. Et aussi quelque chose qu'on peut attraper qui s'appelle la chaude-pisse de Chelsea, ça n'a pas l'air agréable. Mais à part ça…

– À part ça…, le coupa Scarlett, les Îles libres sont l'endroit le plus sûr et affreusement prévisible des Sept Royaumes ! Arrête, Albert. Tu as un joli petit refuge ici. En partant du principe que tu aies envie de te cacher.

Un joli petit refuge… C'était vrai. S'il restait sur les îles, il serait joliment à l'abri de tout.

D'absolument tout…

Il se tourna vers Scarlett, qui chantonnait tout bas. Les dernières vingt-quatre heures l'avaient salement amochée, mais malgré ses blessures, ses vêtements déchirés, sa raideur, elle était aussi battante et optimiste que jamais. Un dernier rayon de soleil s'attarda sur sa silhouette fine. Et tout à coup, Albert se souvint du jour où il l'avait vraiment vue pour la première fois au bord du ruisseau, quand elle l'avait extrait du car.

Une douleur agréable le traversa. Tout à coup, il eut besoin de parler.

– Merci d'être revenue me chercher, Scarlett. À Bayswater, je veux dire. Merci de m'avoir encore secouru aujourd'hui. Je sais à quel point ça a été dur pour toi. Je ne méritais pas ton aide. Après ce qui s'est passé sur le radeau…

– C'est bon, arrête !

Elle leva une main. Son bandage était noir et tout déchiré.

– Ne parle plus de la nuit dernière, ce n'était pas ta faute.

– Bien sûr que si. C'est moi qui ai détruit le radeau.

– Nous étions attaqués. Tu nous as sauvés. Voilà tout ce qu'il y a à dire.

– J'aimerais tellement que ça soit vrai, Scarlett ! C'est ce que je me tue à te dire depuis le début. La Peur est toujours en moi. Je ne peux pas la contrôler, je ne peux pas prévoir quand elle va surgir. Et quand elle m'envahit, je détruis tout. Mes proches sont ceux qui en souffrent le plus.

Scarlett émit un long ricanement puissant, plein de dédain.

– N'importe quoi. Est-ce que tu as tué Joe, Ettie ou moi ? Non. Est-ce que tu as tué nos ennemis ? Oui. CQFD. Selon moi, tu as du contrôle, Albert, mais pas celui que tu penses.

Il hésita.

– Tu es gentille. Mais je ne suis pas sûr que ça soit vrai. J'ai réfléchi, Scarlett. Peut-être que je devrais me mettre à l'écart, même d'ici. Je pourrais gagner un rocher de l'Est où je vivrais en ermite avec pour seule compagnie les bulots et les moules. Les années passeraient, je resterais là sur mes jambes maigres, nu comme au jour de ma naissance, à méditer sur ma solitude et la cruauté de…

– Albert.

– Quoi ?

– La ferme.

– Vraiment ? Pour une fois que je te parlais de moi, comme tu me le demandes.

– Non, tu as parlé d'être nu, et ça a gravé en moi une image que je garderai en tête jusqu'à ma mort. Ça suffit ! N'y pense plus. C'est ton pouvoir. Bon ou mauvais, il fait partie de toi. Accepte-le et arrête de t'inquiéter.

Il resta un moment sans bouger ni parler.

– Mais je ne pense pas que je réussirai un jour à...

– Eh bien tant pis ! Moi, j'ai mauvais caractère ! Je tue sans doute plus de gens que le strict nécessaire ! Eh bien, je dois faire avec. Toi, c'est pareil. Achète-toi une bourse à jurons. Trouve-toi un tapis de prière. Fais quelque chose.

– Mais...

– Et arrête d'appeler ça « Peur ». On a l'impression que c'est Calloway qui lui a donné ce nom. C'est elle qui avait peur. Toi, tu n'as pas besoin de ça. Trouve un autre nom pour ton talent.

Albert voulut protester, mais se retint.

– D'accord, dit-il. Je vais essayer.

– Bien.

Le chenal s'obscurcit. Les parois des tours étaient noires. Des lanternes s'allumèrent sur les Îles libres de l'Est. Scarlett étira ses bras minces et bâilla.

– Je dois regagner Bayswater, dit-elle. Si je tarde trop, Joe va piquer le dernier bateau. Je crois qu'il a mon sac, aussi. Donc mon tapis et le reste de mon argent. Je ferais bien de me dépêcher avant qu'il emmène tout.

– Je lui ai dit qu'il pouvait prendre sa part, dit Albert, qui se racla la gorge. Bon, Scarlett, quels sont tes plans ? Tu voulais partir vers le nord.

Elle était en train de se lever avec raideur en jurant tout bas.

– Ouaip, dit-elle. Visiter la Mercie, peut-être même pousser jusqu'à la Northumbrie. En tout cas, je vais me tenir à l'écart du Wessex pour un moment, le temps de me faire oublier par les Frères de la Main. Mais t'en fais pas, j'ai quelques idées pour rester occupée.

Albert se leva à son tour. La nuit progressait vers eux au-dessus de la mer. Un rougeoiement à l'horizon marquait l'emplacement des régions de Braise.

– Ces idées, reprit-il calmement, c'est de nouveaux braquages de banques, j'imagine ?

Scarlett se tenait très droite, plus que jamais, et son manteau claquait derrière elle dans le vent.

– Il va bien falloir que j'attaque une banque ou deux. J'ai besoin d'argent pour me racheter des armes. Mais ensuite, je compte mener une petite enquête. Il y a une maison de foi dans la vieille ville de Warwick, il paraît que c'est la plus grande et la plus riche de Mercie. Il y aurait là des chambres fortes remplies de trésors, de diverses fortunes, de reliques, des salles avec plus d'or et d'argent que même les potes de Calloway ne sauraient pas quoi en faire… Je me dis que je vais peut-être tenter d'y jeter un coup d'œil.

– Ça a l'air intéressant, dit Albert.

– Sans doute.

– Et dangereux, aussi, bien entendu.

– Ça, c'est sûr. Bien plus qu'attaquer la banque de Lechlade.

– Certes. Mais on s'en est bien tirés, tous les deux, non ?

– Oui. Mais là, je serai à nouveau toute seule, puisque pendant ce temps, tu couleras des jours heureux comme cultivateur d'algues, ou va savoir quoi d'autre. Tu as vu qu'ils fabriquent leurs vêtements avec ? Je croyais que ça serait un peu trop gluant pour certains endroits du corps, mais ça a l'air de leur plaire.

Albert se retourna vers les territoires assombris de la Grande-

Bretagne. Le ciel au-dessus de l'Angleterre était strié de jaune et de rose. Quelques petites lueurs et ce qui devait être des feux marquaient l'emplacement des villages pauvres de l'estuaire. Il imagina les Sept Royaumes sous les étoiles dans toute leur beauté et leur étrangeté, leur sauvagerie, leur diversité. Dans l'attente d'être explorés par ceux qui oseraient s'y aventurer...

– Regarde le coucher du soleil, dit-il. C'est si beau.

– Ouais, dit Scarlett, c'est pas mal. Mais tu es tourné du mauvais côté, non ? Les Îles libres, c'est dans l'autre direction.

– C'est vrai, tu as raison.

Elle lissa son manteau et sourit.

– Bon, je vais me trouver une embarcation.

– Je t'accompagne, dit Albert. Jusqu'au hangar à bateaux, je veux dire. Je t'escorte pour être sûr que tu retrouves ton chemin. Et puis, je veux dire au revoir à Joe et Ettie.

– D'accord, dit Scarlett McCain, elle-même surprise par sa réponse.

Il traversa le toit avec elle, la bande rose du ciel se réduisant à un fil dans leur dos. Il s'arrêta au sommet des marches.

– Quel genre de dangers tu t'attends à trouver dans cette maison de foi de Mercie ? demanda-t-il. C'est par pure curiosité que je te demande ça. Encore un bec-cornu, selon toi ? Des loups ?

– Pas de doute, il y aura des bestioles comme ça. Mais aussi des protections dont j'ignore tout. Des pièges, des trous, des poches secrètes pleines de gaz... Des pierres glissantes qui te propulsent dans une mare remplie de grenouilles géantes, même si je ne crois pas trop à cette histoire. Je sais que les Frères ont tenté de s'y attaquer un jour, et qu'aucun membre de la bande n'en est revenu. Mais tout ça n'est qu'une rumeur. Ce qui est sûr, c'est que je ne le saurai pas avant d'y être.

– Ça a l'air risqué, dit Albert. Tu vas devoir procéder à l'aveugle.

– Oui. Complètement.

– Il y a peut-être un autre moyen.

– Seuls les mentors connaissent les secrets des maisons de foi. Mais que veux-tu que je fasse ? Que je lise dans leurs pensées ?

Elle lui sourit. Il lui rendit son sourire. Pendant un long moment, dans les dernières lueurs du jour, ils se regardèrent droit dans les yeux. Puis ils se mirent en route. Lorsqu'ils descendirent les marches, la pénombre s'empara de la tour de Bayswater, à l'exception d'une lueur au bout du pont où les attendaient un vieil homme et une enfant.

TABLE

L'AUTEUR

Jonathan Stroud a écrit son premier roman *Buried Fire* quand il était éditeur chez Walker Book. Il est l'auteur de deux séries best-seller au succès international : la trilogie de *Bartiméus*, publiée en trente-six langues dans le monde entier, et *Lockwood & Co* aux critiques élogieuses. Ses autres romans sont *The Leap*, *The Last Siege* et *Heroes of the Valley*. Jonathan vit dans le Hertfordshire en Angleterre avec sa femme et ses trois enfants.

www.jonathanstroud.com (site en anglais)

Découvrez aussi…

L'Anti-magicien

Tome 1

Sébastien de Castell

Kelen, 16 ans, est l'héritier d'une des grandes familles qui se disputent le trône de la cité. Il prépare son premier duel pour devenir mage. Mais ses pouvoirs ont disparu. Il doit ruser, quitte à risquer l'exil, voire pire. Ses seuls soutiens : deux acolytes explosifs – Furia, la vagabonde imprévisible, et Rakis, un chacureuil féroce et acerbe.

Iskari

Tome 1 – Asha, tueuse de dragons

Kristen Ciccarelli

Au royaume de Firgaard, les légendes sont interdites : elles sont dangereuses. Pourtant, le sort d'Asha, princesse solitaire, leur semble étroitement lié. Asha est une tueuse de dragons crainte par tout son peuple : elle est Iskari.

Les Enfants des Otori

Tome 1 – Les Guerriers orphelins

Lian Hearn

Élevé en guerrier et promis à un brillant avenir, le jeune Sunaomi, fils de traître, est condamné à devenir moine. Résigné à vivre au temple de Terayama jusqu'à la fin de ses jours, Sunaomi voit naître en lui des pouvoirs insoupçonnés. Des objets inanimés prennent vie sous ses yeux, des morts lui parlent... Et les forces qui s'affrontent pour régner sur les Huit Îles s'intéressent de près à ce puissant descendant de la Tribu.

ON LIT
PLUS
FORT.
COM

L'ACTUALITÉ DES ROMANS
GALLIMARD JEUNESSE

Le papier de cet ouvrage est composé de fibres naturelles, renouvelables, recyclables et fabriquées à partir de bois provenant de forêts gérées durablement.

Mise en pages : Maryline Gatepaille

Loi n° 49-956 du 16 juillet 1949
sur les publications destinées à la jeunesse
ISBN : 978-2-07-515899-2
Numéro d'édition : 393836
Dépôt légal : avril 2022

Imprimé en Italie
par Grafica Veneta S.P.A.